HEYNE <

Die Chroniken des Raben

Erstes Buch:	Zauberbann
Zweites Buch:	Drachenschwur
Drittes Buch:	Schattenpfad
Viertes Buch:	Himmelsriss
Fünftes Buch:	Nachtkind
Sechstes Buch:	Elfenmagier

Die Legenden des Raben

Erstes Buch:	Schicksalswege
Zweites Buch:	Elfenjagd
Drittes Buch:	Schattenherz
Viertes Buch:	Zauberkrieg
Fünftes Buch:	Drachenlord
Sechstes Buch:	Heldensturz

JAMES BARCLAY

Drachenlord

Die Legenden des Raben

Fünftes Buch

Deutsche Erstausgabe

WILHELM HEYNE VERLAG
MÜNCHEN

Titel der englischen Originalausgabe
DEMONSTORM (Part 1)
Deutsche Übersetzung von Jürgen Langowski

FSC
Mix
Produktgruppe aus vorbildlich bewirtschafteten Wäldern und anderen kontrollierten Herkünften
Zert.-Nr. SGS-COC-1940
www.fsc.org

Verlagsgruppe Random House FSC-DEU-0100
Das für dieses Buch verwendete
FSC-zertifizierte Papier *München Super*
liefert Mochenwangen.

Deutsche Erstausgabe 05/2007
Redaktion: Rainer Michael Rahn

Printed in Germany 2007
Titelillustration: Sabine Jantzen
Umschlaggestaltung: Nele Schütz Design, München
Karte: Franz Vohwinkel
Satz: Christine Roithner Verlagsservice, Breitenaich
Druck und Bindung: GGP Media GmbH, Pößneck

ISBN 978-3-453-52212-1

www.heyne.de

Für Simon Spanton,
einen großartigen Freund
und Redakteur,
ohne den es den Raben
nicht gegeben hätte.

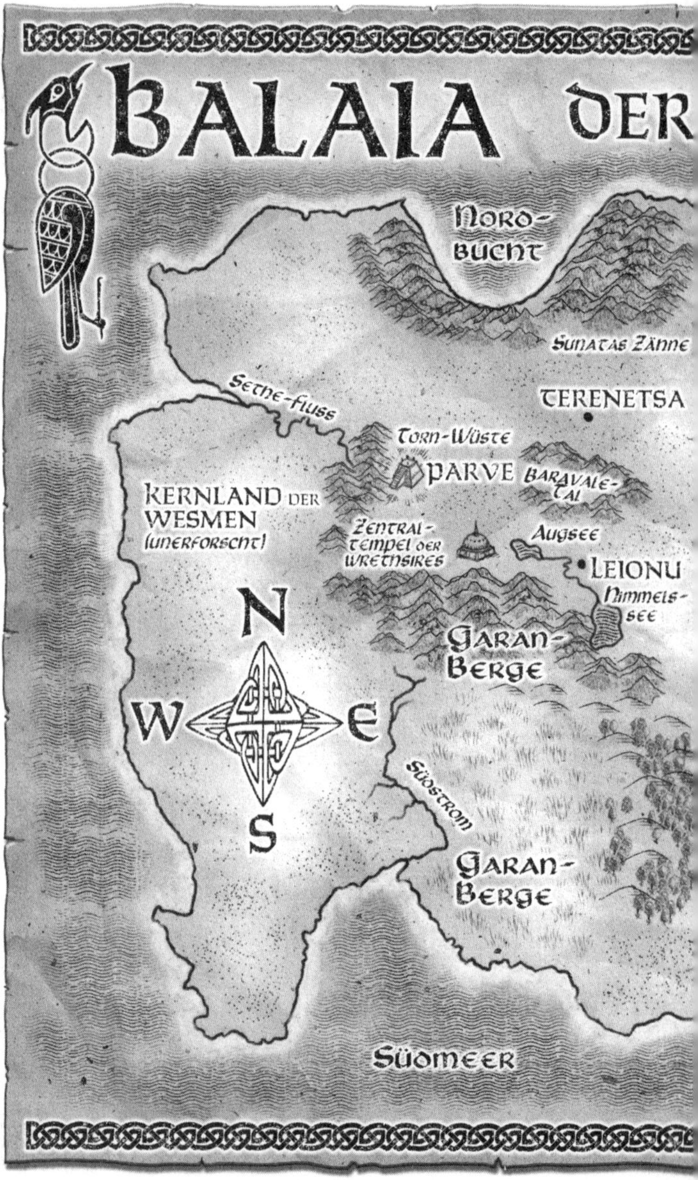

BALAIA DER
Nord-
bucht
Sunatas Zähne
Terenetsa
Sethe-fluss
Torn-Wüste
Parve
Baravale-
Tal
Kernland der
Wesmen
(unerforscht)
Zentral-
tempel der
Wrethsires
Augsee
Leionu
Himmels-
see
N
W
E
S
Garan-
Berge
Südstrom
Garan-
Berge
Südmeer

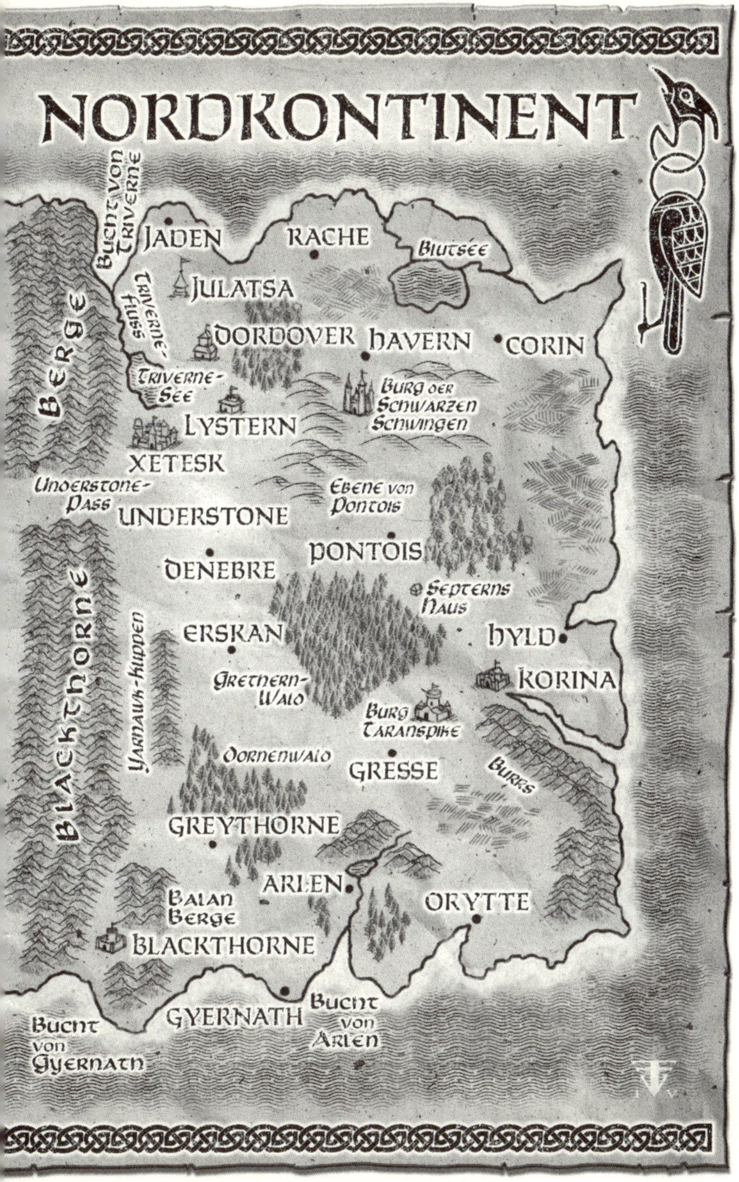
NORDKONTINENT
Bucht von Triverne
Jaden
Rache
Blutsee
Julatsa
Triverne-Fluss
Berge
Dordover
Havern
Corin
Triverne-See
Burg der Schwarzen Schwingen
Lystern
Xetesk
Understone-Pass
Understone
Ebene von Pontois
Pontois
Denebre
Septerns Haus
Blackthorne
Yarnauh-Kuppen
Erskan
Hyld
Korina
Grethern-Wald
Burg Taranspike
Dornenwald
Gresse
Burrs
Greythorne
Arlen
Balan Berge
Orytte
Blackthorne
Gyernath
Bucht von Arlen
Bucht von Gyernath

Auch auf die Gefahr hin, dass ich mich wiederhole, möchte ich allen danken, die mich beim Schreiben dieses Buchs unterstützt und ermuntert haben: Peter Robinson, John Cross, Dave Mutton und Dick Whichelow für ihre Kritik, ihre Vorschläge und Anregungen. David Gemmell und Rob Grant für fundierte Ratschläge in einer Zeit, in der sich vieles verändert hat. Robert Kirby, der mir neue Perspektiven eröffnet hat, und Nicola Sinclair, die dafür gesorgt hat, dass ich auf dem Teppich blieb.

Meiner Familie einfach dafür, dass sie wundervoll ist.

Personenverzeichnis

DER RABE	Hirad Coldheart, Barbarenkrieger Der Unbekannte Krieger/Sol Thraun, Gestaltwandler Ry Darrick, Kavallerist und Schwertkämpfer Denser, Magier aus Xetesk Erienne, Magierin aus Dordover
DIE KOLLEGIEN	Dystran, Herr vom Berge, Xetesk Sharyr, Dimensionsmagier, Xetesk Suarav, Hauptmann der Kollegwache in Xetesk Chandyr, xeteskianischer Heereskommandant Vuldaroq, Erzmagier, Dordover Heryst, Lordältester Magier, Lystern Pheone, Hohe Magierin, Julatsa

DIE ELFEN	Cleress, Al-Drechar Rebraal, Anführer der Al-Arynaar Auum, Anführer der TaiGethen Evunn, Auums Tai-Zelle Duele, Auums Tai-Zelle Dila'heth, Elfenmagierin
BALAIANER, WESMEN, DRACHEN UND DÄMONEN	Blackthorne, ein Baron Ark, ehemaliger Protektor Diera, Frau des Unbekannten Kriegers Tessaya, Lord der Paleon-Stämme Riasu, Lord und Hüter des Understone-Passes Sha-Kaan, der Große Kaan Yasal-Naik, der Große Naik Ferouc, Meisterdämon Drenoul, Meisterdämon

Erstes Kapitel

»Noch einmal!« Tessaya ließ den Arm sinken. »Noch einmal!«

Abermals griffen die Wesmen die Mauern von Xetesk an. Ihre Stammesbanner flatterten in der Brise, und ihre Stimmen mischten sich zu einem einzigen Brüllen. Die Krieger brachten die Sturmleitern in Position und kletterten die groben Sprossen empor. Gleichzeitig versuchten die unter ihnen postierten Bogenschützen, die Verteidiger von den Wällen zu vertreiben, was angesichts der Entfernung jedoch keine leichte Aufgabe war.

In den tiefen Schatten der Nacht setzten die Kämpfer der Stämme unter den Mauern von Xetesk immer neue Leitern an, auf einer Breite von vierhundert Schritt. Die besten Leitern waren grob behauen und mit Seilen verzurrt, die schlechtesten waren kaum mehr als die geschälten Stämme der höchsten Bäume, die sie hatten finden können. Bei früheren Angriffen waren einige Leitern nicht lang genug gewesen.

Jetzt sah Tessaya, wie das Licht der Fackeln auf den Wällen die Leitern erfasste, ehe sie mit einem Knall gegen die

Mauern prallten, damit die Krieger, immer zwei auf einmal, hinaufsteigen konnten.

Dieses Mal stand der Feind mit dem Rücken zur Wand. Dieses Mal würden die Wesmen die Verteidigung durchbrechen. Daran gab es keinen Zweifel. Bei Tageslicht waren viele gestorben. Sprüche und Pfeile hatten Holz und Fleisch zerfetzt. Brennende Krieger waren kreischend zu Boden gesunken. Verkohlte oder vereiste Leitern waren geborsten und binnen weniger Herzschläge zusammengebrochen.

Dennoch hatten die Stämme nicht aufgegeben. Angetrieben von ihren Lords, die den Sieg zum Greifen nahe wähnten, hatten sie den Angriff fortgesetzt. Hunderte suchten im Hinterland nach Bäumen, aus denen sie neue Leitern bauen konnten, und Hunderte starben an den Mauern, während sie taten, was getan werden musste. Sie laugten die Sprüchewirker aus.

Tessaya sah Männer auf den Mauern laufen und die Verteidigung organisieren. Unter ihnen, die Schilde über die Köpfe haltend, stießen seine Krieger vor. Es war der vierte Angriff binnen eines Tages. Die Nacht war gerade zur Hälfte vorbei, und die Wucht der Sprüche ließ nach.

Planlos erfasste hin und wieder ein Spruch die Spitze einer Leiter und die kletternden Männer, doch das war schon alles. Tessaya hatte diesen Moment kommen sehen und den größten Teil seiner Streitmacht zurückgehalten. Xetesk verfügte nicht mehr über die magische Kraft, um sie aufzuhalten. Jetzt kam es darauf an, wer mit Schwert, Axt und Speer der Stärkere war. Das war ein Kampf, den die Wesmen nicht verlieren konnten.

Er sah noch einen Augenblick zu. Immer noch prasselten Pfeile auf die Krieger nieder, die die Leitern emporstiegen. Immer noch fielen seine Leute zu Dutzenden. Tief atmete er die Nachtluft ein. Die Gerüche von Asche und Furcht mischten sich mit dem Duft von frischem Gras, den die Brise herantrug. Er hörte die Stimmen der Wesmen, ihre Stammeslieder, zwischen den Mauern von Xetesk hallen. Von Kraft und Sieg erzählten die Hymnen und schwollen mit jedem Herzschlag an.

Er wandte sich an Lord Riasu. Die kleinen Augen des Mannes funkelten in der Dunkelheit, und sein kantiges Gesicht war vor Erregung rot angelaufen.

»Ihr spürt es auch.«

»Ich spüre es, Lord Tessaya«, bestätigte Riasu. »Wir haben das Ziel fast erreicht.«

»Und was wünscht Ihr jetzt?«

Riasu nickte zu den Mauern hin. Die Wesmen stiegen auf den Leitern höher und höher, die Pfeile konnten sie nicht mehr abhalten, und Sprüche schlugen kaum noch ein. Ein dunkelblauer Blitz auf der linken Seite war eine letzte Erinnerung an die schwindende Bedrohung.

»Meine Männer sind auf den Leitern«, sagte er. »Ich will mich ihnen anschließen. Führe uns auf die Mauern.«

Tessaya versetzte Riasu einen festen Schlag gegen die Schulter. »Diesen Wunsch teile ich.«

Er sah sich rasch um. Sechs weitere Stammesfürsten standen bei ihnen. Ihre Krieger, tausend oder mehr, waren bereit, jederzeit anzugreifen. Unterdessen stärkten sie denjenigen, die schon vor den Mauern in Kämpfe verwickelt waren, mit aufmunternden Rufen den Rücken. Hinter ihnen brannten die Lagerfeuer, und die Wächter der Paleon-Stämme beschützten die Schamanen, die mit ihren Gebeten Anleitung und Kraft von den Göttern erflehten. Ihre Gebete waren ganz gewiss erhört worden.

Die Lords standen in der Nähe in einer Gruppe beisammen, alle wollten das Gleiche, doch sie warteten noch auf Tessayas Kommando. Der Ruhm, der Erste zu sein, der die Mauern erklomm, überwog die Todesangst.

»Es wird Zeit«, sagte Tessaya. Er löste die Axt vom Gürtel. »Meine Lords, wir wollen dem Gegner den vernichtenden Schlag versetzen.«

Er hob die Axt hoch über den Kopf, stieß den Kriegsschrei der Paleon-Stämme aus und leitete den Angriff auf die Mauern ein. Die Lords beschworen ihre Stammesgeister und folgten ihm. Ihnen wiederum folgten tausend Krieger und stimmten ein ohrenbetäubendes Gebrüll an.

Tessaya rannte. Seine grauen Zöpfe flatterten über seinen Schultern, er bewegte Arme und Beine rasend schnell und spürte den Luftzug im Gesicht. Er konnte sich nicht erinnern, sich schon einmal so lebendig gefühlt zu haben. Nicht einmal die Begeisterung, mit der er die Wesmen aus dem Schatten des Understone-Passes geführt hatte, war diesem Gefühl gleichgekommen. Damals hatten sie sich so viel vorgenommen und waren gescheitert. Jetzt war der Sieg in Reichweite.

Seine vergessene Jugend strömte in die nicht mehr jungen Adern zurück. Sein Herz pumpte die Lebenskraft durch seinen Körper. Sein Kopf war klar, sein Auge scharf. Die Geister waren bei ihm und in ihm. Nichts konnte ihn aufhalten. Er lachte laut und beschleunigte seine Schritte.

Unter Xetesks Mauern vertiefte sich die Dunkelheit. Siebzig Fuß hoch waren sie und leicht nach außen geneigt. Beeindruckend, drohend und noch nie überwunden. Hier waren auch die Kampfgeräusche lauter. Tessaya hörte das Summen der Bogensehnen, das Krachen der primitiven Leitern, die Rufe der Wesmen über ihm, die sich als schwarze Schatten vor den grellen Fackeln abhoben.

Wie er befohlen hatte, drängten sich die Wesmen nicht um die unteren Enden der Leitern. Alle, die nicht schon kletterten oder sich darauf vorbereiteten, hatten sich auf dem Feld verteilt und warteten auf den Ruf, ehe sie sich näherten. So gab es keine dicht gedrängt stehenden Gruppen, die den feindlichen Magiern und Bogenschützen ein bequemes Ziel boten.

Tessaya rannte an den wartenden Kriegern vorbei, die seinen Namen riefen. Schneller als ein Buschfeuer breitete sich der Ruf auf dem Schlachtfeld aus. Als er an den wartenden Kriegern vorbei war und die Leiter fast erreicht hatte, wurde ringsum sein Name gesungen.

Er setzte den Fuß auf die unterste Sprosse und trieb alle in der Nähe und über ihm an, sich noch schärfer ins Zeug zu legen. Riasu war direkt hinter ihm und rief etwas in einem Stammesdialekt, den Tessaya kaum verstehen konnte. Das war auch nicht nötig, denn die Botschaft war klar.

Tessaya kletterte schnell, das Holz gab unter seinem Gewicht nach, und die Leiter schwankte und bog sich durch. Die Bindungen waren aber fest und würden halten. Links und rechts eilten andere Wesmen die Leitern hoch. Jetzt, da Tessaya sich eingeschaltet hatte, bekam der Angriff neuen Schwung. Diejenigen, die schon kämpften, waren sich ihres Sieges sicher.

»Drückt euch dicht an die Sprossen«, befahl Tessaya. »Bietet ihnen kein Ziel.«

Eine Schande, dass nicht alle Männer seinen Rat befolgten. Immer noch flogen ihnen Pfeile um die Ohren. Einer traf den ungeschützten Hals eines Kriegers, der es riskierte, nach oben zu schauen, um zu sehen, wie weit er noch klettern musste. Schreiend stürzte er an Tessaya vorbei und schlug tot unten auf.

»Weiter!«, rief er.

Direkt über ihm war ein Mann, den Tessaya schamlos als Schild benutzte. Die Nähe der Wand hinter der Leiter verriet ihm, wie hoch sie schon geklettert waren. Es war nicht mehr weit.

Wieder zuckte ein Spruch über den Nachthimmel. Links schlug ein Eiswind in Fleisch und Holz, ließ es aufplatzen und zerfetzte Bindungen und Sprossen. Die Leiter fiel auseinander, und die Überlebenden stürzten in den Tod. Tessaya fluchte. Doch über ihm nahm das Gebrüll zu, und er vernahm das wundervolle Klirren von Metall auf Metall, als seine Krieger endlich von Angesicht zu Angesicht gegen die xeteskianischen Verteidiger kämpften. Er lächelte humorlos.

»Bist du noch hinter mir, Riasu?«, rief er.

»Ich bin da, Mylord«, kam die etwas atemlose Antwort. »Ich rieche schon ihre Angst.«

»Dann will ich dich nicht davon abhalten, ihnen auch in die Augen zu sehen«, sagte Tessaya. »Angriff!«

Jetzt schaute Tessaya nach oben. Er war höchstens noch zehn Fuß von der Mauerkrone entfernt. Der Pfeilhagel hatte aufgehört. Seine Männer kletterten schneller, und er hielt Schritt. Sie mussten unbedingt den Wehrgang erreichen, ehe der kleine Brückenkopf wieder aufgerieben wurde. Ein Toter fiel rechts neben ihm herab. Funken flogen, als die Waffen aufeinanderprallten, und die Wesmen sangen lauter denn je und weckten mit ihrem Gesang in allen Kämpfern die Lust, noch härter zu kämpfen. Für die Stämme, für sich selbst und für all jene, die gestorben waren, damit sie so weit kommen konnten.

Die Männer über ihm bewegten sich für seinen Geschmack immer noch zu langsam. Er hielt die Axt rechts neben der Leiter, beugte sich hinüber, so weit er es wagte, und rief den Kriegern über ihm zu, sie sollten ihm Platz machen.

»Nach links, geht nach links. Lasst mich durch. Los doch, los!«

Er spürte Riasu hinter sich. Mit der linken Hand hielt Tessaya sich fest und stieg eilig die Sprossen hinauf. Auf der schräg stehenden Leiter kam er gut voran. Der Brückenkopf hielt noch, seine Männer standen nur wenige Schritte vor ihm auf der Mauer. Er roch den Stein, kalt und uralt.

Die Kampfgeräusche drangen nur noch gedämpft an seine Ohren, die Kämpfe Mann gegen Mann, das erschöpfte Stöhnen, die Schreie der Qual und des Schocks. Das Dröhnen und Klirren der Waffen auf Leder und Kettenhemd. Das Kreischen der aufeinanderprallenden Klingen. Das dumpfe Aufschlagen der Toten auf dem Stein, das verzweifelte Scharren der Füße, die einen Halt suchten und nicht das Gleichgewicht verlieren wollten.

Am oberen Ende der Leiter wurde ihm klar, warum es so langsam gegangen war. Ein Krieger klammerte sich an die oberste Sprosse. Er hatte sich über seine Hände übergeben, seine Waffe steckte noch in der Scheide. Tessaya hielt bei ihm an und schluckte den Widerwillen über die Feigheit des Kämpfers herunter, als er dessen Alter sah.

»Bleib bei mir, Junge«, sagte er. »Im Leben oder im Tod wirst du Ruhm ernten.«

Der Junge sah ihn erschrocken an und nickte zaghaft.

»Braver Junge.«

Tessaya packte ihn am Kragen und schob ihn die letzte Sprosse hinauf. Noch ein Schritt, und sie standen auf den Mauern inmitten des Kampfgetümmels. Selbst Tessaya fand den Lärm und die Nähe der Feinde ungemütlich. Sein Schutzbefohlener knickte in den Knien ein. Urin lief über die Hose des Jungen, und er übergab sich abermals. Dennoch zog er seine Klinge, ein kurzes Stoßschwert.

Im Licht der Fackeln und Kohlenpfannen sah sich der kleine Brückenkopf heftigen Angriffen ausgesetzt. Links und rechts waren drei weitere Durchbrüche gelungen. Die Xeteskianer kamen von rechts gerannt und sammelten sich auch auf der linken Seite, wurden aber ihrerseits von Wesmen unter Druck gesetzt. Der Wehrgang war höchstens fünf Schritte breit, er hatte auf der Innenseite kein Geländer und war nicht dazu angelegt, auf diese Weise verteidigt zu werden. Tessaya ergriff sofort die Gelegenheit.

»Vorstoßen!«, rief er und sprang von der Mauer zwischen die Toten und in die Rücken der Lebenden, denen er einen festen Stoß versetzte.

Die Wesmen, die Tessaya im Weg waren, verloren das Gleichgewicht und konnten sich nur noch nach vorn werfen, den Feinden entgegen. Diese spürten schnell, dass der vermeintlich rettende Schritt zurück in Wirklichkeit tödlich war.

Drei Xeteskianer hatten keinen Platz mehr zum Ausweichen und traten ins Leere, hielten sich an ihren Gefährten fest und rissen mindestens ein halbes Dutzend hinab in die Stadt. Einer seiner Krieger stürzte mit ihnen, zwei weitere konnten sich retten.

»Bewacht den Brückenkopf«, befahl er. »Kämpft, meine Stämme, kämpft. Haltet rechts die Stellung und stoßt links vor. Wir müssen diese Bastarde isolieren. Und jemand muss die Toten über die Kante werfen.«

Sie gehorchten. Tessaya war bei ihnen, sie würden alles tun, was er verlangte. Er sah sich zum Jungen um, der inzwischen kämpfte und seine Gegner tötete. Die Furcht war dem Wunsch zu überleben gewichen, der ihm jedoch nicht erfüllt werden sollte.

Riasu setzte über die Zinnen hinweg und stieß einen Kampfschrei aus, während er die Axt über dem Kopf kreisen ließ.

»Riasu, gebt die Botschaft nach unten weiter. Dieser Abschnitt der Mauer muss zwischen den beiden nächsten Wachstuben gesichert werden. Los!«

Ohne zu zögern stürzte Tessaya sich in den Kampf. Seine Axt fuhr zwischen zweien seiner Krieger herab und spaltete einem Feind den Schädel. Blut spritzte im Fackelschein hoch empor. Seit Jahren das erste xeteskianische Blut, das er vergießen durfte. Er zog die Axt zurück und drang in den freien Raum vor, den seine Krieger ihm ließen.

Bevor er das nächste Opfer anging, blickte er zur Stadt Xetesk hinunter. Die Türme des Kollegs standen starr vor dem Himmel, in allen Fenstern und Mauern brannte Licht.

»Ich komme«, knurrte er. »Ich werde euch niederreißen.«

»Kehrt auf die Mauern zurück!«, befahl Dystran, der Herr vom Berge. »Wesmen stehen auf den Wällen. Ich sehe meinen obersten Kommandanten hier und frage mich, was dort los ist.«

Dystran hatte den Kommandanten Chandyr in der Kuppel zwischen den Türmen des Kollegs abgefangen, nachdem er gesehen hatte, dass sein höchstdekorierter Soldat auf seinem Pferd durch die Straßen der Stadt donnerte. In der sonst leeren Kuppel hallten ihre erhobenen Stimmen laut. Chandyrs in vielen Schlachten vernarbtes Gesicht war bleich und wutverzerrt. Dystran wusste genau, wie er sich fühlte.

»Mylord«, erwiderte Chandyr. »Ihr habt zu viele Magier ins Kolleg abberufen. Gebt sie mir zurück.«

»Ich werde nicht jeden Magier verschwenden, den ich habe.«

»Dann erwartet nicht von mir, die Mauern noch viel länger zu halten.«

»Nur der schlechte Soldat gibt dem Mangel an Ausrüstung und Unterstützung die Schuld.«

Chandyr kniff die Augen zusammen. »Dreitausend Mann gegen ein paar Hundert, von denen viele gerade erst von einem Gewaltmarsch aus Julatsa zurückgekehrt sind. Was soll ich Eurer Ansicht nach tun, Mylord?«

»Ich will, dass Ihr Eure Arbeit tut.«

»Ich bin dabei«, erwiderte Chandyr leise. »Ich stehe vor Euch und versuche, ein Massaker zu verhindern.«

»Wie kommt es dann, dass die Wesmen auf meine Mauern steigen konnten?«

Chandyr riss der Geduldsfaden. Dystran sah das Flackern in den Augen des Mannes und spürte einen Stich, als der Kommandant ihm den Zeigefinger seiner behandschuhten Hand in die Rippen stieß.

»Es sind Xetesks Mauern, nicht die Euren«, sagte er drohend. »Und die Gegner sind dort, weil Ihr mir in der Dämmerung die Kräfte genommen habt, die ich gebraucht hätte, um sie zu verteidigen. Ihr drückt Euch vor Eurer Verantwortung für diese Stadt. Welchen Nutzen hat das Kolleg noch, wenn ringsum die Stadt niedergebrannt ist, was?«

Dystran schwieg einen Moment, bis Chandyr die Hand sinken ließ.

»Das Kolleg *ist* die Stadt«, sagte er, »und da ich der Herr des Kollegs bin, sind auch die Mauern mein. Ich drücke mich nicht, Chandyr. Ich erwarte eher Beifall, da ich Magier aus dem Gemetzel zurückzog, das Ihr angerichtet habt. So sind sie wenigstens in der Lage, den Gegenschlag zu führen.«

»Noch einen Eurer ungezielten Dimensionssprüche, Dystran?«, spottete Chandyr. »Ihr werdet mehr Unschuldige als Feinde töten.«

»Ich werde die Wesmen aufhalten«, sagte Dystran, dem allmählich der Kragen platzte. »Und Ihr, Kommandant Chandyr, werdet nie mehr vergessen, mit wem Ihr redet, und wenn Ihr meinen Rat annehmt, dann werdet Ihr Eure nächsten Worte sehr, sehr sorgfältig wählen.«

Um Chandyrs Lippen spielte ein Lächeln, das die Augen nicht erreichte. Er nickte und machte einen Schritt, bis er so nahe vor Dystran stand, dass dieser ihn nur noch verschwommen wahrnehmen konnte.

»Beschuldigt mich nie wieder, ein schlechter Soldat zu sein.«

»Männer werden nach ihren Taten beurteilt«, erwiderte Dystran freundlich, obwohl sein Herz schneller schlug.

»Weitere Warnungen werdet Ihr nicht bekommen«, sagte Chandyr.

Der Kommandant machte auf dem Absatz kehrt und schritt aus der Kuppel, um sein Pferd zu rufen. Dystran sah ihm nach und spürte, wie seine Wut zunahm. Er hatte nicht den Wunsch, sie zu unterdrücken, und genoss sogar die Hitze, die sie in seinem Geist und seinem Körper entfachte.

Chandyr verstand nicht, worauf es ankam, überlegte er, als er die Kuppel verließ und zu seinem Turm eilte. Seine Wächter salutierten, als er sich näherte. Chandyr hatte sich den förmlichen Gruß geschenkt. Ein typischer Soldat. Blind für das Gesamtbild. Nur fähig, die Aufgabe zu erledigen, die unmittelbar vor ihm lag, und manchmal nicht einmal das.

»Sharyr soll sofort in mein Audienzzimmer kommen«, befahl er. »Er müsste in meinem Verteiler sein.«

»Ja, Mylord«, sagten beide Männer gleichzeitig.

Dystran stieg die Treppe seines Turms hinauf. Er dachte noch einmal an Chandyrs Worte, und der Zweifel kratzte mit winzigen Krallen an seinem Selbstvertrauen. Es stand außer Frage, dass er die Wesmen unterschätzt hatte. Dies war kein ungeordneter Angriff. Dahinter standen nicht nur Klugheit und Taktik, sondern auch eine grimmige Entschlossenheit und eine Bereitschaft zur Selbstaufopferung, die man nur als atemberaubend bezeichnen konnte.

Irgendwo dort draußen war Tessaya.

Was Dystran am meisten zusetzte, war nicht die Tatsache, dass der Lord der Wesmen es geschafft hatte, seine Krieger zu sehr wirkungsvollen Vorstößen anzustacheln und sie, wenn nötig, sofort wieder zurückzunehmen. Offenbar wusste er auch, wie schwach Xetesks Verteidigung war, was Magier und Soldaten anging, und schickte deshalb immer neue Angriffswellen, um die Verteidiger zu zermürben. Welche Spione hatten ihm dies verraten?

Tessayas Ziel war eine Weile vorher deutlich geworden, und deshalb hatte Dystran eine Reihe von Magiern abgezogen, um die Dimensionsmagier zu verstärken und den Spruch für das nächste Fenster vorzubereiten. Ein Fenster, das sich hoffentlich bald öffnete.

Chandyr hatte die Wesmen nicht zurückschlagen können, was Dystran zugleich überraschend und bedauerlich fand. Xeteskianische Soldaten und Bogenschützen sollten doch wohl in der Lage sein, mit ein paar Leitern fertig zu werden. Wieso war den Wesmen etwas gelungen, das eigentlich niemand je hätte schaffen dürfen?

Vielleicht hätte er gründlicher nachforschen sollen.

Doch als er sein Audienzzimmer im dritten Stock erreichte, hörte er schon eilige Schritte hinter sich. Er öffnete im schwach beleuchteten Raum die Blenden vor dem Balkon und sah den vollen Umfang der Bedrohung, der seine Stadt ausgesetzt war. Rasch verstärkte er mit einem

Spruch seine Sicht, um auch die kleineren Details zu erkennen.

Rings um einen mehr als zweihundert Schritt langen Abschnitt brannten helle Lichter. Dort wimmelte es von Wesmen, doch es herrschte noch kein Gedränge. Sie griffen nach links und rechts die nächsten Türme an und hatten in Richtung der Stadt einen Schildwall errichtet, größtenteils aus frisch geschnittenem Holz. Bogenschützen erzielten hin und wieder einen Treffer, konnten aber den Vorstoß der Wesmen auf den Mauern nicht aufhalten.

Chandyr hatte die Türme zur Verteidigung stark besetzt. Die Wesmen erlitten beträchtliche Verluste, doch ohne die Sprüche der Magier war es nicht möglich, sie zu den Leitern zurückzudrängen, und letzten Endes würden sie allein dank ihrer Überzahl den Sieg erringen. Wie bald schon, das konnte man nicht sagen. Höchstwahrscheinlich noch vor der Morgendämmerung.

»Verdammt aber auch«, keuchte er. »Wo habe ich mich geirrt?«

»Mylord«, sagte jemand hinter ihm.

»Sharyr«, antwortete Dystran, ohne sich zum neuen Leiter der Dimensionsmagier umzudrehen. Er war kaum mehr als ein Adept, aber der Beste, den er noch hatte. »Kommt her und sagt mir, was Ihr seht.«

Darauf hörte Dystran ein nervöses Scharren und angestrengte Atemzüge, teils übertönt vom Schlachtlärm auf den Mauern. Nun drehte er sich zu Sharyr um, der das Geschehen beobachtete und sich fragte, was er nun eigentlich wahrnehmen sollte. Er trampelte unbehaglich von einem Fuß auf den anderen und zuckte unsicher mit den Achseln.

»Die Wesmen auf den Mauern?«, fragte er mit bebender Stimme.

»Ausgezeichnet«, sagte Dystran. »Macht Euch das Angst?«

»Ja, Mylord«, sagte Sharyr. »Ich habe Angehörige in der Stadt.«

»Dann haben sie Glück, denn Ihr werdet persönlich dafür sorgen, dass ihnen nichts passiert, nicht wahr?«

»Ich? Aber ich …«

»Die Entfernung zwischen den Mauern der Stadt und denen des Kollegs ist für ein tobendes Wesmen-Heer ein Kinderspiel. Weniger als eine Meile, oder was würdet Ihr sagen?«

»Mylord?«

»Diese Stadt ist nicht groß«, fuhr Dystran fort. »Was meint Ihr, wann werden die Wesmen einen jener Türme erobern?«

Sharyr starrte ihn fassungslos an.

»Ihr müsst nämlich wissen«, klärte Dystran ihn auf, »dass sie Zugang zu unseren Straßen und vor allem zum südlichen Torhaus haben werden, wenn dies geschieht. Draußen warten Tausende von Kriegern nur darauf, dass sie endlich hereinkommen können.«

»Ja, Mylord.«

»Ich will Euch damit sagen, dass diese nicht näher bestimmte, aber höchstwahrscheinlich kurze Frist genau der Zeitrahmen ist, in dem Ihr bereit sein müsst, den Spruch Eurer Wahl zu wirken.«

»Ich …« Sharyr wich einen Schritt zurück.

Dystran folgte ihm. »Ihr begreift doch, dass keiner dieser Männer jemals das Kolleg erreichen darf, nicht wahr? Wenn Chandyr sie nicht aufhalten kann, dann werdet Ihr es tun. Nicht wahr?«

»Die … die Ausrichtung der Dimensionen wird erst morgen Nacht um diese Zeit vollendet sein«, quetschte Sharyr hervor.

»Oh, du meine Güte.« Dystran schlug sich eine Hand vor den Mund. »Was werdet Ihr denn nun tun?«

»Also, das weiß ich nicht, Mylord«, erwiderte Sharyr, dem Dystrans Sarkasmus völlig entgangen war.

Dystran trat noch näher an Sharyr heran, was den jungen Mann veranlasste, abermals zurückzuweichen.

»Dann will ich Euch erleuchten.« Seine Worte verrieten seine lange Übung als Machthaber, denn sie waren kaum mehr als ein Flüstern, und doch voller Drohungen. »Ihr werdet bereit sein, den Spruch zu wirken, weil wir beide ganz genau wissen, dass die Konjunktion erzwungen und dem Spruch unterworfen werden kann. Ich habe ausführliche Kommentare zu diesem Thema verfasst. Der Spruch ist schwer zu beherrschen, und Ihr werdet Eure Untergebenen anweisen, wie sie mit den Kräften umzugehen haben. Ihr werdet sie auch über die Konsequenzen unterrichten, die sie im Falle eines Scheiterns zu tragen haben. Rückschläge von Dimensionssprüchen sind eine sehr, sehr hässliche Angelegenheit.«

Sharyr stand inzwischen mit dem Rücken zum Kamin. Glücklicherweise brannte kein Feuer darin.

»Die Gefahr für unsere Stadt …«, setzte er an.

Dystran beugte sich noch weiter vor. »Die Wesmen werden das Kolleg erobern, wenn sie nicht aufgehalten werden. *Das* ist die Gefahr für unsere Stadt. Ihr werdet sie aufhalten oder beim Versuch sterben. Falls jemand aus Eurer Gruppe meint, er sei der Aufgabe nicht gewachsen, kann er sich bei mir melden, und ich werde mit ihm darüber reden.«

»Ich …«

»Enttäuscht mich nicht, Sharyr.«

Dystran richtete sich auf und trat einen Schritt zurück, um das verängstigte Gesicht des Adepten zu betrachten, die Schweißperlen auf seiner Stirn und die hin und her zuckenden Augen. Er lächelte. »Kennt Ihr den Schlachtruf ›Tod oder Ruhm‹? Ich möchte wetten, Ihr habt gedacht, er gilt nur für Soldaten, was? Denkt noch einmal darüber nach, geht in die Katakomben, und trefft Eure Vorbereitungen. Wenn der Augenblick gekommen ist, werde ich Euch persönlich auf die Stadtmauer rufen. Nun geht.«

Sharyr hatte noch die Geistesgegenwart, sich wenigstens zu verneigen und zu murmeln: »Mylord.«

Die Tür des Empfangszimmers öffnete sich, bevor er sie erreichte. Ein alter Mann mit tränenüberströmtem Gesicht stand im Schein der Kohlenpfanne auf der Treppe. Es war Brannon, seit Jahrzehnten Ranyls Kammerdiener.

»Bitte, Mylord«, sagte er. »Ihr müsst schnell kommen.«

Dystran hatte das Gefühl, im Boden zu versinken, und die Furcht ließ ihn schaudern.

»Oh nein«, keuchte er und lief los. »Nicht jetzt. Nicht gerade jetzt.«

Zweites Kapitel

Hirad Coldheart saß vor dem Refektorium von Julatsa auf der Treppe. Es war eine warme, friedliche Nacht. Hier und dort waren draußen vor dem Kolleg Lebenszeichen zu hören. Ein Wagen rumpelte übers Pflaster, Pferdehufe hallten zwischen leeren Gebäuden, irgendjemand rief einen Gruß. Er atmete tief durch, bis die Brustverletzung unter dem Verband schmerzte. Sie heilte nur langsam. Die Magie hatte die Muskeln repariert, aber die Haut war noch wund und spannte sich. Ein Zeichen des Alters, nahm er an. So ähnlich wie die grauen Strähnen in seinen langen Zöpfen.

Eigentlich hatte er keinen Grund dazu, aber er war erleichtert. So viele Schwierigkeiten gab es noch in Balaia, doch zum ersten Mal seit langer Zeit waren er und der Rabe nicht durch ihre Ehre oder einen Vertrag verpflichtet, irgendetwas zu tun. Er hätte sich dennoch Sorgen machen müssen, aber irgendwie konnte er sich nicht dazu überwinden. Nicht in diesem Augenblick. Vielleicht nie wieder.

In Julatsa gab es Spannungen, seit diejenigen, die geflohen waren, zurückkehrten. Die Herrscher der Stadt fanden immer noch nicht den Mut, im Kolleg vorzusprechen. Es würde Streit geben, da war er sicher. Abgesehen davon hatten die Kämpfe zwischen Dordover, Xetesk und Lystern vermutlich immer noch nicht aufgehört. Sie würden aufeinander einschlagen, bis ein ermattetes Patt eintrat, viel zu stolz, um über einen Frieden zu verhandeln, solange sie nicht so viel Blut vergossen hatten, wie es nur irgend möglich war.

Er hätte sich Sorgen über das Schicksal des Landes machen müssen, das er liebte, aber irgendetwas fehlte ihm hier. Wenn er zum Herzen von Julatsa schaute, über dem bald ein neuer Turm errichtet werden sollte, dann wusste er auch, was es war. Es ging nicht um ein großartiges Land, das es wert war, gerettet zu werden. Es ging um die Menschen, die er liebte und die dort leben wollten. Sie waren tot oder gingen fort. Jeder Einzelne.

Auch wenn Ilkar der Tropfen gewesen war, der das Fass zum Überlaufen gebracht hatte – vorher waren Sirendor, Ras, Richmond, Will und Jandyr gestorben. Alle waren tot, obwohl er sich so sehr bemüht hatte, sie zu retten. Und der Unbekannte, Denser und Erienne, sie dachten an ihre Angehörigen auf der anderen Seite des Ozeans und würden bald abreisen. Thraun würde sie begleiten. Entweder dies, oder er kehrte zum Rudel zurück. Für ihn würde es keine Konflikte geben.

Blieb noch Darrick. Hirad kicherte. Wenn es einen Mann gab, nach dem noch dringender gefahndet wurde als nach den übrigen Rabenkriegern, dann war es Darrick. Er hatte kaum eine Wahl.

Also würden sie mit den paar Elfen, die nicht helfen mussten, das Kolleg wieder in Gang zu bringen, nachdem das Herz geborgen war, zurückreisen und in der Nähe von Blackthorne an Bord eines Schiffs gehen. Rebraal musste nach Hause, die Al-Arynaar brauchten ihren Anführer auf Calaius. Das Gleiche galt für Auum und die TaiGethen, die ihm natürlich folgten, wohin er auch ging. Im Übrigen wäre Hirad jede Wette eingegangen, dass auch das letzte noch lebende Krallenjägerpaar in den Regenwald zurückkehren würde. Sie hatten seit dem Ende der Belagerung um die verlorenen Gefährten getrauert. Sogar in den Augen des Panthers konnte Hirad erkennen, dass sie ihre Heimat und ihre Verwandten vermissten. Sie waren jetzt draußen, starrten zu den Sternen hinauf und sahen, dass sie sich am falschen Ort aufhielten.

Hirad leerte seinen Weinkelch und betrachtete seinen Teller. Das Brot und das Fleisch hatte er aufgegessen, und inzwischen war es vermutlich Zeit, ins Bett zu gehen. Er nahm den Teller und wollte aufstehen. In diesem Moment kamen Denser und der Unbekannte aus dem Refektorium, mit Weinschlauch und Kelchen bewaffnet. Er lächelte sie an, den Magier mit den markanten Gesichtszügen und den Krieger mit dem glatt rasierten Kopf.

»Wohin willst du, Coldheart?«, fragte der Unbekannte.

»Einen Nachschlag holen?«, meinte Hirad.

»Gute Antwort«, sagte Denser.

Die Männer setzten sich links und rechts neben ihn. Denser füllte seinen Kelch.

»Was ist das, eine Art Höflichkeitsbesuch?«

»Nein«, erwiderte der Unbekannte. »Wir dachten nur, es ist lange her, dass wir zusammengesessen und Wein getrunken haben. Die anderen kommen auch gleich raus.«

»Wird es Zeit, auf die Toten anzustoßen und weiterzuziehen, ja?« Hirad nickte in Richtung des Herzens.

»Etwas in dieser Art«, erwiderte Denser.

»Tja, es nützt ja auch nichts, weiter hier herumzuhängen.« Hirad hob sein Glas. »Auf Ilkar. Auf einen Elf, wie man ihn nicht zweimal trifft, und einen Freund, den ich immer vermissen werde.«

Sie stießen an. Hirad leerte seinen Kelch mit einem Zug und knuffte Denser, der ihm nachschenken sollte.

»Ich glaube, er wäre stolz auf uns.« Denser strich mit einer Hand über seinen sauber getrimmten, immer noch pechschwarzen Bart.

»Das will ich doch hoffen. Beinahe hätte unser letztes Stündlein geschlagen, als sie diesen Schutthaufen da aus dem Loch geholt haben.«

Denser lachte laut, draußen im Hof drehte das Pantherweibchen gelassen den Kopf. »Ah, Hirad, es gelingt dir doch immer wieder, die Dinge mit ganz einfachen Worten auf den Punkt zu bringen.«

»Das Schönste ist doch, dass wir ihm damit ein Denkmal gesetzt haben, was?«, sagte Hirad. »Ich meine, das Herz wurde nur geborgen, weil er uns in diese Richtung gelenkt hat.« Bekümmert seufzte er gleich darauf. »Er hätte aber dabei sein und es selbst sehen sollen, was?«

Darauf schwiegen auch die anderen, jeder in Gedanken verloren.

»Bist du bereit?«, fragte der Unbekannte schließlich.

Hirad zuckte mit den Achseln und sah dem Unbekannten in die schiefergrauen Augen. »Ist ja nicht so, als hätte ich viel zu packen.«

»Das meinte ich nicht.«

»Ich weiß.«

Der Unbekannte versetzte ihm einen Stoß. »Dann sag's mir.«

»Das hat wehgetan.«

»Nicht so sehr, wie der nächste wehtun wird.«

Hirad beäugte die Muskelpakete des lächelnden Kriegers. »Ich habe übrigens auch schon darüber nachgedacht, bevor ihr zwei mich gestört habt. Hier hält mich nichts mehr, und ich bin das Kämpfen leid. Ehrlich. Seht doch nur, was wir erreicht haben, und die einzigen Monumente sind die Grabmale unserer toten Freunde. Fast alle hier wollen uns umbringen. Diese undankbaren Hunde.«

»Wir dachten daran, morgen aufzubrechen. Im Morgengrauen«, sagte der Unbekannte.

Hirad zog die Augenbrauen hoch. »Sind wir dazu gut genug in Form? Ich denke jetzt vor allem an Erienne.«

»Es geht ihr gut«, erklärte Denser. »Körperlich auf jeden Fall. Ich glaube, sie kann sich nur nicht entscheiden, was sie bei der Rückkehr nach Herendeneth unerfreulicher finden wird: den Anblick von Lyannas Grab oder die Ausbildung in der Magie des Einen durch Cleress.«

»Können wir überhaupt gefahrlos nach Süden reisen?«, fragte Hirad. »Da unten ist doch immer noch ein Krieg im Gange.«

»Dir entgeht auch gar nichts, was?«, meinte Denser.

»Darrick hat eine Route ausgesucht, die auch ich für gut halte«, sagte der Unbekannte. »Wir können sicherlich ohne große Schwierigkeiten Blackthorne erreichen. Danach müssen wir nur noch warten, bis die *Calaianische Sonne* in die Bucht von Gyernath einläuft.«

»Hauptsache, dir geht es gut«, sagte Hirad.

»Und ob«, erwiderte der Unbekannte. »Aber du weißt ja, wie das ist. Solange du es nicht sagst, brechen wir nicht auf.«

Hirad freute sich über die Vertrautheit. Selbst jetzt, da sie das Land verlassen wollten, für dessen Rettung sie so lange gekämpft hatten, selbst auf dem Weg in den Ruhestand funktionierte der Rabe noch. Er nickte.

»Es gibt keinen Grund hierzubleiben, wenn wir gut genug in Form sind, um zu reisen.« Lächelnd warf er dem

Unbekannten einen Blick zu. »Aber danke, dass du gefragt hast.«

»Du weißt ja, wie das ist.«

»Ja.« Hirad stand auf und spähte in seinen Kelch, beobachtete die kleinen Wellen auf der dunklen Flüssigkeit. »Wo sind die anderen? Ich glaube, wir könnten noch mal auf den einen oder anderen anstoßen.«

Sha-Kaan drehte sich in der Luft gemächlich um sich selbst. Unter ihm verhüllte Nebel das Tal, in dem das Brutland der Kaan lag. Vor ihm erstreckten sich die Ebene von Domar und der dichte, dampfende Wald von Teras zu Füßen der Berge von Beshara, die der Drachendimension den Namen gegeben hatten. Diese ringförmige Bergkette, die das Tal so fruchtbar und feucht hielt, weil sie den Regen und die Wärme nicht entkommen ließ.

Er hörte die Rufe seiner fliegenden Brut, die auf festgelegten Routen patrouillierte, damit kein Eindringling das Brutland gefährdete. Mehr denn je durften sie jetzt nicht versagen. Mehr denn je waren sie Angriffen ausgesetzt.

Sha-Kaan segnete die Stärke Hirad Coldhearts und des Raben. Er segnete ihren Glauben und ihre Entschlossenheit, ihre Kraft und ihren Mut. Ohne sie wäre er jetzt nicht hier, um in dieser gefährlichen Zeit seine Brut zu führen, und ohne ihn müsste sie untergehen. Ohne Hirad wäre er nicht fähig gewesen, die letzten Tage im heilenden Energiestrom des interdimensionalen Raumes zu verbringen.

Um im Klene Entspannung zu finden, musste der Fusionskorridor an einem Ende im Bewusstsein der Brut und am anderen im bemerkenswerten Bewusstsein des Barbaren verankert werden, und die Diener, die Vestare, mussten zur Stelle sein. Treu und voller Ehrfurcht dienten sie den Herren und lebten unter deren Schutz. Es war eine Freude, die er schon verloren geglaubt hatte.

Sha-Kaan spürte die Furcht und die Erregung von einem Dutzend Drachen, deren Geburt bevorstand. Ihre Zeit war gekommen, im nächsten Zyklus von Helligkeit und Dunkelheit würde es bei den Kaan Neugeborene geben, die sie feiern durften und beschützen mussten. Die Energie einer Geburt strahlte weit über das Brutland hinaus, auch die Feinde konnten es spüren. So verband sich bei jeder Geburt die Freude mit der Gefahr. Das war auch der Grund dafür, dass die Brut flog und die Grenzen sicherte und bald schon in noch größerer Zahl fliegen würde. Die Kaan alterten. Sie konnten es sich nicht erlauben, auch nur ein Junges zu verlieren.

Sha-Kaan schickte einen Gedankenimpuls zu seiner Brut. Seine Rückkehr hatten sie wie eine Wiedergeburt empfunden, und jetzt wandten sie sich natürlich an ihren Großen Kaan, der sie führen sollte, wie es seit so vielen Zyklen seine Aufgabe war. Er schickte Befehle, sie sollten vorsichtig sein und sich genau an die Flugrouten halten, und sie sollten sich bei ihren Patrouillenflügen abwechseln, damit sich alle dazwischen ausruhen konnten. Den ungeborenen Jungen übermittelte er Gefühle von Harmonie, Ruhe und Zuversicht, dass sie alle lebend zur Welt kommen würden.

Ein Dutzend Mal schlug er kräftig mit den Flügeln und stieg höher, um vom Grenzbereich aus, wo seine Patrouillen mit scharfen Augen wachsam kreisten, auf das Land hinabzuschauen. Als er die gewünschte Höhe erreicht hatte, glitt er in sanften Spiralen wieder nach unten und spürte das Rauschen des Windes auf den Schuppen und den voll entfalteten Schwingen. Er suchte das Land drunten ab, ob er irgendetwas versäumt hatte, ob es irgendeine Lücke gäbe, die er noch schließen musste. Oberhalb des Nebels waren etwas mehr als einhundert Kaan unterwegs, darunter wachte eine ebenso große Zahl, und noch einmal doppelt so viele ruhten in den Chouls im Brutland.

Es sah nach einer beeindruckenden Verteidigung aus, doch unter denen, die im kampffähigen Alter waren, befanden sich auch Junge und sehr Alte. Die Naik waren stark. Sie wussten, dass die Geburten der Kaan bevorstanden. Er fragte sich, ob sie einen Angriff für lohnend hielten und bereit waren, die Verluste in Kauf zu nehmen. Immer wieder hatte er die Erfahrung gemacht, dass sie schwer einzuschätzen waren. Einerseits setzten sie sich geringschätzig über das Recht rivalisierender Bruten hinweg, in Beshara ein eigenes Gebiet zu besetzen, andererseits waren sie als Verbündete überraschend entgegenkommend und aufrichtig.

Die Kaan hatten noch kein Bündnis mit den Naik geschlossen, wie die Veret dies getan hatten, eine aussterbende Brut, die dank eines bizarren Gesinnungswandels von den Naik erst bedroht und dann verteidigt worden waren.

Ob die Naik angriffen oder nicht, hing davon ab, ob sie fähig waren, ihr Heimatland zu verteidigen, während sie das der Kaan zu erobern suchten. Neue Bündnisse mussten geschlossen werden. Sha-Kaan wünschte, er hätte die Zeit, die Veret aufzusuchen und einen Hinweis auf deren Stärke zu bekommen, doch sie waren zu weit entfernt.

Zufrieden, dass seine Patrouillen keinen Feind unbemerkt durchschlüpfen lassen würden, stieß er etwas schneller hinab. Jetzt brauchte er eine Ruhepause in einem Choul, um seine alternden Muskeln zu schonen, die auch nach der Erholung im interdimensionalen Raum noch nicht ganz verheilt waren. Die Kühle und Dunkelheit und die Gesellschaft der Gefährten wären ihm jetzt sehr willkommen. Vorher aber forschte er nach Hirad Coldhearts Bewusstsein. Über die Unwägbarkeit des interdimensionalen Raumes hinweg bis nach Balaia ließ er sein Bewusstsein schweifen.

Er spürte die Feinde, die gegen die Membran drängten und einen Zugang suchten. Die Arakhe. Dämonen, wie die Balaianer sie nannten. Eine allgegenwärtige Gefahr für jedes Lebewesen in den zahllosen Dimensionen, und die einzige echte Gefahr für die Kaan. Balaia war ruhig. Die Dimensionsmagie, die die Arakhe auf den Plan gerufen hatte, hatte keinen dauerhaften Schaden angerichtet. Die Risse im Raum waren klein und von vorübergehender Natur gewesen. Hirad Coldheart schlief, und sein Geist war frei, auch wenn er es nicht wusste.

Zufrieden zog Sha-Kaan sich wieder zurück. Das Gedränge der Arakhe um den balaianischen Raum bereitete ihm allerdings Sorgen. Es war, als warteten sie auf irgendetwas. Er spürte ihre Geister wie Dornen im Flammengras. Unangenehm, unwillkommen und unnatürlich.

Er würde sie genau beobachten. Sobald die Geburten überstanden waren und die Psyche der Brut sich beruhigt hatte, würde er mehr Zeit finden. Vielleicht konnte er dann eigene Bündnisse schmieden und etwas gegen die Arakhe unternehmen. Etwas Endgültiges.

Er bellte, um sein Kommen anzukündigen, und flog zu einem Choul.

Dystran zwang sich zur Ruhe, ehe er Ranyls Privatgemächer betrat. Er nahm sich einen Augenblick Zeit, sein Hemd zurechtzurücken und sich zu vergewissern, dass sein Haar glatt am Kopf lag. Er atmete bewusst langsam und hoffte, sein Gesicht sei nicht zu stark gerötet, nachdem er gerannt war. Auf sein Nicken öffnete ihm der Wächter die Tür. Wärme schlug ihm aus der schwach beleuchteten Kammer entgegen. Er trat ein.

Links brannte ein heißes, gelbes und orangefarbenes Feuer im Kamin und ließ auf den Wänden und Vorhängen trügerische Schatten tanzen. Rechts fiel der Schein einer abgeschirmten Laterne auf Ranyls Bett und die Frau, die danebensaß. Sie hatte einen Arm auf das Bett gelegt und hielt Ranyls Hand. Neben ihr stand eine Schale mit einem Tuch bereit.

Dystran hatte damit gerechnet, das Keuchen eines Mannes zu hören, dessen Ende nahte, doch es war still im Raum. Die Luft war drückend, es roch süß nach Kräuteraufgüssen und Blüten. Rasch trat er ans Bett.

»Danke, Mylady«, sagte er. »Wir wissen Eure Fürsorge in den letzten Tagen sehr zu schätzen.«

Nach kurzem Zögern stand die Frau auf. Sie zog ihre Hand zurück, drückte noch einmal kurz Ranyls Hand und beugte sich vor, um einige Worte zu flüstern und ihn zum Abschied auf die Stirn zu küssen.

Mit gesenktem Kopf eilte sie an Dystran vorbei, dem die Tränenspuren auf ihren Wangen, die im Feuerschein glänzten, nicht entgingen.

Als er saß, verspürte Dystran sofort den überwältigenden Drang fortzulaufen. Er wollte sich nicht dem stellen, was nun kommen musste. Draußen in der dunklen Stadt hallte der Lärm der Kämpfe. Alles, was er kannte und schätzte, war nun bedroht. Und hier, so leise atmend, dass man es kaum hören konnte, lag der Mann im Sterben, den er am dringendsten brauchte.

Er nahm Ranyls Hand und spürte, wie sich die Finger schwach bewegten.

»Seid Ihr müde, alter Knochen?«, fragte Dystran ruhig.

Er bemühte sich sehr, sich nichts anmerken zu lassen. Nur wenige Tage war es her, dass Ranyl noch stark gewesen war; er war gelaufen und hatte aufrecht gesessen und ohne Hilfe gegessen. Es tat weh, diese abrupte Veränderung miterleben zu müssen.

Ranyls Augenlider öffneten sich flatternd im Zwielicht. So strahlend und voller Entschlossenheit waren die Augen vor Kurzem noch gewesen. Jetzt waren sie stumpf und lagen tief in den Höhlen. Seine Lippen bewegten sich und brachten ein Zischen hervor, die Worte waren kaum zu verstehen.

»... nicht ertragen, dass Xetesk angegriffen wird. Werft sie zurück.«

»Die Wesmen werden nicht über die Mauern hinauskommen«, erwiderte Dystran sanft. »Ruht Euch aus und haltet durch, damit Ihr seht, wie wir siegen.«

»Nein, junger Spund, ich bin müde.« Er brachte ein schwaches Lächeln zustande. »Ich überlasse das den jüngeren Männern. Ich war ... eigentlich habe ich nur noch gewartet, dass Ihr mir Lebewohl sagt.«

Ranyls Stimme wurde jetzt so schwach, dass Dystran sich immer weiter vorbeugen musste. Die Worte jagten dem Herrn vom Berge einen kalten Schauder über den Rücken. Er packte die Hand des alten Mannes und schüttelte sie.

»Nein, Meister Ranyl«, widersprach Dystran. »Ich brauche Euch als Ratgeber. Es gibt sonst niemandem, dem ich trauen kann.«

»Ihr wart ein guter Freund«, sagte Ranyl, »und Ihr seid ein großer Führer. Ihr braucht niemanden.«

»Nein, Ranyl. Haltet durch. Die Schmerzen gehen vorbei, bald werdet Ihr wieder zu Kräften kommen.«

Doch es war nicht wahr, und das wusste er auch. Er sah

es in Ranyls bleichem Gesicht, das im Zwielicht wie das eines Gespenstes wirkte. Und er roch es.

Ranyl hustete schwach. »Trauert um mich, aber vermisst mich nicht.«

Dystran nahm es nickend hin. Er lächelte und legte eine Hand auf Ranyls kalte Stirn. »Alles, was ich erreicht habe, habe ich Euch zu verdanken. Ich werde ewig in Eurer Schuld stehen.«

Ranyl kicherte. »Eine nette Grabinschrift«, sagte er, und in seinen Augen flammte noch einmal die alte Kraft auf.

So starb er.

Dystran öffnete die Blenden vor dem Balkon, um die frische Nachtluft hereinzulassen. Vor den Mauern brannten Feuer, und er hörte den Kampflärm und die panischen Schreie, die langsam auf die Straßen übergriffen. Beinahe glaubte er sogar, das Blut in der Luft zu schmecken.

Mehr als alles andere fühlte er sich einsam. Nur ein Mann konnte Xetesk jetzt noch retten. Leider war er selbst dieser Mann. Eine kleine Weile ließ er den Tränen freien Lauf und hörte dem Kreischen von Ranyls Hausgeist zu, der nun wie sein Herr sterben musste.

Der Sieg war zum Greifen nahe, Tessaya spürte es genau. Im Kernland der Wesmen wuchsen harte Männer heran, und er war stolz darauf, neben ihnen zu kämpfen. Die Xeteskianer mussten vor ihm zurückweichen, und sein Herz sang jubelnd vom Sieg.

Er hatte seine Krieger bei einem scharfen Angriff auf den Wehrgängen angeführt. Seine Axt war rot, und seine Arme und die Brust waren von den Klingen der Feinde zerschnitten. Doch jetzt gehörte ihnen der Turm. Vor ihm fiel ein Krieger, dem ein Streitkolben den Schädel eingeschlagen hatte. Tessaya packte ihn am Kragen, als er niedersank, und zerrte ihn zurück. Dann trat er in den frei gewordenen Raum und führte seine Axt von links unten nach rechts oben. Die Klinge traf den Gegner unter dem Kinn, sein Helm flog davon, sein Kiefer war zerschmettert, und sein Kopf wurde heftig zurückgeworfen. Er stürzte rückwärts und brachte die anderen Kämpfer hinter ihm aus dem Gleichgewicht.

Die Wesmen griffen weiter an, der Lärm wurde in der Enge immer größer.

»Haltet die hintere Tür«, befahl Tessaya und stieß einige Männer in diese Richtung. »Die anderen, ihr kümmert euch um die Treppe.«

Auf der engen Wendeltreppe mussten sich die Xeteskianer rasch zurückziehen. Tessaya führte seine Krieger nach unten und nahm sich das Innere des Turms persönlich vor. Die Axt führte er mit der rechten Hand in tödlichen Schwüngen.

Ihm war klar, dass der Rückzug der Xeteskianer am nächsten Treppenabsatz ein Ende finden würde. Befehle hallten durchs Treppenhaus. Die verschreckten Jünglinge vor ihm, denn mehr waren sie nicht, sammelten sich und versperrten ihm den Weg. Draußen vernahm er nach langer Zeit wieder den Einschlag eines Spruchs. Er knurrte, wich etwas aus und packte die Axt mit beiden Händen. Vor ihm stand ein Krieger und versperrte ihm den Weg. Hinter ihm und über ihm gingen die Kämpfe auf den Wehrgängen weiter. Er hörte seine Krieger singen, ihre Stimmen hallten herab, verliehen ihm neuen Mut und ängstigten die Feinde.

»Junge, du wirst sterben, wenn du die Klinge gegen mich erhebst«, sagte Tessaya, um das Patt aufzuheben. Er sprach laut, damit seine Stimme weiter trug als bis zu dem Burschen, der direkt vor ihm stand – ein zitternder Junge, dessen Helm zu groß für den Kopf und das verdreckte Gesicht war. »Aber wenigstens zeigst du im Tod mehr Mut als jene, die dir die Befehle geben. Wo sind sie überhaupt?«

»Wer …« Der Xeteskianer wusste nicht, ob er fragen sollte oder nicht, hin- und hergerissen zwischen Angst und Hochachtung.

»Ich bin Tessaya, der Lord der Paleon-Stämme und der Herrscher der Wesmen«, erwiderte er. »Was für ein Triumph wäre es, wenn du mich besiegen könntest. Der Augenblick ist gekommen. Leg die Klinge ab und bleibe verschont, oder stirb, während du träumst, ein Held zu werden.«

Tessaya glaubte nicht, dass der Bursche überhaupt noch den Mut finden würde, das Schwert zum Angriff zu heben, doch wenigstens in diesem Punkt hatte er sich geirrt. In allem anderen freilich lag er richtig. Mühelos lenkte er den schlecht geführten Streich ab und hackte durch die dünne Rüstung in die Schulter des Burschen. Dabei murmelte er ein Gebet an die Geister und bat sie, den Jungen gnädig aufzunehmen.

Er stieg über den Toten hinweg und stimmte ein Kampflied an, das seine Männer aufnahmen. Sie riefen die Geister an, die ihnen Stärke, ein genaues Ziel und allezeit eine scharfe Schneide schenken sollten. Ein kehliger Gesang war es, dessen Rhythmus zu den Axthieben passte.

Tessaya stieß weiter vor und fegte mit einem aufwärts geführten Schlag die Verteidigung eines Xeteskianers weg, riss einem zweiten auf der linken Seite den Bauch auf und hackte mit der Gegenbewegung einem dritten fast den Arm ab. Der Krieger neben ihm, der dröhnend in das Lied eingestimmt hatte, drang auf seinen Gegner ein, zerschlug dessen Deckung und versetzte ihm einen Kopfstoß auf die Nase. Der Xeteskianer stürzte mit rudernden Armen zurück und stellte vorübergehend für seine Gefährten eine größere Gefahr dar als die Wesmen.

Tessaya sah die Angst in ihren Augen und die zitternden Glieder. Blut troff von den Wänden, der Boden war mit Blut bedeckt, und die Leichen der gefallenen Xeteskianer stanken und dampften. Der Lord der Wesmen leckte sich die Lippen, stürmte los und trieb sie mit jedem Schritt weiter zurück.

Drittes Kapitel

Nichts, was Chandyr bisher erlebt hatte, hätte ihn auf dies vorbereiten können. Zwar war es nicht sein erster Kampf gegen die Wesmen, doch früher hatte er die Magier im Rücken gehabt, die nach Belieben die feindlichen Linien aufbrechen und die Feinde vernichten konnten. Und im Gefecht mit den feindlichen Kollegien verlieh das Gleichgewicht der magischen Kräfte der Kriegführung eine Symmetrie, die er begreifen konnte.

An diesem Abend aber, im Kampf Mann gegen Mann, sah er sich wilden, Ehrfurcht gebietenden Kämpfern gegenüber. Die Wesmen waren unermüdlich. Sie waren geschickt. Und sie schnitten sich durch die Reihen seiner Männer wie durch Papier.

Er saß vor dem verlorenen Turm auf seinem Pferd und sah die Männer nach draußen rennen, sich sammeln und wieder hineindrängen. Er hörte, wie der Hauptmann des Turms Ordnung befahl und nichts ausrichten konnte. Den paar Männern in seiner Nähe stand die Angst ins Gesicht geschrieben. Zu beiden Seiten, hoch droben auf den Wehrgängen, verhöhnten die Wesmen seine schwachen Streitkräfte. Er hatte so wenige Magier, und die Sprüche, die sie zuletzt gewirkt hatten, waren verschwendet gewesen. Jetzt waren die gedemütigten Sprüchewirker in einem Bogen rings um den Turm angetreten und erwarteten seine Befehle. Er wollte sie nicht lange warten lassen.

Chandyr hatte daran gedacht, wieder zum Kolleg zurückzureiten. Doch die Stimmung war schlecht, und man sollte nicht sehen, dass er die Front verließ. So stieg er ab und gab dem nächsten Meldegänger die Zügel seines Pferdes.

Bevor er sprach, betrachtete er noch einmal die Feuer, die auf den Mauern und jenen Gebäuden brannten, auf die die Wesmen Fackeln hatten schleudern können. Immer mehr feindliche Kämpfer sammelten sich hinter den primitiven hölzernen Barrikaden auf dem Wehrgang. Er wagte gar nicht, daran zu denken, wie viele draußen auf die Eroberung des Tors warteten.

In den Straßen ringsum war das frühere Selbstvertrauen der Bürger nackter Panik gewichen. Menschen drängten sich auf den Hauptstraßen und wollten zum Nordtor oder zum Kolleg fliehen, wo sie hofften, Schutz zu finden. Letzteres würde Dystran ihnen sicher nicht gewähren, aber, bei den brennenden Göttern, er würde ihnen die Zeit verschaffen, damit sie wenigstens fliehen konnten.

Sein erwartungsvoll neben ihm stehender Bote zuckte zusammen, als er das Triumphgeheul der Wesmen vernahm, die auf dem Wehrgang zum Turm des Südtors vorstießen.

»Reite zum Kolleg zurück«, befahl Chandyr und gab ihm sein Kommandeursabzeichen. »Sprich mit meiner Autorität und rede mit niemandem außer Dystran persönlich. Sage ihm dies: Wenn er seine Sprüche wirken will, dann muss es jetzt sofort geschehen. Wir verlieren den Kampf um das

Südtor. Er muss uns mehr Magier zur Unterstützung geben, oder sie werden vor dem Morgengrauen am Kolleg sein. Hast du das verstanden?«

»Ja, Herr.«

Chandyr fasste den Boten am Arm. »Noch etwas. Sage ihm, er braucht seine Dimensionssprüche nicht zu wirken. Wir schaffen es auch ohne sie. Geh jetzt.«

Chandyr sah ihm nach, als er aufstand und fortritt. Dann drehte er sich um und warf sich mit aller Kraft in den Kampf um Xetesk.

Frühlingsnächte konnten kalt sein, und die Stunden vor der Dämmerung waren die kältesten. Bisher hatte Sharyr jedoch noch nicht gewusst, wie einsam sie sein konnten, vor allem nicht in der Gegenwart so vieler Freunde und Feinde.

Natürlich war es nicht nur sein Auftrag, der ihn so einsam machte. Es war der schreckliche Erfolgsdruck, der auf ihm lastete, und das ungeheure Risiko, das er eingehen musste, um diesen Erfolg zu erringen.

Er und seine zwanzig Köpfe starke Dimensionsgruppe – sie waren sowieso kaum genug – hatten ihre Berechnungen durchgeführt und abwechselnd ausgeruht. Verzweifelt suchten sie nach allem, was ihnen irgendeinen Vorteil verschaffen konnte. Sie brauchten einen stabilen Fokus, während sie gleichzeitig vor den Kräften geschützt blieben, mit denen sie herumspielten. Als Dystran sie zu den Mauern beorderte, hatten sie herzlich wenig gefunden. Das war nicht überraschend, sie hatten viel zu wenig Zeit gehabt.

Die Dringlichkeit der Befehle hatte ihn geängstigt. Im Laufschritt hatte er seine Gruppe aus den Katakomben nach oben geführt. Viel zu viel geschah auf einmal, als dass er die Übersicht behalten konnte. Männer brüllten, Waffen klirrten, Soldaten rannten umher. Das Flackern von Bränden auf dunklen Gebäuden. Menschen, die ihnen entgegengelaufen kamen und zur Seite gestoßen wurden, damit die Magier schneller vorankamen. Der Geruch von brennendem Holz. Die Pflastersteine unter seinen Füßen. Der ungeheure Schlachtlärm, der mit jedem Schritt lauter wurde, während sie sich den Mauern näherten.

Die Kollegwachen hatten sie auf das Dach eines Gebäudes geführt, von dem aus sie einen guten Blick auf die umkämpften Mauern hatten. Kommandant Chandyr war sofort zu ihnen gekommen. Sharyr verpasste die ersten Worte, weil er gebannt beobachtete, was sich vor ihm abspielte. Ein Gedränge von Kriegern auf den Wehrgängen, Leichen in den Straßen darunter. Brände in zwei Wachtürmen. Verzweifelte Verteidiger am Boden. Xetesk in Gefahr.

»… nicht die, die ich hier haben wollte. Warum seid Ihr hier?«

»Mylord Dystran befahl uns hierher, nachdem Ihr Euren Boten geschickt hattet.«

»Ich will Eure Dimensionssprüche nicht, Sharyr. Ihr wisst, was ich davon halte.«

»Kommandant, Ranyl ist gestorben. Dystran will kraftvoll zuschlagen. Wir sind alles, was Ihr habt, und wir haben Anweisung, welche Sprüche wir benutzen sollen.«

Chandyr nickte. »Na gut. Dann seid vorsichtig. Schaltet den Turm da drüben aus. Zerstört die Treppe.«

»Kommandant, so genau können wir nicht zielen. Die minimale Abweichung nach links und rechts beträgt jeweils zwanzig Schritte. Vorausgesetzt, wir können den Fokus halten. Die Ausrichtung der Dimensionen ist noch nicht ideal.«

Chandyr sah ihn ausdruckslos an. »Ihr redet mit mir, als ginge mich das etwas an. Auf fünfzig Schritt zu beiden Seiten stehen Wesmen. Erledigt auch die.« Er zuckte mit den Achseln. »Ich habe die Unterstützung von Magiern angefordert, und jetzt seid Ihr da. Also tut, was Ihr tun müsst. Aber verletzt mir ja keinen Xeteskianer.«

»Lasst Eure Leute von Euren Magiern abschirmen«, sagte Sharyr. »Das ist der einzige Weg, sie zu schützen.«

Chandyr fuhr herum, als im Turm abermals lautes Gebrüll ertönte. Wieder einmal rannten Xeteskianer auf die Straße heraus, aber dieses Mal konnten sie den Feind nicht zurückdrängen. Die ersten Wesmen setzten den Fuß auf den Boden von Xetesk.

»Ihr solltet Euch beeilen«, sagte Chandyr. »Sonst kommen sie auch hier herauf. Lasst mich nicht im Stich.«

Sharyr sah Chandyr hinterher, der das Dach verließ, und wandte sich an seine Truppe.

»Ihr seht das Ziel, Ihr kennt die Gefahren. Kümmert Euch um nichts anderes. Wir dürfen nicht scheitern. Seid Ihr bereit?« Laut, aber voller Angst bejahten sie. »Dann beginnen wir.«

Die Energie durchflutete ihn und sammelte sich in seinem Bauch. Die Magier gruppierten sich rings um ihn. Er stimmte sich aufs Manaspektrum ein und blickte durch die chaotischen Energieströme zu den dunklen Umrissen der Mauern. Auf sie konzentrierte er sich und baute die Gestalt auf, die das Gewebe der balaianischen Dimension aufbrechen und den Zugang zur rohen Energie dahinter öffnen sollte.

Nacheinander schlossen sich ihm seine Magier an. Inmitten der grellen Farben des xeteskianischen Manaspektrums entstand der dunkelblaue Strom und nahm an Stärke zu. Die Kraft bekam eine Richtung.

Wie alle grundlegenden magischen Konstruktionen war auch diese recht einfach. Die Mana-Gestalt war eine achteckige, maximal zehn Fuß breite Säule. An ihrem oberen Ende formten dünne Energiefäden ein kompliziertes Geflecht, das die Ströme im interdimensionalen Raum nachbildete und das energiereiche Chaos außerhalb der balaianischen Dimension anzapfte.

Die Säule selbst richtete die von den Magiern heraufbeschworenen Kräfte aus und diente zugleich als Barriere, damit die Energie sich nicht wahllos ausbreitete. Es blieb allein Sharyr überlassen, wo die Säule zwischen den Dimensionen verankert wurde. Da der Spruch der Zerstörung diente, aber auch Angst und Schrecken verbreiten sollte, trieb er ihn hoch in den Nachthimmel hinauf und gab den Befehl, knapp unterhalb der dünnen Wolkenschicht die Fäden zu aktivieren.

Sie spürten die Energie an der Säule entlangfließen und sahen das Beben im Mana-Licht. Aber das war erst der Anfang. Sharyr speiste die Säule mit Energie, nachdem die Fäden verankert waren. Die Hälfte seiner Gruppe unterstützte ihn.

»Halten«, warnte er sie, und seine Worte erreichten sie trotz des Lärms und ihrer Konzentration. »Und erweitern.«

Sie zogen und rissen ein Loch ins Gewebe Balaias. Sofort spürten sie den Ansturm des interdimensionalen Raums, der das Loch zu packen schien, als wollte er es weiter öffnen. Es war eine natürliche Reaktion, sobald Chaos und Ordnung aufeinanderprallten. Die Magier waren darauf vorbereitet und setzten die Kräfte für ihre Zwecke ein. Sie erlaubten dem Riss zu wachsen, bis er die ideale Größe erreicht hatte, und verstärkten dann erst die Ränder, gaben Mana-Energie hinein und hielten die Struktur fest.

»Das war der leichte Teil«, erklärte Sharyr. »Säulengruppe, bereitet euch vor. Ihr wisst, dass die Energie schwer zu halten ist. Ausrichtungsgruppe, ihr unterstützt mich, und verliert mir ja nicht die Konzentration. Jetzt sehen wir uns um.«

Dank der Informationen, die Xetesk durch die Al-Drechar und Sha-Kaan gewonnen hatten, war es ihnen gelungen, eine neue Karte der Dimensionen zu zeichnen. Sie konnten mit einer gewissen Zuverlässigkeit die Bewegungen der Dimensionen vorhersagen, die Balaia am nächsten waren. Außerdem hatten sie eine Vorstellung von der gewaltigen Zahl der Dimensionen gewonnen, die sich im Raum drängten. Die alte Ansicht, dass alle Dimensionen irgendwie ein und denselben, recht kleinen Platz belegten, hatten sie völlig verworfen. Jetzt kam alles auf die richtige Ausrichtung an. Je mehr Dimensionen zu einer bestimmten Zeit auf Balaia ausgerichtet waren, desto machtvoller wurde der Spruch.

Sharyrs Problem war, dass keine Dimension gut genug ausgerichtet war. Die Konjunktion war fast eingetreten, aber eben noch nicht ganz. Es war zwar dennoch möglich, den Spruch zu wirken, aber die Energieströme wären nicht so gut gebündelt und schwerer zu kontrollieren.

Sharyr, der daran gewöhnt war, die vereinten Energien seiner neun Köpfe zählenden Gruppe zu steuern, sandte einen suchenden Impuls in die Leere und wusste schon ungefähr, was er finden würde. Sie konnten bald mit einer Begegnung von vier Dimensionen rechnen. Sie sollte am folgenden Mittag beginnen.

Im Augenblick sah Sharyr sich jedoch einem Gewirr von Energieströmen gegenüber, die teilweise noch der allgemeinen Richtung zuwiderliefen, die von der entstehenden Konjunktion vorgegeben wurde.

Er spürte den Zug der fernen Dimensionskapseln und

stellte sich ihre gemessenen Bewegungen vor. Jeder Herzschlag brachte die Konjunktion näher, aber es war noch nicht so weit.

Die erste und dritte Dimension standen fast richtig, wobei sich Letztere etwas schneller bewegte als die erste. Die zweite Dimension war noch weit entfernt, näherte sich im Vergleich zu den anderen aber sehr schnell. Die vierte konnte er im Moment überhaupt nicht spüren.

»Das wird wehtun«, warnte er die anderen. »Macht euch auf etwas gefasst.«

Da der natürliche Brennpunkt einer Konjunktion fehlte, mussten die Magier die Kräfte selbst bündeln und zugleich die umhüllende Konstruktion halten, damit der Spruch nicht außer Kontrolle geriet, was ihr sicheres Ende bedeutet hätte.

Auf Sharyrs Kommando schickte die Ausrichtungsgruppe Mana-Energie in den Suchstrahl und änderte die Polarisierung von Abstoßung auf Anziehung. Sofort strömte die Energie der noch nicht ganz ausgerichteten Dimensionen in die Verbindung hinein. Für Sharyr fühlte es sich an, als hätte es in seinem Kopf gedonnert, eine abrupte und anhaltende Flut einer nur unzulänglich ausgerichteten Energie. Der Suchstrahl drohte unter der Belastung zusammenzubrechen.

»Haltet ihn!«, keuchte Sharyr, als er die Anspannung der anderen Magier spürte. Er hörte ein Tosen, das ihn an einen fernen Wasserfall erinnerte. »In Ordnung, dann wollen wir ihn einsetzen.«

Die Ausrichtungsgruppe verkürzte den Suchstrahl und zog die interdimensionale Energie weiter herein. Es war zu viel, um gefahrlos kontrolliert zu werden. Die Energien wüteten in seinem Bewusstsein, während er sich bemühte, nicht die Konzentration zu verlieren.

Mit dem Geräusch von Luft, die in ein Vakuum einströmt, drangen die interdimensionalen Kräfte in den balaianischen Raum ein und zogen eine Rauchfahne hinter sich her. Geformt vom Bewusstsein der Magier, verdichtete sich die Energie zu dünnen Scheiben, die sich um ihre eigene Achse drehten. Zehntausende oder Hunderttausende kobaltblauer Objekte waren es, die extrem schnell durch den achteckigen Mana-Korridor herabgeflogen kamen. Mitunter prallten sie hart gegen die Innenwände, und die Kollisionen verstärkten den Druck, der auf der Konstruktion lastete. Endlich traten sie am unteren Ende aus und prasselten auf den Boden, die Mauern und die Männer.

Die Wesmen sahen den Spruch kommen. Diejenigen, die sich am Fuß des Turms befanden, konnten sich noch in Sicherheit bringen, aber sie waren die Einzigen.

Die Scheiben drangen in den Turm und den Boden davor ein und trafen im Umkreis von sechzig Fuß jeden lebenden Menschen. Mit einem Geräusch, als würden tausend Metallnägel in Fels getrieben, fraßen sie sich in den Stein. Funken flogen und erhellten die Nacht mit grellbuntem Licht. Staub stieg auf, ganze Abschnitte der Mauern brachen auf und zerfielen. Der Turm bebte unter dem Aufprall.

Am Boden wurden die Wesmen, die nicht sofort reagiert hatten, binnen Augenblicken in Stücke geschnitten. Der xeteskianische Schild, der die Verteidiger schützte, schwankte und waberte; die Magier, die ihn halten mussten, sanken vor Anstrengung auf die Knie.

Sharyr wies seine Magier an, den Brennpunkt zu halten. Währenddessen legte ihr Spruch den Turm in Trümmer, zerfetzte den Stein und ließ tödliche Splitter in alle Richtungen fliegen. Er rang mit den Kräften, die durch sein Bewusstsein strömten, und hielt die Polarität des Suchimpulses, wie sie war. Er und seine Gruppe waren dafür verantwortlich, den Strom umzukehren, wenn der richtige Augenblick gekommen war.

Doch die Belastung war für die Ausrichtungsgruppe größer, als sie es sich vorgestellt hatte. Mit jedem Herzschlag gerieten die Scheiben mehr und mehr außer Kontrolle und stießen aneinander oder gegen die Säule, die unter den Schlägen ins Schwanken geriet. Der Turm war noch nicht völlig zerstört, doch Sharyr hatte keine Wahl, als den Spruch abzubrechen. Seine Entscheidung fiel einen Sekundenbruchteil zu spät.

Am Fuß der Säule prallten zahlreiche Scheiben zusammen und flogen seitlich davon. Ihre Wucht war groß genug, um die Mana-Gestalt zu zerstören. Das untere Ende der Säule franste aus und zerriss. Die Mana-Ströme behielten noch einen Moment ihre Struktur und gingen dann im Chaos unter. Nach oben hin lösten sich die seitlichen Begrenzungen der Säule auf, die Risse fraßen sich rasch zum Loch im Himmel empor.

Jetzt rasten die Scheiben ungezielt und ungerichtet heraus. Auf einem hundert Fuß breiten Abschnitt prasselten sie auf die Mauern und Gebäude von Xetesk herab oder prallten in der Luft zusammen und wurden kreischend in die Stadt hinein abgelenkt.

Eine landete mitten in seiner Magiergruppe und streckte zwei Männer nieder. Die anderen Magier verloren die Konzentration, die Säule verschwand, und Sharyr hielt verzweifelt den Suchstrahl fest, der rasch verblasste.

»Umkehren!«, rief er. »Umkehren!«

Er versuchte, alles andere ringsum zu ignorieren: die Schreie der sterbenden Männer auf den Mauern und rechts neben ihm. Die Staubwolken, die in den Nachthimmel hochtrieben. Die ziellos einschlagenden, kobaltblauen Scheiben, die brutal die Mauern zerstörten.

Er sammelte alle Kräfte, die er noch hatte, richtete seine Willenskraft auf den Suchstrahl und kehrte dessen Polarität um. »Drückt«, keuchte er. »Verdammt, drückt!«

Das Gebäude bebte. Irgendwo hörte er ein dumpfes Grollen. Staub drang ihm in Nase, Mund und Augen. Es brannte, die Tränen strömten, aber er musste dies ignorieren. Er stemmte sich gegen die Flut der interdimensionalen Energie, und diejenigen, die noch bei ihm waren, folgten ihm. Ringsum tobte der Sturm. Gleich neben dem Turm brach die Brustwehr zusammen und schleuderte Wesmen siebzig Fuß tief auf die Straßen. Es gab eine Reihe von Explosionen. Die Scheiben hatten sich zu großen, scharfkantigen Tränen verformt und prasselten auf die Wälle, die Straßen, den Turm und die Gebäude herab. Es war reines Glück, dass Sharyr und die meisten seiner Magier noch lebten.

Er scharte sie um sich und spürte endlich, wie sich der Suchstrahl unter seiner Kontrolle bewegte. »Hab ich dich.«

Rasch wurde die Bewegung schneller, Sharyr und seine Gruppe drückten weiter, und der Strahl fuhr in den Nachthimmel hinauf. Sofort verloren die Tränen ihre Kraft, da sie schwächer waren als die entgegenwirkende Kraft. Hinauf und durchs Loch wanderte der Strahl, und nachdem der Energiestrom unterbrochen war, schloss sich der Riss abrupt.

Sharyr hatte keine Kraft mehr in den Beinen. Er sank auf die Knie und starrte den Punkt am Himmel an, wo der Riss gewesen war. Er glitzerte blau. Sharyr runzelte die Stirn.

»Das muss jemand überprüfen«, sagte er mit einer Geste nach oben. »Da stimmt etwas nicht.«

Dann wurde ihm das Stimmengewirr bewusst, das nach dem Abbruch des Spruchs eingesetzt hatte. Mühsam richtete er sich auf und ging zur Dachkante, um zu betrachten, was er im Namen von Xetesk und des Herrn vom Berge angerichtet hatte.

Es wurde ihm kalt ums Herz, als die wehenden Staubwolken und der Rauch sich verzogen. Überall lagen Tote, nur wenige bewegten sich noch, viele brannten. Ringsum eilten xeteskianische Soldaten herbei, um Chandyrs gebrüllte Befehle auszuführen. Vom Turm, auf den sie gezielt hatten, waren nur noch Trümmer übrig, auch die Brustwehr war zu beiden Seiten verschwunden. Die Steine waren herabgefallen und hatten unten weitere Gebäude zerstört.

Es war aber noch viel, viel schlimmer, und bald wurde ihm klar, warum Chandyr mit solcher Aufregung Befehle gab. Sharyr konnte jetzt nur noch ohnmächtig zuschauen.

Gewiss hatten die Geister beschlossen, Tessaya überleben zu lassen, damit er einem größeren Zweck diene. Dem größten Zweck. So viel war jetzt offensichtlich. Als die ersten kreischenden Lichter vom Himmel eingeschlagen waren, hatte es ihn von den Beinen gerissen. Er war aus der Tür des Turms geschleudert worden und im Schatten unter der Mauer liegen geblieben.

Er hatte gesehen, wie der Spruch der Xeteskianer deren eigene Mauern zerstört und die eigenen Männer getötet hatte, während er seinen tapferen Kriegern einen ruhmreichen Tod in der Schlacht bescherte. Er selbst jedoch war wieder einmal verschont geblieben.

Er hatte das Krachen des zusammenbrechenden Wehrganges über sich gehört und sich in einer Tür in Sicherheit gebracht, während das Chaos herrschte. Stumm hatte er beobachtet, wie die Mauer zusammenbrach und viele Männer in den Tod riss. Der Turm hatte gebebt und war eingestürzt. Er hätte nicht lächeln dürfen, als sich der Rauch und der Staub vor ihm lichteten, zumal sicherlich auch Riasu unter den Toten war. Doch bei ihrem Versuch, den Kampfgeist der Wesmen zu brechen, hatten sie ihr eigenes Schicksal besiegelt.

Die Mauern von Xetesk waren gefallen.

Viertes Kapitel

Mit einem Brummschädel – Nachwirkung von zu viel Rotwein – führte Hirad den Raben aus dem Kolleg und der Stadt Julatsa heraus, als die Sonne an einem schönen, klaren Frühlingshimmel emporstieg.

Er hatte seinen Frieden mit Ilkar gefunden, die Wut über den Tod seines Freundes war verraucht. Es war Zeit, weiterzuziehen. Ihr nächstes Ziel war festgelegt, doch wohin er danach wollte, war ihm keineswegs klar.

Eines aber konnte er tun – sich so weit wie nur irgend möglich vom Krieg zu entfernen. Die anderen Rabenkrieger sahen es ähnlich, und viele Einwohner Julatsas teilten ihre Gefühle. Doch nicht jeder konnte sich frei entscheiden. Fast alle Elfen blieben vorerst im Kolleg. Die äußere Bedrohung war zwar nicht mehr so stark, aber immer noch vorhanden. Da noch viele Magier dort waren und das Herz wieder kräftig schlug, konnten jetzt die Aufbauarbeiten rasch voranschreiten.

Einige mussten allerdings auch nach Calaius zurückkehren. Es kam so, wie er es sich vorgestellt hatte, als er am vergangenen Abend vor dem Refektorium auf der Treppe gesessen hatte. Rebraal musste abreisen, um die noch lebenden Al-Arynaar zu sammeln, und Auum hatte die gewaltige Aufgabe vor sich, den Orden der TaiGethen wieder aufzubauen. Die beiden Tai seiner Zelle, Duele und Evunn, begleiteten ihn natürlich wie zwei treue Schatten. Vervollständigt wurde die seltsame Reisegruppe durch das einzige Krallenjägerpaar, das die Expedition nach Balaia überlebt hatte. Sie sehnten sich nach der Atmosphäre des Regenwaldes und den Rufen ihrer Brüder und Schwestern. Niemand lud sie ein, nach Süden zu reisen. Niemand fragte sie nach ihren Gründen. Hirad war nur froh, sie dabeizuhaben.

Ihre Reise nach Blackthorne und dann zur Bucht von Gyernath musste, wenigstens am Anfang, recht gewundenen Wegen folgen. Sie hatten beschlossen, anderthalb Tage lang geradewegs nach Osten zu reisen, ehe sie sich nach Süden wandten. Selbst dann mussten sie noch vorsichtig durch den Wald – oder durch das, was von ihm noch stand – und durch die niedrigen Hügel an der Ostgrenze des Magierlandes ziehen.

Darrick war der Ansicht, dass Dordover sich nun wieder vor allem gegen Xetesk wenden würde, dass aber dennoch dordovanische Streifen nach dem Raben und ganz besonders nach Erienne fahnden würden. Möglicherweise wurden sie sogar durch lysternische Verbände verstärkt. Sobald sie im Süden aus dem Magierland heraus waren, konnten sie freier atmen, aber dieser Zeitpunkt lag noch einige Tage in der Zukunft.

Hirad schüttelte den Kopf. Der Rabe wurde von denen gehetzt, um deren Rettung er so lange gekämpft hatte. Wenigstens genossen sie bei den gewöhnlichen Balaianern noch große Achtung, sofern diese überhaupt wussten, wer sie waren. Er lächelte. Sie waren im ganzen Land bekannt, und zweifellos wurden sie an Orten, die sie noch nie gesehen hatten, mit Geschichten und Versen gepriesen. Er fragte sich allerdings, wie viele Menschen wussten, wie sie wirklich aussahen.

Noch am gleichen Tag sollte diese Frage beantwortet werden. Darrick kannte ein Dorf, das sie am Spätnachmittag oder am frühen Abend erreichen wollten. Ein angenehmer Ort, um zu übernachten, und eine Gelegenheit, Vorräte einzukaufen, bevor sie zehn Tage in der Wildnis verbringen würden. Aus Julatsa hatten sie nicht viel mitgenommen. Die Götter wussten, dass die Stadt schon Mühe hatte, die eigenen Bewohner zu ernähren, ganz zu schweigen von einer Truppe ehemaliger Söldner.

Das Krallenjägerpaar, der große, schwarz-weiß bemalte Elf und der schlanke schwarze Panther, sicherten vor ihnen und im Südosten die Umgebung, und so konnte der Rabe recht sorglos durch offenes Gelände reiten und kam rasch voran. Neben ihnen konnten die vier Elfen mit regelmäßigen, weiten und Kraft sparenden Schritten mühelos das Tempo der Pferde halten.

Die ersten Stunden ihrer Reise verliefen eigenartig, denn es herrschte fast völliges Schweigen. Hirad gab keine Neckereien wie sonst zum Besten, wenn der Rabe einen Auftrag zu erledigen hatte, vor Feinden floh oder vom Kampf nach Hause zurückkehrte. Überall sah er nachdenkliche Gesichter, und er selbst fühlte sich ein wenig verloren.

Erienne wirkte sehr zurückgezogen, wie schon die ganze Zeit seit der Schlacht und der Bergung des Herzens. Es war ihr ein großer Trost, dass Cleress noch lebte, doch es ängstigte sie zugleich mehr, als sie zugeben wollte. Die alte Elfenmagierin der Al-Drechar unterwies sie jetzt in der Magie des Einen. Das bedeutete, dass sie sich in Gefahr begab. Denser war nicht sicher, ob seine Frau dafür schon bereit war.

Eriennes Verschlossenheit verschlug auch Denser die Sprache. Er wich kaum von ihrer Seite, wenn sie wach war. Thraun, der so viel mehr spüren konnte, als er auszudrücken vermochte, ritt ebenfalls in der Nähe. Hirad hatte scherzend gesagt, er würde wohl am liebsten Eriennes und Densers Bett teilen, wenn sie ihn ließen. Niemand hatte darüber gelacht.

Darrick brütete, wenn er allein war, eine Wut aus, die er nicht durch Worte und Taten ausdrücken wollte. Hirad sah es ihm allerdings an den Augen an. Er fühlte sich von denen hintergangen, denen er so treu gedient hatte. Er hatte die Sicherheit seines Kollegs, der Stadt und des Landes jahrelang über das eigene Schicksal gestellt, und sie hatten ihre Dankbarkeit in Form eines Todesurteils zum Ausdruck gebracht. Hirad wusste, wie Darrick sich fühlte.

Nur der Unbekannte war in einer Stimmung, die man fast als gute Laune bezeichnen konnte. Ein kleines Lächeln spielte um seine Lippen, als er neben Hirad ritt.

»Jetzt dauert es nicht mehr lange, was, Unbekannter?«

»Ich hoffe nicht«, erwiderte der. »Du weißt ja, als wir Herendeneth verließen und ich zum Abschied winkte, fürchtete ich, sie nie wiederzusehen. Es scheint so lange her zu sein, obwohl so wenig Zeit vergangen ist.«

»Hat Cleress ihnen gesagt, dass wir kommen?«

Der Unbekannte schüttelte den Kopf. »Nein. Aber nicht, weil ich will, dass es eine Überraschung wird. Erst wenn wir an Bord eines Schiffes sind, will ich sie wissen lassen, dass wir es tatsächlich schaffen können.« Er drehte sich zu Hirad um. »Wie schwer wäre es für sie, zu hören, dass wir schon so nahe sind und dann doch noch scheitern.«

Hirad nickte. »Das ist deine Entscheidung.«

»Und was ist mit dir, Coldheart? Du bist so still. Wir haben gelernt, uns Sorgen zu machen, wenn du so still bist. Ich glaube, unsere Gruppe könnte ein paar deiner taktlosen Bemerkungen gebrauchen. Aber du bist wohl nicht in Stimmung, was?«

»Du kennst den Grund, Unbekannter. Du willst zu deiner Familie, du hast ein Ziel.« Er hielt inne. »Weißt du noch, wie es war, als wir uns in der Burg von Taranspike zur Ruhe gesetzt haben, bevor Denser und Dawnthief alles durcheinanderbrachten? Tja, für mich ist es so wie damals, nur dass ich nicht mehr den Wunsch habe zu kämpfen. Es ist seltsam. Ich habe keine Vorstellung, was ich will, abgesehen davon, mit dir nach Herendeneth zu reisen. Ich weiß aber, dass es das Richtige ist.«

»Dann ist es doch nicht genau wie in Taranspike, was?«

Hirad kicherte. »Das habe ich wohl falsch ausgedrückt. Ich meine, das ist das Ende des Raben, nicht wahr?«

»Und du hast gedacht, diesen Tag würdest du niemals erleben.«

»Nein, Unbekannter. Mir war immer klar, dass es irgendwann geschehen würde. Ich wusste bloß nicht, wann dieser Tag kommen würde. Ist schon komisch: Selbst als wir fünf Jahre getrennt waren, nachdem wir den Himmelsriss geschlossen hatten, kam ich nie auf die Idee, das wäre das Ende.«

Der Unbekannte lächelte. »Aber jetzt wartet niemand auf uns, was?«

»Genau das ist es«, erwiderte Hirad. »Ich weiß nur nicht genau, wie ich mich fühlen soll.«

»Ich will dich was fragen: War es die Aussicht auf Ruhm und Glück, die dich kämpfen ließ?«

»Am Anfang war es das natürlich, aber nicht mehr in der letzten Zeit. Jetzt geht es vor allem darum, mit dem Raben zusammen zu sein und für die Leute zu kämpfen, die ich liebe, ob sie tot sind oder lebendig.«

»Und wolltest du geräuschlos in den Ruhestand gehen, oder willst du gefeiert werden, wo du auch auftauchst?«

»Ein bisschen von beidem, wenn ich ehrlich bin. Gefeiert werden wir jetzt wohl nicht mehr, fürchte ich.«

»Hier nicht«, stimmte der Unbekannte zu. »Aber auf Calaius achtet man uns für das, was wir getan haben. Wie es scheint, haben die Elfen ein längeres und besseres Gedächtnis als die Balaianer.«

»Meinst du, ich sollte ständig dort leben?«

»Das wäre eine Idee. Sieh es mal so – unsere Zeit, die Zeit des Raben, ist vorbei. Wir müssen uns der Tatsache stellen, dass wir etwas klapprig werden und nicht mehr so schnell sind wie früher. Außerdem haben wir uns bei den Machthabern in Balaia unbeliebt gemacht. Aber wir haben nie einen Vertrag gebrochen, und wir wurden nie besiegt. Wir haben hier und auf Calaius gerettet, was wir retten konnten. Wir haben den Lauf der Dinge verändert. Das kann uns niemand mehr wegnehmen. Deshalb sage ich, geh und lebe woanders, wo du in Frieden leben kannst, aber deine Erinnerungen nicht verlierst. Die Elfen können dir das geben. Außerdem glaube ich, dass Herendeneth dich in Form halten würde. Dich und Darrick.«

Hirad lachte. »Ja, ich sehe uns schon gärtnern, bis wir sterben.«

»Ach, was. Du bist nicht für ein stilles Leben geschaffen. Irgendetwas wird dich finden, glaube mir.«

»Meinetwegen, solange es keine scharfe Klinge ist.«

Dystran hatte Kopfschmerzen vom Schlafmangel. Vom Schlafmangel und von den Erdhämmern, die auf vierzig Schritt vor dem Kolleg jedes Gebäude zerstört hatten. Seine Hausgeister, diejenigen, die noch da waren, scheuchten die Wesmen, die keine Verteidigung gegen sie hatten. Doch es waren wenige, und sie konnten nicht mehr tun, als die Gegner reizen. Anscheinend waren sie auch nicht mehr fähig, die Gegner zu erschrecken, und Tessaya – er hatte den Lord der Wesmen in der Dämmerung durch die Schatten schleichen sehen – hatte sich offenbar überlegt, dass er sie wenigstens fangen und festsetzen konnte, wenn er sie schon nicht zu töten vermochte. Bei zwei Dämonen war es ihm bereits gelungen.

Am Vormittag stand Dystran auf der Mauer des Kollegs über dem Tor, nachdem er gerade wieder eine Kontrollrunde beendet hatte. Wesmen hatten das Kolleg umzingelt. Unglaublich. Die Sprüche und Pfeile hielten sie im Moment auf Distanz, und der Kobaltblitz hatte sie vorsichtig gemacht, doch Tessaya würde warten, bis er Xetesk für schwach genug hielt, um einen neuen Angriff zu wagen.

Als der Turm eingestürzt war und Löcher in die Mauern gerissen hatte, war die Verteidigung rasch zusammengebrochen, und der Schrecken hatte sich auf den Straßen ausgebreitet. Alle Soldaten und Magier waren zum Kolleg geflohen, die Wesmen hatten sie verfolgt. Das Südtor stand offen und wurde vom Feind kontrolliert. Auch die anderen Tore waren nun in den Händen der Wesmen, blieben jedoch geschlossen.

Die Bewohner der Stadt hatten keinen Fluchtweg mehr. Die Wesmen hatten sie von den Toren verscheucht, das Trommelfeuer der Sprüche hatte sie vom Kolleg ferngehalten, und so hockten sie in ihren Häusern und wussten nicht, ob sie leben oder sterben würden. Dystran kannte die Antwort. Die Taktik der Wesmen hatte sich verändert. Die einzigen Menschen, die Tessaya töten wollte, befanden sich im Kolleg.

Dystran wandte sich an den Wachhabenden, der neben ihm stand.

»Setzt Eure magischen Reserven klug ein. Ich will nicht feststellen müssen, dass alle meine Magier eine Pause brauchen, wenn er angreift.«

»Jawohl, Mylord.«

Der Herr vom Berge eilte die Treppe hinunter und lief über den Hof zum Turmkomplex. Die Helfer, denen er befohlen hatte, ihm einen aktuellen Lagebericht zu liefern, erwarteten ihn schon im großen Festsaal. Drei Männer, zwei davon sehr erschöpft und einer alt, hielten sich im kalten Raum bereit, bis er sich ihnen zu widmen gedachte. Sie saßen an einem Ende der erhöhten Haupttafel in der Nähe eines Kamins, der schon vor Stunden erloschen war.

Durch die dunklen Buntglasfenster fiel etwas Licht herein, das den Saal natürlich nicht erwärmen konnte. Dystrans Schritte hallten laut, als er sich ihnen näherte. Sie standen auf, sobald sie ihn sahen, doch er winkte ihnen ungeduldig, sich wieder zu setzen, und sprang, zwei Stufen auf einmal nehmend, die Treppe des Podiums hinauf.

»Anscheinend muss ich in der letzten Zeit mit ermüdender Regelmäßigkeit solche Besprechungen abhalten.« Er setzte sich auf seinen Stuhl, legte die Hand auf die Armlehne des benachbarten Stuhls und knetete das Polster. Ohne Ranyl kam ihm der Raum vor wie eine finstere Höhle.

»Ich möchte allen Magiern mein Beileid für Ranyls Tod aussprechen. Er war ein großer Mann«, sagte Chandyr. Sein Kopf war verbunden, auf der linken Wange hatte er einen blutenden Schnitt.

»Und ich wünsche, dass er wenigstens im nächsten Leben Ruhe findet!« Dystran knallte die Faust auf die Lehne.

»Wir werden siegen«, versicherte Chandyr ihm.

»Ach, wirklich?«, fauchte Dystran. »Und was verleitet Euch zu dieser erfreulichen Schlussfolgerung? Die erstaunliche Verteidigungskraft unserer Stadtmauern vielleicht? Oder unsere Fähigkeit, unsere eigenen Lagerhäuser und Schreibstuben zu zerstören? Kommandant Chandyr, wir haben eine Belagerung gegen die nächste eingetauscht, und ich muss sagen, dass ich die erste erheblich angenehmer fand. Da hatten wir deutlich mehr Platz. Ich fürchte, unsere Möglichkeiten, den Sieg zu erringen, beruhen nicht auf Waffen, sondern auf Sprüchen. Prexys, wie stark sind unsere Magier?«

Der alte Magier aus dem Kreis der Sieben kratzte sich am Kopf und gestattete sich ein kleines Lächeln. »Wie Ranyl zweifellos gesagt hätte, haben wir schon bessere Zeiten gesehen, was unsere Mana-Reserven und die Sicherheit der Dimensionsverbindung betrifft, mit der wir sie auffrischen.«

Dystran nickte. »Aber er ist nicht da. Trotzdem danke für Euren Beitrag. Wie lange haben wir noch Zeit, bis Tessaya bemerkt, dass wir genügend verausgabt sind, sodass er angreifen kann?«

Prexys seufzte. »Er ist ein kluger Mann. Er stößt immer wieder weit genug vor, um uns zu zwingen, Sprüche zu wirken, verliert dabei aber seine Männer nicht so schnell, wie wir es uns wünschen. Ihr wisst ja, wie sehr unsere Magier erschöpft sind. Beim augenblicklichen Tempo können wir noch einen Tag lang Sprüche wirken, ehe deutlich wird, dass wir Schwierigkeiten haben. Da die Dimensionsmagier vorübergehend nicht zur Verfügung stehen, haben wir nichts mehr außer unseren letzten paar Soldaten.«

»Ich verstehe.« Dystran nagte an der Unterlippe und wandte sich an Sharyr, der mit fünfzehn Magiern aus seiner Gruppe ins Kolleg zurückgekehrt war. Alle bis auf ihn ruhten, und er kippte vor Erschöpfung beinahe um und hatte sich nicht einmal den Staub vom Gesicht abgewaschen. »Und warum steht Ihr nicht zur Verfügung, Sharyr? Ich hätte doch gedacht, dass ein Tag ausreicht, um einen vernichtenden Spruch vorzubereiten.«

Sharyr riss die Augen auf. Er bebte. »Ihr könnt nicht von uns erwarten, das noch einmal zu tun. Ihr habt gesehen, was passiert ist. Die Ausrichtung stimmt noch nicht. Wir können die Energie nicht halten.«

»Sie sind schon durch die Mauern gebrochen, Sharyr«, sagte Dystran. »Streut die Kräfte, wie Ihr es für richtig haltet. Die Zerstörung einiger Gebäude ist ein kleiner Preis, wenn wir damit unser Leben retten.«

»Mit Verlaub, Mylord, Ihr versteht es nicht.«

»Ich verstehe, dass die Ausrichtung mit jedem Herzschlag besser wird. Ich verstehe, dass fünfzehn ausgeruhte Männer auf meinen Befehl Sprüche wirken können und werden, wenn es notwendig ist. Ich verstehe, dass es keinen Preis gibt, den zu zahlen ich nicht bereit wäre, um das Kolleg zu retten.«

»Selbst dessen Zerstörung?«, erwiderte Sharyr mit erhobener Stimme.

»Nun ja, guter Sharyr, wenn es zerstört würde, dann gäbe es doch keine Rettung, oder?«

»Verdammt, seid nicht so herablassend«, rief Sharyr. Er sprang auf. »Wir waren vorher schon nicht genug, und jetzt sind wir ganz sicher zu wenige.«

»Ihr werdet nicht …«

»Dort, wo die Verbindung zum interdimensionalen Raum hergestellt wurde, ist ein Rückstand geblieben. Ich bin sicher, dass ein Teil des Risses noch da ist.«

Dystran hielt inne und runzelte die Stirn. »Was wollt Ihr mir damit sagen?«

»Dass wir möglicherweise einen dauerhaften Schaden angerichtet haben, Mylord.« Sharyr beruhigte sich allmählich wieder und ließ sich auf seinen Stuhl sinken. »Und dass ein zweiter Versuch uns ernsthafte Probleme bescheren könnte. Ihr müsst wissen, Mylord, dass ich keine Ahnung habe, wie ich diesen Rest des Risses schließen soll, falls er immer noch existiert.«

»Wie Ihr Euch erinnern könnt, hatten wir schon einmal einen Riss am Himmel. Damals hätte es zu einer Invasion der Drachen kommen können. Bitte sagt mir, dass dieser hier anders ist.«

»Oh, ganz anders, Mylord«, sagte Sharyr. »Es gibt in diesem Moment keinen Hinweis darauf, dass eine Verbindung zu irgendeiner anderen Dimension besteht. Ich weiß nur nicht, wie wir damit verfahren sollen.«

»Dann schlage ich vor, Ihr lasst es vorerst auf sich beruhen, Sharyr. Wenn Ihr ausgeruht seid, könnt Ihr untersuchen, was Ihr an meinem Himmel zurückgelassen habt. Ich will meinen Spruch in Bereitschaft haben, ob mit Euch oder ohne Euch. Denn wenn ich morgen Abend meinem lieben Freund Ranyl die letzte Ehre erweise, dann will ich Frieden haben und keine Horde von Wesmen-Ungeziefer vor der Nase, das mir die Türen einschlagen will.« Dystran lächelte schmal, als er die Wut in Sharyrs Augen sah. »Ich hoffe, ich habe mich deutlich ausgedrückt.«

Das Dorf Cuff war eine Ansammlung von etwa fünfzig Häusern und Gehöften, die in einem flachen und geschützten, von Bäumen umgebenen Tal lagen. Im ganzen Tal wanderte grasendes Vieh frei umher, und auf der fruchtbaren Erde spross das Korn. Wenn man den Ort betrachtete, war sofort klar, dass die Stürme des Nachtkindes ihn kaum berührt hatten. Die Idylle passte überhaupt nicht zur Situation im übrigen Balaia, wo Krieg herrschte und viele Menschen ihre Heimat verloren hatten.

Bauern arbeiteten auf den Feldern, hier und dort warf ein Fischer am frei strömenden Fluss vor dem Dorf die Netze aus, und einige Männer auf Pferden kontrollierten die Grenzen und bewachten die Hügelkuppen im Osten und im Westen. Zwei primitive Wachtürme standen zu beiden Seiten des Dorfs und schützten im Norden und im Süden die einzige Straße.

Der Rabe näherte sich im gemächlichen Trab, die Elfen liefen in der Spätnachmittagssonne neben ihnen. Die Kralljäger waren verschwunden. Hirad vermutete, dass sie bereits im Windschatten der Nutztiere und Pferde waren. Vermutlich jagten sie südlich im Wald.

»Die Zeiten sind schwer, und die Menschen sind verzweifelt«, sagte der Unbekannte. »Es hätte auch uns treffen können. Der Rabe, wir wollen behutsam vorgehen.«

»Wie schätzt ihr die Wächter ein? Söldner oder Leute aus dem Ort?«

»Soldaten«, sagte Rebraal. »Gut bewaffnet und an den Kampf mit voller Rüstung gewöhnt.«

»Wahrscheinlich kennen wir sie sogar«, sagte Hirad.

»Das ist nicht unbedingt vorteilhaft«, erwiderte der Unbekannte. »Wir wollen auf der Hut sein, aber nicht so aussehen, als wären wir übermäßig wachsam.«

Eine Belohnung war ausgesetzt, die jeder beanspruchen konnte, der den Raben fing und nach Lystern oder Dordover brachte. Wahrscheinlich sogar eine sehr hohe.

»Ich halte meine Hand so weit vom Schwert entfernt, dass ich nichts mehr ausrichten kann, falls es Ärger gibt«, sagte Hirad.

»Du weißt genau, was ich meinte.«

Hirad lächelte und blickte vielsagend zu den TaiGethen,

die geschmeidig neben ihnen liefen. Auch ohne bemalte Gesichter schienen sie völlig bereit, es mit jedem Gegner aufzunehmen. Aus jeder Pore strahlte Kampflust.

Sie beobachteten die Söldner, die sich am Ausgang des Dorfs versammelten, um sie zu erwarten. Es war kein besonders bedrohliches Manöver, zeigte aber dennoch die Entschlossenheit der Männer.

»Es sind sieben. Vier Schwertkämpfer, jeweils zu zweit, auf Pferden. Dahinter noch drei, zwei Magier und ein Bogenschütze«, sagte Rebraal.

»Hirad, achte auf die rechte Flanke. Rebraal, Auum, ihr passt auf, ob noch andere zu ihnen stoßen. Ich bleibe links. Thraun, du unterstützt mich, Darrick geht zu Hirad. Denser, bereite einen harten Schild vor, Erienne, Spruchschild.«

Die Anweisungen des Unbekannten beruhigten sie und halfen ihnen, sich auf ihre Aufgaben zu konzentrieren. Keine Hand tastete nach einer Waffe, und doch hatte sich jeder sein Ziel ausgesucht. Es reichte aus.

Als sie noch zwanzig Schritte entfernt waren, ertönte eine laute Stimme. Auf den Feldern und am Fluss rührte sich keine Hand mehr.

»Steigt ab und lauft, Fremde.«

Ein kurzes Zögern.

»Tut, was er sagt«, sagte der Unbekannte. Der Rabe stieg ab. Dann murmelte er: »Achtet auf den Mann links außen, er hat die Hand am Schwert. Der Bogenschütze hat seine Waffe gespannt und ist bereit. Der Rabe, keine Reaktion. Sie sind nicht unsere Feinde. Noch nicht.«

Sie wurden langsamer, die Elfen blieben dicht hinter ihnen, weil sie wohl spürten, dass ihre Gegenwart sonst als Bedrohung empfunden worden wäre. Der Unbekannte ließ den Raben fünf Schritte vor dem ersten Söldner anhalten, der anscheinend der Anführer war.

»Was sollen wir nun tun?«, fragte der Unbekannte.

»Sagt mir, was Ihr hier zu schaffen habt.«

»Wir suchen Essen und Unterkunft für die Nacht. Ställe für die Pferde und Vorräte für die Weiterreise morgen früh. Wir können für alles bezahlen, was wir brauchen.«

Der vorderste Mann beäugte sie in aller Ruhe, und auf den Elfen verweilte sein Blick etwas länger. Hirad ergriff die Gelegenheit, seinerseits die Söldner einzuschätzen. Sie schienen fähige Kämpfer zu sein. Selbstbewusst und entspannt. Hirad zog die Augenbrauen hoch. Einer der Magier war ein Elf. Erinnerungen wurden wach.

»Essen ist knapp, die Preise sind hoch«, sagte der Anführer der Söldner. Er war ein großer Mann, der ein Zweihandschwert auf dem Rücken trug.

Der Unbekannte zuckte mit den Achseln. »Wir können bezahlen, was wir brauchen.«

Der Anführer nickte. »Wir werden sehen. Ihr dürft passieren. Sucht Euch Zimmer, wo Ihr sie finden könnt. Ich würde meinen, dass Ihr da drüben in Ferrans Scheune und Haus die besten Aussichten habt. Wir halten uns hier an die Nachtruhe, wenn Ihr versteht, was ich meine.«

»Vollkommen«, erwiderte der Unbekannte und entspannte sich. »Wir stellen keine Bedrohung für Euch dar. Wir sind nur auf der Durchreise.«

»Dann seht zu, dass es so bleibt. Noch etwas. Ihr werdet Eure Schwerter im Dorf nicht aus der Scheide ziehen. Wir sind eine friedliche Gemeinschaft.«

»Aber es war nicht immer so, was?«

Der Anführer schüttelte den Kopf und winkte seinen Männern, den Durchgang freizugeben, ehe er weitersprach.

»Hier sind viele Flüchtlinge aus dem Magierland vorbeigekommen, und vor ihnen kamen sogar Leute aus Korina weit im Osten und aus Arlen im Süden.« Er hielt inne. »Nicht alle waren bereit, ein ›Nein‹ hinzunehmen. Deshalb sind wir jetzt hier.«

Die Rabenkrieger führten ihre Pferde ins Dorf und hielten auf das Gehöft am östlichen Rand zu, das der Söldner ihnen empfohlen hatte. Die Elfen folgten ihnen, ihr Misstrauen war nicht zu übersehen.

»Was hältst du davon?«, fragte Hirad.

»Nun, ich habe die Gesichter nicht erkannt«, sagte der Unbekannte, »und offensichtlich haben sie auch uns nicht erkannt, was ich als Segen empfinde. Ich glaube, wir sollten uns hier bedeckt halten.«

»Ich weiß nicht«, sagte Hirad. »Die ganze Situation gefällt mir nicht. Denk doch mal drüber nach. Söldner lassen sich sehr gut bezahlen, um für die Kollegien zu kämpfen oder die Barone zu verteidigen. Aber dieser Haufen? Wie können sie an einem Ort wie diesem genug verdienen, damit es sich für sie lohnt?«

»Frag doch einfach den Bauern«, schlug Denser vor.

»Das werde ich tun. Aber vorher müssen wir uns einrichten.«

Sie hatten nicht viel Platz, kamen aber gut zurecht. Denser und Erienne bezogen das einzige freie Zimmer im Bauernhaus, wo Ferran Stroh und Decken für sie auslegte. Die anderen konnten in den beiden Scheunen übernachten. Eine diente als Kornspeicher, die andere war in Stallungen und einen Heuboden unterteilt. Es reichte ihnen aus, aber der Preis war eine Unverschämtheit.

Der Rabe und Rebraal versammelten sich an Ferrans großem Küchentisch, sobald ihre Pferde abgesattelt waren und Auum und seine Tai sich verabschiedet hatten. Es gab nicht genügend Sitzplätze für alle, doch sie konnten sich immerhin bequem anlehnen und den dicken Gemüseeintopf und das harte Roggenbrot essen, das Ferrans Tochter ihnen servierte. Das Mädchen war noch kaum eine Jugendliche zu nennen und hatte doch schon Augen, die ein langes, hartes Leben gesehen hatten.

Ferran war ein humorloser Mann in mittleren Jahren. Seine Hände waren schwielig und rissig nach vielen Jahren Arbeit mit der harten, kalten Erde. Seine Brust war tonnenförmig, und seine Augen lagen tief im faltigen Gesicht.

»Da habt Ihr wohl eine lange Reise vor Euch, was?«, fragte er seine Gäste.

»Ziemlich lang, in der Tat«, stimmte Darrick zu. Trotz der Reise schaffte es Darrick, immer noch adrett auszusehen. Er hatte sich den Straßendreck aus dem jungen Gesicht gewischt und den Staub aus den braunen Locken geschüttelt.

Ferran nickte, da ihm die Antwort des Generals anscheinend alles verraten hatte, was er wissen wollte. »Tja, es wird eine angenehme Nacht werden, es gibt keinen Ärger.« Seine Augen funkelten. »Wir werden gut beschützt.«

»Das haben wir gesehen«, sagte Hirad. Er beugte sich vor, legte die Arme auf den Tisch und verschränkte vor seiner Schale die Finger. »Dann behandeln sie Euch gut, ja?«

»Wie bitte?«

»Ihr habt sie in Dienst genommen«, erklärte Hirad. »Bekommt Ihr, was Ihr erwartet habt?«

Ferran dachte über die Frage nach, aller Augen ruhten auf ihm.

»Sie sorgen dafür, dass wir am Leben bleiben«, erklärte er. »Man hat uns überfallen. Dreimal. Sie haben uns Schutz angeboten für eine Gegenleistung.«

»Welche denn?«, fragte der Unbekannte.

»Nun, das ist eine Abmachung zwischen …«

»Welche Gegenleistung?«

Ob man ihn kannte oder nicht, dem Unbekannten verweigerte niemand die Antwort.

»Sie sorgen dafür, dass wir am Leben bleiben«, wiederholte er. »Lebendig und sicher. Wir machen weiter, sie nehmen alles andere. Ist schon richtig so.«

»Sie nehmen Euch Euren *ganzen* Gewinn weg?« Denser blies die Backen auf. »Da hast du deine Antwort, Barbar.«

Ferran nickte.

»Zweifellos gehören auch Essen und Unterkunft zur Abmachung«, sagte Hirad. »Das ist aber eine nette Vereinbarung.«

»Keine Frage.«

»Aber der Krieg ist so gut wie vorbei«, sagte Hirad. »Wann wurdet Ihr zum letzten Mal bedroht oder angegriffen?«

»Sie sagen, es bestehe noch Gefahr«, sagte Ferran. »Sie schützen unser Leben.« Wieder kam der Funke in seine Augen. »Und den Besten widerspricht man nicht.«

»Ach, sie sind also die Besten, ja?« Hirad musste lächeln.

»Nun ja.« Ferran sah sie der Reihe nach und flehte mit Blicken um Verständnis. »Erkennt Ihr sie denn nicht?«

»Sollten wir sie kennen?«

»Aber ja.« Voller Stolz richtete er sich auf. »Sie sind der Rabe.«

»Oh«, sagte Hirad. Es lief ihm kalt den Rücken hinunter. »Was Ihr nicht sagt.«

Fünftes Kapitel

»Hirad, setz dich«, fauchte der Unbekannte. »Wir müssen überlegen, wie wir damit umgehen.«

»Ich sag dir, wie wir damit umgehen«, erwiderte Hirad. »Wir gehen raus, rufen sie und erledigen sie.«

»Beruhige dich, Hirad«, sagte Darrick. »Wir können nicht einfach hinauslaufen und mit den Schwertern herumfuchteln. Das ist ein unnötiges Risiko.«

»Dir bedeutet es vielleicht nicht viel, General, aber diese Gauner benutzen unseren Namen, um das Dorf auszusaugen. Ich werde nicht zulassen, dass unser Ruf von Banditen ruiniert wird.«

Hirad zitterte vor Wut am ganzen Körper. Da draußen wurden Leute, die an den Raben glaubten, ausgenommen, obwohl sie mehr denn je jedes bisschen für sich selbst gebraucht hätten. Vielleicht würde sich ihr Glück wenden. Aber was Hirad wirklich zum Kochen brachte, war der schlechte Geschmack, den diese Leute im Mund haben würden, wann immer sie den Raben wieder erwähnen würden.

»Wir können nicht einfach hinausgingen und sie töten«, sagte Denser.

»Warum nicht?« Hirad zielte mit dem Finger auf Ferran. Der Bauer und seine Tochter waren ob dieses Wortwechsels vor Schreck erstarrt, rissen die Münder auf und sahen mit großen Augen zu. Mit jedem Herzschlag wuchs ihr Unglaube über das, was sie sahen. »Diesen Leuten wurde eingeredet, es sei recht, dass der Rabe ihnen alles nimmt, weil er ist, was er ist. So haben wir es nie gehalten. Das ist ein Verrat an allem, was wir vertreten. Wir müssen ihnen eine Lektion erteilen.«

»Auch wir sind Söldner«, sagte Denser.

»Ja, und wir verlangen einen guten Preis, wenn wir kämpfen sollen. Wir verlangen sogar einen sehr hohen Preis, weil wir die Besten sind. Die Leute, die uns angeheuert haben, kannten die Regeln. Aber das hier … das ist Raub, und das lasse ich nicht zu.«

Er wollte zur Tür.

»Hirad, wo willst du hin?«

»Ich werde ihnen zeigen, wer wirklich der Rabe ist. Gebt mir Rückendeckung, los doch.«

»Ich weiß, wie verletzt du dich fühlst«, sagte der Unbekannte. »Mir geht es nicht anders. Wir alle empfinden das Gleiche. Aber wir tun die Dinge auf eine bestimmte Art. Deshalb sind wir noch am Leben, wie du uns immer wieder gern vor Augen hältst. Jetzt ist es an uns, die Spielregeln zu respektieren. Was immer wir tun, wir tun es als der Rabe.«

Der Unbekannte musste nicht die Stimme erheben, um seine Autorität zu unterstreichen. Hirad hielt inne, nickte und kehrte an seinen Platz zurück.

Sie tauchten erst in der Dämmerung wieder auf. Die letzten Reste des Tageslichts erfassten die Gipfel rings um das Tal, doch das Dorf lag überwiegend im Schatten. Der

Rabe hatte geredet, während der Nachmittag verstrich, und Ferran weder Laternen noch ein Feuer in der Küche anzünden lassen. Sie hatten die Hochstapler auf den Pferden in den Straßen patrouillieren sehen. Auch durchs hintere Fenster des Hauses sahen sie die Wächter regelmäßig vorübertraben. Gefangene waren sie nicht, aber es war klar, dass der Rabe sich nicht frei in Cuff bewegen durfte.

Der Anführer hatte sie einmal aufgesucht, um sich zu vergewissern, dass sie sich eingerichtet hatten, und um nach dem Verbleib der Elfen zu fragen. Der Unbekannte hatte nur mit den Achseln gezuckt und angedeutet, sie seien bereits nach Süden weitergereist. Da es nichts gab, was dem widersprach, hatte sich der Mann zurückgezogen.

Ferran hatte bestätigt, dass es tatsächlich sieben waren. Die Zahl, die man gewöhnlich mit dem Raben in Verbindung brachte. Hirad war nicht sicher, ob der Bauer ihn und seine Gefährten für den echten Raben hielt. Er wusste nur, dass Ferran sofort zu den Nachbarn laufen und Gerüchte in Umlauf setzen würde, sobald sie das Haus verließen, und seine Tochter würde sich in die andere Richtung aufmachen.

Sie wurden den Erwartungen in jeder Hinsicht gerecht.

Der Unbekannte ging an der Spitze, Hirad hielt sich rechts von ihm, Darrick und Thraun blieben auf der linken Seite. Dahinter folgten Erienne und Denser. Der Weg, der durchs Dorf führte, war verlassen, doch die vier Männer, die den Bauernhof im Auge behalten hatten, ritten herbei und fingen sie ab, als sie die Straße erreichten. Thraun ließ sich zurückfallen und deckte ihren Rücken.

Keiner der Reiter war besonders beeindruckend. Sie waren unsicher und nervös und sahen einander fragend an, wer den ersten Schritt tun sollte. Der Rabe nahm ihnen die Entscheidung ab.

»Ruft mal lieber euren Anführer her«, sagte der Unbekannte. »Ihr habt ein Problem.«

Die Rabenkrieger hatten die Waffen in den Scheiden gelassen, doch Erienne und Denser hatten für alle Fälle die Schildsprüche vorbereitet. Ein vierschrötiger Mann, der beide Hände auf den Sattelknauf gelegt hatte, ergriff als Erster das Wort.

»Er wird bald kommen, daran besteht kein Zweifel. Was für ein Problem haben wir denn nun?«

»Ihr sollt euch alle anhören, was wir zu sagen haben«, erwiderte der Unbekannte. »Alle sieben.«

Hirad lächelte humorlos. »Ja, sechs Männer und ein Elf. Ihr seid ein wenig hinterher.«

»Hört mal, Ihr braucht wirklich nicht Eure Kräfte gegen uns zu erproben«, sagte der vierschrötige Mann, der Hirad mit gerunzelter Stirn betrachtete. »Das ist es nicht wert, und wir haben nicht die Absicht, Euer Blut zu vergießen.«

»Das ist aber beruhigend«, murmelte Denser.

Auch im Dorf waren jetzt Hufschläge zu hören. Links flog eine Tür auf, und ein Mann rannte quer über die Straße. Er nahm sich nicht einmal die Zeit anzuklopfen und stürmte geradewegs in ein Haus auf der anderen Straßenseite.

»Wer bist du überhaupt?«, fragte Hirad den vierschrötigen Mann.

»Ich bin Hirad Coldheart«, erwiderte der andere ohne Zögern.

»Ich dachte, der sieht viel besser aus«, erwiderte Hirad völlig humorlos.

»Hör auf damit.« Der Unbekannte drehte sich kurz zu ihm um.

Die übrigen Hochstapler kamen jetzt auf ihren Pferden

die Straße herunter, hinter ihnen gingen alle Haustüren auf. Der Bogenschütze nahm den Bogen vom Rücken, kaum dass er sein Pferd gezügelt hatte, und der Anführer ritt in gemächlichem Trab bis vor die Gruppe.

Als Hirad ihn jetzt wieder sah, konnte er sofort erkennen, an wessen Vorbild sich der Mann orientiert hatte. Der Barbar war überrascht, weil er es nicht schon längst bemerkt hatte, denn die Ähnlichkeit war offensichtlich. Rasierter Kopf, breite Schultern, markante Gesichtszüge. Das Zweihandschwert auf dem Rücken war ebenfalls ein Detail, das Erinnerungen weckte.

Der Unbekannte starrte ihn nur an.

»Was kann ich für Euch tun?«, fragte sein Ebenbild. Die Imitation war gar nicht so schlecht.

»Mehrere Dinge«, erklärte der Unbekannte. Er sah sich um und blickte an den Schwindlern vorbei die Straße hinunter. »Es scheint so, als hätten wir eine Menge Zuschauer angelockt. Das ist gut. Nun beginnt die Lektion.«

»Kehrt ins Bauernhaus zurück«, sagte der Anführer.

»Haltet den Mund«, sagte der Unbekannte, »und hört zu. Es könnte Euch das Leben retten.«

Laut klang das Kratzen der Schwerter in der darauffolgenden Stille. Der Rabe folgte sofort dem Beispiel der Gegner und stellte sich wie gewohnt als Fünfstern auf.

»Schild steht«, sagten Denser und Erienne gleichzeitig.

»Ich schlage vor, Ihr lasst die Waffen sinken«, sagte der Anführer der Banditen. Er war der Einzige, der sein Schwert noch nicht gezogen hatte. »Ihr erreicht nichts, wenn Ihr uns angreift.«

»Ganz im Gegenteil«, erwiderte der Unbekannte. »Wir werden beweisen, was wir beweisen müssen.«

»Und was wäre das? Dass Ihr den Raben besiegen könnt?«

»Nein, mein offensichtlich blinder Doppelgänger. Wir werden beweisen, dass wir der Rabe *sind*.«

Darauf breitete sich unter den Dörflern, die nahe genug waren, eine beachtliche Unruhe aus, die rasch auf jene übergriff, die zu weit entfernt waren und es nicht mit eigenen Ohren gehört hatten. Die Zuschauer, inzwischen mehr als vierzig, drängten sich zusammen und wagten sich ein paar Schritte weiter vor, blieben aber immer noch respektvoll auf Distanz.

Unterdessen starrten die Hochstapler den Unbekannten an und fragten sich, ob er am Ende vielleicht doch die Wahrheit gesagt hatte.

»Seht genau hin«, knurrte Hirad. »Und glaubt es.«

Darauf schnaubte der Anführer und richtete sich im Sattel auf. »Seht euch doch selbst an«, sagte er. »Nur sechs, darunter sogar eine Frau. Kein Elf. Und Ihr«, er deutete auf den Unbekannten Krieger. »Ihr seid ein bisschen alt, oder? Wenn Ihr die Geschichten gehört hättet, dann hättet Ihr ein Zweihandschwert. Ihr seid ein schlechter Abklatsch. Es war ein netter Einfall, aber jetzt solltet Ihr lieber verschwinden, ehe wir Euch über den Haufen reiten.«

»Das ist eben das Problem mit Geschichten«, erwiderte der Unbekannte. Sein Gesicht war eine starre Maske, während Hirads Wangen vor Wut glühten. »Sie berücksichtigen nicht die Dinge, die sich mit der Zeit ändern. Wir haben sechs Jahre überhaupt nicht gekämpft, und in den Schwierigkeiten, die danach begannen, haben wir sogar Freunde verloren.«

»Wir haben keinen Elf bei uns, weil Ilkar tot ist«, ergänzte Hirad. Er starrte den Elfenmagier an. »Niemand bemächtigt sich seines Namens. Niemand.«

»Schon gut, Hirad«, beschwichtigte ihn der Unbekannte. »Ihr seht also, vor welchem Problem wir stehen. Wir können Euch nicht einfach fortfahren lassen. Ihr habt unseren Namen gestohlen und benutzt, um Euch zu bereichern. Das ist noch nicht das Schlimmste. Ihr habt alles verraten, wofür der Rabe steht und woran er glaubt. Wir sind Söldner, keine Parasiten.«

»Erwartet Ihr wirklich, dass diese Leute hier glauben, Ihr wärt der Rabe, und wir wären Schwindler?«

»Es ist mir ziemlich egal, für wen sie uns halten«, erwiderte der Unbekannte. »Sie müssen lediglich wissen, dass Ihr *nicht* der Rabe seid.«

Er sprach laut genug, um auch die Dorfbewohner zu erreichen. Hirad hörte deren gemurmelte Unterhaltungen. Die Hochstapler sahen sich besorgt um.

»Ihr glaubt ihnen doch wohl nicht, oder?«, wollte der Anführer wissen.

Auf einmal trat Ferran aus der kleinen Menschenmenge vor.

»Wir bezahlen Euch, damit Ihr unser Dorf vor unerwünschten Besuchern schützt«, sagte er. »Wenn sie das sind, dann tut Eure Arbeit. Schafft sie weg.«

Seine Worte wurden von den anderen Einwohnern mit zustimmenden Rufen begrüßt.

Hirad grinste. »Ja, Hirad«, sagte er. »Greif mich nur an, vertreibe mich aus dem Dorf.« Er spuckte vor den Schwindlern auf den Boden und freute sich, als die Spannung deutlich zunahm.

»Ich sage Euch, was geschehen wird«, schaltete sich der Unbekannte wieder ein. »Ihr werdet jede Münze zurückgeben, die Ihr diesem Dorf abgenommen habt. Ihr werdet auch die Pferde zurücklassen, weil Ihr das Dorf zu Fuß verlassen werdet. Wenn Ihr danach noch einmal zurückkehrt, dann werdet ihr hier begraben.«

»Kommt nicht infrage«, sagte der Anführer. Es sollte geringschätzig klingen, doch man sah ihm seine Furcht an. Er fasste den Unbekannten etwas näher ins Auge, sichtlich von Zweifeln geplagt.

»Die zweite Möglichkeit ist«, fuhr der Unbekannte fort, »dass Ihr den Ort überhaupt nicht mehr verlasst. Aber vergesst nicht, dass diese Drohung Euch nicht weiter beeindrucken darf, denn schließlich seid Ihr ja der Rabe, nicht wahr?«

Hirad entging keineswegs, wie unsicher sie wurden, und auch der Grund war ihm klar. Vor ihnen standen unerschütterliche, selbstbewusste Krieger mit fünfzehn Jahren Erfahrung im Kämpfen und Siegen. Der Rabe stand still und schwankte nicht. Ihre Gegner, obwohl auf dem Pferderücken im Vorteil, verloren rasch die Lust am Kampf. Dies war es, was den Raben von allen anderen unterschied. So war es schon immer gewesen.

»Es gibt nur einen Raben, und das seid nicht Ihr«, sagte Hirad.

Tapp, tapp, tapp.

Die Klinge des Unbekannte tippte vor ihm auf den Boden.

»Wir haben keine Zeit für Diskussionen«, sagte er. »Steigt sofort ab.«

»Boss?«

Da war er, der erste Riss in der Fassade. Der Anführer der Schwindler schaute finster drein, als er die verunsicherte Frage hörte. Dann schluckte er und sah zögernd den Unbekannten an.

»Euch läuft die Zeit weg«, sagte der Unbekannte. »Steigt ab.«

Tapp, tapp, tapp.

»Los!«, fauchte der Anführer.

Er versetzte seinem Pferd einen Tritt in die Flanke. Erschrocken rannte das Tier los. Der Unbekannte reagierte sofort und sprang nach links. Hirad folgte auf der rechten Seite seinem Beispiel, sie rollten sich über die Hüften ab. Der Unbekannte entging mit knapper Not dem heranstürmenden Pferd. Die anderen beiden folgten ihrem Anführer und griffen Thraun und Darrick an. Hirad sprang auf, packte den Arm des Reiters direkt vor ihm und zog ihn herunter.

»Der Magier wirkt einen Spruch«, warnte Darrick.

»Schild unten«, sagte Denser, und gleich danach: »Hab ihn.«

Männer rissen hart an den Zügeln, Pferde bäumten sich wiehernd auf, Staub wallte hoch. Schwerter blitzten im sterbenden Tageslicht. Thraun brüllte. Metall klirrte. Ein einzelner Pfeil flog, es gab einen Schmerzensschrei.

Hirad zog noch einmal, bis der Mann endgültig aus dem Sattel kippte. Sein Pferd drehte sich und versetzte Hirad einen Stoß mit dem Kopf, dass dieser ins Stolpern geriet. Der Mann rappelte sich auf und wandte sich an sein lächelndes Vorbild.

»Nun, *Hirad*«, sagte der Barbar und winkte ihn zu sich. »Dann wollen wir mal sehen, ob du dich mit dem echten Hirad messen kannst.«

Der Mann sprang los und wollte Hirad in die ungeschützte Seite stechen. Der Barbar wechselte die Klinge in die andere Hand, wehrte den Angriff ab und trieb ihm mit einem Aufwärtshieb die Klinge in die Brust.

»Das war wohl nichts.«

Hirad ließ ihn blutend liegen und drehte sich wieder zum Raben um, nachdem er die herrenlosen Pferde mit Schlägen verscheucht hatte. Der Elf hatte sich inzwischen abgesetzt und ritt eilig auf die Gruppe der Dorfbewohner zu.

»Das kommt aber nicht infrage«, schnaufte Hirad und rannte ihm nach.

Der Magier wirkte seinen Spruch, sein Kraftkegel wurde jedoch von Eriennes undurchdringlichem Schild aufgehalten. Densers konzentrierte Feuerkugel fegte ihn vom Pferd, er starb kreischend und brennend auf der trockenen Erde. Thraun und Darrick hatten den zaghaften Angriff ihrer Gegner längst gestoppt und wie der Unbekannte das Geschirr der Pferde gepackt, um außer Reichweite der Waffen vor den Pferden zu bleiben.

Der letzte Reiter brach aus und galoppierte nach Norden aus dem Dorf hinaus. Seine Gefährten überließ er ihrem Schicksal. Der Unbekannte winkte den Anführer zu sich, zog sein Schwert und wartete. Neben ihm töteten Darrick und Thraun ohne große Mühe ihre Gegner.

»Seid Ihr wirklich die, die Ihr zu sein behauptet?«, fragte der Anführer.

Der Unbekannte nickte, wieder tippte seine Klinge auf den Boden. »Wenigstens hast du gegen mich gekämpft.«

Der Anführer hob das Schwert. Der Unbekannte machte sich bereit, fegte die lächerliche Deckung seines Doppelgängers weg und bohrte ihm die Klinge ins Herz. »Aber nicht sehr lange.«

Hirad rannte durch die Menschenmenge und verfolgte den Elf. »Komm zurück, du Bastard. Stelle dich dem Kampf! Stelle dich Ilkar!«

Zu Fuß konnte er ihn nicht einholen, doch er rannte weiter und hoffte, das Pferd des Elfen würde stolpern. Vor den letzten Gebäuden des Dorfs bewegte sich ein Schatten und vollführte einen genau gezielten Sprung. Das reiterlose Pferd galoppierte noch eine Weile, ehe es langsamer wurde.

Auum machte dem Gegner unterdessen mit einem gezielten Stoß den Garaus. Hirad blieb stehen, lächelte und kehrte zum Raben zurück.

»Was ist mit dem anderen?«, fragte Hirad.

»Es kann nicht schaden, wenn einer überlebt und die Geschichte erzählt.«

Er bückte sich und säuberte seine Klinge an der Kleidung eines Hochstaplers, steckte sie in die Scheide und ging zu den Dorfbewohnern. Hirad sah sich um. So leicht war es gegangen, fast mühelos.

»Das war aber keine sehr fähige Wachtruppe«, sagte er zu Darrick.

Der General hatte eine Hand auf die Schulter gepresst und lächelte gequält.

»Nein. Kannst du mir dabei helfen?«

Er hob die Hand. Der Pfeil war knapp unter dem Schlüsselbein eingedrungen. Darrick hatte den Schaft abgebrochen, nur eine Handbreit ragte heraus.

»Das war aber unvorsichtig«, sagte Hirad.

»Denser hat den Schild fallen lassen«, sagte Darrick. »Soll kein Vorwurf sein.«

»In der Tat, das habe ich getan«, bestätigte Denser. »Das Mindeste, was ich tun kann, ist, dir jetzt zu helfen. Hirad, du kannst dich inzwischen mit unseren neuen Freunden unterhalten.«

Hirad zuckte mit den Achseln und folgte dem Unbekannten. Einige Dorfbewohner näherten sich zögernd und starrten wie betäubt die Toten und das Blut an.

»Es sieht aus, als hättet ihr ein paar neue Pferde bekommen«, sagte Hirad. »Ich hoffe, es macht euch nichts aus, hier aufzuräumen. Betrachtet es als Bezahlung.«

Hier und dort nickte oder lächelte jemand, doch die Leute schienen immer noch besorgt.

»He«, fuhr er fort, »ihr habt sie nicht gebraucht, und sie

waren nicht die, für die sie sich ausgegeben haben. Sie haben es verdient. Sie haben den Ruf von Freunden beschädigt, die ich verloren habe.«

Der Unbekannte stand vor Ferran, der die Stirn in tiefe Falten gelegt hatte.

»Was wollt Ihr jetzt tun? Wollt Ihr ihren Platz einnehmen?«

Der Unbekannte schüttelte lächelnd den Kopf. »Wir ziehen morgen früh weiter, wie wir es gesagt haben.«

»Seid Ihr der Rabe?«

»Spielt das eine Rolle?«

»Dann hätten wir was zu erzählen«, sagte Ferran.

»Meinetwegen.« Der Unbekannte warf einen fragenden Blick zu Hirad, der mit den Achseln zuckte. »Ja, wir sind der Rabe. Ich nehme an, wir sind nicht so, wie Ihr es in den Geschichten gehört habt. Wir sind müde, beide Parteien im Krieg sind hinter uns her, und wir wollen Balaia verlassen und das Schwert an den Nagel hängen.«

»Ihr wollt fort?« Ferran zog die Augenbrauen hoch.

»Wir haben alles getan, was wir tun konnten«, schaltete sich Hirad ein. »Es gibt hier entschieden zu viele Leute, die sich bei uns bedanken wollen, indem sie uns einsperren oder hinrichten lassen. Zieht Eure eigenen Schlussfolgerungen daraus.«

Die Menge umringte sie schweigend. Die Leute konnten nicht recht glauben, was sie gesehen und gehört hatten. Hirad musste grinsen.

»Nein, wir sehen wirklich nicht sehr beeindruckend aus, was?« Einige Leute kicherten. Dann fuhr er fort: »Aber wir konnten es ihnen nicht durchgehen lassen, das ging einfach nicht. Zu viele von denen, die sie nachgeäfft haben, waren tote Freunde. Ich werde nicht zulassen, dass solche Mistkerle ihr Ansehen in den Dreck ziehen, während die Taten derjenigen, die jetzt bei uns sind, ignoriert werden.« Er deutete auf die besiegten Gegner. Einer, sein Doppelgänger, atmete noch. Hirad hoffte, seine Worte würden gehört.

»Wir haben Ras in Burg Taranspike verloren«, fuhr er fort. »Sirendor Larn wurde von einer xeteskianischen Meuchelmörderin vergiftet, und Richmond starb in der Burg der Schwarzen Schwingen. Das ist mehr als sechs Jahre her, aber das sind vermutlich die Namen, die sie Euch genannt haben, nicht wahr?«

Ein Murmeln ging durch die Menge, einige nickten. Jetzt wollten sie sich kein Wort mehr entgehen lassen.

»Es gab noch viele andere. Jandyr starb vor Parve auf dem Schlachtfeld. Der arme Will Begman wurde von einem Dämon in den Tod getrieben. Aeb, der Protektor, hat seine Seele für den Raben geopfert. Und Ilkar. Ilkar hat uns durch seinen Tod alle gerettet. Das ist der Rabe. Wir hier, wir sind der Rabe, oder das, was noch von ihm übrig ist.« Nacheinander deutete er die Gefährten. »Erienne, Denser, Thraun, Darrick, der unbekannte Krieger. Und ich, Hirad Coldheart, der das Glück hatte, sie alle gekannt zu haben.«

Er hielt inne, weil seine Gefühle hochkamen und er fürchtete, seine Stimme könnte brechen.

»So«, sagte er und klatschte in die Hände. Lächelnd schluckte er den Kloß im Hals herunter. »Habt ihr Bier und Wein?«

»Das haben wir«, rief jemand aus der Menge.

»Gut. Dann soll mir jeder, der es will, Gesellschaft leisten und einen Krug auf den Raben heben, auf uns alle. Ich gebe einen aus.«

Der Unbekannte wandte sich wieder an Ferran, als die Einwohner sich aufgeregt unterhielten und sich zur Schenke aufmachten. »Ist diese Geschichte gut genug, um sie weiterzuerzählen?«

Ferran nickte. »Da hat sein Herz gesprochen, nicht wahr?«

»Immer«, sagte der Unbekannte. »He, Coldheart, komm mal her.«

Hirad kam, und der Unbekannte nahm ihn fest in die Arme.

»Gut gesprochen, Hirad. Gut gesprochen.«

Sechstes Kapitel

Tessaya duckte sich, als hinter ihm eine weitere Feuerkugel in das bereits zertsörte Gebäude einschlug. Die dunkelblauen Flammen fraßen gierig alles Holz, das sie noch finden konnten. Das gespenstische Licht warf ringsum grobschlächtige Schatten auf die Mauern und den Boden. Er befahl einen weiteren Angriff auf die Tore.

Vorsichtig geschätzt, hatte er durch die xeteskianischen Schwerter und Sprüche ein Drittel seiner Männer verloren; die meisten am vergangenen Abend, als der Turm und die Brustwehr eingestürzt waren. Riasu und mindestens zwei weitere Stammesfürsten waren tot. Tessaya selbst trug einen Verband an einem Arm, dazu hatte er einige Schnittwunden und vier Brandwunden davongetragen, die er spüren konnte, außerdem vermutlich noch weitere, die sich erst später bemerkbar machen würden.

Der Glaube der Wesmen an ihren Sieg war unerschütterlich. Hier standen sie nun in tiefster Nacht vor den Toren des Kollegs von Xetesk, und die Verzweiflung der Verteidiger nahm zu, weil ihre Kräfte schwanden.

Tessaya konzentrierte sich vor allem auf die Tore, hatte

aber rings um das ganze Kolleg andere Gruppen unter dem Kommando ihrer jeweiligen Stammesführer eingesetzt. Die Taktik war einfach – schnell zuschlagen und sich gleich wieder in Sicherheit bringen. Die Gegner zwingen, Sprüche und Pfeile einzusetzen, und verhindern, dass diese sich an einer Stelle konzentrierten. Nichts fürchten, nicht einmal die fliegenden Dämonen, die durch Metall nicht verletzt werden konnten. Auch sie konnte man jedoch bezwingen, wenn man nur den Willen dazu hatte.

Tessaya blickte nach rechts. Eins dieser Wesen steckte unter dem Schutthaufen fest, den seine Meister hinterlassen hatten. Es fluchte und spuckte, kämpfte und wand sich. Doch die vier Krieger, die es bewachten, stapelten einfach immer mehr Steine darauf. Es konnte nicht fliehen, und die Demütigung setzte ihm zu. Sobald es die Furcht nicht mehr als Waffe einsetzen konnte, war es ohnmächtig.

Seine Krieger griffen die Tore mit dem Rammbock an, den sie vor den Toren der Stadt gebaut hatten. Ein Eichenstamm mit Ästen, so dick wie das Bein eines Mannes. Neben den zwanzig, die den Rammbock trugen, rannten zwanzig weitere mit dicken Schilden aus Borke über den Köpfen. Neben ihnen schwärmten Bogenschützen aus, vier auf jeder Seite. Überall stellten Trupps Baumstämme und Leitern an die Mauern und brüllten vor Kampfeslust.

Die Lieder und die Rufe seiner Männer ließen Tessaya jedes Mal erschauern. Diese Rufe brachten den Siegeswillen der Wesmen zum Ausdruck, und das erfüllte ihn mit Freude. Die Verteidiger auf den Mauern antworteten sofort. Doch wie bei allen Angriffen in dieser Nacht hielten sie sich zurück, weil sie nicht mehr genug Sprüche oder Pfeile hatten, um etwas auszurichten.

Der Rammbock donnerte gegen das Tor, seine Stammesbrüder hackten nach den Hausgeistern, die zwischen den Pfeilen angeflogen kamen. Splitter stoben hoch, Balken stöhnten, und die Sprüche, die das Tor verstärkten, schlugen Funken. Pfeile und Steine kamen herunter, drei Männer fielen. Der Rammbock nahm einen neuen Anlauf, und sofort zogen sich die Hausgeister zurück. Jetzt prallten Feuerkugeln und Eiswind gegen die Schilde aus Baumrinde. Krieger kreischten und stürzten über diejenigen, die bei früheren Angriffen gefallen waren. Es gab kein Erbarmen. Niemand würde die Toten bergen.

Abermals kam der Rammbock nach vorne, und dieses Mal waren die Bogenschützen der Wesmen nahe genug, um zu feuern. Die Pfeile prallten gegen die Mauern und schlugen Stücke aus den Zinnen. Einige fanden ihre Ziele. Seit der Mitte der Nacht hatten die Verteidiger nicht mehr genug Kraft, um ihre eigenen Männer durch Magie zu schützen. Auch das war ein deutlicher Hinweis darauf, wie schwach sie jetzt waren. Jeder Stoß des Rammbocks, jeder Spruch, den sie benutzen mussten, und jeder Pfeil, den sie von den Mauern herabschießen mussten, schwächte sie weiter.

Tessaya nickte zufrieden. Er spannte die Muskeln im Bein und spürte das Ziehen, wo ihn ein xeteskianischer Pfeil getroffen hatte. Schicke deine Männer nie an einen Ort, an den du nicht auch selbst gehen würdest. Doch bis er wieder an der Reihe wäre, den Rammbock zu schleppen, wären die Tore vermutlich schon aufgebrochen. Bald würde die Morgendämmerung kommen. Es passte gut, dass der Tag mit dem Fall von Xetesk beginnen sollte.

Wieder einmal blickte er zu den sieben Türmen des Kollegs hinüber. Auch sie würden bald fallen. Hoch droben auf dem höchsten Turm sammelten sich Männer. Tessaya schnüffelte. Auf einmal schmeckte die Luft schlecht. Xetesk wollte noch einmal seine Bösartigkeit entfesseln.

Dystran stand bei seinen Dimensionsmagiern. Am Horizont war der erste Schein der Dämmerung zu erkennen. Er hatte ausführlich mit ihnen gesprochen und zugesehen, wie die Wesmen ihre Kräfte ständig in Bewegung hielten, um den Verteidigern keine Ruhepause zu gönnen. Dystrans Magier standen am Rande der Erschöpfung, seine Bogenschützen waren übermüdet, und sein Kommandant war überfordert; er wollte am liebsten hinaus und in den Straßen kämpfen. Die Schwertkämpfer hatten nichts zu tun, und die Wesmen konnten sich draußen ungestört herumtreiben, hatte Chandyr gesagt. Dystran wollte jedoch, dass sie ausgeruht waren. Wenn dieser letzte Schachzug fehlschlug, dann brauchten sie jedes Schwert, um den Turmkomplex zu verteidigen. Sie konnten immer noch hoffen, den Sieg zu erringen, doch es kam darauf an, den richtigen Augenblick für die Anwendung des Spruchs zu finden. Dystran war der Ansicht, dass Chandyr viel zu emotional und ohne Logik handelte.

Er hatte mit Sharyr über die Risiken gesprochen und wusste, dass die Ausrichtung unvollkommen war. Die Wesmen mussten jedoch zurückgeworfen werden. Sie konnten nicht länger warten.

»Ich will stolz auf Euch sein«, sagte er zu der Gruppe, als Sharyr sie auf den Spruch vorbereitete.

»Entweder das, oder Ihr seid tot«, erwiderte Sharyr scharf.

Dystran achtete ihn für seine innere Kraft. Dieser Mann war ihm gar nicht so unähnlich. Vielleicht würde er ihn sogar in den Kreis der Sieben berufen, wo er ihn besser unter Kontrolle halten konnte.

»Fangt einfach an«, sagte Dystran. »Es wird schon gut gehen.«

Wieder hörte er das Donnern des Rammbocks am Tor,

und er spürte einen Ausbruch im Mana-Spektrum, der ihm verriet, wie sehr die schützenden Sprüche dort belastet waren. Rings um das Kolleg flogen magische Entladungen in dunkelblauen Bögen durch den frühmorgendlichen Himmel. Viele Häuser brannten, und überall, wo Dystran hinschaute, sah er Wesmen.

»Sharyr, dieser Spruch muss zumindest eines erreichen: Er soll die verdammten Gesänge unterbinden. Die sind ebenso nervtötend wie unharmonisch.«

Darüber hätte Sharyr fast gelächelt. Er wandte sich zu seinen fünfzehn Magiern um, die sich rings um den Turm verteilten, und der Spruch begann. Dystran sandte ein Stoßgebet an den Gott, der gerade zuhören mochte. Das Sturmfeuer war ein gefährlicher Spruch, noch nicht richtig entwickelt und noch nie im Ernstfall eingesetzt. Er war jedoch der einzige, der die Wesmen rechtzeitig aufhalten konnte. Er erforderte eine exakte Konstruktion, genaue Visualisierung und präzise Ausrichtung. Er nutzte die Energie des interdimensionalen Raumes als Brennstoff, und er verlangte eine gewaltige geistige Kraft, damit er nicht zusammenbrach, während sich der Sturm zusammenbraute. Nach der Freisetzung konnten sie nur noch stehen bleiben und zusehen, wie er in alle Himmelsrichtungen wütete.

Dystran lächelte. Es war eine ideale Situation, um den Spruch auszuprobieren. Er wirkte kreisförmig, und sie waren ringsum von Feinden umgeben. Das Sturmfeuer war für diese Lage wie geschaffen. Sein erfolgreicher Einsatz würde die Abfolge der interdimensionalen Sprüche vollenden und auf einen Schlag die Wesmen vernichten. Das wäre ein sehr befriedigender Ausgang.

Sharyr war ein starker Magier, da gab es keinen Zweifel. Er überwachte seine Gruppe genau. Dystran spürte den Sog des Mana und die ordnende Kraft des gebündelten

Spruchs. Beinahe wünschte er, er könnte sich ihnen anschließen. Beinahe.

Das erste Anzeichen des Spruchs war ein beeindruckender Riss am Himmel. Er hatte blaue Ränder und erschien direkt über seinem Kopf, dann wanderte er zum Rand des Kollegs, wo er sich stabilisierte. Zuerst erinnerte er an ein Stück Seide, zierlich und anmutig. Dann verhärtete er sich und nahm die endgültige Form des Spruchs an – ein dunkelblau schimmernder Bogen, der am höchsten Punkt etwas zerfasert wirkte. Abrupt und schneller, als das Auge folgen konnte, dehnte sich der Bogen nach links und rechts aus und passte sich den Umrissen des Kollegs an.

Der Kreis war vollendet. Im blauen Mana-Licht blitzte kurz etwas Weißes auf. Die Luft summte. Auf den Mauern richteten sich die Bogenschützen auf, und die Magier stellten das Feuer ein und ließen ihre Sprüche fallen. Die Wesmen zogen sich zurück. Dystran konnte sie gut verstehen.

Langsam öffnete sich der Spalt, und das Sturmfeuer braute sich zusammen. Links und rechts von Dystran hatten die Magier das Geländer des Balkons gepackt und hielten sich fest, während ihre Beine unter dem Ausbruch der Energie zitterten, die sie zunächst bändigen und dann in den Spruch einfließen lassen mussten. Sharyr schnaufte angestrengt.

»Durchhalten«, drängte er seine Gruppe. »Durchhalten. Ruhig durchatmen.«

In dem sich aufbauenden Unwetter zuckten hellblaue Blitze. In das Tosen des Sturms mischte sich dumpfer, grollender Donner. Am unteren Saum der magischen Entladungen brodelte und blubberte die Unwetterfront in der Luft von Balaia und griff gierig nach den Elementen, die sich bereitwillig mit den rohen Kräften des interdimensionalen Raumes vermischten.

»Halten«, murmelte Sharyr. »Konzentriert Euch, konzentriert Euch.«

Langsam veränderte sich der magische Sturm. Er färbte sich dunkelgrau und dämpfte die Blitze in seinem Innern. Ein starker Wind kam auf, trotz der Entfernung flatterte Dystrans Mantel. Unten auf den Wällen kauerten die Soldaten hinter den Zinnen. Draußen vor dem Kolleg rannten die Wesmen übers Pflaster zu den in Trümmer gelegten Gebäuden, wo ihre Lagerfeuer brannten. Sie dachten offenbar, der Spruch sei eine Abschirmung, doch das war ein tödlicher Irrtum. Sie hatten sich nicht weit genug zurückgezogen.

Dystran prüfte die Konstruktion, spürte ihre Festigkeit und die Anstrengung der Magier, die sie festhielten, während die Kräfte hineinströmten. Es war ein Aufbau wie aus dem Lehrbuch, der Spruch würde ein Triumph werden. Jetzt konnte er nur noch warten. Das Feld wurde weiter verstärkt, Missklänge erfüllten die Luft. Die Wesmen sangen nicht mehr.

Sharyr hatte alle Muskeln angespannt. Seine Stirn war feucht vor Schweiß, einige Tropfen rannen seine Wangen hinab und über die geschlossenen Augenlider. Jetzt hörte Dystran auch das Murmeln der Magier, die den Spruch wirkten. Ihre Worte waren kaum zu verstehen, während sie sich über die Konstruktion verständigten und kurze Befehlsworte sprachen, um neue Durchgänge zu öffnen, andere zu verschließen oder überschüssige Energie aufzulösen.

Auf einmal runzelte Sharyr die Stirn.

»Instabilität, ganz unten. Absperren.«

Rechts neben Dystran keuchte ein Magier vor Anstrengung und knirschte mit den Zähnen. Er schwankte. An der Außenfläche der Gewitterfront zuckten chaotische blaue Lichtblitze.

»Breitet sich aus«, sagte Sharyr. »Da stimmt was nicht. Die Ausrichtung stabilisiert sich nicht, sondern zerfällt. Wie kann das sein … bereitet Euch vor, den Spruch freizugeben.«

»Nein«, sagte Dystran. »Verliert nicht den Glauben. Haltet fest, bis er voll aufgebaut ist.«

Der obere Rand des Unwetters wallte heftig. Der Wind heulte, eine Bö traf Dystran. Auf der anderen Seite des Turms stieß jemand einen Schmerzensschrei aus.

»Einer ausgefallen, einer ausgefallen«, rief Sharyr. »Auf mein Kommando freigeben.«

Dystran schürzte die Lippen. Das Sturmfeuer schwankte und wackelte, schwarze Linien zogen sich jetzt über die grauen Flächen. Energieblitze brodelten unter seiner Oberfläche oder schossen zum Boden hinab. Der Lärm nahm zu, bis ihnen die Ohren wehtaten. Es klang, als würden tausend Drachen Feuer speien.

»Freigeben!«

Eine kleine Pause, dann zog das Sturmfeuer wie vorgesehen nach außen. Eine blaue Wand aus vernichtender balaianischer Energie, gebündelt und angetrieben durch die Kraft des interdimensionalen Raumes. Der Ausbruch würde höchstens siebzig bis hundert Fuß erfassen und das Risiko für die in der Stadt verbliebenen Xeteskianer kleinhalten. Doch bevor er zu einem bloßen Lufthauch zerfiel, würde er alles vernichten, was sich ihm in den Weg stellte.

Wenige Schritte vor den Mauern spuckte das Sturmfeuer und hielt inne. Dystran taumelte unter der Wucht des Rückschlags im Manaspektrum.

»Was …«, wollte er sagen.

Wieder spuckte es, die Oberfläche wallte, und dann entließ die Unwetterfront einen grellen weißen Lichtblitz, der im Nu die Nacht aus der Stadt vertrieb. Mit brennenden Augen beobachtete Dystran, wie das Sturmfeuer blinkte und sich zum Ausgangspunkt zurückzog. Das jetzt konstante Licht ließ in Xetesk einen grellen Tag anbrechen. Mit Furcht erregender Geschwindigkeit zog sich der Kreis zusammen, die Konstruktion löste sich auf, bis über dem Tor des Kollegs nur noch ein blau blinkendes Mana-Licht am Himmel stand.

Schwärze strömte in die Leere, die das Licht zurückgelassen hatte. Dystran blinzelte angestrengt und versuchte, die Schatten zu vertreiben, die seinen Blick behinderten. Er sah gerade noch das Funkeln über dem Tor und die Feuer der Wesmen – und viel zu hell, um irgendetwas anderes als ein Problem zu sein, das Glühen des Kobaltblitzes der vergangenen Nacht, der sich nicht vollständig aufgelöst hatte.

Vor Schreck gelähmt sah er zu, wie aus dem Funken über den Stadtmauern ein blauer Lichtfaden entstand und quer über den Himmel zum Kolleg wanderte. Er war dünn wie ein Stift und stabil, doch er schien eine so große Drohung zu bergen, dass Dystran unwillkürlich schauderte.

Kaum ein Geräusch war zu hören, nichts außer seinem eigenen Atem, dem Knacken der Feuer und dem Zischen der Laternen und Fackeln. Aller Augen beobachteten den Lichtfaden, der über die Stadt wanderte. Alle Münder blieben stumm.

»Sharyr?«, zischte Dystran. »Ich brauche Antworten, und zwar schnell.«

»Ich habe keine«, sagte Sharyr verunsichert.

Dystran hätte ihn gern angesehen, wollte andererseits aber auch das Schauspiel nicht verpassen. Die Lichtpunkte waren jetzt fast verbunden, und eine düstere Vorahnung machte sich breit.

»Das muss ein Portal sein«, sagte Dystran. »Aber wohin führt es?«

»Das kann man nicht mit Sicherheit sagen«, erklärte Sharyr. »Wahrscheinlich ist es nur ein Überbleibsel von der Begegnung zwischen unseren Elementen und dem interdimensionalen Raum.« Sharyrs Stimme verriet, dass er selbst nicht glaubte, was er sagte.

Der Lichtfinger erreichte die Außenmauer des Kollegs. Fremdartige Geräusche durchbrachen auf einmal das angespannte Schweigen. Aus den Fenstern und Türmen, aus offenen Türen und schattigen Winkeln kamen Hausgeister geflogen. Zwei Dutzend oder mehr, alle, die noch im Kolleg waren.

Verschwunden das boshafte Gelächter und die schnatternde Verachtung. Die gewohnten Laute waren schrillem Kreischen und gedehnten, hohen, fragenden Schreien gewichen.

Schaudernd sah Dystran ihnen hinterher. Sie flogen in enger Formation, einer führte die anderen, bis sie spiralförmig den Lichtstrahl umkreisten. Nach ein paar Runden schwangen sie sich wieder in die Luft und stiegen in anmutigen Kreisen auf, ehe sie zum Kolleg hinabstürzten. Erneut hatten sich ihre Laute verändert – jetzt klangen die Rufe warnend und erschrocken.

Einer nach dem anderen zogen sie sich zu den Orten zurück, von denen sie gekommen waren. Nur der Letzte schwenkte ab und flog zum Balkon, auf dem Dystran stand. Als er vor dem Magier in der Luft schwebte, musste Dystran daran denken, dass er noch nie einen verängstigten Hausgeist gesehen hatte.

»Seid bereit«, zischte das Wesen. »Rettet die Meister. Sie kommen.« Dann verschwand er.

Dystran blickte wieder zum Strahl.

»Bei den guten Göttern, was haben wir getan?«, keuchte er.

Auf dem Gelände des Kollegs waren bereits die ersten Anzeichen von Panik zu erkennen. Leute rannten umher und stießen unverständliche Rufe aus. Dystran glaubte zu hören, wie Türen zuknallten und verriegelt wurden. Als ob das etwas ändern könnte. Die Dimensionsmagier drängten sich unterdessen vor dem Eingang des Balkons und wollten fliehen.

»Ich habe versucht, Euch zu warnen«, sagte Sharyr. »Die Ausrichtung war nie gut genug für die Kräfte, die wir entfesseln mussten. Der Durchbruch war unvermeidlich.«

»Anscheinend haben sie schon gewartet«, flüsterte Dystran.

»Seit wir den blauen Sturm gewirkt haben, denke ich«, stimmte Sharyr zu. »Meinen Glückwunsch, Lord Dystran. Ihr habt uns alle umgebracht.«

Eisige Kälte ging vom Strahl aus. Zähne schmerzten im kalten Zahnfleisch, Haare gefroren, Augen trockneten aus und brannten. Durch den gefrorenen Dunst in der Luft konnte Dystran sehen, wie sich der Strahl bewegte. Er bekam Kanten, blaues Licht brach daraus hervor. Dies war nicht das dunkelblaue Licht von Xetesk, sondern die strahlend blaue Farbe der Dämonendimension.

Dann stürzten sie zu Dutzenden, Hunderten und Tausenden hervor, vielfältige Gestalten, von unterschiedlicher Größe und Farbe.

Dystran sah Dämonen in der Größe kleiner Vögel auf summenden Flügeln vorbeihuschen, und andere, die größer waren als Häuser. Er sah Schwänze und Tentakel. Er sah Hälse, die an Drachen erinnerten, die Köpfe entstellter Menschen und andere, völlig fremdartige Gestalten. Schlangenähnliche Dämonen flogen schimmernd durch den Himmel, Dämonen mit mächtigen Köpfen rasten über das Firmament.

Inmitten einer Woge aus blauem Dämonenlicht kamen sie heraus, und als sie lange genug hin und her geschossen waren, sammelten sie sich. Sie bildeten vier Hauptgruppen und Dutzende kleinerer Abteilungen und machten sich in alle Himmelsrichtungen auf, wie es schien.

Dystran konnte sich nicht rühren. Sein Mund war trocken, er zitterte am ganzen Körper.

»Tut etwas!«, brüllte Sharyr ihn an.

»Nichts«, murmelte Dystran. Er machte eine hilflose Geste. »Wir können nichts tun.«

»Ihr müsst die Leute einteilen, verdammt!« Sharyr packte ihn am Kragen und schüttelte ihn, bis er wieder zu sich kam. »Wir müssen zusammenarbeiten, sonst sterben wir alle, versteht Ihr das nicht?«

»Ja«, sagte Dystran. »Ja. Kalträume. Richtet Kalträume ein. Und arbeitet. Forscht. Wir müssen kämpfen. Versammelt Euch im Mana-Bad.«

Tausende von Dämonen stürzten auf Xetesk herab. Lautlos und beängstigend kamen sie mit einer Woge eiskalter Luft. Andere waren sicher schon nach Dordover, Lystern und Julatsa unterwegs. Die Kollegien waren die Zentren der Mana-Energie und der Lebenskraft. Die Juwelen, nach denen die Dämonen sich schon so lange sehnten.

»Geht«, sagte Dystran. »Ich stelle mich ihnen. Sie werden reden wollen.«

»Reden?«

»Ja, Sharyr. Dämonen wollen immer reden.«

Drei lösten sich als Vorhut aus den Heerscharen und schwebten zum Turm. Sharyr rief die Überreste seiner Truppe zu sich und floh. Dystran stellte sich unterdessen dem neuen Feind, obwohl sein Herz raste und er fast ohnmächtig wurde. Die drei waren monströs. Mehr als dreißig Fuß groß und mit entfernt menschenähnlichen Körpern ausgestattet, unter denen jedoch Tentakel zuckten. Farben spielten auf ihren geschlechtslosen Körpern, Regenbogen jagten einander.

»Ihr seid hier nicht willkommen!, quetschte Dystran hervor. »Achtet die alten Gesetze und Verträge. Kehrt in eure Dimension zurück und versiegelt den Riss, den ihr geschaffen habt.«

»Die Zeit der Menschen ist vorbei«, sagte einer mit wallendem, zuckendem Oberkörper. Seine Stimme war tief und trug weit. »Wir herrschen jetzt hier.«

Siebtes Kapitel

Hirad erwachte mit einem unbehaglichen Gefühl, dem zu trauen er gelernt hatte. Zunächst blieb er still liegen und atmete den starken Duft nach Heu ein. Die ersten Strahlen der Morgensonne fielen durch Lücken zwischen den Brettern in die Scheune. Draußen hörte er Pferde. Eine große Zahl von Pferden.

Eilig stand er auf und sah sich nach dem Unbekannten um. Der große Krieger spähte schon, Thraun und Darrick an seiner Seite, durch ein kleines Fenster zur einzigen Straße des Dorfs hinaus.

»Gibt es Ärger?«, fragte Hirad.

»Sieh selbst«, erwiderte der Unbekannte. »Dordover ist gekommen.«

Durchs Fenster konnte Hirad mindestens zwanzig Reiter in der Uniform des Kollegs ausmachen. Neben ihnen ritt der einzige Hochstapler, der am vergangenen Abend entkommen war. Einige Dorfbewohner waren ebenfalls erschienen und hatten sich am Ende des Weges versammelt, der zu Ferrans Bauernhof führte. Es gab keinen Zweifel, was sie wollten. Hirad konnte beobachten, wie die Dordovaner dem Hochstapler und den Bauern kleine Beutel aushändigten und sie anschließend mit unwirschen Handbewegungen verscheuchten.

»Die zahlen das Kopfgeld für uns aus«, sagte er.

»Ja«, bestätigte der Unbekannte. »Ein wenig voreilig, meinst du nicht auch?«

Hirad hörte, wie jemand einen Schwertgurt anlegte.

»Verdammt richtig«, sagte Hirad. »Hast du Vorschläge?«

Noch einmal blickte der Unbekannte aus dem Fenster. Hirad riss sich los, zog die Stiefel an und gürtete sein eigenes Schwert. »Wie ich sehe, ist Ferran nicht bei ihnen. Wir können annehmen, dass er unschuldig ist. Demnach wissen sie zwar, dass wir bei ihm sind, aber sie wissen nicht unbedingt, wer sonst noch hier ist. Ohne gesehen zu werden, kommen wir allerdings nicht ins Bauernhaus. Ich glaube, wir könnten eine kleine Überraschung gebrauchen.«

»Ich frage mich, ob Denser und Erienne wissen, was hier los ist.«

»Daran zweifle ich nicht«, sagte Darrick. »Wir müssen uns allerdings Sorgen machen, weil wir keine Schutzschirme haben. Und ich muss dir widersprechen, Unbekannter. Wir brauchen keinen Überraschungseffekt. Schließlich bekommen wir Unterstützung.«

Er deutete nach links zum südlichen Ende des Dorfs. Aus dem Wald kamen Gestalten gerannt, die hinter den letzten Häusern im Schatten verschwanden und kurz darauf wieder auftauchten. Ganz in der Nähe brüllte ein Panther. Der Schrei des Raubtiers ängstigte die Pferde. Zwei stiegen hoch, die anderen trampelten unruhig und wichen zurück. Die Reiter saßen ab.

»Selbst wenn unser Liebespaar geschlafen hat, jetzt sind sie wach«, sagte Hirad. »Der Rabe, los jetzt. Wir haben zu tun.«

Thraun blieb hinten. »Ich will ein letztes Mal auf Balaia mit dem Panther laufen«, sagte er.

»Bist du sicher?«

Der blonde Krieger nickte, seine gelben Augen strahlten. Hirad wartete nicht auf ihn, sondern ging als Erster zur Leiter, die hinab zu den leeren Pferdeställen führte. An der Doppeltür der Scheune hielt der Unbekannte sie noch einmal auf.

»Vergesst nicht, wenn sie uns verhaften wollen, dann können wir mit ihnen reden. Auf Zeit spielen. Genau wie gestern Abend.«

»Ich glaube nicht, dass sie so unfähig sind wie die von gestern Abend«, erwiderte Darrick.

»Achtet nur auf das, was ich mache«, sagte der Unbekannte.

Er öffnete die Tür und schritt in die kühle Morgenluft hinaus. Darrick und Hirad nahmen ihn in die Mitte, Thraun blieb in der Scheune. Sie hatten keine zwei Schritte gemacht, da flogen ihnen Feuerkugeln entgegen.

»Lauft!«

Der Rabe eilte zurück nach drinnen, die Feuerkugeln prallten gegen die Scheune und auf den Boden, wo sie gerade noch gestanden hatten. Loses Heu fing Feuer, Balken brannten, das alte Gebäude stöhnte und knarrte bedenklich. Rasch breitete sich der Brand auf der Frontseite aus. Die Flammen fraßen sich bis zum Türsturz hoch und versperrten ihnen den Fluchtweg. Sie fraßen sich über den Boden und fanden reichlich Brennstoff. Mithilfe der anderen schuf Darrick eine Brandschneise, während Thraun hinter ihnen nervös knurrend hin und her lief.

»Was meinst du, wie stark sind die Wände?«, fragte Hirad. »Du weißt schon, für alle Fälle.«

»Nicht stark genug«, erwiderte der Unbekannte.

Rauch sammelte sich unter den Deckenbalken, Funken flogen bis in den Heuboden hinauf. Nicht mehr lange, und das Strohdach hoch über ihnen würde Feuer fangen.

»Wir haben nicht ewig Zeit«, warnte Darrick.

»Ruhig«, erwiderte der Unbekannte. Er musste husten.

»Der Rabe!«, rief jemand von draußen. »Ergebt euch sofort, sonst räuchern wir Euch in Eurem Versteck aus. Ihr habt …« Er gab ein ersticktes Geräusch von sich, und Hirad glaubte, einen dumpfen Aufprall zu hören.

»Auum«, sagte Hirad. Der Panther brüllte, dann explodierte ein weiterer Spruch. Männer schrien und rannten aufgeregt umher.

»Hirad, mit der Schulter voran durch die Flammen, wir brechen dort drüben aus. Abrollen und draußen verteilen. Bietet ihnen kein Ziel.« Der Unbekannte steckte sein Schwert in die Scheide. »Der Rabe, zu mir!«

Hirad und er rannten auf die Flammen zu, die sich mit erschreckender Geschwindigkeit an der Wand ausbreiteten. Die Hitze trieb ihnen den Schweiß auf die Stirn. Die Krieger sprangen los und prallten mit den Schultern gegen die brennenden Balken. Ihr vereintes Gewicht übte auf das geschwächte Holz die gewünschte Wirkung aus. In einem Schauer aus Funken und Splittern brachen sie in die frische Luft durch.

Beide Männer rollten sich auf der festgestampften Erde ab, zogen die Schwerter, als sie wieder auf die Füße kamen, und rannten schräg auf die Feinde zu. Thraun heulte und griff an. Darrick folgte ihnen. Von links rückten die TaiGethen und Rebraal heran und setzten den Gegnern mit gut gezielten Bogenschüssen zu. Die Pfeile prallten an einem harten Schild ab, zwangen den Magier jedoch, sich mit aller Kraft zu konzentrieren. Die Krallenjäger rannten in einem weiten Bogen herum, um die Dordovaner von hinten anzugreifen. Die Pferde gerieten endgültig in Panik und stoben davon.

Einer der Gegner hatte bereits einen Pfeil in den Hals bekommen, die anderen nahmen eine Verteidigungsstellung ein. Die Magier, einer von ihnen noch auf dem Pferderücken, wirkten Sprüche oder hielten Schilde aufrecht. Die Einwohner, die den Raben verraten hatten, setzten sich in nördlicher Richtung ab. Hirad sah ihnen hinterher und fragte sich, ob Denser und Erienne in der Nähe waren. Dann lieferte ihm der Xeteskianer selbst den Beweis.

Zwei gezielte Säulen von Höllenfeuer schossen aus dem klaren Himmel herab. Leuchtend blau waren sie, und auf die beiden stehenden Magier gezielt. Unaufhaltsam schlugen sie ein, ein Schild flammte kurz orangefarben auf und brach zusammen. Darunter lösten sich zwei Opfer buchstäblich in Rauch auf und hatten nicht einmal mehr die Zeit, einen Schrei auszustoßen.

»Der Rabe, auf sie!«, schrie Hirad. Er wechselte die Richtung und hielt auf das Zentrum der verunsicherten und verwirrten dordovanischen Abteilung zu.

Im nächsten Augenblick stürmte Thraun an ihm vorbei und sprang, um den letzten Magier vom Pferd zu reißen. Blut spritzte, und das Pferd ging durch.

»Sie sind schutzlos!«, rief der Unbekannte. »Schießt weiter!«

Pfeile flogen. Zwei Männer wurden getroffen. Von hinten griff der Krallenjäger-Elf an und stieß einem verschreckten Rekruten die Finger ins Gesicht. Sein Panther war an seiner Seite.

Die Hälfte der noch lebenden Dordovaner wandte sich zur Flucht und sah sich auf einmal dem Raben gegenüber. Hirad war nicht in der Stimmung, sich auf Spielchen einzulassen. Der Mann vor ihm erkannte ihn und hatte sich schon fast mit seinem Schicksal abgefunden, als Hirad zuschlug. Er hob seine Waffe zur Abwehr, Hirad unterlief die Bewegung, blockierte den Schwertarm des Gegners mit der linken Hand, trieb dem Dordovaner die Klinge tief in den Bauch und dann schräg nach oben bis in den Brustkorb. Blut sprudelte aus seinem Mund in Hirads Gesicht. Der Barbar zog die Klinge heraus, wandte sich zum nächsten Gegner um und drosch ihm über das erhobene Schwert hinweg die Faust ins Gesicht. Der Soldat taumelte zurück. Hirad setzte nach und schlug noch einmal zu, dieses Mal direkt aufs Kinn. Das Schwert glitt aus den tauben Fingern des Soldaten. Hirad knurrte und schnitt ihm die Kehle durch.

Darrick hatte bereits zwei Männer erledigt, die den Fehler begangen hatten, ihn für einen leichten Gegner zu halten. Neben ihm war ein hilfloser Soldat dem Schwert des Unbekannten begegnet. Sein Rumpf wurde fast durchtrennt, das Schwert hatte sich in den gesplitterten Rippen verfangen. Als der Unbekannte es herausziehen wollte, kam ein anderer Soldat, der sich einen Platz in der Geschichte sichern wollte.

»Rechts, Unbekannter!«, rief Hirad, während er einen der beiden Soldaten zurücktrieb, die ihn gerade angriffen.

Der Unbekannte drehte sich, schlug dem Soldaten die rechte Faust auf die Nase, setzte nach und verpasste ihm einen Kopfstoß. Der Mann taumelte zurück, und der Unbekannte erledigte ihn mit einem Stich in den Bauch.

Hirad stieß den vorderen seiner beiden Gegner von sich fort und wich lächelnd einen Schritt zurück.

»So ein Pech aber auch«, sagte er. »Ihr werdet nie verstehen, was euch eigentlich getroffen hat.«

Die beiden Soldaten zögerten. Auums Tai griffen sie mit einer Geschwindigkeit an, die Hirad ein erstauntes Keuchen entlockte. Duele trat nach dem Kopf eines Mannes und brach ihm den Hals, Auum und Evunn nahmen sich Beine und Brust des anderen vor. Hirad sah sich um. Es war vorüber. Der letzte noch lebende Hochstapler sprang auf ein Pferd und trieb es mit hektischen Tritten an. Heftig fuchtelnd versuchte er, es in Galopp zu versetzen.

»Nicht noch einmal«, sagte Hirad. »Thraun!«

Der Wolf ließ die Kehle eines Opfers los und schaute mit blutverschmiertem Maul auf.

»Der Reiter da!« Hirad deutete auf den Fliehenden. »Mach schnell! Dieser Verräter!«

Thraun bellte einmal und rannte los, der Panther folgte ihm. Der Schwindler sah sich über die Schulter um und kreischte vor Angst, weil sein verängstigtes Pferd viel zu langsam lief. Es stolperte ein wenig umher und setzte zu einem halbherzigen Galopp an. Thraun schloss rasch auf und schnappte nach den Beinen des Pferdes. Es trat aus und bockte, und im gleichen Augenblick sprang der Panther hoch und zog den Hochstapler aus dem Sattel. Reißzähne zerfetzten ihn rasch.

Hirad wandte sich ab, und sein Blick fiel auf die Verräter aus dem Dorf.

»Ihr da«, schnaufte er und machte einen Schritt.

Alle fünf standen beisammen, zwanzig Schritte entfernt und zur Flucht bereit.

»Glaubst du wirklich, du kannst dem Wolf oder dem Panther entkommen, Bursche?«, knurrte Hirad einen an, einen höchstens sechzehnjährigen Burschen mit Sommersprossen und rotem Haar. Urin lief an seinen Beinen hinab. »Rührt euch ja nicht vom Fleck.«

Die Dörfler standen da wie angewurzelt, gefangen zwischen dem sich nähernden Barbaren und den beiden wilden Tieren hinter ihnen.

»Hirad«, warnte ihn der Unbekannte. »Mach das nicht.«

»Was denn?«, fragte Hirad, ohne sich umzudrehen.

»Du weißt genau, was ich meine.«

»Verdammt, Unbekannter, du solltest mich doch besser kennen.« Er warf das Schwert auf den Boden, löste den Schwertgurt und ließ auch ihn mit den Dolchscheiden fallen. Dann drehte er sich mit erhobenen Armen um sich selbst. »Ist das jetzt gut so?«

»Immer noch ein unfairer Wettkampf«, bemerkte der Unbekannte.

»Das ist kein Wettkampf.«

Hirad marschierte zu den fünf Männern. Sie wirkten auf einmal recht klein, obwohl mindestens zwei von ihnen größer waren als er. Kräftige Bauern und deren Söhne. Doch wenn es darauf ankam, verließ sie die Kraft.

»Ich weiß nicht«, sagte Hirad. »Ich weiß es wirklich nicht.«

Dicht vor ihnen baute er sich auf, sah sie nacheinander an und bemerkte die Angst in ihren Augen. Er konnte seine Wut kaum noch zügeln. Der Unbekannte hatte recht gehabt. Gut, dass er die Waffen abgelegt hatte.

»Ich würde euch am liebsten alle abstechen und auf eure vergammelten Leichen pissen, aber das wäre eine Verschwendung für meine Klinge und mein Wasser.«

Sie zuckten zusammen, aber das verschaffte ihm keine Befriedigung. Ihm war immer noch nicht klar, was sie sich eigentlich davon versprochen hatten. Es waren gewöhnliche Balaianer, sein eigenes Volk. Das Volk, für das er gekämpft hatte, seit sie vor mehr als sechs Jahren Dawnthief entdeckt hatten.

Hirad deutete auf einen, es war ein breitschultriger Mann mit einem dichten Schopf aus störrischem braunem Haar und einer langen Nase.

»Gestern haben wir zusammen getrunken. Wir haben uns gegenseitig ein Bier ausgegeben und uns miteinander bekannt gemacht. Und du.« Er tippte dem sommersprossigen Burschen auf die Brust, sodass dieser einen Schritt zurückweichen musste. »Du hast mich den ganzen Abend genervt und wolltest Geschichten hören.«

Er schüttelte traurig den Kopf.

»Ich habe dir alles erzählt, was du wissen wolltest, und jedes Wort war wahr. Weißt du denn nicht, wie oft sich der Rabe den Feinden gestellt und euch das Leben gerettet hat? Wir kannten uns nicht, und dennoch wollten wir, dass ihr überlebt.

Das ist unsere Ehre. Das bedeutet es, das Beste für die Menschen in einem Land zu geben. Sechs Jahre haben wir in Schlachten gekämpft, die wir nicht angezettelt hatten, nur damit ihr die Chance habt, eure Felder zu bestellen und euer Vieh zu hüten.

Eines Abends trefft ihr uns dann und beschließt im Handumdrehen, uns zu verraten.«

Er sprach laut und schrie am Ende sogar, als er endgültig die Beherrschung verlor.

»Meine Freunde sind für euch gestorben«, wütete er. »Sie haben euch gerettet, damit ihr euch umdrehen und uns für ein paar verdammte Silberstücke verkaufen konntet.«

Er kämpfte seine bitteren Tränen nieder.

»Wenn ihr einen Elfenfreund habt, der heute noch lebt, dann habt ihr das dem Raben zu verdanken. Ihr seid nicht im Atem der Drachen zu Asche verbrannt, weil der Rabe es verhindert hat. Ihr solltet dem Raben danken, weil die Wytchlords nicht eure Seelen gefressen haben. Dabei sind meine Freunde gestorben, Ilkar war der Letzte. Ein Opfer, um jene aufzuhalten, die euch vorschreiben wollten, wie ihr über die Magie zu denken habt.

Ihr seid frei, weil wir gekämpft haben. Und ihr wolltet uns verraten. Für wie viel eigentlich? Was habt ihr jetzt in euren Börsen? Was ist der Rabe wert?«

Sie zappelten herum und wechselten nervöse Blicke. Genau wie am vergangenen Abend hatte sich mittlerweile das ganze Dorf versammelt, um zu gaffen.

»Zeigt es mir. Los.«

Der Bursche wühlte in seiner Tasche herum und drückte Hirad einen kleinen Geldbeutel in die Hand, worauf der Barbar ihn böse anstarrte und den Inhalt in die andere Hand kippte. Ein paar Goldmünzen, die keinen großen Wert hatten, da es kaum Waren gab, die man kaufen konnte. Er ließ sie auf den Boden fallen.

»Ich könnte das verfünffachen, und es wäre immer noch zu wenig. Das ist also der Preis für all das, was der Rabe für euch getan hat? So viel war Ilkar euch wert?«

Der Bursche sah den linken Haken, der ihn flachlegte, nicht einmal kommen. Hirad wandte sich an die vier noch stehenden Dörfler.

»Die Geldbörsen. Los, legt sie auf den Boden.«

Sie zögerten.

»Ihr habt eine Belohnung bekommen, aber falls ihr nicht die Absicht habt, mich persönlich festzunehmen, solltet ihr sie abgeben. Ihr habt euren Teil der Abmachung nicht erfüllt.«

Wieder zögerten sie, ließen sich aber rasch durch das drohende Knurren des Gestaltwandlers überzeugen, der leise hinter sie geschlichen war. Widerstrebend griffen sie in die Taschen und warfen vier klimpernde Geldbörsen auf den Boden. Hirad beförderte sie mit einem Tritt zur Seite und wandte sich zu den anderen Dorfbewohnern um. Links brach gerade Ferrans lichterloh brennende Scheune zusammen. Rauch wallte hoch.

»Wir haben nie viel verlangt. Entlohnung für unsere Dienste, mitunter nicht einmal das. Vor allem wollten wir ein Land haben, in dem alle in Frieden leben können. Es bleibt euch überlassen, was ihr mit denen tut, die hinter mir stehen, aber ich persönlich wäre nicht froh, wenn sie in meinem Dorf leben würden. Sie haben sich schweinisch benommen. Das Geld werden wir an uns nehmen, abzüglich der Summe, die Ferran braucht, um seine Scheune wieder aufzubauen.«

Er drehte sich um und kehrte zum Raben zurück, dann fiel ihm noch etwas ein.

»Wisst Ihr, was mich wirklich fast zum Kotzen bringt? Es ist die Tatsache, dass dieselben Leute, die uns heute verraten haben, bei nächster Gelegenheit um Hilfe rufen werden, wenn Balaia mal wieder in Gefahr schwebt. Nun, wir werden dem Ruf nicht mehr folgen. Vielleicht denkt ihr mal über die Gründe nach, bevor die Feinde eure Kinder vor euren Augen töten. Sucht euch ein paar neue Helden. Wir reisen ab und kommen nicht zurück. Der Rabe wird nicht wieder reiten.«

Die Morgendämmerung hatte in Lystern keine Erleichterung gebracht. Zwei Stunden vorher hatten die Dämonen die Stadt und das Kolleg gestürmt. Heryst hatte auf der Stelle ein Drittel seiner Magier verloren, an deren Lebenskraft und Seelen sich nun die Angreifer labten. Falls die Legenden die Wahrheit sagten, war der Tod nicht mehr als ein Vorspiel für das ewige Fegefeuer.

Heryst und der Rat hatten klug reagiert und sich mit genügend Magiern in den großen Saal zurückgezogen, um beliebig lange den Spruch für einen Kaltraum aufrechterhalten zu können. Dieser Spruch, der einen Raum ohne Mana erschuf, war die einzige wirkungsvolle Verteidigung gegen die Dämonen, da sie auf das Mana angewiesen waren und ohne diese Energie schnell erstickten. Wer innerhalb des Kaltraums angreifen wollte, wurde sofort erledigt, denn ohne Schutz durch ihr Mana konnten die Dämonen mit blankem Stahl getötet werden.

Heryst, der Lordälteste Magier von Lystern, betete um die Seelen aller, die keine vergleichbare Zuflucht gefunden hatten. Innerhalb des Kaltraums konnte er keine Kommunion halten, weil er das Mana nicht zu bündeln vermochte. Das einzige Mana war das der fünf Magier, die den Spruch wirkten und die Konstruktion des Spruchs aufrechterhielten.

Seit einer Weile gaben sich die Dämonen damit zufrieden, außerhalb der durchsichtigen Begrenzung des Spruchs herumzufliegen oder zu wandern. Es reichte aus, um die hundertdreiundsechzig Magier, Soldaten und Mitarbeiter des Kollegs ständig in Alarmbereitschaft zu halten. Heryst war klar, dass es nicht ewig so weitergehen konnte. Er spürte, wie die Angst der Leute im Saal zunahm, und mit der Zeit ergaben sich zudem ganz praktische Probleme.

Er drückte den Arm seines Freundes und zuverlässigsten Helfers und war froh, diesen Mann jetzt bei sich zu haben.

»Kayvel, wir müssen etwas unternehmen. Überprüft doch bitte die Magier, die den Spruch wirken.«

Kayvel lächelte, obwohl er Angst hatte, und stieg auf den riesigen Konferenztisch. Die aktiven Magier saßen mitten auf der Tischplatte, so weit wie möglich von allen Gefahren entfernt, und wurden von Schwertträgern beschützt. Heryst sah Kayvel hinterher, der sich etwas linkisch über die wundervollen Einlegearbeiten bewegte und vor den Magiern niederkniete, um leise mit ihnen zu sprechen.

»Leute«, sagte Heryst. Er klatschte in die Hände, um die

leisen Unterhaltungen zu unterbrechen. »Wir müssen unsere Kräfte einteilen. Kommt bitte hier herüber. Wir haben viel zu tun.«

Er sah es ihnen nur zu deutlich an. Vom erfahrensten Magier bis zur jüngsten Magd und dem kleinsten Küchenjungen. Fassungslosigkeit und Entsetzen. Die Angst, alles zu verlieren. Der Krieg war schlimm genug gewesen, auch wenn er diese Menschen nicht unmittelbar berührt hatte. Aber jetzt dies. Die meisten Balaianer kannten die Dämonen nur aus Geschichten und Legenden, doch auf einmal mussten sie sich damit abfinden, dass sich ihre Welt verändert hatte. Alles, was sie gekannt und für gegeben genommen hatten, war gefährdet. Heryst hatte sogar noch schlimmere Neuigkeiten für sie.

Er wartete, während sie sich um ihn scharten. Aller Augen ruhten auf ihm und flehten ihn an, einen Ausweg zu finden. Nur gut, dass sie nicht seine Verzweiflung spüren konnten. Zu viel Wissen war manchmal gefährlich. Allerdings war er der Ansicht, ihnen nicht vorenthalten zu dürfen, womit sie es zu tun hatten. Zuerst jedoch ein kleines Trostpflaster.

»Wir sind hier im Augenblick sicher«, sagte er. »Vielleicht versteht Ihr nicht genau, was wir hier eingerichtet haben, aber wie Ihr seht, hält es die Dämonen auf Distanz, und diejenigen, die dennoch durchbrechen, können leicht erledigt werden. Vergesst aber nicht, dass dies alles ist, was wir erwarten können.«

Murmeln erhob sich unter den Leuten, die ihn umringten.

»Es gibt einige Dinge, die Ihr wissen müsst. Da ich Euch alle brauche, wenn wir überleben wollen, will ich Euch nichts vormachen. Außerhalb dieses Spruchs können wir nicht lange gegen sie kämpfen. Magische Angriffe können sie verletzen, aber wegen des Mana, das überall stark ist, vermögen Schwerter ihnen kaum etwas anzuhaben.«

Eine Hand hob sich. Es war ein junges Mädchen, das Heryst erkannte. Sie war der Küche im Turm zugeteilt, Anfang zwanzig, mit dunklen Haaren und zierlich.

»Bitte, Mylord, ich verstehe das nicht. Was sind das für Wesen?«

Heryst lächelte. »Es tut mir Leid. Ja, wir wollen am Anfang beginnen. Ich fasse mich kurz, und wer etwas nicht versteht, kann später noch einen Magier fragen. Magier, Ihr sollt alle Fragen beantworten. Glaubt ja nicht, es sei unter Eurer Würde, den anderen Lysterniern zu helfen.

Diese Dämonen kommen aus einer fremden Dimension. Wir haben schon seit Jahrhunderten Kontakt mit ihnen und wissen, dass sie unser Land wegen seiner Reichtümer und seiner großen Lebenskraft begehren. Dämonen brauchen Mana in der Atmosphäre, um atmen zu können und ihre natürliche Rüstung zu erhalten. Deshalb sitzen wir hier geschützt im Kaltraum. Sie ernähren sich von der Lebenskraft anderer Geschöpfe. Ich glaube, man könnte auch sagen, von deren Seelen. Dieses Wort passt so gut wie jedes andere. Sie können im Nu einem Menschen die Seele aussaugen oder sie im Laufe von Jahren verspeisen, was aber nur den Tod hinauszögern würde. Soweit wir wissen, bleiben die Seelen, die sie genommen haben, in der Dimension der Dämonen erhalten und werden durch Qualen stimuliert, um noch Jahre zu leben.«

Er hielt inne und sah sich um. Männern wie Frauen liefen die Tränen über die Wangen, einige schauderten. Andere blickten zum Rand des Spruchs, in die Flure vor dem Ratssaal, wo die Dämonen lauerten. Jemand hob eine Hand. Heryst nickte dem Soldaten zu, das Wort zu ergreifen.

»Können wir sie zurückschlagen?«

Heryst zuckte mit den Achseln. »Das weiß ich nicht. Ich muss gestehen, dass ich ernstlich daran zweifle. Wir können nur ahnen, wie viele von ihnen in der Stadt und im Land unterwegs sind. Es ist vermutlich auch nicht der Mühe wert, sie einzeln anzugehen. Wichtiger wäre es, herauszufinden, woher sie kommen, und den Zugang zu versperren.«

»Wie wollen wir das tun, wo wir doch hier festsitzen?«, rief jemand.

Heryst hob eine Hand. »Ruhe, bitte. Genau darüber reden wir jetzt. Ich möchte, dass wir über Folgendes nachdenken. Zuerst die praktischen Erwägungen. Wir haben kein Essen, kein Wasser und keine Latrine, und wir müssen uns etwas überlegen, um das alles einzurichten.«

»Lord Heryst«, schaltete sich Kayvel ein. »Ich glaube, das letzte Problem kann ich teilweise lösen.«

Kayvels Stimme war wie ein kühler Hauch auf heißer Haut. Heryst lächelte. »Dann lasst es uns hören. Mir ist es bisher nur gelungen, die Menschen zu ängstigen.«

Die Anspannung ließ etwas nach, hier und dort kicherte sogar jemand.

»Der Spruch reicht ein Stückchen weiter, als wir dachten. Er deckt auch die Latrinen hinter den nördlichen Türen ab. Es ist knapp, aber es reicht.«

»Danke«, sagte Heryst. »Allerdings sind wir hier nicht auf eine ausgedehnte Belagerung eingerichtet. Die Latrinen werden irgendwann voll sein, und wir haben keine Möglichkeit, sie zu leeren. Für den Augenblick ist das jedoch auf jeden Fall eine gute Neuigkeit. Sobald ich zu Ende gesprochen habe, wird Kayvel, dem ich die Aufsicht über die Soldaten und Nicht-Magier übertrage, ein Wachsystem organisieren. Niemand sucht die Latrinen ohne bewaffnete Begleitung auf. Vergesst nicht, dass die Dämonen unsere Bewegungen überwachen und sich darauf einstellen werden.

Als Nächstes müssen wir über Essen und Wasser nachdenken. Ihr wisst, wo unsere Lagerräume und Brunnen sind. Die Frage ist, wie wir sie erreichen, ohne von den Dämonen erwischt zu werden. Magier, Ihr sollt Euch überlegen, ob es möglich ist, einen beweglichen Kaltraum zu erzeugen. Das Küchenpersonal und die Putzkolonne müssen darüber nachdenken, wo Eimer oder Becken und Fässer stehen … alles, was wir benutzen können, um Essen, Wasser, Kleidung und Bettzeug hier heraufzuschaffen. Geht davon aus, dass wir eine Weile hierbleiben, ehe wir entschieden haben, wie wir zurückschlagen können. Wenn Kayvel bereit ist, wird er sich anhören, was Ihr zu sagen habt. Gibt es sonst noch Fragen?«

»Mylord?«

»Ja, Oded, bitte sprecht«, forderte Heryst den jungen Ratsmagier auf.

»Danke, Mylord«, sagte er. »Glaubt Ihr, wir können mithilfe von außen rechnen?«

Wieder einmal spürte Heryst, dass alle ihn erwartungsvoll ansahen. Es war eine Hoffnung, an die sich alle klammern wollten.

»Nein, ich glaube nicht«, erwiderte er leise. »Es tut mir Leid, ich komme gleich auf die Gründe zurück. Aber ehe ich es vergesse, Oded, ich möchte, dass Ihr Euch zwei weitere Magier sucht und konzentriert darüber nachdenkt, wie wir uns mit den anderen Kollegien verständigen können. Vom Kaltraum aus ist natürlich keine Kommunion möglich, aber überlegt Euch Folgendes: Wir haben hier Mana-Fäden, die den Kaltraum speisen. Könnt Ihr Euch vielleicht an diese Kanäle dranhängen, um das Manaspektrum da draußen zu erreichen? Und wenn ja, was könnt Ihr tun, wenn Ihr es geschafft habt?

Jetzt aber zurück zu Eurer Frage. Wir wissen noch nicht, wo die Dämonen in die balaianische Dimension eingedrungen sind, wir wurden aber von Norden her angegriffen. Ich vermute, es ist in Xetesk geschehen. Wir müssen jedenfalls annehmen, dass die Dämonen alle Kollegien angegriffen haben, und zu gegebener Zeit werden die Städte sicherlich folgen. Wenn wir Glück haben, dann haben sich in allen Kollegien die Magier versammelt wie wir hier. An den anderen Orten auf Balaia ist unser Volk in großer Gefahr.

Ich rechne damit, dass die Dämonen früher oder später ihre Pläne bekannt geben werden. Wer sie auch in Lystern anführt, er wird hierherkommen und mit mir reden wollen. Dann werden wir vielleicht auch das Ausmaß dessen erfahren, was uns hier getroffen hat. Wir müssen aber den Tatsachen ins Gesicht sehen. Die Dämonen beherrschen Balaia.«

Mit zunehmendem Unverständnis hatten Tessaya und die Wesmen beobachtet, was sich über Xetesk in der Luft abgespielt hatte. Sie hatten gesehen, wie die Spur in den Himmel gezeichnet wurde. Dann waren die außergewöhnlichen Wesen herausgequollen wie die Eingeweide aus einem aufgeschlitzten Bauch. Mit gerunzelter Stirn hatte er zugesehen, wie sich die Wesen formiert hatten und in alle Himmelrichtungen davongeflogen waren. Ihm war nicht entgangen, dass keines direkt auf die Blackthorne-Berge zugehalten hatte. Anschließend hatte Tessaya seine Männer um sich geschart. Er wollte nicht, dass seine Leute diesen Wesen zu nahe kamen.

Anfangs hatten die Wesmen gejubelt und gesungen, als die Wesen, die in allen nur denkbaren Farben schillerten und auf einer Woge aus Kälte und reinem blauem Licht angeflogen kamen, die Xeteskianer innerhalb der Mauern angegriffen hatten. Sprüche hatten geblitzt und den frühmorgendlichen Himmel erhellt. Doch allzu schnell war es still geworden. Die Lieder waren ihnen im Hals stecken geblieben. Dann waren nur noch das Rauschen von tausend Körpern in der Luft sowie das Kreischen und Klagen der Xeteskianer zu hören. Es waren Laute, die er nie mehr vergessen würde. Schon oft hatte er Männer vor Angst schreien hören, aber dies hier war viel schlimmer. Als hätte sich ein Abgrund voll unendlicher Verzweiflung aufgetan.

Er verstand es nicht. Es sah ganz danach aus, als hätte ihnen Xetesks neuer Feind die Arbeit abgenommen. Somit wären diese Wesen ihre natürlichen Verbündeten gewesen. Tessaya wollte allerdings keinem von denen, die immer noch aus dem Spalt im Himmel kamen und sich über der Stadt und im Land verteilten, die Hand reichen.

Keiner von ihnen hatte bisher auch nur das geringste Interesse für die Wesmen gezeigt, die vor den Toren des Kollegs von Xetesk aufmarschiert waren. Darüber war er froh, denn das, was er sah, fand er zutiefst beunruhigend. Dies war nicht das Werk von Magiern. Die Kälte in der Luft war unnatürlich und roch übel. Etwas Böses lag in der Art, wie die Wesen sich bewegten und angriffen, in ihren Lauten und den Schreien der sterbenden Xeteskianer, so sie überhaupt starben.

Am liebsten hätte er seine Männer zurückgezogen und wäre ins Kernland zurückgekehrt. Doch das konnte er nicht. Er wollte sich nicht umdrehen und vor den neuen Invasoren fortlaufen, und er hatte im Grunde auch das Gefühl, es sei ohnehin sinnlos, weil sie ihnen nicht hätten entkommen können. Andererseits war der Traum aller Wesmen in Reichweite. Der Sturz der Türme von Xetesk. Die trotzige

Verteidigung war so gut wie gebrochen, war jedoch einer neuen Macht gewichen, mit der man rechnen musste.

Zum ersten Mal seit vielen Jahren war Tessaya nicht sicher, was er tun sollte. Also wartete er einfach ab. Er wartete, während der Lärm hinter den Mauern zu einem Flüstern erstarb und die Schreie, die über die Stadt gehallt waren, sich legten. Die Kälte nahm zu, und das blaue Glühen im Riss am Himmel breitete sich aus. Eine böse Aura entfaltete sich hinter den Mauern. Seinen Kriegern entging es so wenig wie ihm.

Leise sprachen sie miteinander, sangen ihre Stammeslieder und starrten ihn und das Kolleg an. Sie hatten Angst, aber keiner würde weglaufen, nicht einmal im Angesicht eines Feindes, den sie nicht zu bekämpfen wussten.

»Mylord, schaut nur!«, rief ein Krieger.

Die zweitausend Männer verstummten. Sechs Wesen stiegen hinter den Mauern des Kollegs auf. Eines, der Anführer, war halb so groß wie die Mauern und wahrlich beeindruckend. Es hatte den Körper und Kopf eines Mannes, von der Hüfte abwärts hingen jedoch nur noch Tentakel herab, die wie bei einer Seeanemone pendelten und das Wesen durch die Luft beförderten. Die anderen, die es begleiteten, besaßen Flügel, Schwänze und flache, kalte und tote Gesichter. Alle waren haarlos und bläulich gefärbt, hier und dort zogen sich rote oder grüne Streifen über die Haut.

Tessaya packte seine Klinge unwillkürlich fester.

»Zeigt keine Furcht«, rief er. »Wir sind die Wesmen, wir fürchten nichts.«

Als er hörte, wie sie seine Worte wiederholten und weitergaben, nickte er zufrieden und lächelte grimmig. Er beobachtete die Kreaturen, die sich auf einer Woge kalter Luft rasch näherten. Der Riese ließ sich vor ihm auf den Tentakeln nieder. Er war völlig geruchlos.

»Wir sind hier die neuen Herren«, sagte das Wesen. »Du wirst dich uns unterwerfen. Du wirst keine Waffen tragen und uns alle deine Untertanen als Opfer darbieten. Wir werden nehmen, was uns gefällt. So soll es sein.«

»Niemand herrscht über die Wesmen. Wir werden dich bekämpfen, und wir werden siegen.«

Tessaya schlug mit der Klinge zu. Tief drang das Schwert ein, und er spürte den Widerstand im Körper des Wesens, doch als er die Klinge herauszog, heilte die Wunde vor seinen Augen. Das Wesen verzog einen Moment lang schmerzlich das Gesicht.

»Ihr könnt uns nicht besiegen«, erklärte ihm das Wesen. »Du wirst der Erste sein. Dein Volk wird lernen, uns zu gehorchen. Es gibt keinen anderen Weg.«

Das Wesen berührte Tessaya über dem Herzen und packte zu, verzog dann erstaunt das Gesicht. Es stieß noch einmal zu. Tessaya stolperte rückwärts und wurde von den Männern hinter ihm aufgefangen.

»Was ist das?«, zischte das Wesen. »Deine Seele gehört mir. Alle eure Seelen gehören mir.«

Tessaya lachte ihm laut ins Gesicht.

Ihm fiel das Wort ein, das die Menschen im Osten benutzten. »Dämonen.« Er spuckte auf den Boden. »Wisst ihr es denn nicht? Ihr könnt die Wesmen nicht berühren. Die Geister schützen unsere Seelen.«

»Dann werden wir die Geister zerschmettern, ehe wir euch niederwerfen.«

»Diesen Kampf könnt ihr nicht gewinnen.«

Der Dämon starrte ihn noch einen Augenblick an, drehte sich um und schwebte zum Kolleg zurück. Unbehagliches Schweigen senkte sich über die Wesmen. Tessaya richtete den Blick wieder auf die Türme von Xetesk.

Sie waren schlau, diese Xeteskianer. Die Dämonen konnten mit Magie vernichtet werden, doch die Kräfte, die für den Angriff zur Verfügung standen, waren begrenzt, und die Gegner waren überwältigend stark. Die Verteidiger hatten sich jedoch rasch überlegt, was die Dämonen fürchteten, und eine magische Barriere aufgebaut. Trotz ihrer Stärke nahmen sich die Dämonen vor der Barriere in Acht und hielten sich zurück.

Wie auch immer dieser Spruch beschaffen war – im Innern starben die Dämonen, und daher blieben sie draußen. Kaum einmal im Leben hatte Tessaya den Wunsch gehabt, er könne die Magie verstehen, doch in diesem Augenblick wünschte er es sich. Er beneidete die Xeteskianer um ihre Macht und konnte einstweilen nur neugierig und ohnmächtig zusehen. Die Xeteskianer konnten jedenfalls die Dämonen töten oder wenigstens verletzen, während er trotz seiner Leidenschaft und Stärke nichts auszurichten vermochte.

Die Sonne versank schon hinter den Türmen, als er endlich genug gesehen hatte. Der Augenblick kam, in dem die Barriere den Dämonen vorerst die Gelüste ausgetrieben hatte, und so wandten sie sich der ungeschützten Bevölkerung zu. Tessaya hatte nicht die Absicht, das gleiche Schicksal zu erleiden.

»Die Magier werden nicht so leicht und auch nicht sehr bald sterben«, erklärte er dem Leutnant, der neben ihm stand. »Für heute ist unsere Chance vertan.«

»Vielleicht für immer«, sagte der Krieger.

»Es wird andere Gelegenheiten geben, und die Dämonen fürchten uns«, erwiderte Tessaya. »Aber heute können wir nichts mehr ausrichten. Rufe die Stämme. Wir ziehen uns zurück. Die Stadt gehört den Dämonen.«

»Lagern wir in Understone?«

Tessaya nickte. »Aber wir werden in Sichtweite der Mauern einen Vorposten unterhalten. Wir dürfen dies nicht aus den Augen verlieren, hier geschieht etwas Außergewöhnliches. Gib das Signal zum Rückzug.«

Dystran sah den Wesmen hinterher und fühlte sich verlassen. Die Kalträume hielten vorerst die Dämonen ab, doch er brauchte jeden Verbündeten, und sein früherer Feind war jetzt sicherlich als Verbündeter zu betrachten.

Die Wesmen hatten irgendetwas an sich, denn die Dämonen verzichteten gewiss nicht freiwillig auf die Seelen der Wesmen. Dystran wollte verdammt sein, wenn er wusste, was es war. Der Rückzug der Wesmen war jedenfalls das letzte normale Ereignis in Balaia, sofern man überhaupt von Normalität sprechen konnte.

Er fragte sich, was sie tun und wie weit sie sich zurückziehen würden. Wie weit es auch war, es würde nicht ausreichen. Seltsam. Tessaya tat ihm beinahe Leid. Ob er es wusste oder nicht, das Schicksal des Herrn der Paleon-Stämme und das Schicksal aller Wesmen hing davon ab, ob die Magie überlebte. An einem anderen Tag hätte er über die paradoxe Situation gelacht. Heute aber hatte er seine Stadt und den größten Teil seines Kollegs verloren. Viele Magier und Soldaten waren gestorben, und die wenigen, die noch lebten, hatten Angst.

Tessaya spielte jetzt keine Rolle mehr. Der Herr vom Berge musste dafür sorgen, dass sein geschlagenes Volk noch einen Tag überlebte, und dann einen weiteren.

»Bei den Göttern, Ranyl, wie sehr ich Euch jetzt brauchen würde.«

Doch Ranyl konnte ihn, wie so viele andere, nicht mehr hören.

Achtes Kapitel

»Ilkar!«

Hirad fuhr, in Schweiß gebadet, im Bett hoch. Genau wie damals, in den ersten Tagen auf Calaius. Dieser Schweißausbruch hatte allerdings nichts mit dem ungewohnten Klima zu tun. Sein Herz hämmerte so heftig in der Brust, dass ihm der Hals wehtat, und er zitterte am ganzen Körper. Er rieb sich mit den Händen übers Gesicht und fuhr sich durch die Haare. Noch einmal schloss er kurz die Augen, sofort liefen die Bilder wieder vor ihm ab, und er begann stoßweise zu atmen.

Schaudernd setzte er die Füße auf die Matte und stand auf. Irgendwo im Haus redete jemand. Er sehnte sich nach Gesellschaft. Im Laufe von zwei Jahren hatte er die Elfensprache gut genug gelernt, um sich verständigen zu können. Er benutzte sie sogar recht gern, und wann immer Rebraal das Dorf besuchte, unterhielten sie sich mehr in der Sprache der Elfen als in Hirads Sprache.

Er zog ein Hemd und weite Hosen an und verließ das Zimmer in Ilkars Elternhaus, das früher seinem Freund gehört hatte, um auf der Terrasse hoffentlich ein paar freundliche Gesichter zu finden. Draußen in der kühlen, aber immer noch feuchten Luft, tief im calaianischen Regenwald, saßen Rebraal und Kild'aar und redeten. Sie war eine entfernte Verwandte, allerdings konnte Hirad die Verwandtschaftsverhältnisse der Elfen nicht recht durchschauen. Auf einem Tisch zwischen den beiden dampften Getränke, in der Grube vor dem Haus brannte ein Feuer, der Rauch stieg in Spiralen in den Himmel, der sich schon wieder zuzog und noch mehr Regen verhieß.

Es war mitten in der Nacht. Draußen im Regenwald ertönten die gewohnten Geräusche des Lebens und des Todes. Es roch nach Regen und Wachstum. Hirad setzte sich auf einen der drei freien bequemen Stühle. Die Weidenruten gaben nach und nahmen seine breiten Schultern auf.

»Ich hol dir etwas Tee«, bot Kild'aar ihm an, stand auf und ging steifbeinig zur Feuergrube.

»Dann haben dich deine eigenen Schreie geweckt, was?«, sagte Rebraal mit einem leichten Lächeln.

»Es tut mir leid«, erwiderte Hirad.

Rebraal schüttelte den Kopf. »Erzähl's mir. Wenn du willst.«

»Ich hatte vor ein paar Nächten schon einmal das gleiche Gefühl, aber nicht mit dieser … äh, Rebraal … dafür fehlen mir einfach die Worte.« Er wechselte ins Balaianische. »Nicht mit dieser Intensität. Es ist, als hätte jemand gegen die Tür gehämmert und sie jetzt endlich eingeschlagen.«

»Ilkar?«

Hirad zuckte mit den Achseln. »Ja, es sieht ganz so aus. Auch wenn ich nicht weiß, warum. Aber ich vermisse ihn immer noch.«

»Was hast du gesehen?«

»Oh, das ist schwer zu beschreiben.« Hirad fuhr sich mit den Fingern durchs Haar und betastete die feuchten, langen Zöpfe. »Ich weiß, dass er es ist, aber ich kann ihn nicht richtig erkennen. Sein Wesen spüre ich ganz deutlich. Alles, was ihn ausgemacht hat. Das Lächeln und diese verdammten Ohren kann ich dann selbst ergänzen. Aber er steckt in Schwierigkeiten. Deshalb ist der Traum so übel. Ich hatte das Gefühl, er liefe vor etwas weg, aber ich weiß nicht, wo. Irgendetwas war in der Nähe, vor dem er Angst hatte. Ich habe mich bemüht, konnte ihm aber nicht helfen. Er war immer knapp außerhalb meiner Reich- und Sichtweite. Wenn ich jetzt darüber rede, klingt es so harmlos und überhaupt nicht mehr beängstigend.«

Kild'aar kam wieder die Treppe herauf und gab ihm einen Becher von dem Kräutertee, den Ilkar so geliebt hatte. Seit ihm vor mehr als einem Jahr der Kaffee ausgegangen war, hatte Hirad den süßen, aromatischen Kräutertee der Elfen schätzen gelernt. Ihm blieb ja auch nichts anderes übrig, der Handel mit Balaia war zum Erliegen gekommen. Seit drei Jahreszeiten ließ sich kein Schiff mehr vom Nordkontinent blicken. Manchmal grübelte er, was das zu bedeuten hatte, aber größtenteils war er froh, dass sie sich nicht die Mühe machten, die Reise auf sich zu nehmen. Es gab nur einen Mann in Balaia, den Hirad vermisste, doch Blackthorne hatte nie mit den Elfen Handel getrieben, sodass ihn der Rückgang des Schiffsverkehrs nicht weiter störte. Jevin, der Elfenkapitän, hatte bei ihrer letzten Begegnung erklärt, er wolle nicht mehr nach Norden segeln. Den Grund dafür hatte er jedoch nicht genannt.

»Danke«, sagte er, wieder ins Elfische wechselnd. »Tut mir leid, dass ich euch geweckt habe.«

Kild'aar wischte seine Entschuldigung mit einer Handbewegung fort und setzte sich wieder, den Blick auf Rebraal geheftet. »Hast du es ihm noch nicht gesagt?«

»Ich bin noch nicht dazu gekommen«, erklärte Rebraal.

»Wozu bist du noch nicht gekommen?«, fragte Hirad.

»Du hast uns nicht geweckt«, fuhr Rebraal fort. »Jedenfalls nicht mich.«

»Dann bist du also lange aufgeblieben, oder was heißt das jetzt?«

»Das heißt, dass ich genau den gleichen Traum hatte«, erklärte Rebraal.

»Wie bitte?« Trotz der schwülen Luft wurde es Hirad kalt. Er nahm den Teepott in beide Hände.

»Ich habe ihn auch gespürt. Er war dein Freund, aber er war auch mein Bruder.«

»Ja, das weiß ich doch, Rebraal. Wir haben in den vergangenen zwei Jahren mehr als einmal über ihn gelacht und geweint, aber weißt du … er ist tot, und dagegen können wir nichts machen.«

»Nein, das können wir nicht. Aber das heißt nicht, dass wir ihm nicht helfen können.«

Jetzt wurde es Hirad ungemütlich. Rebraal und Kild'aar starrten ihn viel zu ernst an. Er runzelte die Stirn.

»Das verstehe ich nicht.« Seine Erwiderung fiel ein wenig scharf aus, aber er war des Rätselratens müde. »Das ist doch das Problem bei Toten. Es ist zu spät, um ihnen irgendwie zu helfen.«

»Hirad«, sagte Kild'aar leise. Sie beugte sich vor und legte ihre Hände auf die seinen, die noch den Pott hielten. »Es war hier nicht immer leicht für dich, und wir haben es euch am Anfang auch nicht leicht gemacht. Aber wir haben immer euren Wunsch respektiert hierherzukommen. Wir wissen, wie sehr du Ilkar geliebt hast, und wie gern du lernen willst, was ihn zu dem gemacht hat, was er war.

Du und der Rabe, ihr werdet immer die Freunde der Elfen sein, weil ihr den Elfenfluch aufgehoben habt. Rebraal nennt dich einen Bruder, und Auum, nun ja, Auum ließ dich eine Jahreszeit lang mit den TaiGethen laufen, nicht wahr? Das ist eine Ehre, die bisher kein anderer Mensch genießen durfte.«

»Er sagte allerdings, ich sei langsam, taub und blind«, erwiderte Hirad. Wider Willen musste er lächeln, auch wenn er das Gefühl hatte, er werde gleich etwas hören, auf das er lieber verzichtet hätte.

»Du wirst immer ein Mensch bleiben«, sagte Rebraal. »Es gibt Dinge, die dir nicht einmal Auum beibringen kann.«

»Da sagst du was«, grollte Hirad. »Einen Jaqrui fasse ich im Leben nicht mehr an. Duele hatte eine Heidenangst.«

»Es ist so«, fuhr Kild'aar fort und brachte Rebraal mit einem scharfen Blick zum Schweigen. »Wir vertrauen dir zwar, doch es gibt einige Dinge, die du als Mensch nie erfahren solltest. Geheimnisse, die gegen uns verwendet werden können. Wir haben bereits gesehen, was die Menschen mit diesem Wissen anrichten können.«

»Nicht ich, Kild'aar. Nicht ich.«

»Ich weiß, Hirad«, sagte Kild'aar und ließ seine Hände los, damit er trinken konnte. »Trotzdem sagen wir dir dies nur, weil du den Traum hattest und uns damit näherstehst, als wir es je für möglich gehalten hätten. Damit gehörst du zur Familie.«

»Was wollt Ihr mir sagen?« Hirad trank einen großen Schluck Tee.

»In einer Elfenfamilie sind die Toten nicht wirklich verloren«, erklärte Rebraal. »Wir können sie hören, wenn sie uns brauchen.«

»Könnt ihr auch mit ihnen reden?«, fragte Hirad aufgeregt.

Kild'aars Lächeln machte seine Hoffnungen gleich wieder zunichte. »Es ist kein Austausch, wie du ihn gern hättest, weil die Toten nicht mehr auf eine Weise existieren, die du dir vorstellen kannst. Dennoch kann man Botschaften übermitteln. Unter anderem dazu dient der Tempel in Aryndeneth.«

»Die Al-Arynaar hüten dieses Geheimnis«, schaltete sich Rebraal ein. »Kein anderer Orden kann die Toten hören. Wir lernen es im Laufe von Jahren oder Jahrzehnten. Selbst dann ist es schwierig und nicht immer erfolgreich.«

»Was erzählen sie euch denn? Was könnten sie benötigen?«

»Das ist eine schwierige Frage«, sagte Kild'aar. »Elfen gehen unglaublich tiefe Bindungen ein, und oft ist der Übergang zum Tod schwer. Die Toten scheinen neben so viel anderem, was wir nicht einmal ahnen können, klare Momente zu haben. Sie bitten um Unterstützung, wenn sie sich verloren fühlen. Um Nachrichten von Geliebten. Sie teilen Dinge mit, über die zu sprechen sie keine Zeit hatten, als sie noch lebten. Du musst verstehen, dass der Austausch, wenn er überhaupt stattfindet, oft unterbrochen und manchmal völlig unverständlich ist. Die Toten befolgen nicht die Regeln, an die wir gebunden sind.«

»Also gut«, sagte Hirad vorsichtig und versuchte, es zu erfassen. »Aber das erklärt überhaupt nichts. Wie kommt es, dass ich ihn heute Nacht gehört habe, falls es tatsächlich so war?«

»Oh, du hast ihn ganz sicher gehört«, sagte Rebraal. »Aber du hättest eigentlich nicht dazu imstande sein dürfen, und das macht uns Sorgen. Nicht einmal ich hätte außerhalb von Aryndeneth mehr auffangen dürfen als eine Ahnung, dass er da ist.«

»Hast du ihn denn nicht gefragt, was los ist?«

»Das konnte ich nicht. Es war, als hätte er laut um Hilfe geschrien und sich an alle gewandt, die eine starke Bindung zu ihm hatten und zur Familie gehören. Hirad, andere Al-Arynaar hatten in den letzten Tagen den gleichen Traum … oder den gleichen Kontakt, sollte ich wohl besser sagen. Doch im Tempel kann niemand die Verbindung herstellen. In der Welt der Toten stimmt etwas nicht. Irgendetwas bedroht sie.«

Hirad wollte etwas sagen, hielt inne. Er verstand es nicht. Nachdenklich lehnte er sich zurück. »Was könnte jemanden bedrohen, der schon tot ist?«

»Das wissen wir nicht.« Rebraal wechselte einen schuldbewussten Blick mit Kild'aar. »Oder besser, wir sind nicht sicher.«

»Dann sollten wir es schnell herausfinden«, sagte Hirad. »Wir müssen ihm helfen.«

Er war schon halb aufgestanden, ehe Rebraal ihm die Hand auf die Schulter legen und ihn wieder auf den Stuhl drücken konnte.

»Deshalb reden wir jetzt mit dir. Am Tage wäre es besser gewesen, aber da du jetzt wach bist, ist der richtige Augenblick gekommen.« Rebraal stand auf, nahm die drei Becher und sprang leichtfüßig zur Feuergrube hinab, wo die Insekten summten und starben. »Es gibt noch andere Aspekte, die einfach zu gut passen, um ein Zufall zu sein.«

»Was denn?«

»Die Unterbrechung des Handels mit Balaia. Wahrscheinlich hast du dir über die Gründe noch keine Gedanken gemacht. Trotz des Krieges hatte der Handel sogar zugenommen, bevor wir vor zwei Jahren wieder hierher zurückkamen. Dann hörte er abrupt auf. Händler, die nach Norden gereist sind, kehrten nicht zurück. Elfenschiffe berichteten, sie hätten Lichter am Himmel beobachtet und ein ungutes Gefühl bekommen, das kein Seemann ignoriert. Magier auf den Schiffen glaubten, etwas wie eine beginnende Kommunion zu spüren, aber schwach und verzweifelt. Deshalb haben die Schiffe gar nicht erst angelegt.«

»Erwartet nicht von mir, dass ich in Tränen ausbreche, falls es den Balaianern gelungen ist, ihr Land vollständig zu zerstören. Wir haben getan, was wir konnten. Was sie dort erleiden, haben sie sich selbst eingebrockt.«

»Die Al-Arynaar, die geblieben sind, um Julatsa zu helfen, sind bis heute nicht zurückgekehrt. Vor einem Jahr haben wir andere in den Norden geschickt, um den Grund zu erfahren, aber auch sie sind verschwunden. Keinen von ihnen können wir jedoch unter Shorths Kindern spüren.«

»Wer ist das?«

»Shorths Kinder, so nennen wir die Toten. Er wacht über sie.«

»Ich dachte, er sei eine Gestalt, die Furcht einflößt«, sagte Hirad.

»Nur unseren Feinden«, erklärte Kild'aar. »Ein Gott der Toten ist nicht zwangsläufig auch seinem eigenen Volk gegenüber rachsüchtig. Unserer ist wohlwollend gegenüber denen, die unserem Volk im Leben gut gedient haben.«

»Es tut mir leid um die Elfen, die ihr in Julatsa verloren habt«, sagte Hirad. »Aber vermutlich ist das Kolleg gefallen. Entweder Dordover oder Xetesk hat es erobert, was kein großer Unterschied wäre.«

Rebraal und Kild'aar schüttelten gleichzeitig die Köpfe.

»Wieder etwas, das ihr mir nicht sagen wollt?«

Die Elfen wechselten einen Blick. Rebraal forderte die ältere Frau mit einer Geste zum Sprechen auf.

»Unsere Mythologie erwähnt die Möglichkeit, dass die Toten manchmal vor einem Feind stehen, vor dem sie im Leben geschützt waren. Der Tod ist ein ewiger Kampf um Frieden und Ruhe für die Seele. Diesen Glauben teilen auch jene auf eurem Kontinent, die ihr, wie Rebraal mir sagte, als Wesmen bezeichnet.«

»Mit denen solltet ihr euch aber wirklich nicht auf eine Stufe stellen«, widersprach Hirad. »Das ist unter eurer Würde.«

»Sprich nicht verächtlich über Dinge, die du nicht verstehst«, erwiderte Kild'aar scharf. »Sie haben eine Verbindung zu Shorths Kindern, so viel ist sicher.«

»Ach, hör doch auf. Das sind nur primitive Glaubenssätze.«

»Wenigstens ist es ein Glaube«, fauchte Kild'aar. »Das ist das Problem mit euch Menschen. Ihr habt schon vor Generationen die Lehren vergessen und eure Religion verloren, und jetzt kehrt alles zurück und sucht euch heim. Aber wie bei allem, was ihr Menschen tut, denkt ihr auch hier nicht richtig nach. Und wieder einmal bringt ihr uns in Schwierigkeiten. Dieses Mal unsere Toten.«

»Bei den brennenden Göttern, Kild'aar, beruhige dich«, sagte Hirad. »Du wirfst mir Dinge vor, über die ich keine Kontrolle habe. Sag mir einfach, wie ich helfen kann, mehr muss ich nicht wissen.«

»Du musst wissen, worauf dies alles beruht«, sagte Kild'aar.

»Nein, muss ich nicht«, erwiderte Hirad. »Das Lernen und ich, das passt nicht gut zusammen. Ilkar würde dir erklären, dass es besser ist, mir einfach das Problem zu beschreiben und mir zu sagen, wie man es anpackt.«

Rebraal kicherte. »Damit hatte er natürlich recht, aber Kild'aar ist eben anders, Hirad. Pass auf, ich sage dir, was du wissen musst. Du weißt, was Dimensionen sind, und du weißt, dass die Drachen eine und wir eine andere haben. Unserer Überzeugung nach haben auch die Toten ihre Dimension. Wohin sonst sollten sie gehen? Nein, darauf sollst du mir nicht antworten. Ich sage ja nicht, dass wir diese Dimension je erreichen könnten, denn sie ist verborgen. Es gibt jedoch Geschöpfe, die durch den Raum reisen können und sich von dem ernähren, was alle lebenden und toten Geschöpfe in sich tragen. Die Lebenskraft oder die Seele, wie du es auch nennen willst. Das glauben wir.«

»Du meinst die Dämonen«, flüsterte Hirad. Es lief ihm kalt den Rücken hinunter.

»Wenn du sie so nennen willst«, bestätigte Kild'aar.

»Wir brauchen Denser und Erienne«, sagte Hirad. »Sie wissen, was man tun kann.«

»Ich glaube, wir brauchen den ganzen Raben. Ich habe mir die Freiheit genommen, Thraun von den Krallenjägern zurückzurufen, und die Boten sind schon nach Ysundeneth unterwegs, um Darrick zu finden«, sagte Rebraal. »Es tut mir leid, Hirad, aber für Leute wie dich scheint es keinen Frieden zu geben. Niemals.«

Hirad zuckte nur mit den Achseln. »Können wir denn etwas tun? Ich verstehe es nicht recht. Wie können wir Ilkar helfen?«

»Wir sind nicht sicher«, sagte Kild'aar, »und auf jeden Fall müssen wir alle mitwirken. Menschen, Wesmen und Elfen. Der Rabe hat aber etwas an sich, das heller strahlt als das Leben selbst. Wenn ihr zusammen seid, könnt ihr etwas erreichen, das einem Einzelnen nie möglich wäre und das niemandem sonst gelingen würde. Ich kann es nicht erklären, aber Rebraal und Auum haben es gesehen, und alle, die euch begegnen, können es spüren. Wenn wir recht haben, ist es eine ungeheure und vielleicht unmögliche Aufgabe, aber wir müssen es versuchen.«

»Ihr sagt mir nichts, was ich nicht schon weiß. Mir ist allerdings nicht klar, was der Rabe ausrichten könnte, mal abgesehen davon, in den Tod zu gehen und im Reich der

Toten Ilkar zur Seite zu stehen. Ich sage euch, was wir tun. Ich reise mit Thraun und Darrick nach Herendeneth, wenn sie mitkommen wollen. Der Rabe wird sich beraten, und dann entscheiden wir. So halten wir es.«

»Mehr verlangen wir nicht«, sagte Kild'aar.

Hirad nickte. »Weißt du, ich habe fast nichts von dem verstanden, was du gesagt hast, und das, was ich begriffen habe, kann ich kaum glauben. Ich weiß nur, was ich geträumt habe, und wenn du mir nun sagst, dass Ilkar irgendwelche Schwierigkeiten hat, dann werde ich nicht ruhen, solange er nicht in Sicherheit ist, was auch immer dazu nötig sein mag. Aber zuerst will ich ins Bett zurück und mit Sha-Kaan reden. Vielleicht kann er es mir erklären.«

»Die Drachen wären nützliche Verbündete«, sagte Rebraal.

»Sie nennen die Dämonen übrigens Arakhe.« Hirad stand auf und stellte den Becher auf den Tisch. »Wie nennt ihr sie?«

»*Cursyrd*«, erwiderte Kild'aar. »Die Räuber des Lebens.«

»Wir sollten gleich morgen früh beginnen. Wird Thraun dann schon hier sein?«

»Ja«, bestätigte Rebraal. »Danke, Hirad.«

»Ich mach das für keinen von uns. Nicht für Balaia oder Calaius. Ich tue es für Ilkar, weil er zum Raben gehört und uns braucht.« Er lachte und staunte über sich selbst. »Das ist unglaublich. Was hat dieser Elf nur an sich? Selbst als Toter hört er nicht auf, uns in Schwierigkeiten zu bringen.«

Neuntes Kapitel

Thraun hatte die Kommunikation der Krallenjäger gehört und begriffen, dass es ihn betraf. Die letzten Tage hatte er ein Pantherweibchen wie einen Schatten begleitet. Ihr Partner hatte den Wolf willkommen geheißen, und zusammen hatten sie ihm viel von dem Wald gezeigt, den er lieben gelernt hatte.

Zwei Jahre waren vergangen, und der einzige andere Mensch, den er in dieser Zeit gesehen hatte, war Hirad gewesen. Manchmal vermisste er den Barbaren, doch im Regenwald, weit entfernt von den Vorurteilen aller Menschen und den Erinnerungen an das Rudel, hatte er gelernt, auch sich selbst zu verstehen, während er langsam das Leben der Krallenjäger zu begreifen begann.

Nichts war so lebendig wie der calaianische Regenwald. Die Anblicke, die Gerüche, die Freuden und Gefahren. Thraun hatte begeistert als Wolf gejagt und mit Entzücken als Mann Spuren gelesen. Er beherrschte die Sprache der Panther, er kannte die Zeichen der Krallenjäger-Elfen und konnte sich mühelos mit den Al-Arynaar und den TaiGethen verständigen. Noch nie war er so mit sich selbst in

Einklang gewesen. Ihm war klar, warum er so leicht akzeptiert worden war, während Hirad trotz seiner Stärke drei Jahreszeiten lang damit alle Mühe gehabt hatte. Es lag daran, dass er nicht ganz und gar ein Mensch war und eine neue Art zu leben finden wollte. Er besaß ein angeborenes Verständnis für den Regenwald. Hirad bemühte sich sehr, aber am Ende würde er doch immer nur das Beste aus dem machen, was er gerade hatte, und sich nach dem Leben sehnen, das er nicht führte.

Dennoch, Hirad war ein ausgezeichneter Jäger und Fährtenleser geworden, und die Elfen achteten ihn.

Die Kommunikation hatte einen Unterton von Kummer, weil einige von Tuals Geschöpfen den Regenwald verlassen mussten und niemand wusste, wann sie zurückkehren würden. Die feinen Nuancen konnte er nicht erfassen, doch er hatte keinen Zweifel, dass er eines dieser Geschöpfe war.

Gerade hatte ein längerer Wolkenbruch geendet, und der nächtliche Wald roch frisch, sauber und lebendig. Thraun stand auf und wischte das Wasser von seiner Kleidung ab. Das Pantherweibchen ruhte neben ihm, den Kopf auf die Vorderpfoten gelegt, die Augen auf ihn gerichtet. Der Krallenjäger-Elf hockte ein Stück abseits. Er hatte die Rufe der Kommunikation aufgenommen und weitergegeben.

»Es geht um mich, nicht wahr?«, sagte Thraun.

Der Elf nickte nur, sein schwarz-weiß bemaltes Gesicht blieb unbewegt. Er deutete auf die Fährten, die nach Taanepol führten, wo Hirad lebte.

»Andere auch«, fügte er hinzu. Es klang grob und gezwungen, er war das Sprechen nicht gewöhnt.

»Führe mich«, sagte Thraun.

Er bückte sich und küsste das Pantherweibchen auf die

Stirn. Sie schnurrte erfreut. »Wir werden noch einen Tag als Bruder und Schwester laufen.«

Der Panther spitzte die Ohren und sprang auf, um nach Norden in den Regenwald zu blicken. Thraun hörte einen leisen Ruf, und der Krallenjäger entspannte sich. Inzwischen bemerkte er Geräusche, die ihm zwei Jahre zuvor entgangen wären. Oder jedenfalls seinen menschlichen Ohren.

»Was ist los?«, fragte er.

Auum, Duele und Evunn tauchten aus dem Dschungel auf. Er begrüßte sie mit einer kräftigen Umarmung, wie er es sich angewöhnt hatte.

»Was ist los?«, fragte er.

»Shorths Kinder brauchen uns«, erklärte Auum. »Sie brauchen auch dich.«

»Warum?«

»Weil Ilkar bei ihnen ist und Hirad den Raben braucht.«

Thraun blieb wie angewurzelt stehen. Der Regen setzte wieder ein, prasselte über ihnen aufs Blätterdach und fand den Weg bis zum Boden, spritzte auf Blätter und Baumstämme und ließ die Tiere verstummen. Duele berührte ihn am Arm. Thraun sah dem TaiGethen ins Gesicht und bemerkte die verblassende Narbe, die von Hirads Missgeschick mit dem Jaqrui herrührte.

»Du wirst verstehen«, sagte er. »Wir erklären es dir unterwegs. Aber jetzt müssen wir gehen.«

»Tai«, sagte Auum. »Wir brechen auf.«

»Und jetzt lasse die Kraft sanft durch dein Bewusstsein strömen und leite sie in deine Konstruktion«, sagte Cleress. »Spüre, wie die Elemente rings um dich verharren und an deinen Fingern zerren, doch sie können ihre Energien nicht freisetzen, weil du die Kontrolle hast.«

»Es tut weh«, knirschte Erienne. »Bei den Göttern, Frau, es tut weh.«

»Halte noch einen Moment durch. Spüre die Druckpunkte und finde heraus, wie du jederzeit jeden beliebigen Teil in der Struktur der Elemente entfernen kannst, um jede gewünschte Wirkung zu erzielen.«

»Die Wirkung, dass mich alle meine Muskeln anschreien, ist ganz sicher nicht erwünscht.«

»Vielleicht übertreibst du jetzt ein wenig, aber trotzdem, es ist Zeit für etwas Entspannung. Lass los, aber tue es kontrolliert. Achte darauf, dass die Kräfte sich gefahrlos entladen. Jetzt halte inne. Die Gestalt, die du geformt hast – was wird sie tun, wenn du sie auf einen Schlag freigibst und Erde und Steine ausblendest, wie du es gerade schon tust?«

»Es wird regnen, nicht wahr?«

»Finde es heraus. Und mach dir keine Sorgen, es kann nichts passieren.«

Erienne holte tief Luft, blickte zur gebeugten alten Elfenfrau, die unter dem wolkenlosen Himmel das Sonnenlicht genoss, und runzelte die Stirn.

»Ich wünschte, du könntest mir das ersparen.«

»Mach nur weiter. Ich schirme dich ab.« Sie hob einen Gehstock und schwenkte ihn ein wenig.

»Da fühle ich mich gleich sicherer«, sagte Erienne. Sie gab die Konstruktion frei.

Die Energie der Elemente drängte aus ihrem Bewusstsein in die Umgebung. Aus dem Gefängnis befreit, nährte sie sich von den Elementen und suchte das Gleichgewicht. Wie gewünscht hielt Erienne die Energie von Erde und Stein in sich fest, bis sie sich auflöste und harmlos zu ihrem natürlichen Zustand zurückkehrte.

Was blieb, reagierte heftig mit der Luft über Herendeneth. Wolken ballten sich aus dem Nichts zusammen und formten binnen weniger Augenblicke eine dichte Decke. Mana-Blitze flackerten darin und lösten die Reaktion aus. Der Guss war kurz, aber stark. Tropfen von der Größe ihrer Daumen prasselten auf den Boden, dass der Dreck nur so spritzte, und drückten Blätter und Gras auf den Boden.

Erienne lachte über das Ergebnis und die körperliche Entspannung und klatschte in die Hände. Sie betrachtete das schöne Blumenbeet vor ihren Füßen, das die Feuchtigkeit begierig aufsog.

»Siehst du, Lyanna? Siehst du, was Mami gemacht hat?«

Sie kniete nieder, wie sie es immer nach den Sitzungen tat, und sprach Worte, die nur Lyanna hören konnte.

»So viel haben wir dir zu verdanken, mein Liebling«, sagte sie, während sie feuchte Erde von gelben und blauen Blüten wischte. »So viel gibt es, das wir noch lernen müssen. Vergiss nicht, dass ich dich immer liebe, genau wie dein Vater, auch wenn er jetzt schimpft. Damit meint er aber nicht dich, sondern mich. Nun sollst du ruhen.« Sie fuhr mit den Fingern durch die Blüten auf dem Grab. »Siehst du, was deine Schönheit hier wachsen lässt?«

Sie stand auf. Cleress sah ihr zu, ein wenig mitgenommen, aber lächelnd und schwer auf ihre Krücken gestützt. Hinter ihr sah Erienne Denser kommen. Er schüttelte heftig den Kopf.

»Da gibt es wohl Klagen über das Wetter«, sagte Erienne. Sie wischte sich den Regen und eine Träne aus dem Gesicht und glättete ihr nasses Haar.

Über ihr lösten sich die Wolken so rasch wieder auf, wie sie sich zusammengebraut hatten. Die Sonne kam zum Vorschein und trocknete die Erde.

»War das wirklich nötig?«, rief Denser. »Ich habe gelesen. Eine kleine Vorwarnung wäre nett gewesen.«

»Die Seiten werden schon wieder trocknen«, erwiderte

Cleress. »Wir sind für heute fertig. Ich muss vor dem Abendessen noch etwas ruhen.«

»Warte einen Moment, dann helfe ich dir hinein.« Denser ging zu Erienne und gab ihr einen Kuss. »Fühlst du dich jetzt besser, nachdem du es getan hast?«

»Ja, tatsächlich«, sagte Erienne. »Wir hatten heute einen Durchbruch.«

»Ich kann schon sehen, wo das nützlich wäre. Vor allem in Wüsten und so weiter.«

»Wie immer übersiehst du das Wesentliche.« Cleress wechselte einen verschwörerischen Blick mit Erienne. »Das Geheimnis des Einen liegt nicht darin, einzelne Sprüche für bestimmte Wirkungen zu erlernen. Es geht vielmehr darum, das Wesen der Elemente und die Natur deines Problems zu erkennen. Dann musst du nur noch beides zusammenfügen. Erienne hat es so gut wie erfasst, es fehlen nur noch einige Übungen, die ihr eine bessere Kontrolle erlauben.«

»Und was dann?«

»Dann kann ich endlich sterben und zu meinen Schwestern gehen«, sagte Cleress. Ihr Lächeln verflog rasch wieder, und was Erienne dahinter sah, gefiel ihr nicht. »Ihr müsst wissen, ich mache mir ihretwegen Sorgen. Es ist lange her, dass ich sie zum letzten Mal gehört habe, und jetzt vernehme ich ein großes Klagen. Es macht mir Sorgen.«

»Das verstehe ich nicht«, sagte Erienne.

»Nein, meine Liebe, natürlich nicht.« Cleress drehte sich um und begann den langsamen Rückweg zum Haus. »Denser, wenn du so freundlich wärst.«

Erienne stand da und sah ihnen mit gerunzelter Stirn hinterher. Sie fragte sich, ob Denser der Al-Drechar überhaupt zugehört hatte. Wie sie wusste, tat er das nicht immer. Er hatte das Gefühl, sie würde allmählich senil, und es traf sogar zu, dass sie hin und wieder sinnloses Zeug redete. Was sie da angeblich im Traum von ihren Schwestern gehört hatte, fiel wahrscheinlich auch in diese Kategorie.

»Aber du glaubst das doch nicht wirklich, Erienne?«, fragte sie sich selbst.

Sie schüttelte den Kopf, kniete nieder und brachte Lyannas Grab in Ordnung.

Der Unbekannte schob Dieras nasses Haar aus ihrem Gesicht und küsste sie auf die Lippen. Eriennes Regenguss hatte sie überrascht, und sie hatten im warmen Regen gelacht und wenigstens versucht, das Brot und den Käse zu retten. Besonders erfolgreich waren sie dabei nicht gewesen, ein Teil war über den Felsen geschwemmt worden, auf dem sie saßen, und ins Meer gefallen. Der Unbekannte hatte den Rest hinterhergeworfen.

»Hoffentlich hat Jonas nichts abbekommen«, sagte Diera.

»Das glaube ich nicht«, erwiderte der Unbekannte. »Allerdings ist er sicher so nass wie wir, wenngleich freiwillig. Er ist noch mit Ark drüben auf der Sandbank beim Schwimmen.«

Wie immer, wenn ihr kleiner Junge mit einem ehemaligen Protektor unterwegs war, beschlich Diera ein leiser Zweifel. Nichts, was der Unbekannte sagen mochte, konnte sie völlig davon überzeugen, dass keinerlei Gefahr drohte. Sie hatte die Protektoren gesehen, als sie noch unter dem Befehl von Xetesk gestanden waren, und wusste, wozu sie fähig waren. Selbst jetzt, zwei Jahre später, da ihr Leben als maskierte, versklavte Kämpfer lediglich eine schmerzliche Erinnerung war, traute Diera ihnen immer noch nicht vorbehaltlos.

»Ist er da auch sicher?«, fragte sie.

»Ark ist der beste Schwimmer unter ihnen«, sagte der Unbekannte.

»Du weißt, was ich meine, Sol«, erwiderte sie.

»Ja, und deshalb habe ich auf eine andere Frage geantwortet. Die Antwort auf die erste kennst du schon. Du stellst sie jedes Mal.«

»Er ist mein Sohn«, sagte sie.

»He, ich kritisiere dich doch nicht«, lenkte der Unbekannte ein.

»Komm, lass uns zur Anlegestelle hinabgehen und auf sie warten.«

»Geh du nur.« Der Unbekannte half Diera beim Aufstehen und drückte sie an sich. »Ich glaube, ich mache einen Spaziergang und denke etwas nach.«

Diera sah ihm in die Augen. Er hielt ihrem Blick stand und versuchte zu lächeln, doch es überzeugte sie nicht.

»Du vermisst das alles immer noch, was?«, sagte sie.

»Es liegt mir im Blut«, gab er zu. »Balaia ist meine Heimat. Ich würde gern eines Tages mit dir und Jonas zurückkehren und tun, was wir schon immer tun wollten.«

Er sah an ihr vorbei zum Haus und dem Land, das es umgab. In den zwei Jahren, die sie hier waren, hatten sie auf der kleinen Insel Herendeneth Wunder gewirkt. Er und die fünf verbliebenen ehemaligen Protektoren hatten das Haus wieder aufgebaut, einen Teil des Geländes in fruchtbares Ackerland verwandelt und aus Calaius Nutztiere geholt. Doch es war nicht seine Heimat, und so blieb seine Sehnsucht ungestillt. Er wollte etwas aufbauen und seiner Familie hinterlassen.

Natürlich war er nicht der Einzige, der auf Veränderungen hoffte. Die Protektoren wollten endlich ein eigenes Leben führen. Hirad und Darrick hatten es nur eine Jahreszeit ausgehalten, ehe es ihnen langweilig geworden war und sie fast den Verstand verloren hatten. Nur Denser und Erienne schienen zufrieden. Andererseits hatten sie schon alles, was sie begehrten.

»Ja, ich vermisse den vorlauten Kerl, und ich frage mich, was aus Tomas, Maris und Rhob in Korina geworden ist. Wir konnten uns noch nicht einmal von ihnen verabschieden. Dabei weiß ich ja, wie gut es dir hier gefällt. Es ist so friedlich. Und Jonas … er ist ein wundervolles Kind, und ich möchte ihm um keinen Preis seine Unschuld nehmen. Eines Tages wird er jedoch neugierig werden. Er wird erkennen, dass dies nicht die ganze Welt ist.«

»Also kehren wir zurück. Aber erst, wenn es sicher ist«, sagte Diera.

»Ich frage mich nur, wie wir das je herausfinden wollen.«

»Eines Tages wird Jevin mit der *Calaianische Sonne* in den Kanal segeln, und was du von ihm hörst, wird dir alles sagen, was du wissen musst. Vielleicht kehren wir dann alle zurück. Na, was meinst du?«

»Ich würde sagen, mir gefallen die Bilder, die du entwirfst.« Er drückte ihr noch einen Kuss auf die Lippen und schob sie sanft zum Weg, der zur Landestelle führte. »Du weißt ja, wo du mich findest, nicht wahr? Genau hier, wo ich nach Segeln am Horizont Ausschau halten werde.«

Diera drehte sich noch einmal um. »Verlass mich nie wieder. Versprich es mir.«

»Niemals. Ich verspreche es.«

Ry Darrick schlug die Hände vor den Kopf und seufzte schwer. »Bei den Göttern, das ist wie Zähneziehen«, murmelte er.

Es war mal wieder ein entsetzlich schwüler Tag, obwohl die Luft an der Küste angeblich etwas kühler war. Ysundeneth lag ja an der Küste. Seit zehn Tagen war das Wetter unverändert. Er konnte nicht schlafen, er hatte keinen Appetit, und es raubte ihm den letzten Nerv. Außerdem gab sich sein Lehrling in der Koppel redlich Mühe, sämtliche Anweisungen gründlich misszuverstehen.

Der junge Elf stand auf und klopfte sich ab, dann drehte er sich zum Hengst um, der gereizt und mit peitschendem Schweif auf der anderen Seite der runden Koppel stand. Er schnaubte.

»Was habe ich dir gerade eben gesagt?«

»Ich soll mich ihm nicht von hinten nähern?«, überlegte der Bursche.

»Genau. Könntest du mir nun zeigen, wo deiner Ansicht nach vorne ist?«

Der Bursche deutete auf den Kopf des Hengstes. Auch das noch. Kein Gespür für Ironie. Ilkar hatte den Humor offenbar in den langen Jahren bei Hirad gelernt.

»Genau, das Ende mit den Zähnen und den rollenden Augen ist vorne. Ich erkläre es dir noch einmal. Du bist dieses Mal vorsichtiger. Du näherst dich ihm gleichmäßig und ruhig von vorn, damit er dich die ganze Zeit sehen kann. Wenn du ihn erschreckst und ohne Vorwarnung aufsteigen willst, fliegst du wieder auf den Rücken.

Lass ihm Zeit, sich an dich zu gewöhnen, ehe du den Zügel nimmst. Dann gehst du langsam an seiner Seite entlang. Achte darauf, ihn dabei ständig zu berühren. Erst dann setzt du den Fuß in den Steigbügel. Mach das langsam und ruhig, und falls er unruhig wird, weichst du etwas zurück und versuchst es noch einmal. Ich sage es dir, wenn du etwas nachdrücklicher werden kannst. Alles klar?«

»Ja, General«, bestätigte der Junge.

»Dann mach, er wird dich nicht beißen.« Wollen wir das Beste hoffen, fügte er in Gedanken hinzu.

Bei den ertrinkenden Göttern, ob er den Burschen jemals auf ein Pferd loslassen konnte, das noch nicht eingeritten war? Das Dumme war, dass sich der Bursche, sobald er einmal im Sattel saß, als Naturtalent entpuppte, was man nicht eben von vielen Elfen sagen konnte.

Dabei war es ihm anfangs wie eine ganz ausgezeichnete Idee vorgekommen. Dank des äußerst großzügigen Barons Blackthorne hatte er aus Balaia ein halbes Dutzend Pferde mitnehmen können, als der Rabe den Kontinent verlassen hatte. Er hatte die Absicht gehabt, sie zu züchten und nach dem kurzen Aufenthalt auf Herendeneth den Elfen die Pferde vorzuführen. Sie wussten herzlich wenig über diese Tiere, und wenn schon sonst nichts dabei herauskam, konnten Reitstunden wenigstens ein teures Geschenk für die Kinder reicher Eltern sein.

In geschäftlicher Hinsicht funktionierte es gut. Blackthornes Pferde waren gutes Zuchtmaterial, und er konnte bald auf die dritte Generation hoffen. Sie sollten ruhiger sein als alle anderen, da er sich nicht mehr auf den alten Hengst allein verlassen musste. Ein ausgezeichnetes Reitpferd war er, auch wenn er leider seine schlechte Laune an seine Nachkommen vererbte.

Darrick beobachtete den Jungen, der sich erneut dem Pferd näherte. Es beäugte ihn misstrauisch, wich aber nicht zurück. Schon besser. Der Bursche streckte die Hände aus, und das Pferd fügte sich, knabberte kurz mit den Lippen und versetzte dem Jungen einen spielerischen Knuff vor die Brust. Der Bursche zögerte.

»Mach weiter, Junge«, sagte Darrick. »Das sieht gut aus.«

Er wandte sich ab, als hinter ihm auf der Straße ein von Maultieren gezogener Karren klapperte, und winkte dem Besitzer zu, der mit einem Nicken antwortete. Mehr brauchte es nicht, damit es schiefging. Als er sich wieder umdrehte, hatte der Bursche den Fuß in den Steigbügel gesetzt und zog mit einer Hand den lockeren Zügel an.

»Nein«, rief Darrick. »Du reißt seinen Kopf herum. Das wird er nicht …«

Der Bursche versuchte aufzusteigen, und was dann kam, war unvermeidlich. Er zerrte versehentlich scharf am Zügel, den er völlig vergessen hatte, weil er sich so sehr auf den Steigbügel, seine Füße und den Sattelknauf konzentrierte, auf dem seine andere Hand lag. Der Hengst wieherte und zog den Kopf abrupt zurück. Der Bursche wusste nicht, wo er zuerst loslassen sollte, und entschied sich schließlich für den Sattelknauf statt des Zügels, ohne jedoch seinen Versuch aufzugeben, in den Sattel zu steigen.

Das Pferd trabte einen Schritt und brachte den Jungen aus dem Gleichgewicht, der mit einem frustrierten Schrei rücklings in den Sand fiel.

»Gib mir die Kraft«, murmelte Darrick.

»Du siehst aus wie ein Mann, der gerade einen neuen Beruf sucht«, sagte auf einmal eine Stimme, die er sehr gut kannte.

Er fuhr herum. Hirad stand nur zwei Schritte hinter ihm. Darrick stieß einen überraschten Schrei aus und umarmte ihn herzhaft. »Bei den Göttern, Hirad, es ist schön, dich zu sehen«, sagte er.

»Immer mit der Ruhe.« Hirad schob ihn zurück. »Sonst fangen die Leute noch an zu tratschen. Wie läuft es hier denn so?«

»Das kommt darauf an, was du meinst. Ich verdiene Geld, ich arbeite mit Pferden und anderen dummen Geschöpfen.« Er warf einen kurzen Blick zu dem Burschen. »Noch einmal! Prellungen formen den Charakter. Und denk nicht solche Dinge über mich. Du wirst mir noch dankbar sein.«

Hirad lachte. »Es freut mich, zu sehen, dass du so ruhig bleibst.«

»Hirad, ich muss dir was gestehen. Ich habe schreckliche Langeweile.«

Das Lächeln des Barbaren wurde noch breiter, als es schon war. »Was würdest du denn sagen, wenn ich dir etwas vorschlagen kann, das ein wenig Aufregung verspricht?«

»Ich würde sagen, dass dich die Götter geschickt haben«, antwortete Darrick. »Worum geht es denn?«

Er hatte zunächst die anderen Besucher ignoriert, die sich während seines Wortwechsels mit Hirad am Zaun der Koppel verteilt hatten.

»Ist das nicht …«

»Ja, das ist Rebraal. Dort ist Auum, Thraun ist auch irgendwo in der Nähe.«

»Was ist hier los?« Darrick nagte an der Unterlippe. Auum hatte geschworen, nie wieder den Regenwald zu verlassen, und seine Gegenwart in Begleitung der Tai war mehr als ungewöhnlich. Hirads Lächeln war verschwunden.

»Wir haben ein Problem. Ich erkläre es dir unterwegs.«

»Auf dem Weg wohin?«

»Wir müssen nach Herendeneth. Hör mal, Darrick, erledige hier, was du noch zu erledigen hast, und dann treffen wir uns heute Abend im Hafen. Jevin will mit der Flut auslaufen.«

Darrick fuhr hoch. »Sag mir, was los ist, ehe ich vor Neugierde umkomme.«

»Erinnerst du dich, dass ich gesagt habe, der Rabe würde nie mehr reiten? Anscheinend werde ich jetzt eines Besseren belehrt.«

Zehntes Kapitel

Dystran, dem Namen nach immer noch der Herr vom Berge von Xetesk, auch wenn sein Titel nicht mehr viel zu bedeuten hatte, starrte in die Morgendämmerung hinaus und vergoss, wie an beinahe jedem Tag während der letzten beiden Jahre, einige Tränen. Es versprach ein schöner Tag zu werden. Eines der wenigen Dinge, die die Dämonen ihnen nicht hatten nehmen können, obwohl sie sich große Mühe gegeben hatten. Die Luft war ständig kalt, und die Stille wollte überhaupt nicht zum Spätfrühling passen. Keine Vögel zwitscherten, keine Hunde bellten, nirgends spielten Kinder. Kein Geräusch war draußen zu hören außer dem gespenstisch heulenden Wind.

Wie an jedem Tag fragte er sich auch heute, wie wohl die Bedingungen ringsum im Land wären, wo die Dämonen praktisch ungehindert herrschten. Wie viel schlimmer musste es für die Menschen sein, die dort draußen noch lebten. Die meiste Zeit hatte er sich allerdings in seiner eigenen Verzweiflung gesuhlt und nicht im Traum daran gedacht, dass es jemanden geben könnte, der ein schrecklicheres Los als er selbst zu tragen hatte.

Von außerhalb kamen kaum Neuigkeiten herein. Immer weniger Nachrichten hatten sie erhalten, während die Jahreszeiten einander abwechselten und der Widerstand zwangsläufig schwächer wurde. Zuerst war die Sache noch recht einfach gewesen. Sie hatten die Lüftungsschächte der Katakomben geöffnet und Leute aufs Land schicken können. Anfangs hatten die Dämonen nur wenige Orte angegriffen. In der Wildnis hatte es reichlich Essen und Wasser gegeben, und die Überlebenden, die man fand, hatte man in die sicheren Kalträume von Xetesk gebracht. Einmal war es ihnen sogar gelungen, die Dämonen von den Mauern des Kollegs zu vertreiben und einen Teil der Stadt zurückzuerobern.

Doch die Lage hatte sich als unhaltbar erwiesen. Der Einsatz der Magie wirkte wie ein Leuchtfeuer auf jeden Dämon, und Xetesk hatte bei den überraschenden, starken Angriffen im ganzen Magierland eine Reihe von Magiern verloren. Magier, auf die der Herr vom Berge eigentlich nicht hätte verzichten können.

Langsam hatten sie sich wieder zurückgezogen, nachdem ihre Zahl durch die Angriffe der Dämonen geschrumpft war. Krankheit und Niedergeschlagenheit schwächten die Lebensgeister. Mit einem Heilspruch konnte man nicht viel erreichen, und die Aufladung des Mana war mit Gefahren verbunden. Xetesk verfügte nur noch über drei kleine Bereiche in den Katakomben, die die Dämonen noch nicht gefunden hatten, und wo ein Magier außerhalb eines Kaltraums schlafen und seine Energien auffrischen konnte, um Sprüche zu wirken. Selbst dies musste unter den wachsamen Augen von Aufpassern geschehen, die jederzeit bereit waren, die Schlafenden ein paar Handbreit in die relative Sicherheit zurückzuzerren, falls sie entdeckt werden sollten.

Der Einflussbereich Xetesks umfasste jetzt nur noch den Turmkomplex und die nördlichen Katakomben. Alles andere gehörte den Dämonen. Suchtrupps versuchten immer noch, Essen und Brennstoff aufzutreiben, doch ihre Ausflüge erwiesen sich als wahre Albträume. Nur die Gewissheit, dass sie sonst verhungern würden, trieb die Männer dazu, sich aus den beweglichen Kalträumen herauszuwagen, die sie perfektioniert hatten, seit sie außer Zeit nicht mehr viel hatten. Nichts konnte allerdings garantieren, dass sie auch wohlbehalten zurückkehrten. Es war unglaublich, was Männer und Frauen leisten konnten, wenn sie keine Wahl hatten.

Wenigstens verfügten sie über Wasser. Sie hatten in den Katakomben Brunnen gegraben. So konnten sie das bisschen Essen, das sie hatten, zu dünnen Suppen verlängern und sich satttrinken. Wärmen konnten sie ihre Speisen auch – Steine, die mit gebündelten Feuerkugeln oder der Flammenhand behandelt wurden, reichten dazu völlig aus, beanspruchten allerdings die sowieso schon schwindenden Mana-Reserven.

Dystran blickte, solange er konnte, zu den umherschwirrenden Dämonen hinaus, die sich in Xetesk und im Umland tummelten, und zum Riss im Himmel, der das verhasste Symbol für Balaias fast vollständige Unterwerfung geworden war. Von den kleinen Plagegeistern in der Größe von Kätzchen bis zu den Ungeheuern mit Tentakeln, die sie »Vollstrecker« nannten, hatten alle ihren Platz und ihre Aufgabe. Die Tatsache, dass die Dämonen so gut organisiert waren, machte ihn besonders wütend, denn dies hielt ihm vor Augen, dass Xetesk trotz seiner tausend Jahre währenden Zusammenarbeit mit den Dämonen im Grunde nichts über sie gelernt hatte. Wenn doch nur auch das Gegenteil wahr gewesen wäre.

Der Anblick der Menschen deprimierte ihn. Es brach ihm das Herz, wenn er bemerkte, wie einer zum Turm hochschaute. Ohne Mut, ohne Hoffnung. Allein gelassen. Aber immer noch bauten, pflanzten, aßen und schliefen die Menschen. Sicherlich zeugten sie auch noch Kinder. Sie konnten nicht anders, denn das war ein Aspekt des Menschseins, der selbst den schrecklichsten Bedingungen trotzte. Über allem flogen die Dämonen und sorgten dafür, dass alles so geschah, wie sie es wünschten.

Aus diesem Grund kam er jeden Morgen hierherauf und vergoss seine Tränen, und aus diesem Grund hielten alle Ausschau, die noch lebten. Er musste sich immer wieder vor Augen führen, warum er kämpfte, denn unten im Komplex schwand die Hoffnung viel zu rasch. Er wusste, was er dort unten sah. Es war ein Bauernhof.

Dystran wandte sich vom Fenster ab, trotz der frühen Stunde schon ermüdet. Es schauderte ihn, als er sein Ebenbild im Spiegel sah. Hager, tief in den Höhlen liegende Augen, eingefallene Wangen. Die Haut schuppig und fleckig. Ein struppiger Bart, die Haare ungeschickt kurz gestutzt, damit die Läuse nicht überhandnahmen. Sein Mund eine bebende Linie, die Lippen bleich und rissig. Dabei zählte er noch zu denen, die am besten in Form waren. Ausgesucht hatte er es sich nicht, aber die Soldaten und Magier bekamen größere Rationen.

Er winkte den beiden Soldaten, die ihn auf Schritt und Tritt begleiteten.

»Lasst uns gehen«, sagte er mit einem letzten Blick zu Ranyls Turm, der abgesperrt und verlassen dort draußen stand. »Den Göttern sei Dank, dass du dies nicht mehr erleben musstest, alter Knochen.«

»Mylord?«

»Schon gut.«

Sie stiegen zur Kuppel hinab. Dort unten hielten Gruppen von Magiern miteinander verbundene Kalträume in Gang, die einen möglichst großen Bereich abdeckten. Er hatte achtundsiebzig Magier, etwas mehr als hundert Soldaten und zweihundert Zivilisten zu schützen. Ein Jammer.

Sie waren noch nicht weit gekommen, als ihm der üble Geruch des letzten Widerstandsnests von Xetesk in die Nase stieg. Die Lüftung funktionierte nicht. Sie konnten die Gebäude nicht ordentlich putzen und schrubben, sie mussten ihre Fäkalien in den Gängen der Katakomben entsorgen, konnten sie jedoch nicht mit Kalk löschen. Etwa vierhundert Menschen lebten und atmeten auf beengtem Raum, weil sie glaubten, nur zusammen sicher zu sein. Bei den brennenden Göttern, das war eines der wenigen Dinge, an die sie sich klammern konnten.

Es musste etwas geben, das sie übersehen hatten. Etwas, das ihnen ein Machtmittel gab, damit sie kraftvoll zurückschlagen konnten, statt sich mühsam von einem zum anderen Tag zu schleppen. Nach zwei Jahren war das aber eine schwache Hoffnung.

Auf einmal fiel Dystran etwas ein. Es musste einen Grund dafür geben, dass die Dämonen sie einfach so weiterleben ließen. Wann hatte es die letzten konzentrierten Angriffe gegeben? Vor ein oder zwei Jahreszeiten? Oder war es sogar schon länger her? Dystran verstand es nicht, und jetzt zürnte er mit sich selbst, weil er bisher noch nie auf die Idee gekommen war, nach den Gründen zu fragen. Die Lebenskraft eines Magiers war eine kostbare Beute für jeden Dämon. Dank ihrer Verbindung mit dem Mana brannten sie mit heller Flamme. Für einen Dämon war der Unterschied zwischen einem Magier und einem Nichtmagier so gravierend wie jener zwischen dem besten Rotwein aus Blackthorne und Essig.

Vielleicht waren die Dämonen doch nicht so zahlreich, wie er angenommen hatte, doch für Xetesk würde dies nichts ändern. Bei den ertrinkenden Göttern, sie opferten nicht einmal mehr Stadtbewohner vor ihren Augen, um sie zur Kapitulation zu zwingen.

Aus irgendwelchen Gründen entsprach es den Plänen der Dämonen, die Kerne der Kollegien zu erhalten, wie sie waren. Hilflos, aber immer noch lebendig. Das war ein bemerkenswerter Wechsel gegenüber den beharrlichen Attacken früherer Jahreszeiten. Jetzt sah es aus, als warteten sie. Aber worauf?

Irgendwo mussten die Informationen und das Wissen zu finden sein.

»Wo sind Suarav und Chandyr? Wo ist Sharyr?«

»Sie sind alle im Festsaal, Mylord.« Eine traurige Ironie zur Frühstückszeit.

»Gut. Begleitet mich dorthin.«

Es war mal wieder Zeit für einen Ausflug in die Bibliothek.

Pheone übernahm Einsätze wie alle anderen. Jeder Moment, den sie außerhalb des Kollegs verbrachte, war entsetzlich. Sie hatte ein schreckliches Gefühl im Bauch, und ihr Herz raste. Es erschütterte ihren Glauben und störte ihre Konzentration. Nur das Wissen, wie wichtig es war, half ihr, bei der Sache zu bleiben. Es war das Einzige, was ihr noch helfen konnte.

Sie huschte aus dem Eingang des Tunnels ins Stadtzentrum hinaus. Beim Graben des Ganges hatten sie auf den Einsatz von Magie verzichtet. Ohne diesen Zugang wären sie längst verhungert, weil die Dämonen einen engen Belagerungsring um das Kolleg gezogen hatten. Pheone hatte die Anweisung gegeben, noch einen zweiten Tunnel anzulegen. Eines Tages würden die Dämonen diesen hier finden. Früher oder später fanden sie alles.

Dabei konnte Julatsa sich noch glücklich schätzen. Als die Dämonen Balaia überflutet hatten, hatte einer von Pheones Spektrumsanalytikern die panische Kommunion eines dordovanischen Magiers aufgefangen. Sie war abrupt abgebrochen, hatte ihnen jedoch einige kostbare Stunden Vorbereitungszeit verschafft. Die Magier waren sofort ins Kolleg zurückgerufen worden, der Kornspeicher wurde geleert, sein Inhalt anderswo eingelagert. Die Stadtwächter wurden gebeten, ihre Bezirke und Wachen zu verlassen, das Vieh wurde in den Hof getrieben.

In diesen Momenten hatte Pheone erkannt, wie hartherzig sie sein konnte. Sie hatten rasch berechnet, wie vielen Menschen sie Schutz bieten konnten, und eine entsprechende Anzahl hereingeholt. Wenn möglich, hatten sie ganze Familien aufgenommen. Schmiede, Baumeister und Heiler. Kein Mitgefühl. Es ging ums Überleben.

Sie hatten die Abdeckung des Geländes mit Kalträumen geplant und dafür gesorgt, dass alle Brunnen und Lagerräume gut geschützt waren. Jeden, der es wollte, hatten sie hinter die reparierten Tore des Kollegs zurückgerufen. Die Ratsmitglieder hatten das Kolleg angefleht, sie einzulassen, als in der Stadt aufgrund der Gerüchte eine Panik ausbrach. Der Bürgermeister hatte seine persönliche Sicherheit mit dem Reichtum Julatsas erkaufen wollen. Sie hatten sogar gedroht, die Tore zu erstürmen, doch dazu waren sie nicht stark genug gewesen. Julatsas Magier hatten die Schwerter, Bogen und die Magie der Al-Arynaar auf ihrer Seite.

Die letzten Worte, die sie vor der Sicherung der Tore durch Schutzsprüche zum Bürgermeister gesagt hatte, würde sie nie vergessen.

»Euer Geld bedeutet mir so wenig wie Euer Wort. So wenig, wie Euch das Leben der Elfen und Magier im Kolleg bedeutet hat, als Xetesk es besetzen wollte. Wo war da Eure Loyalität? Wir haben Euch um Hilfe gebeten. Ihr habt Euch geweigert. Nun erntet, was Ihr gesät habt.«

Damit hatte sie ihn verdammt, als Untertan der Dämonen zu leben, oder, wenn er Glück hatte, einen raschen Tod zu finden. Für ihn und seinen Rat der Feiglinge empfand sie kein Mitgefühl. Um die Unschuldigen aber, die sie nicht aufnehmen konnte, hatte sie bitterlich geweint. Ihnen musste es scheinen, als hätte die verfluchte Magie ihren letzten, vernichtenden Schlag geführt und einen Feind auf sie losgelassen, gegen den sie nicht einmal kämpfen konnten.

Die Magier waren die einzige Hoffnung, doch auf ganz Balaia rangen die Magier ums Überleben, sofern sie nicht längst tot waren. Es war eine grausame Ironie, dass Julatsa, das nur wenige Stunden vor der Vernichtung gestanden hatte, nach allen Informationen, die sie gewonnen hatte, auf einmal das stärkste aller Kollegien war.

In Julatsa befanden sich fast einhundertachtzig Magier, teils Al-Arynaar und teils ständig dort lebende Magier, außerdem hatten sich fast zweihundert Elfenkrieger im Kolleg aufgehalten, als die Dämonen angegriffen hatten. Ihr Kampfgeist war ungebrochen, und sie waren körperlich nicht beeinträchtigt.

Wirklich erstaunliche Krieger. So entschlossen, so willensstark. Sie hielten das Kolleg in den ersten, dunkelsten Tagen in Gang. Sie jagten, sie kämpften und überlebten. Es kam ihnen einfach nicht in den Sinn, dass sie besiegt werden könnten.

Auch die Dämonen nahmen sich vor ihnen in Acht, und das war der einzige Hoffnungsfunke, auf den sie bauen konnten. Die Seelen der Elfen konnten nicht durch eine bloße Berührung verschlungen werden. Dila'heth hatte erklärt, dass Shorth, ihr Totengott, sie beschützte.

Was auch immer der Grund war, die Elfen konnten jedenfalls ohne Schutz eines Kaltraums auf ihre Streifzüge gehen. Menschen wie Pheone mussten ihnen einfach vertrauen, wenn sie gebeten wurden, magische Rückendeckung zu geben. Sie wusste um die Kampfkraft der Elfen, doch selbst deren taktisches Geschick konnte ihr nicht alle Ängste nehmen.

Sechs Elfen waren jetzt bei ihr, fünf Krieger und ein Magier. Wie Schatten huschten sie durch die stillen Straßen zum unberührten, fruchtbaren Ackerland, das direkt vor der Stadtgrenze entstanden war. Anfangs hatte sie ein schlechtes Gewissen gehabt, weil sie das Essen stahlen. Doch als sie nach einer Weile erkannt hatten, dass ihnen die Nahrung geradezu serviert wurde, ließen die Schuldgefühle nach.

Das Seltsame war natürlich, dass die Dämonen nach wie vor das Land der Bauern bewachten. Für versuchte Diebstähle rächten sie sich mit Ingrimm, ließen zugleich aber zu, dass mehr angebaut wurde, als eigentlich nötig gewesen wäre. So waren die Beutezüge oft erfolgreich, und wenn es darauf ankam, zögerten die Elfen nicht, ihrerseits die Dämonen anzugreifen.

»Wir haben alle unsere Dämonen«, hatte Dila'heth gesagt. »Aber du hast deinen einen Namen gegeben, und sie sind real und symbolisieren zugleich den dunklen Bereich der Psyche, den wir alle in uns haben. Natürlich haben sie Macht über euch, sie sind eure Nemesis. Das sieht für die Elfen anders aus. Wir haben keine so enge Verbindung zu ihnen. Für uns sind sie keine lebendig gewordenen Legenden.

Für euch sind sie der Untergang. Sie sind das, wovor eure Mütter und Priester euch immer gewarnt haben. Für uns sind sie ein mächtiger Gegner, aber letzten Endes doch nur eine andere Rasse von Lebewesen. Sie haben ihren Platz in unseren Legenden, aber nur, weil sie Shorths Kinder bedrohen, und nicht die Lebenden.«

»Willst du damit sagen, dass wir verletzlich sind, weil wir eine andere Perspektive einnehmen?«, hatte sie gefragt.

»Das Bewusstsein und der Glaube sind mächtige Kräfte. Die Berührung eines Dämons kann dich töten. Uns kann sie nicht töten, solange unser Wille nicht gebrochen ist. Shorth beschützt uns, doch unsere Seelen sind an unseren Glauben und unser Volk gebunden. Das schenkt uns Kraft. Ihr seid Individuen, und deshalb seid ihr verwundbar. Die Menschen haben nie wirklich verstanden, was die Angehörigen eines Volks verbindet. Es gereicht euch zum Nachteil, dass die Dämonen es sehr genau wissen.«

Als sie durch die sanft nickenden Halme schlichen, musste Pheone ihr im Stillen recht geben. Die Elfen besaßen im Umgang miteinander ein intuitives Verständnis, sie waren kaum auf Worte oder Gesten angewiesen. Andererseits war Pheone nicht sicher, ob sie Dilas Gedankengängen vorbehaltlos zustimmen konnte. Wie alle Elfen betrachtete die Elfenfrau ihren Glauben als Grundlage aller Lebensumstände. Pheone war jedoch der Ansicht, ihre Widerstandskraft gegenüber den Berührungen der Dämonen liege an ihrer angeborenen Verbindung zum Mana.

Die Elfen waren vor ihr stehen geblieben. Gedankenverloren wäre Pheone fast gegen einen Krieger geprallt. Er drehte sich um und legte einen Finger auf die Lippen, dann deutete er auf seine Augen und über die Felder hinweg zu den Viehställen. Zur Tarnung abgedunkelt, bewegten sich Schatten vor den Gebäuden. Dämonen. Dila'heth fand die Bezeichnung zu dramatisch, doch das waren sie. Zumindest für die Menschen.

Die Diebesbande hockte sich ins Feld und war, außer aus der Luft, nicht mehr zu sehen.

»Es sind nicht viele«, erklärte Kineen, der Anführer der Gruppe. »Es ist eine Gelegenheit.«

»Eine Gelegenheit wofür?«, flüsterte Pheone.

»Zuchtpaare mitzunehmen«, erklärte Kineen. »Wir brauchen mehr Vieh.«

Pheone hielt inne. Über ihr raschelten die Blätter. Vor ihnen muhte eine Kuh.

»Hätten wir darüber nicht lieber vorher diskutieren sollen?«, fragte sie.

»Wozu? Erst jetzt stehen wir vor der Entscheidung. Wir wissen, dass du uns unterstützen wirst.«

»Wollt ihr wirklich Vieh stehlen?« Ein Nicken. »Und durch den Tunnel treiben, ohne es umzubringen – und ohne dass die Dämonen den Eingang finden?«

Kineen lächelte kurz. »Die Tiere werden auf dem Rückweg nicht bei Bewusstsein sein. Darum werden wir uns kümmern. Vier Dämonen sichern den Stall. Wir müssen sie gleichzeitig angreifen, aber wir haben nicht viel Zeit, bis Verstärkung eintrifft. Du musst schnell sein.«

Pheone blies die Wangen auf. Ihr Herz raste in der Brust, auf der Stirn bildeten sich Schweißperlen. Sie begann sogar leicht zu zittern. Hoffentlich konnte sie, wenn es so weit war, überhaupt noch genügend Konzentration aufbieten, um einen Spruch zu wirken.

»Sagt mir nur, welchen Spruch ich wirken soll.«

Wieder lächelte Kineen. »Gut. Noch etwas, Pheone. Wenn wir es dir sagen, dann rennst du, und du drehst dich nicht um.«

Die fünf Krieger schwärmten auf dem Feld aus, blieben aber gebückt und waren daher nicht zu entdecken. Pheone und Afen'erei, die zweite Magierin, folgten ihnen langsam. Bisher hatten sie noch keine Sprüche vorbereitet, denn das Manaspektrum musste bis zum letzten Augenblick still bleiben. Nach einigen Schritten wandten sich die beiden Bogenschützen nach links und liefen schneller, um die Stallungen von der Seite her zu erreichen.

Inzwischen konnte Pheone die Dämonen recht gut voneinander unterscheiden. Es waren vier, etwas kleiner als ein Mann, mit Flügeln und Schwänzen. Ihre von Adern überzogene Haut war runzlig. Bei ihrer Ankunft in Julatsa hatten die meisten diese Gestalt angenommen, und sie waren nun der Inbegriff des Albtraums. Wahrscheinlich glaubten sie, auf diese Weise fiele es ihnen leichter, ihre menschlichen Untertanen einzuschüchtern.

»Decke sie ein, sobald sie sich rechts vom Stall entfernen«, sagte Afen'erei.

»In Ordnung.«

»Eiswind und Todeshagel funktionieren am besten. Die kann man schnell wirken.«

Pheone nickte. Am liebsten hätte sie die Dämonen mit einem Kraftkegel zerquetscht, aber sie wollte nicht riskieren, dass unter dem Druck auch die Scheune zusammenbrach.

Die drei Schwertkämpfer liefen leichtfüßig und leise los. In dem Augenblick, als die ersten Pfeile die Dämonen trafen und sie ablenkten, brachen die Elfen aus der Deckung hervor. Die Pfeile konnten die Dämonen zwar nicht töten, brachten ihnen aber schmerzhafte Wunden bei. Sie heulten, während Pfeil auf Pfeil einschlug, und hatten sich noch nicht recht gesammelt, als die Schwertkämpfer sie erreichten.

Die Elfen zogen die Klingen aus den Scheiden und

schlugen zu. Pheone beobachtete es andächtig, als hätte sie nichts damit zu tun. Die zielstrebigen Bewegungen, die raschen Hiebe, genau gezielt. Schwerter gruben sich in Köpfe und Arme und fraßen sich in Flughäute. Füße trafen Bauch, Schritt und Schläfe. Die Dämonen waren desorientiert, vorübergehend lahmgelegt und wehrten sich kaum. Hilflos schlugen sie mit Klauen und Schwänzen um sich oder versuchten zu beißen, konnten aber den wilden Angriff der Elfen nicht aufhalten.

Nur einer schwang sich in die Lüfte, wurde aber durch Pfeile, die seine Flugmuskeln lähmten, sofort wieder heruntergeholt. Der Angriff war schnell erfolgt, aber war das schnell genug? Pheone hörte schon die Alarmrufe, die nur bedeuten konnten, dass die Schreie der Angegriffenen bemerkt worden waren.

»Spruch vorbereiten«, sagte Afen. »Es ist zwecklos, länger zu warten. Sie kommen.«

Pheone stimmte sich mit einem Ruck auf das Manaspektrum ein. Nirgends waren andere Sprüche zu spüren, nur die Struktur des Kaltraums machte sich deutlich bemerkbar. Sie formte die Gestalt eines Eiswindes, eine schwebende Fläche verwobener Manafäden, die vor gefangener Energie gelb glühten, und wartete auf den richtigen Moment, um das Konstrukt freizugeben und den Feinden entgegenzuschleudern.

Sofort begannen die Dämonen zu heulen und wollten auf diejenigen losgehen, die die Magie wirkten. Die Krieger reagierten und trieben die Dämonen aus dem Schatten der Scheune auf einen vom Mondlicht erhellten Flecken hinaus.

»Weg da!«, rief Kineen. »Freigeben!«

Der Eiswind sauste aus Pheones Fingern und vermischte sich mit den tödlichen Splittern des Todeshagels, den Afen'erei gewirkt hatte. Das Ergebnis war schrecklich und äußerst befriedigend zugleich. Afens Spruch riss den Dämonen das Fleisch in Fetzen aus dem Leib, während Pheones Eiswind das freie Mana entzündete und sich aus ihm speiste, wie sich eine Feuerkugel vom Körper eines Menschen ernährte, alles verschlingend und verzehrend.

Die Dämonen kreischten jetzt wie gequälte kleine Kinder, dass es Pheone fast das Herz brach. Sie verlor die Konzentration, der Eiswind brach ab, doch das Werk war getan. Auch jetzt konnte sich wieder ein einzelner Dämon emporschwingen, doch er war kaum mehr als ein Ball aus blauen Flammen, die ein paar Schritte aufstiegen und dann auf die Erde krachten. Die Flügel flatterten hilflos.

»Los!«, rief Kineen. Seine Krieger und Bogenschützen rannten zur Stalltür. »Pheone, zieh dich zurück.«

»Nein.« Sie fühlte sich lebendig und ermutigt. Seit zwei Jahren waren dies die ersten Gegner, die sie unter den Tausenden, die ihre Stadt besetzt hielten, getötet hatte. Sie wollte mehr. »Ich verteidige euch.«

»Sie sind schneller als du, aber nicht so schnell wie wir«, erwiderte Afen.

Pheone blickte nach links. Schatten stiegen zum Himmel empor. Weit rechts hörte sie Füße durchs Unterholz stampfen. Es war nicht der Augenblick, die Heldin zu spielen.

»Lasst euch nicht erwischen.« Damit drehte sie sich um und rannte über das Feld mit dem Frühjahrsgetreide in Richtung Stadt zurück.

Hinter ihr erhellte die gelbe Blüte eines Spruchs den Himmel, und ein lauter Knall verriet ihr, dass eine Feuerkugel explodiert war. Wieder die Schreie sterbender Kinder, dieses Mal aus Richtung der Stadt, weit entfernt von der Scheune. Pheone lächelte. Eine Ablenkung.

Das gebündelte Mana der Sprüche wies den Dämonen den Weg. Gierig strebten sie nach der kostbaren Lebenskraft, die nur ein Magier besaß. Pheone rannte schneller, ihre Ohren spielten ihr Streiche. Sie glaubte, eine knirschende Stimme zu hören, die ihren Namen rief, aber es konnte auch der Wind sein, der durch die Felder strich. Flügel flatterten dicht über ihrem Kopf, aber vielleicht war es auch nur ein Echo des Windes.

Sie war allein und ungeschützt in der von Dämonen beherrschten Welt voller lebender Toter. Endlich ließ sie die Felder hinter sich und erreichte die Stadt. So leise und so schnell wie möglich eilte sie durch die Straßen. Dennoch konnte sie es nicht vermeiden, dass ihre Schritte als trockenes Tappen viel zu weit hallten.

Nach einer Weile wurde Pheone langsamer, duckte sich in dichten Schatten und blieb schwer atmend stehen. Verfolger konnte sie nicht hören. Das Geheul der wütenden Dämonen war weit entfernt, doch sie konnte sich keine Pause gönnen. Während ihr Atem sich beruhigte, betrachtete sie die stummen Häuser in der Nähe. Dort lebte niemand mehr. Die Dämonen hatten alle, die sie am Leben gelassen hatten, ins Stadtzentrum gescheucht, wo sie eingepfercht waren und wie Vieh gehalten wurden.

Plötzlich legte ihr jemand eine Hand auf den Mund. Sie spürte den Atem im Nacken und wollte sich wehren und kreischen, war aber zu schwach. Dann entspannte sie sich, und als Kineen sich ihr zeigte, hätte sie fast geweint. Er ließ sie los.

»Ein schlechter Ort für eine Rast«, sagte er. »Sie sind näher, als du denkst.«

»Bei den brennenden Göttern, du hast mich fast zu Tode erschreckt«, quetschte sie hervor, zugleich erleichtert und erzürnt.

»Tut mir leid.« Er bewegte sich Richtung Tunneleingang, wo sie in Sicherheit wären. »Ich konnte nicht riskieren, dass du schreist.«

Nickend folgte sie ihm. »Wo sind die anderen?«

»Sie sind andere Wege gegangen, um die Verfolger abzulenken. Wir haben vier Lämmer und vier Ferkel. Der Ausflug hat sich gelohnt.«

Pheone lächelte und fühlte sich wider besseres Wissen sicher. Aber andererseits, was konnte ihr hier schon passieren? Hier in einer stillen, leeren Seitenstraße, in der sich die Dämonen nie blicken ließen. Hier war sie so sicher wie im Kolleg, das die Dämonen nicht mehr angriffen, sondern nur beobachteten. Nein, sie warteten auf irgendetwas.

Sie holte Kineen ein. »Warum haben sie das Kolleg nicht mehr angegriffen?«

»Sie haben Angst vor uns.«

»Ja, aber das ist noch nicht alles, nicht wahr?«

Kineen warf ihr einen Blick zu. Ein paar Straßenecken noch, dann waren sie daheim. »Deshalb kämpfen wir hier draußen gegen sie.«

»Was meinst du damit?«

»Wir halten das, worauf sie warten, so fern wie möglich.«

Tief in den Krypten von Dordover kauerte die letzte Bastion des Widerstandes im Kolleg. Kaum zwei Dutzend waren es noch. Die Angriffe waren erbarmungslos gewesen. Nachdem die Dämonen die Grenzen der Kalträume genau bestimmt hatten, war es den Magiern nicht mehr möglich gewesen, draußen ihre Mana-Reserven aufzufrischen, und sie hatten nicht mehr die Kraft, alle Kranken zu heilen, seit sich Infektionen ausbreiteten. Die Ruhr hatte die besten Magier dahingerafft, sobald diese ihre Fähigkeit verloren hatten, sich selbst zu heilen. Jetzt wollten sich die Dämonen alle holen, die noch übrig waren. Sie spürten, wie der Widerstand erlahmte. Die Kalträume waren nicht sicher und die Magier geschwächt, und die Schwertkämpfer hatten kaum noch die Kraft, ihre Klingen zu heben.

Der vor zwei Jahren noch so beleibte Vuldaroq war nur noch ein Schatten seiner selbst. Er hörte das Hämmern an den Türen der äußeren Krypten. In der vergangenen Nacht waren sie hierhergeflohen und hatten nichts mitnehmen können. Das Herz des Kollegs lag direkt unter ihnen, doch sie konnten es nicht mehr erreichen.

Mühsam stand er auf und sah sich in der kalten, von Laternen erhellten Kammer um.

»Sie werden bald hier sein«, sagte er. »Sie dürfen keinem von uns die Seele nehmen.«

Ein Schwertkämpfer, er hieß Marn, wandte sich zu ihm um. »Das Kolleg muss überleben«, sagte er. »Selbst wenn wir alle dabei sterben, müssen die Dämonen besiegt werden. Wir dürfen unser Licht nicht verlöschen lassen.«

Vuldaroq gelang es, zu lächeln. »Die Tatsache, dass du noch Hoffnung hast, macht dich zum Stärksten unter uns, mein Freund.«

»Nicht für mich selbst tue ich es, Lord Vuldaroq, sondern für Euch und die Magier, die wir noch haben.« Er deutete in die Runde. »Wir haben geredet. Wir Nicht-Magier, meine ich. Wenn Ihr noch genügend Reserven für einen einzigen Spruch habt, dann besteht vielleicht die Möglichkeit zu fliehen.«

Vuldaroq schüttelte den Kopf. Er war müde. Seine frühere Launenhaftigkeit und Überheblichkeit waren längst verschwunden, und er hatte eine unerschütterliche Loyalität gegenüber denen entwickelt, die so tapfer gegen die Dämonen gekämpft hatten, obwohl ihre Bemühungen letzten Endes doch zum Scheitern verurteilt waren.

»Wir werden uns hier das Leben nehmen, damit sie nichts bekommen, was sie uns aussaugen können«, sagte er. »Dies haben wir schon beschlossen, Marn. Wir werden zusammen sterben.«

»Nein«, widersprach Marn. »Sie wollen Euch, Ihr seid die Beute. Wir können Euch aber herausholen.«

»Wie denn? Wir sind hier gefangen.«

»Ja, Mylord, aber völlig hilflos sind wir nicht.«

Vuldaroq hörte zu, und ein Funke der Hoffnung erwärmte sein Herz.

Elftes Kapitel

»Unbekannter!«

Hirads Ruf störte den Frieden auf Herendeneth, ließ die Vögel auffliegen und erschreckte das Vieh im Hof hinter dem Haus. Er lief vom Landesteg herauf und achtete nicht auf die im Wind schwankenden Bäume, die den Weg zu beiden Seiten mit solcher Anmut säumten. Er hatte nur Augen für den Mann, den er seit mehr als einem Jahr nicht mehr gesehen hatte. Es war ein wundervoller Anblick.

Der große Mann trug leichte Leinenkleidung, der kahl rasierte Kopf war durch ein Tuch vor der Sonne geschützt. Er lächelte breit und verdeckte mit seinem riesigen Körper fast seine Frau und sein Kind, die ein Stückchen hinter ihm standen.

Hirad eilte ihm entgegen und umarmte ihn so ungestüm, dass der große Krieger einen Schritt zurückweichen musste. Die beiden alten Freunde drehten sich umeinander, bis der Barbar ihn auf die Wange küsste und einen Schritt zurücktrat.

»Überrascht?«

»Ich dachte, du wirst am Ende noch ein echter Elf«, sagte der Unbekannte. »Es ist schön, dich in so guter Verfassung zu sehen. Gibt es immer noch keinen Nachschub an Wein?«

Hirad rümpfte die Nase. »Sie haben etwas, das fast genauso gut ist. Sie stellen es aus dem Saft eines Baums her.« Er schnaufte. »Sehr süß und sehr stark.«

»Also gibt es keinen Wein. Wir haben hier einen jungen, den du probieren musst. Aber im Ernst, wie ist es dir ergangen? Du bist ausgesprochen guter Dinge, wie ich sehe.«

»Das Leben mit Auum ist äußerst lehrreich.«

»Nur deine Stimme ist nicht leiser geworden«, sagte Diera.

Hirad ging um den Unbekannten herum, begrüßte Diera mit einem Kuss und zauste Jonas das blonde Haar. Der Junge ging hinter seiner Mutter in Deckung.

»Einen guten Morgen wünsche ich, Frau Unbekannt«, sagte er.

»Schön, dich zu sehen, Hirad. Es ist viel zu lange her.«

»Ja«, stimmte Hirad zu. Er trat noch einen Schritt zurück und fasste sie alle ins Auge. Er bekam Schuldgefühle wie immer, wenn er sie beisammen sah. Die perfekte Familie. »Ja, es ist lange her.«

»Komm doch zum Haus hoch, es ist fast Zeit fürs Mittagessen. Denser und Erienne werden sehr überrascht sein.«

»Ja, das denke ich auch.« Hirad war jetzt überhaupt nicht mehr unbeschwert.

»Nun«, sagte der Unbekannte und klopfte ihm auf den Rücken. »Du musst mir jetzt Auskunft über ein ganzes Jahr geben, wenn es nicht sogar noch länger her ist, Elfenmann. Wie lange bleibt Jevin hier? Oder kommt die *Calaianische Sonne* später wieder zurück, um dich abzuholen?«

»Er bleibt ein paar Tage. Genauer gesagt, so lange, wie es nötig ist. Hör mal, Unbekannter …«

Doch der Unbekannte hörte nicht zu. Hinter der Wegbiegung waren Stimmen zu hören, die Besitzer waren noch nicht in Sicht.

»Wer ist der Mann, Mami?«, fragte unterdessen ein dünnes Stimmchen.

»Das ist Hirad, mein Lieber, ein Freund deines Vaters, der …«

Sie ließ den Satz unvollendet, weil sie wohl die Spannung spüren konnte, die vom Unbekannten Besitz ergriffen hatte. Hirad warf ihr einen kurzen Blick zu. Sie wurde kreidebleich, und in ihren Augen sammelten sich bereits die Tränen.

»Ich hab ein paar Freunde mitgebracht, Unbekannter«, sagte er. Seine Stimme brach beinahe. »Es tut mir leid, Diera. Es tut mir so leid …«

Und dann kamen sie um die Ecke, und das Lächeln und die Grußworte erstarben ihnen auf den Lippen, als sie erkannten, was sie erwartete. Der Unbekannte warf Hirad einen mörderischen Blick zu und drehte sich um, damit er sie kommen sehen konnte – die Gefährten, die wiederzusehen er nicht gehofft hatte. Darrick, Thraun, Rebraal, Auum, Duele, Evunn.

»Hirad, was ist hier los?«, zischte er.

»Ich glaube, wir brauchen jetzt einen Drink«, sagte Hirad.

Was der Unbekannte auch als Nächstes sagte, Hirad konnte es nicht verstehen, weil Jonas zu weinen begann und Diera immer wieder »Nein!« rief.

»Da, seht Ihr?« Kayvel deutete nach Südwesten.

Heryst war einer von einem Dutzend Menschen, die im

höchsten Raum des Turms von Lystern das Gesicht ans Fenster pressten. Es war ein trüber, regnerischer Tag, dessen Stimmung dem Elend der Bevölkerung und der versklavten Stadt entsprach. Er konnte sich kaum auf das konzentrieren, was er sehen sollte, denn seine Blicke wanderten immer wieder zu dem Elend und dem Schrecken, die sich täglich unter ihm entfalteten.

Die Dämonen hatten die Menschen, die vorläufig weiterleben durften, in den Gebäuden versammelt, die das Kolleg umgaben. Einige Stadtviertel, die für die rebellischen Magier gut einzusehen waren, hatten sie geräumt und Platz für Getreide und Vieh geschaffen. Falls es überhaupt noch nötig gewesen wäre, so hätte dies als beständige Erinnerung daran dienen können, dass die Lysternier kaum mehr tun konnten, als mit Mühe und Not zu überleben.

In den letzten zwei Jahren hatten sie ihren Einflussbereich im Kolleg zwar etwas erweitern können, doch draußen gehörte ihnen nichts. Sie besaßen eigene Brunnen, mussten jedoch die Bauernhöfe überfallen, um etwas zu essen zu bekommen, oder schnell und hoch fliegen, um zu jagen oder in entfernteren Gegenden, an denen die Invasoren offenbar kein Interesse hatten, auf Beutezug zu gehen. Die Magier, die solche Flüge wagten, hatten sich einen Eindruck vom Zustand Balaias verschafft. Es waren schlimme Neuigkeiten gewesen.

Wer bisher noch außerhalb der Kontrolle der Dämonen lebte, schwebte ständig in Gefahr, in das unaufhaltsam wachsende Netz einbezogen zu werden. Abgesehen von den Kollegstädten regierten die Dämonen jetzt mit einer einzigen Ausnahme in allen größeren Siedlungen. Korina, Gyernath und alle Fürstentümer im Norden und Osten waren erobert, nur Blackthorne bildete im Süden eine letzte

Bastion. Es war ein beredtes Zeugnis für Baron Blackthornes Klugheit und Weitsicht, dass er immer noch frei war, sofern man in dieser Zeit überhaupt einen Menschen frei nennen konnte. Außerhalb der Kollegien hatte sich nur Blackthorne geweigert, die Magier in seiner Stadt zu opfern oder zu vertreiben, als die Schwarzen Schwingen ihre Blütezeit erlebt hatten. Allein dank dieser Entscheidung war er heute noch am Leben.

In den verstreuten Dörfern, isolierten Gehöften und Weilern ging das Leben mehr oder weniger weiter, doch die Menschen begaben sich nicht mehr auf Reisen und trieben keinen Handel mehr. Schließlich kontrollierten die Dämonen alle Märkte und Häfen und hatten rings um Blackthorne einen undurchdringlichen Belagerungsring gezogen. Wer in den kleinen Siedlungen lebte, wäre gern geflohen, doch es gab keine Schiffe mehr, die irgendwohin fuhren. Ein paar hatten versucht, sich bis zum Understone-Pass durchzuschlagen, doch man hatte nie wieder von ihnen gehört.

Überall klangen die Geschichten über das, was die Dämonen taten, sehr ähnlich. Niemand, der keine Kinder zeugen oder gebären konnte, wurde am Leben gelassen. Die Alten, Kranken und Unfruchtbaren waren gleich zu Anfang der Besetzung ihrer Seelen beraubt worden. Diejenigen, die noch übrig waren, wurden als Arbeitskräfte eingeteilt. Sie durften sich auch vermehren und damit den Vorrat an Seelen ergänzen. Während die nächste Generation geboren wurde und heranwuchs, sättigten sich die Dämonen, indem sie den Menschen langsam die Lebenskraft aussaugten. Mit entsetzlicher Behutsamkeit berührten sie die Menschen und nahmen sich nur das, was sie brauchten.

Heryst hatte es aus den Fenstern seines Kollegs beobachtet. Er fragte sich, warum die versklavten Menschen nicht einfach aufgegeben und sich selbst und ihren Kindern das Leben genommen hatten. Er hatte in ihren Gesichtern den andauernden Schrecken und die Fassungslosigkeit gesehen. In den Augen, die weder tot noch lebendig waren. Blicke voll erloschener Hoffnung.

Irgendwo in ihnen, oder jedenfalls in den meisten, lebte jedoch noch der Wille zu überleben. Er trieb sie an, die Nächte voller Ängste zu überstehen, wohl wissend, warum sie am Leben gehalten wurden. Der menschliche Geist, der niemals gebrochen werden konnte.

Heryst verstand, warum dieses innere Licht noch brannte. Es war nicht erloschen, weil sie jeden Tag das Kolleg sehen konnten, das immer noch durchhielt. Eine Fackel, die sie durch die schwärzesten Momente führte. Etwas, an das sie sich klammern konnten, wenn sie sich ohnmächtig fühlten. Diese Erwartung lastete auf Heryst und den wenigen, die daran arbeiteten, eine Antwort zu finden. Deshalb schaute Heryst jeden Tag hinaus: Um sich daran zu erinnern. Sie mussten zurückschlagen. Sie mussten es einfach versuchen. Wenn sie nur die Mittel dazu besessen hätten.

»Mylord?«

»Kayvel«, sagte Heryst. »Es tut mir leid, ich war in Gedanken.«

»Bitte, wendet den Blick doch einen Moment von der Stadt ab.« Kayvel legte ihm die Hand auf die Schulter, und er spürte, wie knochig und mager sie war.

»Zeigt es mir noch einmal.«

»Blickt in Richtung Xetesk und sagt mir, was Ihr seht.«

Heryst trat es. Unter den schiefergrauen Wolken schwebte im Südwesten ein heller Fleck am Himmel. Schwach, aber unverkennbar. Manchmal stärker, manchmal verblasst. Er schien eine hellblaue Aura zu haben, doch wegen der Entfernung konnte man nicht sicher sein.

»Was ist das?«, fragte er.

»Ihr habt Euch doch gefragt, warum die Dämonen uns auf einmal nicht mehr angreifen«, antwortete Kayvel.

»Ja.« Heryst zuckte mit den Achseln und löste sich vom Fenster. »Und?«

Kayvel deutete auf die Erscheinung. »Ich glaube, das dort ist der Grund.«

Heryst sah ihn unbewegt an. »Das müsst Ihr mir näher erklären.«

»Selbstverständlich.« Kayvel kicherte und kratzte sich am Bart. Alle trugen jetzt Bärte. Es gab wichtigere Dinge, als sich jeden Tag die Dolchklinge ans Kinn zu setzen. Es sei denn, die Läuse breiteten sich aus. Dann rasierten sie sich. »Wir wissen, dass die magischen Kräfte, die wir Magier besitzen, uns und unsere Seelen für die Dämonen so wertvoll machen. Deshalb haben sie gleich am Anfang die Kollegien angegriffen.«

Heryst nickte und wollte ihm gerade sagen, er solle doch aufhören, das Bekannte wiederzukäuen. Dann wurde ihm bewusst, dass Kayvel nicht nur zu ihm, sondern auch zu allen anderen im Raum sprach, die inzwischen verstummt waren und zuhörten.

»Sie haben sich allerdings recht schnell zurückgezogen, sobald ihnen klar wurde, dass sie uns nicht ohne große eigene Verluste niederringen können. Wir haben erfahren, dass dies in Julatsa und Xetesk ähnlich aussah, nur über Dordover wissen wir nichts. Wenn Ihr mich fragt, ist es dort drüben beunruhigend still.«

Ein Murmeln erhob sich im Raum. Heryst sah sich um. Auf der großen Tafel saßen die Magier, die den Kaltraum aufrechterhielten, völlig auf ihren Spruch konzentriert. Zwei andere saßen neben ihnen und überwachten so gut sie konnten das Manaspektrum, ob über die Mana-Strahlen, die den schützenden Spruch speisten, irgendwelche Mitteilungen hereinkamen. Wie stark sie alle unter diesen widrigen Umständen gewesen waren. Welche Charakterstärke viele gezeigt hatten. Heryst wusste nicht, wie es bei den anderen aussah, aber ohne die Willenskraft dieser Leute hätte er längst aufgegeben.

Kayvel fuhr fort: »Dann scheint klar zu sein, dass sie auf etwas warten, das eintreten muss, ehe sie uns mit Hoffnung auf Erfolg und ohne große Verluste angreifen können, nicht wahr?«

»Das ist nur logisch«, stimmte Heryst zu.

»Sie sind bei der Eroberung Balaias sehr systematisch vorgegangen. Es war ein Feldzug wie aus dem Lehrbuch.«

»Das klingt, als empfändet Ihr Achtung vor ihnen.«

»Wir sollten diese Gegner achten«, sagte Kayvel, »denn die chaotischen Geschöpfe, von denen unsere Legenden erzählen, haben nichts mit dem organisierten Volk zu tun, das wir jeden Tag beobachten können. Wir müssen aufhören, sie als das Böse zu sehen, von dem die Mythen erzählten, und beginnen, sie als fähige, kluge Feinde zu betrachten, die ihre Kräfte genau einzuteilen wissen.«

»Haben wir das nicht schon immer getan?«, fragte jemand aus der Menge, der näher herbeigekommen war, um besser zu hören.

»Nein, Renarn, das glaube ich nicht«, erklärte Kayvel dem hageren Jugendlichen. »Es ist nicht leicht, auf einen Schlag die Lehren von tausend Jahren zu verwerfen. Vergiss nicht, dass wir alle, mit Ausnahme von Xetesk und in gewissem Ausmaß auch Julatsa, die Dämonen immer als ein Symbol aus unseren Albträumen betrachtet haben. Sie tauchten in Geschichten auf, die wir Kindern erzählt haben, damit sie in der Nacht still blieben. Das Problem ist nur, dass sie viel gefährlicher sind, als wir je vermutet hätten. Sie reisen durch die Dimensionen und versuchen, unsere Dimension zu unterwerfen. Zu neunzig Prozent ist es ihnen bereits gelungen. Wenn Balaia fällt, wer will sich ihnen dann noch in den Weg stellen?«

»Vermutlich die Wesmen und die Elfen«, erwiderte Renarn.

»Aber wie lange?«, fragte Kayvel. »Sie sind zu den Kollegien gekommen, um die größte Gefahr auszuschalten, die ihnen droht, nämlich die Magie. Die anderen Völker können sie später noch mühelos besiegen, weil Waffen ihnen nichts anhaben können.«

»Die Elfen haben Magie«, sagte Renarn.

»Nicht mehr, wenn der Turm von Julatsa zerstört ist«, erwiderte Heryst barsch.

»Richtig.« Kayvels Lächeln war völlig humorlos.

»Also gut.« Heryst befahl den Anwesenden mit einer Geste, ruhig zu bleiben, als die Bestürzung um sich griff. »Hört zu, wir wollen nicht das Wichtigste aus den Augen verlieren. Wir sind von der Frage abgekommen, was dieser Dunst zu bedeuten hat.« Er deutete aus dem Fenster.

»Es ist Mana«, sagte Kayvel.

Heryst fuhr hoch. »Wie bitte?«

»Denkt doch darüber nach. Was ist das Einzige, das sie davon abhält, uns in unseren Kalträumen anzugreifen?«

»Der Mangel an Mana natürlich.«

»Genau. Es ist ein natürlicher Teil ihres Wesens. Auf einer Ebene ist es wie eine Rüstung, aber in Wirklichkeit ist es viel mehr als das. Ohne Mana müssen sie sterben. Es ist klar, dass es in der Atmosphäre genügend Mana gibt, damit sie überleben können, aber es reicht nicht aus, um unsere Sprüche zu überwinden und in die Kalträume einzudringen.« Er deutete nach Südwesten zum Fenster. »Ich bin sicher, dass die Dämonen eigens zu diesem Zweck über Xetesk Mana in der Luft sammeln.«

»Aber das müssten wir doch spüren«, wandte Renarn ein.

»Nein«, erwiderte Heryst. »Keineswegs. Wir befinden uns in einem Kaltraum und spüren deshalb überhaupt nichts. Was ist mit denen, die nach draußen geflogen sind?«

»Nun, wie ich hörte, gibt es Turbulenzen im Spektrum. Das ist für sich genommen noch kein Beweis, aber Ihr müsstet mir schon einen anderen Grund nennen, warum dies ausgerechnet jetzt zu beobachten ist. Das ist aber noch nicht alles. Die Temperatur sinkt, wie es immer der Fall ist, wenn das Mana zu stark konzentriert ist. Dem Kalender nach haben wir Spätfrühling. Es ist ungewöhnlich kalt.«

Heryst seufzte und kehrte zum Fenster zurück, um mit wachsendem Misstrauen zum Dunst hinauszublicken. »Kann das wirklich Mana sein? Ich weiß nicht. Müssen wir nicht dringender als alles andere in Erfahrung bringen, was die Dämonen mit uns vorhaben? Mit den Magiern und mit Balaia insgesamt, meine ich. Denn die Ausrottung scheint ja nicht auf der Tagesordnung zu stehen, oder?«

»Es wäre äußerst nützlich, dies zu wissen«, stimmte Kayvel zu.

»Genau.« Heryst nickte. »Dann wollen wir einen Dämon fangen und verhören.«

Der Unbekannte hatte eine ganze Weile gebraucht, um Diera so weit zu beruhigen, dass sie Jonas mitnahm und einen Spaziergang auf der Insel machte. Er wusste selbst nicht, wie er sich fühlte. Einerseits war er wütend auf Hirad, der die Idylle und das Leben, das er liebte, auf einmal bedrohte. Er wollte bei seiner Familie sein, nichts weiter. Andererseits wusste er, dass Hirad nicht nach Herendeneth gekommen wäre, wenn er nicht das Gefühl gehabt hätte, ihm bliebe nichts anderes übrig. Und wenn Hirad nicht gekommen und ihn nicht über das informiert hätte, was sich als Angelegenheit des ganzen Raben entpuppt hatte, dann wäre er mindestens genauso wütend gewesen.

Er fühlte sich jedoch, als wäre er längst im Ruhestand. Zwar hielt er sich in Form und trainierte jeden Tag mit Ark, doch das Bedürfnis zu kämpfen war verschwunden. Er hatte seine Schlachten geschlagen und gesiegt, und er hatte es sich redlich verdient, auf dieser schönen Insel zu leben, zu sehen, wie sein Sohn älter wurde, und seine Frau in den Armen zu halten. Es war das, was er sich immer erträumt hatte, auch wenn er lieber auf Balaia gelebt und als Wirt im *Krähennest* gearbeitet hätte.

So hatte er geschwiegen und gewartet, bis seine Gefühle sich wieder beruhigt hatten, während er die Gruppe, die mit der *Calaianische Sonne* gekommen war, zur Küche führte, wo sie die Schönheit der Insel und die Sonne nicht mehr sehen konnten. Dafür war es aber ein Ort, an dem sie sich konzentrieren und reden konnten. Er schwieg weiter und öffnete nur noch einmal den Mund, um Denser und Erienne herbeizurufen.

Jetzt waren sie alle mit Essen und Trinken versorgt und warteten, dass Hirad das Wort ergriff. Wenigstens war er so anständig, äußerst betreten dreinzuschauen.

»Hirad, vielleicht kannst du uns erklären, warum du hergekommen bist und all die anderen mitgebracht hast«, sagte der Unbekannte schließlich. »Und ich hoffe, dass es verdammt wichtig ist.«

»Es ist so wichtig, wie es nur sein kann«, sagte Hirad. »Noch wichtiger als Dawnthief, glaub's mir.«

Der Unbekannte zog die Augenbrauen hoch und wartete auf das Eingeständnis, dass Hirad wohl doch etwas übertrieben hätte, doch es blieb aus. Sein Herzschlag beschleunigte sich.

»Dann hast du jetzt unsere ungeteilte Aufmerksamkeit.« Der Unbekannte deutete nach links. Denser und Erienne blieben äußerlich unbewegt, fassten sich aber etwas fester bei den Händen.

»Wir wissen noch nicht sehr viel, glauben aber, dass die Dämonen Balaia besetzt haben und auch die Dimension der Geister bedrohen. Wenn sie Balaia besiegen, können sie sogar die Drachen vernichten.«

»Warte mal, warte!« Denser musste beinahe lachen, seine Skepsis war unübersehbar. »Bei den brennenden Göttern, Hirad, das ist aber eine erstaunliche Behauptung. Teufel auch, ich glaube nicht einmal, dass es überhaupt eine Dimension der Geister gibt.«

»Das ist deine Schwäche«, sagte Auum.

Denser achtete nicht auf ihn. »Was erzählst du da über die Dämonen? Eins nach dem anderen, bitte.«

»Ihr wolltet wissen, ob es wichtig ist, und warum ich mit allen hergekommen bin. Jetzt wisst ihr es.« Hirad lehnte sich mit verschlossenem Gesicht zurück. Dem Unbekannten war dieser Ausdruck vertraut, und das machte ihm Sorgen. Hirad neigte nicht dazu, Gefahren übertrieben darzustellen.

»Also gut, Hirad«, sagte er. »Eins nach dem anderen. Dämonen in Balaia. Erzähle uns zuerst davon.«

»So geht das nicht, Unbekannter. Es hängt alles zusammen.« Er hielt inne und nagte an der Unterlippe, dann holte er tief Luft. »Ich verstehe auch nicht alles. Ich weiß nur, dass die Elfen es für wichtig genug halten, um Calaius zu verlassen und den Raben um Hilfe zu bitten, und das reicht mir für den Anfang. Außerdem weiß ich, dass ein Rabenkrieger in Schwierigkeiten steckt, und wir lassen unsere Leute nicht hängen. Niemals.«

»Also gut, dann erzähle es uns so, wie es dir am leichtesten fällt«, sagte Erienne. »Aber du musst wissen, dass es sehr überraschend kommt. Wir sind hier glücklich.«

»Und ich war in Taanepol glücklich. Thraun fühlte sich im Regenwald wie neugeboren. Es gibt aber wichtigere Dinge als unser Glück.«

»Bei den Göttern, war das nicht schon immer so?«, schnaufte Denser.

»Ja, das war schon immer so«, gab Hirad zu, und der Unbekannte spürte sein Bedauern wie eine brechende Welle am Strand. »Du musst verstehen, dass dies das Letzte ist, was ich wollte.«

»Was ist denn nun los, Hirad?«, fragte der Unbekannte. »Erzähl uns einfach alles, was du weißt.«

Hirad entspannte sich und warf einen Blick zu Rebraal und Auum. Beide forderten ihn nickend auf zu beginnen. Er trank einen Schluck und schwieg noch einen Moment, um seine Gedanken zu ordnen.

»Es klingt alles so lächerlich. Vor ein paar Tagen habe ich Ilkar gehört. Ich habe geschlafen, aber es war nicht nur ein Traum. Wo er jetzt auch ist, er steckt in Schwierigkeiten. Das Gleiche gilt für alle anderen Toten. Rebraal kann euch das besser erklären. Es liegt daran, dass die Dämonen sie an einer neuen Front angreifen. Sie wollen den Widerstand der Geister brechen, und wenn ihnen das gelingt, sind Balaia und Calaius für sie leichter angreifbar. Eine Folge davon ist, dass auch die Drachen in Gefahr schweben. Bittet mich nicht, es zu erklären, weil ich es nicht erklären kann. Aber wir können das verhindern, wenn wir Hilfe bekommen und sofort eingreifen.«

»Das Problem ist nur«, sagte Denser, »dass es überhaupt nicht lächerlich klingt, wenn man es aus deinem Mund hört. Weit hergeholt vielleicht, aber sicher nicht lächerlich.«

Hirad schaffte es zu lächeln. »Danke, Denser.«

»Das bedeutet aber nicht, dass wir es auch verstehen«, warf Erienne ein. »Wie sollen wir deine Bemerkung auffassen, Balaia sei besetzt worden?«

»Und wie, zum Teufel, hast du Ilkar gehört?«, fragte der Unbekannte. »Er ist seit mehr als zwei Jahren tot.«

»Ich habe ihn eben gehört, Unbekannter. Auch Rebraal hat ihn gehört. Es ist zu real, um nur ein Albtraum zu sein.«

»Rebraal?«, fragte der Unbekannte.

Der Anführer der Al-Arynaar neigte den Kopf. »Hirad spricht die Wahrheit, wie du weißt. Es gibt vieles, was ihr Menschen nicht versteht. Vieles, was außerhalb eures Vorstellungsvermögens existiert.«

»Herablassung können wir nicht gebrauchen«, sagte Denser. »Die Tatsachen reichen aus.«

»Es gibt einen Ort, zu dem alle Toten gehen. Die Seelen, wie ihr es ausdrücken würdet«, erklärte Rebraal. »Ihr wollt es nicht wahrhaben, weil es nicht zu eurer Auffassung von Leben und Tod passt, aber diese Ebene existiert dennoch. Ihr würdet sie eine Dimension nennen, aber die Reise dorthin kann nur die Seele allein unternehmen, nicht der Körper. Es ist kein Ort, den ihr jemals besuchen oder mit dem ihr jemals Verbindung aufnehmen könntet. Der Glaube ist das Entscheidende. Wir wissen es. Die Wesmen ebenfalls. Es ist Zeit, dass auch ihr es erfahrt.

Alle Seelen der Toten gelangen dorthin, doch die meisten schweigen, weil sie nicht wissen, wie sie sich den Lebenden mitteilen können. Ilkar weiß es aber, genau wie alle anderen Elfen, die dorthin kommen. Im Augenblick schreit er voller Angst. Die *cursyrd* rennen gegen die Grenzen ihres Reichs an.«

»Warum?«, fragte Denser.

Rebraal sah ihn an, als hätte er eine alberne Frage gestellt. »Weil dieses Reich unzählige Millionen von Seelen enthält. Es ist der Traum der *cursyrd*, diese Grenze zu durchbrechen.«

»Habt ihr das verstanden?« Der Unbekannte wandte sich an Darrick und Thraun.

Der Gestaltwandler nickte.

»Wir waren drei Tage mit ihnen an Bord eines Schiffs.« Darrick zuckte mit den Achseln. »Ich glaube ihnen.«

»Gut so«, stimmte Erienne zu. »Aber ich verstehe noch nicht, wie dies mit Balaia zusammenhängt, und mir ist nicht klar, wie wir dabei helfen könnten. Außerdem begreife ich nicht, warum Auum und die TaiGethen hier sind.«

»Der Kontakt mit unseren Toten ist eine Gabe, die Shorth uns gewährt«, erklärte Rebraal. »Die Al-Arynaar und die TaiGethen kommen nach Aryndeneth, um zu sprechen, Kraft zu finden und Rat zu suchen. Es steht geschrieben, dass sie uns im Tod verteidigen, wie wir uns selbst im Leben verteidigen. Wir werden nicht zulassen, dass die *cursyrd* diesen Frieden stören.«

Erienne lächelte ungläubig. »Wie wollt ihr sie aufhalten? Ihr könnt den Ort erst aufsuchen, wenn ihr tot seid, und dann seid ihr in der gleichen Lage wie eure Toten. Hilflos.«

»Sie sind nicht hilflos«, gab Rebraal zurück. »Sie kämpfen. Jeden Augenblick. Um den Feind von ihren Grenzen fernzuhalten.«

»Aber ihr könnt ihnen nicht helfen«, wandte Erienne frustriert ein.

»Sie reden nicht darüber, in der Dimension der Geister in den Kampf einzugreifen«, sagte Darrick. »Wir müssen die Bedrohung an einem davorliegenden Punkt beseitigen.«

»Wundervoll.« Der Unbekannte stand auf und schritt um den Tisch herum. »Das finde ich ungefähr genauso einleuchtend wie einen von Hirads Schlachtplänen. Hört mal, ich weiß ja, dass ihr auf dem Schiff tagelang darüber geredet habt, aber für mich ist das alles nur Unfug. Ich verstehe es einfach nicht. Ilkar steckt in Schwierigkeiten, aber er ist tot. Alle Toten haben Schwierigkeiten, und das hat mit einer Invasion der Dämonen in Balaia zu tun, aber die Elfen glauben, sie können das regeln, indem sie einen bisher nicht benannten Gegner an einem bisher nicht genannten Ort zur Rechenschaft ziehen.« Auch die Geduld des Unbekannten war über Gebühr beansprucht.

»Meine Frau hat Angst, dass ich sie wieder verlasse, um mit dem Raben zu kämpfen. Ich habe ihr gesagt, es sei sehr wichtig, weil ihr sonst nicht gekommen wärt. Was, zur Hölle, soll ich ihr nun sagen? Dass mein toter Freund meinem lebenden Freund Träume schickt, gegen die ich etwas unternehmen soll?« Er knallte die Faust auf den Tisch. »Irgendjemand muss es mir erklären, sonst könnt ihr euch verziehen und wieder das trinken, was euch in Calaius den Verstand benebelt hat.«

Rebraal bedeutete ihm, sich zu setzen, und wartete, bis er es getan hatte.

»Unbekannter, es tut mir Leid«, sagte er. »Aber das Geschick von drei Dimensionen hängt an einem seidenen Faden. Eine davon ist die unsere, eine weitere ist die der Toten, und die letzte ist das Heim der Drachen. Du kannst nicht hierbleiben und hoffen, dass die Bedrohung wieder verschwindet, denn wenn du das tust, werden die *cursyrd* früher oder später hier auftauchen, und dann kannst du sie nicht mehr aufhalten.«

»Was sollen wir jetzt tun?«

»Ganz einfach«, sagte Hirad. »Wir müssen die Dämonen umbringen, die das alles kontrollieren.«

»Ganz einfach, was?«, sagte Denser.

»Wie Sha-Kaan es beschrieben hat, war es einfach, ja. Theoretisch jedenfalls.« Hirad hielt inne, und langsam breitete sich ein Lächeln in seinem Gesicht aus. »Wollt ihr mitkommen und mit Sha-Kaan reden?«

Zwölftes Kapitel

Am Ende kamen sie alle mit. Hirad hatte sein Anliegen zwar ungeschickt vorgetragen, ihnen aber immerhin deutlich gemacht, dass gewisse Ereignisse, und wenn sie noch so weit entfernt waren, sich letzten Endes auch auf sie auswirken würden.

Darrick stützte Cleress auf der rechten Seite, links half ihr der ehemalige Protektor Ark. Sie sagte nicht viel, doch in ihren Augen glomm ein wissender Funke, als hätte sie das alles längst erwartet.

Darrick überließ sie ihren Gedanken. Die drei gingen etwas abseits vom Raben, und so hatte er Gelegenheit, die Gefährten einzuschätzen, wie er seine Kavallerie vor einer Schlacht inspiziert hatte. Er suchte nach einem Schwachpunkt und wusste doch, dass er keinen finden würde. Das Auftreten des Raben war ein beständiger Quell der Faszination. Sie gaben sich gegenseitig Kraft, sie strahlten Macht aus. Man spürte es, wenn man bei ihnen stand, und man spürte es, wenn man sie von außen beobachtete. Es war wie eine Aura. Sie bewegten sich so natürlich miteinander. Der Unbekannte in der Mitte, Hirad wie immer neben ihm, die anderen um sie gruppiert. Darrick war stolz, zu ihnen zu gehören.

Nur Jonas störte das Bild. Er trabte neben dem Unbekannten, seine winzige Hand von der riesigen Faust des Vaters umschlossen. Und Diera, die Hirad so weit verziehen hatte, dass sie Arm in Arm liefen. Es war Hirads Wunsch gewesen, gemeinsam den Drachen aufzusuchen. Diera und Jonas mitzunehmen, war ein meisterlicher Schachzug gewesen. Die beiden hatten viel Zeit in der Gesellschaft von Sha-Kaan verbracht, als er in Balaia gestrandet war und auf Herendeneth ausruhen musste. Diera würde auf ihn hören.

Sie gingen zur steinernen Nadel, die am höchsten Punkt der Insel stand. Der Grund war einzig und allein der, dass Sha-Kaan den Wunsch geäußert hatte, die Insel von oben zu betrachten.

In stiller Erwartung versammelten sie sich, Hirad ganz vorn. Er hatte ihnen erklärt, was sie erwartete, dennoch wichen sie unwillkürlich einen Schritt zurück. Vor ihnen entstand ein großes Rechteck in der Luft, das wie eine Tür auf dem Boden stand. Anfangs war es schwarz, dann wurde es heller, bis es strahlend weiß war. Das Tor, halb so groß wie eine Scheune, füllte sich mit träge wirbelnden Farben, die an Öl erinnerten, das man auf stehendes Wasser gegossen hatte.

»Hier gäbe es normalerweise einen Ankleideraum und ein Vorzimmer vor der Haupthalle, aber die Bauweise hat sich wohl geändert«, bemerkte Hirad.

Das Tor löste sich auf, das grelle Licht verblasste zu einem warmen, orangefarbenen Glühen, und die sich langsam bewegenden Farben verdichteten sich zu einem schwach beleuchteten Raum.

Der Geruch von Holz und Öl wehte herüber, scharf

und stechend, doch außer dem Knacken der Feuer war dort drinnen kaum ein Geräusch zu hören. Hitze strömte heraus, eine feuchte Hitze, die sich in der trockenen Wärme von Herendeneth rasch verflüchtigte.

»Genau wie in alten Zeiten, was, Unbekannter?«, sagte Hirad.

»Es war nur ein einziges Mal, Hirad«, erinnerte ihn der Unbekannte. »Und die Ähnlichkeit endet an der Stelle, an der ich beinahe gestorben wäre.«

»Wir sollten ihn nicht warten lassen.«

»Nein, lieber nicht«, murmelte Denser.

Sie gingen hinein und wanderten im Halbdunkel durch einen kurzen Bogengang, dessen Wände mit dunkelgrünen Silhouetten von Landschaften und Drachen geschmückt waren. Schlicht und einfach waren die Abbildungen, und von einer düsteren Ausstrahlung.

Am Ende des Ganges stand eine große Doppeltür offen, dahinter befand sich ein riesiger Raum, in den Hirad sie führte. Die Kammer hatte ein Kuppeldach und war mit Steinen ausgekleidet, in die Seitenwände waren unregelmäßige Rillen und Fugen graviert. Darrick musste an die medizinische Skizze eines Muskels denken. Ansonsten waren die Wände schmucklos. Alle drei Schritte brannten Kaminfeuer in der hundert Schritt langen Wand und erfüllten den Raum mit einer drückenden, schwülen Hitze. Sha-Kaan ruhte in der Mitte seiner Kammer, Kopf und Hals lagen auf dem Boden, dahinter der riesige Rumpf. Sein Schwanz zuckte müßig hinter den Hinterbeinen.

Der kleine Jonas löste sich vom Unbekannten und rannte los. Ohne jede Angst watschelte er zu der Kreatur, die ihn im Ganzen hätte verschlingen können. Vor dem Maul des großen Drachen blieb er stehen und drehte sich halb zu seiner Mutter um.

»Kaan!«, sagte er.

»Ja, mein Lieber«, stimmte Diera zu. Sie trat neben ihn.

Der Rabe hielt sich etwas zurück und beobachtete das Wiedersehen aus respektvoller Distanz. Sha-Kaan hob ein wenig den Kopf und sprach leise und über den Kopf des Jungen hinweg.

»Hallo, kleiner Mann«, sagte er mit erstaunlich zarter Stimme für ein so gewaltiges Geschöpf. »Du bist groß geworden. Ich hätte nicht erwartet, dich einmal wiederzusehen, und ich bin traurig, dass es in diesem Moment geschehen muss.«

Jonas antwortete nicht, sondern langte nur hoch und rieb die verhornten Schuppen über Sha-Kaans Maul. Dann wandte sich der Drache an Diera.

»Dein Sohn ist wundervoll«, sagte er mit einem tiefen Grollen, und seine Augen strahlten blau und glänzten warm.

»Danke«, sagte sie. »Es ist schön, dich zu sehen.«

»Doch der Grund, aus dem es geschieht, bricht dir das Herz.«

Sie nickte und ballte die Hände zu Fäusten.

»Ich verstehe nicht, warum irgendetwas, das in Balaia passiert ist, mit meinem Mann zu tun haben muss. Er hat doch seinen Frieden verdient.«

Sha-Kaan seufzte. »Ich kann dir nicht widersprechen. Du hast einen außergewöhnlichen Mann geheiratet, der zu einer außergewöhnlichen Gruppe gehört. Wenn die Welt in Schwierigkeiten steckt, dann ruft sie nach solchen Menschen und erwartet, dass sie dem Ruf folgen. Es ist das Kennzeichen ihrer Größe, dass sie beschließen, sich ins Unvermeidliche zu fügen, aber es ist zugleich dein Unglück.«

»Es sollte doch endlich einmal jemand anders geben.«

»Höre dir an, was ich zu sagen habe. Ich glaube, du wirst dann zustimmen, dass dem nicht so ist.«

Sie ließ die Schultern hängen, nickte ergeben und zog Jonas an sich. Sha-Kaan hob den Kopf ein wenig höher.

»Kommt doch alle näher«, sagte er. »Ich habe nicht den Wunsch zu schreien.«

Kichernd führte Hirad sie hinüber. »Dein Flüstern allein würde uns schon übers ganze Südmeer wehen, Großer Kaan.«

»Es erfreut mein Herz, dich zu sehen, Hirad Coldheart.«

»Und ich freue mich auch, Sha. Du siehst gut aus.«

»Die Luft von Beshara und die Strömungen des interdimensionalen Raumes tun mir gut.« Sha-Kaan regte sich. »Wie gefällt dir mein Klene?«

Anerkennend betrachtete Hirad die Kammer, in der die Drachen ruhen und im interdimensionalen Raum Heilung finden konnten.

»Ein wenig schlichter als dein altes. Bist du mit dem Ausschmücken noch nicht fertig, oder bleibt es so?«

Darrick musste lächeln. Er hätte sich nicht einmal in seinen wildesten Träumen vorstellen können, jemals Zeuge zu werden, wie ein Mann mit einem vierzig Schritt langen Drachen über Wandschmuck debattierte. Auch der Unbekannte, der neben ihm stand, erfasste die Komik der Situation.

»Wirksamkeit geht vor Ästhetik. Die Gestalt der Kammer und die Fugen in den Wänden sind ausgezeichnete Kanäle für die heilenden Ströme.«

»Oh, richtig.«

Sha-Kaan räusperte sich. Der Laut donnerte durch den Raum und erschreckte Jonas, der sich an seine Mutter klammerte.

»Aber wenn die richtige Zeit gekommen ist, werden wir Wandteppiche aufhängen, falls es dir so wichtig ist.«

»Mir ist das ja eigentlich egal, Sha-Kaan«, sagte Hirad. »Ich muss nur am einen Ende sein, damit du dieses Ding hier benutzen kannst. Ich muss es mir ja nicht unbedingt ansehen.«

»Ich fürchte, wir kommen vom Wesentlichen ab.« Sha-Kaans Antwort klang ein wenig gereizt. Er blickte an Hirad vorbei zu den anderen, die sich vor ihm aufgebaut hatten. »Ich erinnere mich noch an die Zeiten, da ich alle Menschen außer den Drachenmagiern für unwürdig hielt, von den Drachen überhaupt beachtet zu werden. Hirad Coldheart hat mich eines Besseren belehrt, und ihr, die ihr hier vor mir steht, seid Beispiele dafür, wie dumm ich war.

Nun fällt es mir umso schwerer, euch zu bitten, noch eine Aufgabe zu erfüllen. Es überrascht mich nicht, dass auch die Elfen ihre Besten geschickt haben. Ihr versteht, wie Menschen es nicht vermögen, die Verbindung zwischen den Lebenden und den Toten. Cleress, deine Gegenwart ehrt mich. Die Gesichter derjenigen, die Protektoren waren, sehe ich erfreut ohne Masken. Und der Rabe. Meine Freunde. Die Ängste, die Hirad mir gegenüber zum Ausdruck brachte, sind wohlbegründet. Unsere Lage ist jetzt schon verzweifelt. Viele müssen bei Verteidigung und Angriff helfen, ihr werdet die Speerspitze sein. Da dies notwendig ist, wird mir das Herz schwer aus Furcht um euch.«

»Bisher verkaufst du das ganz gut«, sagte Denser.

Sha-Kaans Kopf fuhr herum, und er betrachtete den Magier mit schmalen Augen.

»Wäre es dir lieber, ich würde hinsichtlich der Gefahren lügen, die vor euch liegen, schwacher Mensch?«, fragte er. »Wollt ihr eure Reise lieber halb blind beginnen?«

»Keineswegs«, erwiderte Denser. »Du musst aber verstehen, dass die meisten von uns keine Ahnung von irgendwelchen Schwierigkeiten hatten, bevor Hirad zurückkam. Ich habe es immer noch nicht ganz verdaut.«

»Dann will ich euch erklären, was geschehen ist.« Sha-Kaan atmete schwer, die übel riechende Luft strich scharf über ihre Köpfe hinweg. »Vor etwas mehr als zwei Zyklen begannen die Geburten der Kaan, das sind etwas weniger als zwei Jahre in eurer Zeitrechnung. Während dieser Zeit konzentrieren wir uns einzig und allein um unsere Brut. Die Wege des interdimensionalen Raumes sind uns dann verschlossen, weil die Resonanzen, die durch die Brut bei der Geburt entstehen, unseren Richtungssinn stören. In dieser Zeit reparieren und verbessern die Vestare die Klene-Räume.

Ihr versteht sicher, dass in dieser Zeit die Gefahr von Angriffen besonders groß ist. Die Brut hat während der Geburten jeden Tag am Himmel gekämpft, und die Verletzungen, die wir erleiden, können nur durch die Behandlung der Vestare geheilt werden. Nach den Kämpfen waren wir schwach, doch die feindlichen Bruten der Naik und der Skoor konnten uns nicht bezwingen, wofür wir dankbar sind. Jetzt nimmt unsere Kraft wieder zu. Unsere Jungen sind stark, und wie Jonas wachsen sie schnell und sind zuversichtlich und ohne Furcht.«

Nachdenklich hielt er inne. Darrick suchte in seinem Gesicht nach einem Ausdruck, doch die Schuppen verdeckten alles bis auf die Muskeln, die sich rings um seine Augen anspannten.

»Unsere Freude wurde allerdings durch das gedämpft, was wir vorfanden, als die Klene-Räume wieder geöffnet wurden und wir mit unseren Drachenmännern hier auf Balaia Verbindung aufnehmen wollten. Viele waren einfach nicht da, und die anderen waren in Panik und konnten keinen klaren Gedanken fassen. Noch schlimmer, die Kaan wurden in ihren Klene-Räumen von den Arakhe angegriffen, die plündernd durch den interdimensionalen Raum ziehen. Sie sind stark und werden stärker, und das ist nur möglich, wenn sie ein neues Heim gefunden haben. Und dieses Heim ist hier.«

Sha-Kaans letzte Worten hingen bedrückend in der Luft. Darrick lief es trotz der Hitze im Raum kalt den Rücken hinunter. All das hatte er schon einmal gehört, doch ein Bericht aus erster Hand von Sha-Kaan machte die Lage entsetzlich klar.

»Dann haben die Dämonen Balaia besetzt?«, fragte Denser.

»Ja«, bestätigte Sha-Kaan. »Sie werden alle Männer, Frauen und Kinder in dieser Dimension versklaven. Dann werden sie ihnen die Seelen aussaugen, und wenn das Land ausgelaugt ist, werden sie weiterziehen. Sie müssen aufgehalten werden.«

»Ich verstehe immer noch nicht, was das mit den Toten zu tun hat«, wandte der Unbekannte ein.

»Balaia ist eine Schlüsseldimension für die Dämonen. Ihr müsst deren Wesen verstehen. Sie sind Nomaden. Sie existieren außerhalb unserer Grenzen, sie eignen sich Dimensionen an, wo sie erstarken können, und wenn sie eine Dimension ausgesaugt haben, ziehen sie weiter.

Balaia ist jedoch eine Ausnahme. Sie wollen Balaia langfristig nutzen, und deshalb haben sie die Versklavung anstelle des Massakers gewählt. Sie haben ihr Verhalten verändert und zeigen ein Maß an Organisation, das uns alle in Sorge versetzt. Auch brauchen sie Balaia wegen der Verbindungen, die Elfen und Wesmen zur Dimension der Geister unterhalten. Wenn sie den Willen eines dieser Völker brechen können, dann, so glauben sie, haben sie freien Zugang zu den Toten und den unzähligen Seelen der Toten.

Ich denke, sie schätzen dies richtig ein, und Cleress wird mir wohl zustimmen. Die Toten sind in ihrem Kampf gegen die Arakhe Gefahren ausgesetzt wie noch nie. Nach allem, was die Elfen uns sagen, ist dies inzwischen völlig klar. Was meinst du, Cleress?«

»Es ist eine Zukunft, die ich gesehen habe, auch wenn sie ungewiss ist«, sagte Cleress. »Deshalb besteht noch Hoffnung.«

»Aber warum haben sie Calaius und die Wesmen nicht direkt angegriffen?«, fragte Erienne.

»Aus zwei Gründen«, erklärte Sha-Kaan. »Sie warten seit Jahrtausenden darauf, einen Zugang zu finden. Xetesk hat ihnen schließlich diesen Weg geebnet, indem es mit Kräften hantiert hat, die kein Magier richtig verstand. Sie haben ein Loch in die Hülle der balaianischen Dimension geschlagen. Die Dämonen haben die Seelen der Magier aufgenommen und daraus große Kraft für die kommenden Schlachten gewonnen. Und sie greifen zuerst die Kollegien und den Osten eures Landes an, weil in dieser Dimension niemand mehr eine Waffe gegen sie erheben kann, sobald die Magie zerstört ist.

Die Brut Kaan schwebt in Gefahr, und mittelbar jede andere Brut auf Beshara. Die Arakhe sind seit Äonen unsere Todfeinde. Wir können es nicht zulassen, dass sie einen Zugang zu unserer Heimat bekommen, denn sonst könnten sie uns überwältigen, wie sie es mit Balaia bereits getan haben.«

»Sind sie wirklich so stark?«, fragte der Unbekannte.

Sha-Kaan schwieg. Darrick beobachtete unterdessen die anderen, die versuchten, das Gehörte zu verdauen. Er konnte nicht alle Gesichter sehen, erkannte aber durchaus, dass sie es glaubten. Bei den Göttern, was blieb ihnen auch anderes übrig.

»Xetesk hat eine Menge zu verantworten.«

Es dauerte einen Herzschlag, bis Darrick merkte, wer gesprochen hatte.

»Niemand macht dir einen Vorwurf, Denser«, wandte Hirad ein.

»Jeder xeteskianische Magier trägt eine Mitschuld, und ich bin einer von ihnen«, erwiderte er. »Wir haben alle den Eid geleistet, der uns den Zugang zur xeteskianischen Magie eröffnete, wir alle wollten Dimensionssprüche entwickeln, und wir alle haben mit Freuden das Abkommen mit den Dämonen akzeptiert, das uns einen verstärkten Mana-Zustrom verschaffte.«

»Es wird eine Abrechnung geben, falls Xetesk nach der Niederlage der Arakhe überhaupt noch existiert«, grollte Sha-Kaan. »Du trägst eine Mitschuld, aber Hirad hat recht. Man kann dir schwerlich etwas vorwerfen, über das du keine Kontrolle hattest.«

»Damit fühle ich mich nicht unbedingt besser.«

»Dann nutze deinen Zorn«, sagte Sha-Kaan. »Kämpfe.«

»Aber wie?« Denser hob hilflos beide Arme. »Es kommt mir vor, als wäre es längst zu spät.«

»Noch nicht.« Sha-Kaan wechselte abermals die Position, und seine Krallen knirschten auf dem Steinboden. Diera brachte Jonas zum Schweigen, der unruhig wurde.

»Vielleicht solltest du mit Jonas wieder nach draußen gehen«, schlug der Unbekannte vor.

»Ich muss es hören«, widersprach Diera. »Um meinet- und um seinetwillen. Ich muss ihm erklären können, was passiert ist, wenn du nicht zurückkommst.«

Der Unbekannte schnitt eine schmerzliche Grimasse und streichelte ihre Wange. »Ich komme immer zurück. Ich verspreche dir, dass ich auch diesmal keine Ausnahme mache.«

»Du hast auch versprochen, nie wieder ohne mich wegzugehen«, sagte Diera. Es war kein Vorwurf. »Warum habe ich nur einen Rabenkrieger geheiratet?«

»Wir können nicht entscheiden, wen wir lieben wollen«, sagte Sha-Kaan. »Wenigstens darin, wenn schon in nichts anderem, sind wir gleich.«

Diera kniete sich neben ihr Kind. »Willst du für mich und deinen Vater ein lieber Junge sein? Wir möchten, dass du noch eine kleine Weile still bist, während Sha-Kaan spricht.«

»Und dann fliegt er wieder weg?«, fragte Jonas und strahlte seine Mutter an.

»Ich denke schon, mein Lieber. Er kann ja nicht die ganze Zeit hier drinbleiben.«

»Wie kommt er raus?«

»Tja«, sagte Diera, »wahrscheinlich benutzt er eine Tür, genau wie wir.«

Jonas' Gesicht war so skeptisch, dass Darrick beinahe vor Lachen geplatzt wäre. Flüsternd, aber laut genug sagte der Junge: »Ich glaube, die Türen sind nicht groß genug, Mami.«

Da löste sich endlich die Spannung. Alle lachten laut auf, Hirad krümmte sich und wollte sich auf den Unbekannten stützen, der ihm in diesem Moment kaum helfen konnte.

Sha-Kaan polterte laut, dass es nur so durch die Kammer hallte, und Cleress musste sich die Tränen aus den Augen wischen.

»Sehr aufmerksam für so einen Dreikäsehoch, was?«, meinte Hirad.

»Und ob«, bestätigte der Unbekannte. »Wie der Vater, so der Sohn.«

»Er bleibt stecken!«, rief Jonas voll neuen Selbstvertrauens und dankbar für die Aufmerksamkeit. »Aber wir können ihn rausziehen.«

»Still, mein Lieber«, sagte Diera. »Sei ein braver Junge.«

»Aber er bleibt stecken!«, beharrte Jonas. »Ganz bestimmt.«

Auf einmal war Sha-Kaans Maul direkt vor ihm. Der Drache hatte den Kopf schief gelegt und musterte den Jungen mit einem riesigen Auge.

»Ich brauche keine Türen«, erklärte er. »Ich benutze die Wege …« Er hielt inne. »Ich benutze die Magie. Eines Tages werde ich es dir zeigen. Aber nicht heute.«

Jonas setzte sich abrupt auf den Hintern, als Sha-Kaans Atem ihn traf, hörte jedoch nicht zu lächeln auf.

»Ist es jetzt gut?«, fragte Diera. Der Junge nickte.

»Lasst uns besprechen, was getan werden muss«, sagte Sha-Kaan. »Denn der Kampf um Balaia wird schwierig, und wie der Kampf um die Dimension der Geister wird er nicht hier geführt. Jedenfalls nicht vom Raben. Anschließend werde ich euch allen beweisen, dass Jonas recht hatte. Ich passe zwar nicht durch Türen, aber ich kann den Kopf hinausstrecken und wieder einen Blick auf diese schöne Insel werfen.«

Am Abend aßen sie draußen. Ein frischer Wind hatte die Luft abgekühlt, und die Flut leckte an der Südküste. Es war ein beruhigendes Geräusch, das sie wenigstens für den Augenblick in die Gegenwart zurückholte.

Sie stellten an der südlichen Klippe Tische auf, sodass sie über das Meer blicken konnten, während die Sonne im Westen unterging und spektakuläre rote Spuren übers Wasser zog. Als sich ein Lamm gemächlich am Spieß drehte und der junge Wein ausgeschenkt wurde, redete der Rabe über alles Mögliche, nur nicht über das, was ihm bevorstand. Ringsum blieben die Elfen und die ehemaligen Protektoren meist still, hörten aber aufmerksam zu und schalteten sich ein, wann immer sie wollten.

Als Jonas allzu quengelig wurde, brachte Diera ihn ins Bett. Hirad wandte sich an den Unbekannten, sobald sie außer Hörweite waren.

»Du kannst auch hierbleiben, Unbekannter«, sagte er. »Sieh sie dir nur an. Es bricht ihr das Herz, aber noch kann sie lächeln und lachen. Bald müssen wir fort, und was dann?«

Die Augen des Unbekannten glänzten im Mondlicht, als er seiner Frau hinterhersah, die langsam zum Haus hinaufging.

»Du weißt, dass ich nicht bleiben kann«, erwiderte er. »Aber danke für das Angebot, auch wenn du es nicht ernst gemeint hast. Ich sage immer, ich will für eine Welt kämpfen, in der meine Familie in Frieden leben kann. Ich glaubte, sie hier gefunden zu haben, und ich hatte es in Balaia schon einmal fast erreicht. Aber jetzt ist klar, dass es abermals einen Feind gibt, den es zu besiegen gilt, und deshalb will ich dabei sein und meinen Teil dazu beitragen, für Diera, für Jonas und den Raben. Es ist mir ein ganz persönliches Anliegen, und ich glaube, wir werden alle besser arbeiten, wenn wir es ähnlich sehen.«

»Der Rabe arbeitet nie getrennt«, fügte Thraun hinzu. »Und was würde es nützen, wenn wir uns nicht in den Kampf stürzen, und der Kampf wird verloren? Dann müssten wir sowieso sterben.«

»Myriell hat einmal mit euch gesprochen, nicht wahr?«, fragte Cleress. »Ging es nicht um die Magie des Einen und den Grund dafür, dass sie überleben muss?«

Hirad drehte sich um und sah, dass die Al-Drechar ihn und den Unbekannten meinte. Ihre Augen blickten stark wie immer und glühten in der mühsam gebändigten Energie des Einen.

»Das ist wahr«, sagte Hirad. »Wenn ich mich recht erinnere, war es, nachdem wir die Dordovaner von Herendeneth vertrieben hatten.«

»Das ist richtig«, bestätigte der Unbekannte.

»Aber wahrscheinlich wisst ihr nicht mehr, was sie gesagt hat. Sie fürchtete damals, genau wie wir alle, dass Balaia eine Gefahr drohte, die sich sogar auf andere Dimensionen auswirken konnte. Sie sagte euch, das Eine müsse überleben, weil es eine mächtige Waffe im bevorstehenden Kampf sein würde, in welcher Form auch immer. Dieser Augenblick ist jetzt gekommen. Die Welt wird dankbar sein, dass ihr euren Teil des Handels eingehalten habt, und dass Erienne noch lebt.«

»Danke, dass du den Druck von mir nimmst, Cleress«, sagte Erienne.

»Ah, aber du musst verstehen, dass du etwas bewirken kannst, was niemand sonst vermag«, sagte sie. »Du verfügst über eine Magie, die nicht allein auf das Mana baut. Das ist einer der Gründe dafür, dass die Dämonen dich beseitigen wollen. Sie werden dich fürchten, wie sie den ganzen Raben fürchten, denn euer Glaube, noch mehr als eure Kraft, macht euch gefährlich. Sha-Kaan sieht es, sonst hätte er euch nicht hinzugezogen.«

»Aber es ist nicht so, als könnte ich jederzeit und beliebig lange Vernichtung über unsere Gegner bringen«, protestierte Erienne. »Ich ermüde rasch, und wenn Sha-Kaan recht hat, dann sind da draußen verdammt viele Dämonen unterwegs.«

»Denk nach, Kind«, sagte Cleress. »Denk an das, was wir vor Kurzem gelernt haben. Wie leicht ist es, ein Element aus dem Zielbereich zu entfernen? Mana ist nur ein Element.«

Das Schweigen am Tisch dehnte sich, als es ihnen dämmerte, und schließlich musste Erienne lächeln.

»Uns bleiben noch zwei Tage, bis die Gezeiten wieder passen«, sagte Cleress. »Du und ich, wir haben noch eine Menge zu tun.«

»Dann gebt mir Fleisch und Wein«, sagte Erienne. »Es sieht aus, als brauchte ich jedes bisschen Kraft, das ich nur finden kann.«

Dreizehntes Kapitel

Es geschah in der Morgendämmerung. Ein feuchter, kalter Tag mit niedrig hängenden Wolken hatte begonnen, eine durchaus passende Atmosphäre für den Zustand von Xetesk. Später sollte Dystran erkennen, dass dieses Wetter auch seine Vorteile hatte, doch der erste Anblick deprimierte ihn.

Es war der Tag, den sie für den Ausfall in die Bibliothek vorgesehen hatten. Als Dystran noch einmal die vor ihnen liegende Aufgabe durchdachte, fielen aus der Wolke Gestalten herab. Zuerst hielt er sie für Dämonen, doch die Warnrufe, der Lärm und die hektischen Aktivitäten belehrten ihn eines Besseren.

Sie waren noch ein Stück entfernt, sicherlich zwei Meilen oder mehr, und die Dämonen versuchten, sie lärmend anzugreifen, wer auch immer sie waren. Dystran warf einen raschen Blick zu den nicht besetzten Teilen des Kollegs, die beinahe menschenleer waren. Er holte tief Luft, trat aus dem Kaltraum auf den Balkon hinaus und gab seinen Wächtern ein Zeichen, ihn sofort zurückzuziehen, falls irgendwo eine Gefahr drohte.

Sofort belebte das Mana seinen Körper, es fühlte sich für den müden Geist an wie warmer Sonnenschein auf kalter Haut. Er vergeudete keine Zeit und verstärkte seinen Blick, um zu sehen, wer sich da näherte.

Fliegende Menschen. Magier. Verfolgt von Dämonen, die aus den Wolken brachen, angegriffen von weiteren, die aus Xetesk emporstiegen. Sie flogen schnell und belasteten die Schattenschwingen bis an die Grenze, wichen aus, teilten sich und formierten sich neu. Eine einzige Berührung konnte tödlich sein.

Er konzentrierte sich stärker, versuchte, die Gesichter zu erkennen, und riss vor Erstaunen den Mund auf. An der Spitze flog ein Mann, der trotz des Gewichtsverlusts immer noch deutlich zu erkennen war.

Dystran drehte sich um und rannte aus dem Turm, rief nach seinen Magiern und dem für die Bibliothek eingeteilten Kommando. Es war die Ablenkung, um die er gebetet hatte, und er zögerte keine Sekunde, die Gelegenheit zu ergreifen.

Vuldaroq hatte keine Ahnung, wie es den Leuten gelungen war, in der eiskalten Luft hoch über den Wolken nicht die Konzentration zu verlieren. Erschöpft waren sie aufgebrochen, hatten die Flügel auf Geschwindigkeit ausgelegt und sich von Anfang an mit größter Eile bewegt.

Das war aber noch nicht alles. Die Flucht war ein Albtraum voller pulsierender Dämonenleiber gewesen. Tapfere Männer, die sich ihnen stellten und sich für die Magier opferten. Durch dunkle Flure waren sie gerannt, durch den Gestank von verwesendem Fleisch. Sie hatten die Schreie der Versklavten gehört, das Weinen der Neugeborenen in all dem Schrecken. Die flüchtige Berührung eines Dämonenfingers hatte seine Seele fast erstarren lassen. Am Ende dann die Flucht durch die Glaskuppeln über der Kammer des Lichts, das Kreischen der Dämonen bedrohlich nahe hinter ihnen.

Darauf war ein Tag voller Qualen gefolgt. Sobald sie eine Dämonenmeute abgeschüttelt hatten, stieg eine weitere auf und schnitt ihnen im Süden und Westen den Weg ab. Sie waren fähig, das Mana aus großer Entfernung zu wittern. Daher konnten die Magier nicht wie geplant einander abwechselnd tragen und ausruhen, um die Belastung zu verteilen.

Wie oft hatten sie sich hinter Wolken in Sicherheit gebracht, waren mit selbstmörderischer Geschwindigkeit hinabgestoßen und gefährlich nahe beieinander ins Trudeln geraten? Ein Wunder, dass sie nur einen aus ihrer kleinen Schar verloren hatten. Sie hatten keine Zeit zum Nachdenken, hatten nicht um den Magier trauern können, der mit langsam ersterbenden Schreien abgestürzt war.

So setzten sie zum Endspurt an. Sie waren etwas zu früh aus den Wolken herabgestoßen, aber das störte ihn nicht. Besorgt war er über die Frage, ob Xetesk sie gesehen hatte oder nicht. Die Dämonen hatten sie jedenfalls bemerkt, so viel war nach wenigen Herzschlägen klar. Wie eine bunte Wolke stiegen sie im Morgengrauen auf, ihre fremdartigen Rufe wurden von den gegenwärtigen Verfolgern beantwortet, die sich noch etwas mehr ins Zeug legten.

»Kommt schon!«, rief Vuldaroq, obwohl er wusste, dass seine Worte im heftigen Fahrtwind untergingen.

Er führte die vier noch lebenden Magier steil nach unten und überraschte damit die Verfolger, die ein wenig an Boden verloren. Jede Kleinigkeit war hilfreich. Vuldaroq staunte, als ihn eine seltsame Erregung durchflutete. So lange hatte es auf Messers Schneide gestanden, nun war die Zuflucht fast zum Greifen nahe, und er hatte sich nie lebendiger gefühlt als jetzt.

Er atmete tief ein, spürte, wie die Energien durch seinen geschundenen Körper strömten, und verlangte seinen Schattenschwingen noch etwas mehr Tempo ab.

»Komm schon, Dystran, du Schweinehund, jetzt ist der richtige Augenblick.«

Vuldaroq sah sich um. Durch die hauchzarten Flügel und den schützenden Film auf den Augen konnte er nicht scharf sehen, aber sie waren alle noch bei ihm. Die Dämonen flitzten als verschwommene rote Umrisse hin und her und bedrängten ihn, damit er einen Fehler machte. Schwer zu sagen, wie viele es waren. Mindestens zehn oder zwölf.

Wenn er und seine Leute nur noch wenige Augenblicke die selbstmörderische Geschwindigkeit halten konnten! Um den Luftwiderstand zu vermindern, flogen alle Magier mit dem Kopf voran, die Arme eng angelegt, die Beine gerade ausgestreckt und die Zehen nach hinten gestreckt. So blieb wenig Gelegenheit, sich auszutauschen, doch sie hatten in ruhigeren Momenten des Fluges einige Signale verabredet, und Vuldaroq wusste, dass die anderen Magier ihn beobachteten und auf Zeichen warteten.

Grimmig und hager erhoben sich vor ihnen die sieben Türme von Xetesk vor dem trüben Himmel. Nur in Dystrans Turm brannten einige Lichter, die anderen schienen verriegelt und unbewohnt zu sein, ganz ähnlich wie die Stadt. Sie verhüllte sich hinter wallendem Morgennebel, der zwischen den Mauern gefangen war. Nur hier und dort durchdrang der blasse Schein eines Feuers den Nebel.

Die Dämonen, die von der Stadt aufgestiegen waren, schwärmten aus und bildeten ein weites Netz, um die Dordovaner abzufangen. Einige kamen ihnen direkt entgegen, andere hielten sich noch zurück. Es mussten mindestens zweihundert sein, die sich über den stummen Häusern in der Luft drängten. Sie glänzten grün und dunkelblau.

Vuldaroq hielt direkt auf sie zu, und die Linie der Dämonen richtete sich aus, um die Magier am erwarteten Punkt abzufangen. Es war ein überraschend einfältiges Manöver, aber offenbar befanden sich keine Angehörigen der Führungskaste unter dieser Vorhut, und ohne die Anführer konnten sie in der Luft keine brauchbare Strategie entwickeln.

Der dordovanische Erzmagier schnippte mit den Fingern, um die Aufmerksamkeit seiner Magier zu erregen. Dann deutete er mit den Zeigefingern nach oben und spreizte die Finger. Jetzt konnte er nur noch hoffen, dass sie das Zeichen gesehen hatten, und darauf vertrauen, dass sie entsprechend reagieren würden. Jedes Zögern konnte die schlimmsten Konsequenzen nach sich ziehen.

Vuldaroq nahm seinen letzten Mut zusammen, schoss mit Höchstgeschwindigkeit auf die Dämonen zu und spürte, wie seine Magier zu seinen Seiten eine enge Gruppe bildeten. Die Dämonen reagierten sofort auf das Manöver. Ein gutes Zeichen.

»Weiter so«, schnaufte er. »So ist es gut.«

Erst als sie so nahe waren, dass er schon ihre Rufe hören konnte, schoss er in einem Winkel von neunzig Grad nach oben. Die Mana-Gestalt der Flügel wurde einer Belastung ausgesetzt, unter der körperliche Flügel sicherlich zerrissen wären. Vuldaroq spürte die Fliehkraft im ganzen Körper. Wären nicht die Dämonen unter ihm vorbeigerast und hätte ihn nicht der Schwung weiter in die ursprüngliche Richtung getrieben, er hätte glauben können, abrupt angehalten zu haben.

Ein rascher Blick zeigte ihm, dass es alle bis hierher geschafft hatten. Unter ihm bremsten auch die Dämonen ab und wendeten, sie kamen jetzt aus allen Richtungen. Vuldaroq bereitete die Arme aus, bis er die Form eines Kreuzes nachahmte, und änderte die Flugrichtung, um sich senkrecht nach unten zu stürzen.

Die anderen fingen das Signal auf. Jetzt kam die letzte Phase, und jetzt musste sich jeder um sich selbst kümmern. Er wünschte ihnen in Gedanken alles Gute und schoss hinab. Das Ziel war noch ungefähr eine Meile entfernt, und er musste noch dreihundert Schritt sinken. Eigentlich keine große Entfernung, und doch der längste Flug seines Lebens.

»Wir schlagen los!«, rief Dystran. »Sofort!«

Er rannte durch die Gänge unter seinem Turm zum Turmkomplex und sah Dutzende verblüffter Gesichter.

»Auf! Krieger, an die Türen. Magier, richtet Euch auf gebündelte Feuerkugeln ein. Wir gehen raus. Bibliotheksgruppe, macht Euch bereit.«

Seine Befehle wurden in die Katakomben weitergegeben. Er sah verwirrte Gesichter und hielt inne.

»Ich habe keine Zeit für Erklärungen«, sagte er. »Vertraut mir einfach. Von Nordosten kommen Verbündete angeflogen.«

»Verbündete?«, fragte ein erstaunter Krieger, während er aufstand.

Dystran packte das dreckige blaue Tuch, das der Mann sich um den Hals gewickelt hatte, und zog. »Ja, Verbündete. Heute ist jeder, der kein Dämon ist, ein Verbündeter, klar?«

»Ja, Mylord.«

Überall waren eilige Schritte zu hören, und er wartete auf den ausgemergelten, krank aussehenden Kommandanten Chandyr, bevor er seine Befehle gab.

»Wir haben keine Zeit für lange Erklärungen. Dordovaner nähern sich uns. Die Dämonen haben das Kolleg fast geräumt, um sie zu jagen. Ich will acht Magier da draußen haben, die sie decken, wenn sie landen. Weitere vier werden die Flanken gegen die Dämonen sichern, die sich noch auf dem Gelände verstecken. Zwanzig Krieger als Späher, drinnen und draußen vor der Tür. Die Bibliotheksgruppe geht jetzt rein. Eine bessere Gelegenheit bekommen wir nicht. Los!«

»Also, ihr habt es gehört!« Chandyr klatschte laut in die Hände. »Magiergruppen eins und zwei, ihr übernehmt die Deckung. Schwertkämpfer zwei und drei, Späher. Schwertkämpfer vier, ihr geht als Reserve an die Tür. Bibliotheksgruppe zu mir. Meine Herren, jetzt geht es rund.«

Dystran musste zugeben, dass Chandyr seine Sache gut machte. Sie gehorchten ihm sofort, weil sie ihn achteten. Den Herrn vom Berge fürchteten sie nur. Das gefiel ihm durchaus.

Vor der Kuppel herrschte Getöse. Männer brüllten, Waffen und Rüstungen klirrten, Stiefel mit Metallkappen klirrten auf Stein und Marmor. Dystran schluckte trocken. Die großen Türen schwangen auf, und er blickte in den kühlen, dunstigen Morgen hinaus.

»Los jetzt!«, rief Chandyr. »Besetzt schnell die Flanken. Gebündelte Feuerkugeln für den Angriff, Kraftkegel zur Verteidigung. Haltet Euch bereit, jederzeit die Taktik zu ändern, sobald Lord Dystran es befiehlt.« Seine lauten Anweisungen übertönten mühelos den Lärm. Die Stimme des Kommandanten fand zu ihrer alten Kraft zurück, weil es Arbeit für ihn gab. »Späher, ich will nur Zahlen und die Richtung hören.«

Soldaten und Magier rannten durch die Tür, über den mit Marmor ausgelegten Platz und die Treppe vor dem Turmkomplex hinunter. Hinaus aus den schützenden Kalträumen.

Dystran folgte ihnen, angelockt durch den Mana-Strom, der ihn erfasst hatte, und die wundervolle frische Luft in den Lungen. Er folgte drei Magiern, die sich in der Mitte aufstellten, und bildete die Gestalt einer gebündelten Feuerkugel. Ein rascher Blick zeigte ihm, dass auch die Verteidiger und Späher ihre Positionen einnahmen. Hinter ihm führte Hauptmann Suarav die Bibliotheksgruppe nach links, bis sie außer Sicht waren. Seine drei letzten Archivare begleiteten den vernarbten Garnisonskommandanten unter der Leitung von Sharyr. Es war ein gewagtes Spiel, das sie nicht verlieren durften.

Am grauen Himmel nördlich von Xetesk näherte sich der verzweifelte Flug seinem Ende. Dutzende, wenn nicht Hunderte von Dämonen drängten sich am Himmel, um die fünf Magier abzufangen, die hin und her schossen, sich wanden, sich duckten und herabstießen, um ihnen auszuweichen. Es war kaum vorstellbar, dass auch nur einer von ihnen durchkam.

»Ein Weg«, murmelte Dystran. Dann hob er die Stimme. »Wir müssen ihnen einen Korridor freihalten. Konzentriert Euch auf den Bereich direkt vor Euch, wo der Anführer hereinkommt. Findet den richtigen Augenblick, meine Magier. Die Breschen, die wir schlagen, werden sich rasch wieder schließen.«

Sprüche flogen hinaus, die ersten Dämonen gingen in Feuer und Eis unter oder wurden zur Seite gestoßen, damit Xetesks frühere Feinde überlebten.

Gesegnete Stille empfing sie. Die Bibliotheksgruppe huschte an den Verteidigern der Kuppel vorbei und lief rasch und leise um den Komplex herum. Die Türen der Bibliothek standen offen, sie hingen schief in den Scharnieren. Die Schutzsprüche waren jetzt nutzlos, sie waren zerstört worden, als die Dämonen in den ersten Tagen der Besetzung die Türen aufgebrochen hatten.

Inmitten der explodierenden Sprüche fiel es nicht auf, dass sie ihre Augen magisch verstärkten, um sich in der dunklen Bibliothek zu orientieren. Sharyr führte die drei Archivare, Hauptmann Suarav und einen Späher am Rand der breiten Treppe hinauf, wo die Schatten am tiefsten waren und der Nebel sich an den Stein klammerte.

Drinnen konnte er die Umrisse von Bücherregalen und Tischen erkennen. Es schien keine schweren Schäden zu geben, nur der Wind spielte mit den Seiten einiger Bücher, die auf den Teppich gefallen waren.

Irgendwo hier drinnen mussten Dämonen hausen. Ein früherer, vorzeitig abgebrochener Ausfall hatte ergeben, dass die Dämonen anscheinend systematisch die Werke durchsucht hatten. Sie hatten zwei Jahre Zeit gehabt, um zu finden, was sie suchten, und doch ging die Suche anscheinend immer noch weiter. Sharyr fragte sich, worauf sie es wohl abgesehen hatten.

Er inspizierte seine Gruppe. Sie signalisierten, dass sie bereit seien, dann drangen sie in die Bibliothek ein. Vorsichtig setzten sie einen Fuß vor den anderen, jederzeit darauf gefasst, dass ein Brett knarren konnte. Außerhalb des schützenden Kaltraums fühlte Sharyr sich nackt, gleichzeitig aber auch belebt, weil er wieder Verbindung zum Manaspektrum aufnehmen konnte.

Es war eine eigenartige Mischung von Gefühlen. Er hatte sich an die Sicherheit im Kaltraum gewöhnt, die jedoch ohne die schmerzliche Trennung vom Manaspektrum nicht zu haben war. Hier konnte er den Manastrom genießen und musste sich mit den Gefahren herumschlagen, die damit verbunden waren. Der Tod war nie weiter als einen Schritt entfernt.

Suarav schloss zu ihm auf, als sie die Bibliothek betraten. Sharyrs magisch verstärkte Augen konnten alle Einzelheiten scharf, wenngleich nur einfarbig erkennen. Suaravs Gesicht war angespannt und konzentriert; trotz der kühlen Luft hatten sich Schweißperlen auf seiner Stirn gebildet. Er empfand Achtung für diesen Mann. Theoretisch wurden er und der andere Soldat als Späher eingesetzt. Praktisch sollten sie sich opfern, um die Magier zu retten, falls es notwendig wurde.

Das große, dreistöckige Gebäude war still bis auf das gelegentliche Rascheln der losen Blätter. Durch die Buntglasfenster fiel ein wenig Licht herein, das die dunklen Schatten unter den Treppen und in den Ecken jedoch nicht erhellen konnte.

Sharyr blieb mitten auf dem mit Teppichen ausgelegten Gang, seine Gruppe folgte dicht hinter ihm. Pausenlos suchten sie die Umgebung ab, blickten an den Regalen vorbei, hinauf zum Deckengewölbe und zu den oberen Stockwerken, voraus ins Zentrum der Bibliothek, und natürlich auch auf den Boden, um nicht versehentlich gegen ein heruntergefallenes Buch oder auf nacktes Holz zu treten.

Die Spannung nahm zu, Suarav tastete immer wieder nach dem Griff seines Schwerts. Sharyr musste sich sehr bemühen, die Gestalt seines Kraftkegels stabil zu halten. Der Wind, der von draußen hereinwehte, erzeugte unangenehme Luftströmungen in der Bibliothek, die sich anfühlten, als stießen geflügelte Wesen auf ihn herab. Sharyr atmete tief durch und ging weiter.

Überall konnte man die Spuren der Dämonen sehen, die in der Bibliothek herumgewühlt hatten. Regale waren verschoben, Glastüren zerschmettert. Pergamente, Bücher und verschnürte Schriftrollen waren in Regalen oder auf dem Boden gestapelt oder lagen in den Ecken herum. Der Schaden war wohl doch größer, als man es auf den ersten Blick erkennen konnte. Ausgerissene Seiten lagen in Stapeln auf den unteren Regalbrettern. Alte Texte waren zerfetzt, die Buchrücken gebrochen. Uraltes Wissen, einfach weggeworfen. Was sie auch suchten, die Dämonen waren methodisch vorgegangen.

Sharyrs Herz sank. Diese organisierte Zerstörung würde ihnen die Arbeit schwer machen, und sie konnten es sich nicht erlauben, auch nur einen Augenblick länger hierzubleiben als unbedingt nötig. Wenn er sich umsah, fragte er sich allerdings, ob sie überhaupt etwas Nützliches finden würden.

Vor der großen Treppe, die zum nächsten Stockwerk hinaufführte, verließen sie den Hauptgang und zogen sich unter die Marmorstufen zurück. Die Dämonologie-Abteilung befand sich direkt vor ihnen. Es war die erste von dreien, die sie aufsuchen sollten. Sharyr sah sich noch einmal nach seinen Leuten um, deren Gesichter angespannt, aber entschlossen schienen. Draußen störten knallende und hallende Sprüche die frühmorgendliche Stille. In der Ferne kreischte ein Dämon.

Er drehte sich wieder um, und da waren sie. Leise schwebten sie von den oberen Stockwerken herab. Wie viele es waren, konnte er nicht sagen. Mindestens zehn. Er wich weiter unter die Treppe zurück. Suarav war direkt vor ihm, die anderen hinter ihm. Alle wollten eine solide Wand im Rücken haben. Die Dämonen schimmerten grau vor dem dunklen Hintergrund. Alle waren von derselben Art. Längliche Gesichter mit riesigen, ovalen Augen. Winzige Münder, aber voller scharfer Zähne. Verzerrte Schädel. Zierliche, befiederte Flügel und lange, schlanke Arme, an deren Ende dürre Finger zuckten.

»Ruhig bleiben«, sagte Sharyr. »Nicht die Konzentration

verlieren.« Er hatte seinen Kraftkegel verloren und versuchte verzweifelt, die Form wieder aufzubauen. »Zeigt keine Angst. Wir können sie erledigen.«

»Ihr habt es gehört«, grollte Suarav. »Sie müssen erst einmal an mir vorbei.«

Er baute sich breitbeinig vor den Magiern auf und wies den Soldaten an, seinem Beispiel zu folgen. Abgesehen davon, dass er am ganzen Körper zitterte, rührte sich der Mann nicht. Er wimmerte leise.

»Macht Platz, Hauptmann«, sagte Sharyr.

»Sie müssen mich besiegen, ehe sie Euch bekommen.«

»Ihr seid unseren Sprüchen im Weg.«

»Sagt mir Bescheid, wenn ich mich ducken soll.«

Die Dämonen verfolgten aufmerksam den Wortwechsel. Sharyr, der sie nicht aus den Augen gelassen hatte, bekam das Gefühl, er würde beobachtet. Studiert. Jetzt hörte er auch das leise Rauschen ihrer Flügel.

»Wir wollen nicht unbedingt einen Spruch wirken«, sagte er.

»Der Schaden für die Bibliothek wäre beträchtlich«, erwiderte einer der Dämonen sofort mit leiser, verführerischer Stimme.

Der Soldat murmelte wieder.

»Stark bleiben«, fauchte Suarav. »Sie sind unsicher, wie sie reagieren sollen.«

Die Dämonen schwärmten ein wenig aus, um ihnen den Fluchtweg zur Haupttür abzuschneiden. Zum hinteren Teil der Bibliothek blieb eine Lücke offen. Es war Absicht. Dort gab es kein Entrinnen.

»Sie werden uns erwischen«, sagte der Soldat.

»Nein, werden sie nicht, wenn wir zusammenhalten«, sagte Suarav. »Halte deine Klinge nach vorn.«

»Das nützt nichts. Eine Berührung reicht schon aus.«

Sharyr spürte, dass der Soldat die Muskeln spannte, um wegzulaufen. Die Zeit wurde knapp. »Magier, was habt Ihr? Sprecht rasch.«

»Feuerkugel.«

»Feuerkugel.«

»Eis.«

Gleichzeitig spreizten die Dämonen die Arme und kamen heran. »Eure Seelen werden uns nähren.«

»Nein!« Der junge Soldat brach aus und rannte los, prallte mit einem Archivar zusammen und verschwand im Schatten.

»Struktur verloren.«

»Neu bilden«, fauchte Sharyr.

»Komm zurück!«, brüllte Suarav.

»Vergesst ihn und duckt Euch«, sagte Sharyr. Suarav kauerte nieder.

Eine gebündelte Feuerkugel schlug im Zentrum der Meute ein. Das grelle Licht schmerzte in den Augen, und das Feuer wirkte sofort und brutal. Die kleine Feuerkugel versengte Dämonenflügel und verbrannte grobes Haar. Sie fraß das Dämonenfleisch. Rauch wallte auf. Die Schreie waren entsetzlich. Sharyr ließ seinen Kraftkegel folgen. Er richtete ihn auf die linke Seite der Gruppe. Die überrumpelten Dämonen wurden fortgeweht wie Blätter im Sturm. Er schob sie hoch und nach hinten und presste sie gegen die marmorne Balustrade. Töten konnte er die Dämonen damit nicht, aber seine Gruppe gewann Bewegungsfreiheit und Zeit.

»Eis auf die rechte Seite.«

Kaum hatte er den Befehl gegeben, da fegte auch schon der Spruch hinaus, zerfetzte die Dämonenkörper und jagte eiskalte Luft durch ihren Mana-Schutz, durchbohrte und zerriss die grässlichen Gestalten.

»Lauft nach links. Findet diesen Idioten, und dann sucht. Wir haben immer noch unsere Aufgabe zu erledigen. Die dort halte ich fest.«

Seine Männer gehorchten ohne Rückfragen und verteilten sich in der Bibliothek. »Und passt auf, was Euch da unten begegnet!«

Sharyr machte eine Bestandsaufnahme. Er hielt vier sich windende Dämonen in Schach. Die anderen waren tot oder lagen im Sterben. Der Eiswind hatte Regale, Texte und Tische in einem zehn Schritte weiten Umkreis mit einer dicken Eisschicht überzogen. Das machte ihm jedoch keine Sorgen. Beunruhigend war eher das Feuer, das neue Nahrung fand, wo der getroffene Dämon gestürzt war. Als die ersten Entsetzensschreie aus der Bibliothek ertönten, drehte er sich um und wollte sie warnen, dass es noch viel enger wurde, als sie zuvor vermutet hatten.

Die vier noch lebenden Magier kamen mit erschreckender Geschwindigkeit angeflogen. Links und rechts meldeten Späher die Positionen von Dämonen, die sich allmählich wieder auf die Xeteskianer vor dem Turmkomplex konzentrierten. Gut gezielte Feuerkugeln schossen in hohem Bogen hinaus. Im dünnen Nebel heulten die Dämonen, und der Lärm nahm zu, als immer mehr von der Beute in der Luft abließen. Im Zentrum hielten die magischen Verteidiger mit dunkelblauen Kraftkegeln und Eiswind einen schmalen Korridor frei.

»Wir ziehen uns langsam zurück!«

Chandyrs Befehl unterdrückte die allmählich aufkommende Panik. Sie mussten den richtigen Augenblick abpassen, sonst würden sie bei der Rettung der Dordovaner viele Magier verlieren. Vuldaroq flog an der Spitze, die anderen drei folgten dicht hinter ihm. Sie hatten jeden Gedanken daran aufgegeben, der Masse der Dämonen auszuweichen, sondern flogen einfach geradeaus zu den Türen des Komplexes. Es wurde knapp.

»Wir bereiten eine Feuerwand vor«, rief er einem Magier an seiner Seite zu.

Die Männer formten die starre, einseitige Struktur, in die ein Mechanismus eingebaut war, der die Flammen nach einer Weile langsam wieder ersterben ließ. Es war ein statischer Spruch. Sie konnten ihn wirken und dann vergessen. Im einem Augenblick wie diesem war das wirklich ein Segen.

Links wurden die Rufe auf einmal lauter. Die Dämonen griffen erbittert ihre Flanke an und drohten die schwache magische Abwehr zu überwältigen.

Auf einmal hörte er Chandyrs leise Warnung. »Es muss sofort geschehen, Mylord.«

Dystran nickte. »Alles bereit«, sagte er.

»Die letzten Sprüche, dann ziehen wir uns zurück«, rief Chandyr. »Nicht zurückschauen, lauft in die Kalträume. Einige Männer halten sich bereit, falls die Bastarde unseren Freunden nach drinnen folgen. Los!«

Einige Herzschläge später schlug eine Salve von Sprüchen in die Hauptmasse der Dämonen ein, die noch hundert Schritte entfernt waren, aber rasch aufschlossen. Links waren sie sogar noch näher. Der Nebel war verdampft, Schreie erfüllten die Luft, und Kälte strömte über das Kolleg. Eiswind fand seine Ziele und riss den Opfern die Haut vom Leib. Doch es waren zu viele Gegner. Sie verdunkelten den Himmel und sammelten sich jetzt auch vor dem Kolleg am Boden. All die Sprüche hatten den Verteidigern nur wenige Augenblicke erkaufen können.

»Lauft!« Chandyr führte die Truppe zu den Türen zurück und blieb noch einmal bei Dystran stehen, der bis zum

Rand des Kaltraums zurückgewichen war. Soldaten und Magier stürmten vorbei. Von links, von rechts und von oben kamen Dämonen. Der Korridor, durch den die Dordovaner flogen, wurde enger, die vier flogen jetzt hintereinander, um den Dämonen ein möglichst kleines Ziel zu bieten. Der letzte Magier wagte nicht, sich umzusehen. Ein riesiges geflügeltes Biest schlug nach seinen Füßen und verfehlte sie um Haaresbreite.

»Wartet noch einen Augenblick«, sagte Dystran, der die Angst des Magiers neben ihm spürte. Vuldaroq war noch fünfzig Schritte entfernt. »Gut, und jetzt geben wir ihnen etwas, worüber sie sich freuen werden.«

Die beiden Magier wirkten ihre Sprüche. Parallele Flammenwände, vierzig Fuß hoch und hundert Fuß lang, sprangen zu beiden Seiten der Tür empor. Die Dämonen, die von der Flanke her angriffen, mussten anhalten, und die in der Luft darüber schwenkten ab. Vuldaroq stürmte weiter.

»Bei den Göttern«, murmelte Dystran und stolperte in den Komplex zurück, während er Chandyr und die anderen Magier mit sich zog. »Wir müssen ihren Sturz abfangen. Stellt euch vor die Säule. Es wird wehtun.«

Er war erst ein paar Schritte weit gekommen und hatte sich gerade umgedreht, als Vuldaroq durch die Tür flog. Der Kaltraum unterbrach den Mana-Fluss, die Schattenschwingen verschwanden, und er stürzte ein Dutzend Fuß tief ab, überschlug sich und purzelte auf die harte Wand von Dystrans Turm zu. Vuldaroqs Glück war es, dass Dystran ihn zuvor erreichte und vor dem Zusammenprall bewahrte.

Gleich danach flogen die anderen drei herein, stürzten ab und überschlugen sich. Magier eilten zu ihnen. Hinter ihnen folgten drei Dämonen, die zu wütend waren, um jetzt noch umzukehren, einer so groß wie eine Kutsche und zwei kleinere in der Größe von Männern. Alle drei schrien im Kaltraum vor Schmerzen auf, denn dort verloren sie das Mana, das sie am Leben erhielt.

Der Kampf war kurz, aber laut. Schwerter blitzten im Fackelschein. Chandyr ermahnte seine Männer mit Rufen, sich zu konzentrieren und vorsichtig zu sein. Die Dämonen flogen ungeschickt und sanken rasch herab, als ihre Kräfte schwanden, waren aber immer noch entschlossen, alle mit in den Tod zu reißen, die sie nur erreichen konnten. Direkt vor Dystran reagierte ein Xeteskianer zu spät. Seine Klinge verfehlte die Klaue, die ihn packen wollte, und nun war er dem Dämon hilflos ausgeliefert. Seine Seele wurde ihm genommen, und er sackte zusammen.

Chandyrs Klinge traf den Rücken der Kreatur, weitere Kämpfer unterstützten ihn. Hackend und hauend zwangen sie das Biest nieder. Ein Schlag trennte den Kopf vom Rumpf, das Wesen erbebte noch einmal und blieb still liegen.

Schweigen herrschte, abgesehen vom schweren Atem der Männer und leisen, beruhigenden Stimmen. Die beiden anderen Dämonen waren durch die offenen Türen des Komplexes geflohen, die geschlossen wurden, sobald draußen die Feuerwände zusammenfielen. Dystran sah sich um und betrachtete die Männer mit den kreidebleichen Gesichtern, die an den Wänden saßen oder lehnten. Er sah sogar Tränen, wusste aber nicht zu sagen, ob es Erleichterung oder Angst war. Freunde hatten sich um den Mann gesammelt, der gerade gefallen war. Irgendwo glitt eine Klinge aus einer müden Hand.

»Gut gemacht, ihr alle«, sagte Chandyr. »Gut gemacht.«

Dystran drehte sich zu dem Mann um, der in seinen Armen lag. Vuldaroq. Als er den dordovanischen Erzmagier zum letzten Mal gesehen hatte, war dieser streitlustig, fett und überheblich gewesen. Der Mann, den er jetzt betrachtete, war nur noch ein Schatten seiner selbst, hager und bleich. Die Haut im Gesicht und am Hals hing schlaff herab, wie wohl am ganzen Körper. Dystran spürte, wie Vuldaroqs Muskeln zitterten. Zwischen den fest zusammengepressten Lidern quollen Tränen hervor. Sein Atem ging keuchend, Blut lief aus Schnittwunden im Gesicht und an den Händen. An den Stellen, wo er hart auf den Boden geschlagen war, verfärbte sich bereits die Haut.

Eigentlich hätte Dystran Hass auf den Mann empfinden müssen, doch die letzten zwei Jahre hatten viel verändert. Der Krieg war vorbei gewesen, sobald die ersten Dämonen aufgetaucht waren und die Wesmen die Stadt verlassen hatten. Seitdem hatte die spärliche Kommunikation zwischen den Kollegien eher an das Wiedersehen alter Freunde erinnert. Zeit für Anschuldigungen hatten sie nicht gehabt.

Der Herr vom Berge richtete sich auf und zog Vuldaroq hoch, bis der schwere Mann sitzen konnte. Der Dordovaner war völlig erledigt, viel länger hätte er sicher nicht fliegen können. Ein rascher Blick verriet Dystran, dass es den anderen nicht besser ging.

»Schafft etwas Heißes zu trinken, Essen und Decken her. Macht Betten für diese Männer, damit sie ausruhen können. Wir wollen sie nicht noch wegen ihrer Erschöpfung verlieren.«

Vuldaroqs Augenlider öffneten sich flatternd. Die Augen waren rot unterlaufen und schwammen vor Tränen.

»Danke«, krächzte er heiser.

»Das war aber ein ungewöhnlicher Auftritt«, sagte Dystran. »Was ist passiert?«

»Dordover ist nicht mehr«, sagte Vuldaroq. Auf einmal klang seine Stimme in der Stille, die sich über die Kuppel gesenkt hatte, sehr laut. »Wir sind die Letzten.«

Dystran wurde es kalt. Das zweitgrößte Kolleg in Balaia, auf vier Magier reduziert.

»Wie konnte das geschehen?«

»Wir waren von Anfang an nicht stark genug, während sie mit jedem Tag stärker wurden. Es ist unvermittelt in den letzten Tagen geschehen, als hätten sie von irgendwo Kraft gewonnen.« Er hustete, sodass sein ganzer Körper erbebte, und schauderte.

»Später«, sagte Dystran. »Esst etwas und ruht Euch aus. Hier seid Ihr vorerst sicher.«

Alles, was Vuldaroq berichtet hatte, bestätigte Dystrans schlimmste Befürchtungen. Er sah sich nach Chandyr um. Der Kommandant stand auf der anderen Seite der Kuppel und erwiderte gleichmütig seinen Blick.

»Ich brauche endlich mal wieder gute Neuigkeiten«, sagte Dystran. »Wo ist meine Bibliotheksgruppe?«

»Sie sind noch nicht zurückgekehrt«, erklärte Chandyr. »Geduld, Mylord.«

»Wir kämpfen um unser Leben«, erwiderte Dystran. »Wir haben keine Zeit, geduldig zu sein.«

Wie Schatten huschten die Dämonen am Rande von Sharyrs Gesichtsfeld umher. Abgesehen vom Schwirren ihrer Flügel gaben sie keinen Laut von sich. Er musste den Gedanken wegschieben, dass sie mit ihren Spinnenfingern nach seiner Seele griffen, während er in den Regalen fieberhaft nach irgendetwas suchte, das ihnen einen Hinweis auf die Taktik der Dämonen geben konnte.

Der Rauch des Feuers, das rasch das gesammelte Wissen von Xetesk verzehrte, erfüllte die Bibliothek. Was er und seine Leute jetzt mitnahmen, würden vermutlich die letzten Werke sein, die überhaupt gerettet würden.

Die Dämonen hatten ihn vorübergehend aus den Augen

verloren, nachdem er sie durch ein Oberlicht gequetscht und den Kraftkegel fallen gelassen hatte. Suarav hatten sie jedoch immer noch im Blick. Was für einen Kampfgeist der Mann besaß. Der Hauptmann verhöhnte die Dämonen mit lauten Rufen und versuchte, die Seelendiebe von den beiden noch lebenden Archivaren abzulenken, die Dystrans Allheilmittel suchten.

Der Rekrut war verschwunden. Sharyr würde die Schreie des Mannes, die abrupt abgebrochen waren, in seinem ganzen Leben nicht wieder vergessen. Er lächelte grimmig, als ihm bewusst wurde, dass er möglicherweise sowieso nicht mehr lange zu leben hatte.

Sharyr schnappte sich eine Schriftrolle über die Dämonologie und stopfte sie erregt unter seinen Umhang, als er den Namen des Verfassers gelesen hatte. Hinter ihm loderten die Flammen und sandten eine erstickende Rauchwolke durch die unterste Etage. Der Schatten eines umhertastenden Dämons zeichnete sich riesig vor einer Wand ab. Ein Archivar stieß einen Warnruf aus.

»Die Zeit wird knapp«, rief Suarav. Man hörte einen dumpfen Schwerthieb, ein Dämon kläffte und kreischte erschrocken. »Sofort zum Sammelpunkt.«

Sharyr wandte sich nach rechts und kehrte zum Brandherd zurück, in Richtung des Ausgangs der Bibliothek. Auf einmal hörte er das Surren von Dämonenflügeln, und dann schwebte einer um die Ecke und kam gemächlich den Gang herunter. Der Magier wich zurück.

»Kein Entkommen«, sagte der Dämon, der sich ihm mit ausgestreckten Armen näherte. »Wir suchen, was du suchst.«

»Es wird verbrennen, ehe ihr einen Blick darauf werfen könnt«, antwortete Sharyr. Er wich noch ein Stück zurück, und dann lief es ihm kalt den Rücken hinunter, als er auch hinter sich ein Surren hörte. Er saß in der Falle.

»Kein Entkommen«, wiederholte der Dämon. Mit gierig zuckenden Fingern kam er näher.

Rechts war die Wand, links ein Bücherregal. Sharyr hatte sich entschlossen, und was nun kam, nahm er nur noch verschwommen wahr.

»Ihr werdet mich nicht kriegen«, flüsterte er.

Einen Spruch konnte er nicht wirken, dazu blieb nicht genug Zeit. Im Zentrum der Bibliothek knackten drohend die Flammen, seine Augen brannten vom Rauch. Die Dämonen näherten sich gemächlich. Sharyr hatte nur eine einzige Chance, das zu tun, was er sich ausgedacht hatte. Er rammte mit der Schulter das frei stehende Regal auf der linken Seite des Ganges. Es war ein langes, massives Ding, und dahinter standen noch weitere Regale. Es war ungefähr zehn Fuß hoch und überladen mit aufgereihten Büchern. Glücklicherweise war es nicht im Boden verschraubt.

Sharyr spürte, wie es nachgab, er kletterte auf den Regalbrettern hoch und suchte mit Armen und Beinen einen Halt. Sein Schwung trug ihn ein Stück weiter, während das Regal langsam kippte. Als er die Füße auf das oberste Brett setzte, begann das Regal endgültig zu kippen. Das Prasseln der herabfallenden Bücher übertönte seinen angestrengten Atem und seinen Herzschlag, Suaravs Rufe und das Knistern des Brandes. Die Regale knackten bedenklich. Er stand jetzt und ließ sich vom fallenden Regal weitertragen. Schneller und schneller fiel es, bis es gegen das nächste Regal kippte.

»Oh, verdammt«, murmelte er. Noch sechs Reihen bis zur breiten Lücke des zentralen Gangs.

Er bewegte sich weiter nach oben über das sich immer stärker neigende Regal, um im letzten Moment auf das nächste zu springen. Dabei wäre er fast gestolpert. Nun sprang er auf den immer schneller kippenden Regalen leichtfüßig weiter. Laut prasselten überall Bücher aus den Regalen, bis sie krachend zusammenbrachen. Suarav brüllte Befehle, hinter dem letzten Regal hüpften die Köpfe der anderen Männer, die, von Dämonen gehetzt, den Mittelgang der Bibliothek hinunterliefen. Sharyr wollte nicht darüber nachdenken, wie dicht seine eigenen Verfolger hinter ihm waren.

Er tat einen verzweifelten Sprung, packte die Ecke eines kippenden Regals und kam hart auf, rollte sich ab und spürte einen schmerzhaften Stich im Schlüsselbein. Er landete auf allen vieren, schrie auf und presste den unverletzten Arm gegen seinen Umhang, um ja nicht die Texte zu verlieren.

Eine starke Hand packte ihn und zog ihn hoch.

»Bei allen brennenden Göttern, das war eine Vorstellung«, knurrte Suarav. »Und jetzt los, rennt vor der Haupttür sofort nach links, wie wir es geplant haben. Ihr kennt ja den Rückweg.«

Sharyr spürte die Hitze des Feuers im Gesicht, das sich bereits an den Wänden emporfraß. Die Schmerzen in der rechten Schulter waren entsetzlich, ihm wurde fast übel.

»Und Ihr?«

»Ich halte sie auf.« Suarav beugte sich vor. »Widersprecht mir nicht, Junge. Uns war immer klar, dass es so weit kommen konnte.«

Sharyr nickte, drehte sich um und rannte. Das Letzte, was er hörte, war Suarav, der die Dämonen warnte, sich ja nicht an ihm vorbeizuwagen.

Vierzehntes Kapitel

Der Unbekannte ließ sie lange warten. Das Beiboot, das ihn und den Raben zu den anderen bringen sollte, die sich bereits auf der *Calaianische Sonne* befanden, stand schon eine Weile bereit, doch er war noch nicht so weit. Nie war genug Zeit für den Abschied. Besonders, da er im Grunde gar nicht die Absicht hatte fortzugehen.

»Ich kann nicht glauben, dass ich mich darauf einlasse«, sagte er, als er Arm in Arm mit Diera durch den Wald links neben dem Weg ging, der zur Landestelle führte. Vollauf mit einem selbst erfundenen Kinderspiel beschäftigt, trottete Jonas neben ihnen her und bemerkte nicht, was um ihn vorging.

»Das ist der Preis, den wir zahlen müssen, weil du bist, was du bist«, sagte Diera. Ihre Bemerkung klang wenig überzeugt.

Ein kräftiger warmer Wind ließ die Baumwipfel schwanken, einige abgestorbene Blätter fielen herab.

»Wir haben unseren Anteil beigesteuert«, sagte er.

»Anscheinend nicht.«

Der Unbekannte blieb stehen und sah sie an, sah ihr ins

hübsche Gesicht, sah die Angst in den Augen, die das gezwungene Lächeln nicht verbergen konnte.

»Ein Wort, und ich bleibe hier.«

»Um dich dann ständig zu fragen, wie sie ohne dich zurechtkommen? Wir haben doch darüber gesprochen, Sol. Es gibt keine andere Möglichkeit.« Sie blickte zu Jonas hinab, der sein Spiel unterbrochen hatte und sie anstarrte, das unschuldige Gesicht in verwunderte Falten gelegt. »Die gibt es nie.«

»Es tut mir leid.« Was er auch sagte, es klang ungeschickt, und es half nicht. Er war hin- und hergerissen zwischen seinem Wunsch und seiner Berufung. Bei den Göttern, er hatte den Dienst als Söldner quittiert, um solche Konflikte zu vermeiden. Er wusste genau, warum er es getan hatte. Es tat weh.

»Warum?« Sie legte ihm die Hände auf die Brust und strich sein Hemd glatt. »Ich habe gehört, was Sha-Kaan gesagt hat. Ich vertraue ihm. Es gibt keine andere Möglichkeit.«

Er war nicht ganz sicher, wen sie damit überzeugen wollte.

»Komm schon«, sagte sie. »Sonst verpasst ihr noch die Flut, und wir müssen alles noch einmal durchkauen.«

Er drückte sie an sich, und sie ließ die Schultern hängen und schluchzte. Jonas klammerte sich besorgt ans Bein seiner Mutter.

»Mami?«

Der Unbekannte hob ihn hoch, und die drei umarmten sich lange und innig.

»Du kommst nicht zurück, nicht wahr?«, sagte Diera. Ihre Stimme war schwer und klang gedämpft an seiner Brust. »Dieses Mal nicht.«

Der Unbekannte gab sie frei, hielt aber Jonas weiter fest. »Ich …«

»Dies ist nicht der Augenblick für Träume oder Lügen«, sagte Diera und streichelte sein Gesicht.

»Ich will es glauben«, erwiderte der Unbekannte. »Die Götter wissen, dass es eines der Dinge ist, die mir helfen, nicht aufzugeben.«

»Was sagt dein Verstand?«

»Dass wir gegen einen Feind antreten, der so mächtig ist, dass er die vier Kollegien so gut wie überrannt hat und ganz Balaia kontrolliert. Dass wir höchstwahrscheinlich alle sterben, wenn wir versuchen, unser Land zu befreien. Und was für ein Ehemann und Vater ich wäre, wenn ich es nicht wenigstens versuchen würde.«

Unerwartet lächelte Diera, diesmal voller Wärme und Humor. Der Unbekannte wischte ihr die Tränen ab.

»Weißt du, als Mädchen träumte ich davon, einen Mann zu finden, der ein echter Held ist. Jemand, von dem ich mich mit einem Winken verabschiede, damit er für mich kämpft, und der immer wieder zurückkehrt. Dieser Wunsch wurde mir erfüllt, was? Beinahe jedenfalls.«

»Sieht ganz so aus«, sagte er. »Du hättest dir eben einen anderen suchen sollen.«

»Dann wäre ich eine Dämonensklavin oder tot«, sagte sie. »Da ist mir der Kummer noch lieber.«

»Da hast du recht.«

»Ich kann nicht zum Abschied winken. Nicht noch einmal.«

Der Unbekannte nickte. Er nahm Jonas von seiner Schulter und hielt den Jungen vor sich. Der Kleine sah ihn fragend an.

»Du musst auf deine Mutter aufpassen, ja?«

Jonas ernstes Nicken entlockte der trockenen Kehle des Unbekannten, die vom Schlucken wund war, ein Kichern. Er küsste den Jungen auf die Wangen und gab ihn Diera.

»Lebewohl, Sol«, sagte sie. Wieder flossen ihre Tränen. »Ich liebe dich.«

»Ich liebe dich auch. Mit jedem Herzschlag«, sagte er. »Verliere nicht die Hoffnung.«

»Ich will's versuchen.«

Er beugte sich hinunter und gab ihr einen langen, sehnsüchtigen Kuss auf den Mund. Ihre Zungen trafen sich kurz, die Leidenschaft erwachte, dann lösten sie sich voneinander. Er trat zurück, streichelte noch einmal ihre Wangen, und dann gab er sich einen Ruck, drehte sich um und lief zum wartenden Beiboot.

Sha-Kaan war sehr lange im Klene geblieben. Er hatte die ungünstigen Umstände verflucht, die den Kaan den Blick auf die balaianische Dimension versperrt hatten. Er wusste aber auch, dass seine Brut im Grunde nicht viel hätte tun können. Die Xeteskianer hatten leichtsinnig mit den Kräften des interdimensionalen Raumes herumgespielt, und jetzt zahlten alle den Preis. Nur selten und unter Schwierigkeiten gelang es noch, Kontakt zu den Drachenmagiern aufzunehmen. Bald würde er völlig abreißen. Die Dämonen wurden mit jedem Tag stärker.

Er war nicht an die Furcht gewöhnt, die er empfand, als er sich bewusst machte, was er tun musste. Seine Brut drängte ihn, nicht allein zu reisen, doch ihm blieb nichts anderes übrig. Ein Schwarm von Kaan-Drachen wäre als Bedrohung aufgefasst und vernichtet worden. Außerdem konnte er es sich nicht erlauben, die Drachen von der Verteidigung des Brutlandes abzuziehen, solange die Neugeborenen noch so schwach waren.

Also flog er hoch und allein zum Brutland der Naik, zu seinen grimmigsten Feinden. Er wusste bereits, dass er sich auf die Unterstützung der Veret verlassen konnte. Sie waren alte Verbündete und besaßen eine Voraussicht, derer sich die Naik gewiss nicht rühmen konnten. Seine größte Angst war, dass die Naik dies als Gelegenheit ansehen würden, die Kaan endgültig zu vernichten, und es war in der Tat eine gute Gelegenheit. Wenn sie dies aber taten, dann verurteilten sie sich auch selbst zum Tode. Die Frage war, ob er sie davon überzeugen konnte.

Einen Faktor gab es, der ihn ein wenig tröstete. Falls sein Vorhaben scheitern sollte, würden ihm die Feinde nicht lange danach ins Land der Toten folgen.

Kein Kaan kannte die genaue Position des Brutlandes der Naik, doch alle wussten, in welchem Teil Besharas sie mit Angriffen rechnen mussten. Seine Feuerkanäle waren für alle Fälle gefüllt und geölt. Die Vestare hatten Tage damit zugebracht, Salben und Öl in seine Schuppen und die alten Flugmuskeln zu massieren, um seine Beweglichkeit zu verbessern, und er hatte sich zurechtgelegt, was er sagen musste, um sich genügend Zeit zu erkaufen und wenigstens mit Yasal-Naik, dem Anführer der Brut, reden zu können.

Als er bereit war, sendete er eine Nachricht an Hirad Coldheart, dass er sich in feindliches Gebiet begeben würde. Dann stieß er durch die Wolken nach oben und bellte laut, um sein Kommen anzukündigen.

Eine Weile sah er nichts am Himmel. Unter ihm erstreckte sich eine riesige Wüste bis zu fernen, eisengrauen Bergen. Das gewaltige Meer lag weit entfernt zu seiner Rechten, die fruchtbaren Ebenen von Teras waren eine ferne Erinnerung. Als er sie dann sah, kam es ihm vor wie eine Wolke oder ein Sandsturm, der sich dicht über dem Boden zusammenbraute. Die Wolke stieg empor und näherte sich ihm rasch, bis er sechs rostrote Naik-Drachen unterscheiden konnte. Für ihn waren sie alle jung, sie wetteiferten darin, ihn als Erster zu erreichen, alle voller Wut und Hass.

Sha-Kaan beobachtete sie und achtete darauf, keinerlei Feindseligkeit auszustrahlen. Er kreiste langsam, zeigte ihnen seine Bauchschuppen, hielt den Hals gerade und die Flügel gestreckt. Ihre Formation beunruhigte ihn. Es war keine Wachformation, sondern die sternförmige Gruppierung für einen Angriff.

Wieder bellte er, es war ein unterwürfiger Laut, doch sie rasten unverändert weiter und forderten ihn und seine Brut heraus. Er harrte noch einen Moment aus, bis klar war, dass sie mit ihm zusammenprallen würden. Mit einem gereizten Bellen schlug er kräftig mit den Flügeln und stieg in nördlicher Richtung ein Stück höher, sodass sie ihre Formation auflösen mussten, um ihn abzufangen. Einer war schneller als die anderen. Sha-Kaan sah, wie er das Maul öffnete.

Er hätte nicht so viele Zyklen überleben können, ohne ein meisterhafter Flieger zu sein. Der Naik stürmte weiter, seiner Beute sicher. Sha-Kaan sah, wie er einatmete, dann schwoll der Hals um die Feuerkanäle an. Orangefarbene Flammen loderten, wo Sha-Kaan hätte sein sollen, doch dieser hatte längst die Flügel eingefaltet und war gefallen wie ein Stein. Gleichzeitig nahm er den Kopf herum und schoss eine Flammenlanze auf die Flanke des jungen Drachen ab.

Dann breitete er seine Flügel wieder aus und bremste den Sturz abrupt ab. Er brüllte laut. Die anderen Drachen zögerten, sahen ihrem Bruder nach, der zu Boden stürzte. Jetzt erst bemerkten sie, mit wem sie es zu tun hatten. Es war kein gewöhnlicher Feind. Es war Sha-Kaan.

Die fünf übrigen Naik schwärmten aus und umkreisten ihn, während er blieb, wo er war, sachte mit den Flügeln schlug und seine Schuppen zeigte.

»Versteht ihr denn gar nichts, oder seid ihr so voller Wut, dass ihr nicht einmal die Zeichen eurer Besucher richtig deuten könnt?« Sha-Kaans Stimme übertönte mühelos den Wind. Er sah sie zögern und schwanken zwischen der Ehrfurcht vor ihm und dem Gedanken, dass sie ihn gemeinsam vielleicht doch überwältigen und einen wichtigen Sieg erringen konnten.

»Du bist allein, alter Kaan«, verhöhnte ihn einer. »Verletzlich.«

»Das bin ich«, erwiderte Sha-Kaan. »Vielleicht möchtest du jetzt einmal darüber nachdenken, warum dies so ist. Wäre ich gekommen, um euch anzugreifen, dann wäre ich nicht allein.«

»Wir sind nicht sicher, ob du wirklich allein bist«, sagte ein anderer.

Sha-Kaan sah sich demonstrativ um. Die Wolken, durch die er gekommen war, zogen zehntausend Fuß über ihren Köpfen vorbei. Es gab kein Versteck.

»Dann solltest du deine Augen öffnen, Welpe. Und jetzt bringe mich zu Yasal-Naik. Ich muss mit ihm reden.«

»Das werden wir nicht tun. Es ist ein Trick, um Zugang zu unserem Brutland zu bekommen.«

Sha-Kaan seufzte. »Dann bringt ihn zu mir.«

»Wir nehmen keine Befehle von den Kaan entgegen.«

Es grollte tief in Sha-Kaans Brust. »Es ist eine Bitte.«

»Nenne den Grund.«

»Wenn er nicht kommt, und wenn er mir nicht zuhört, werden die Arakhe uns bald alle vernichten.«

Schweigend verdauten sie seine Erklärung, und zweifellos tauschten sie lautlos ihre Gedanken dazu aus.

»Es gibt keinerlei Beweise, die dies bestätigen. Yasal wird uns nicht dankbar sein, wenn wir ihn stören. Er wird uns aber danken, wenn wir deinen Leichnam mitbringen.«

»Damit weiht ihr eure Brut dem Untergang.« Sha-Kaan schlug einmal mit den Flügeln und streckte den Hals, bevor er ihn zu einem respektvollen ›S‹ bog. »Ich bitte euch, mir zu glauben. Ich bin Sha-Kaan, und ich bin allein gekommen, um mit Yasal zu reden. Lasst ihn über mein Schicksal entscheiden. Ich werde mich fügen, was er auch sagt.

Es liegt nun bei euch, meine jungen Naik.«

Am ersten Tag sagte der Unbekannte nicht viel. Hirad ließ ihn in Ruhe. Der große Krieger, der etwas stärker humpelte als sonst, lehnte den größten Teil des Tages an der hinteren Reling und blickte übers offene Wasser hinaus. Er hatte gesehen, wie der Ornouth-Archipel am Horizont versunken war. Es war ein schöner Anblick – die Sonne, die auf dem weißen Sand schimmerte, das türkisfarbene Flachwasser, das Flimmern der warmen Luft.

Hirad war allerdings klar, dass der Unbekannte all das nicht sah. Für ihn war nur wichtig, dass er seine Frau und sein Kind verlassen hatte und kaum hoffen konnte, sie jemals wiederzusehen.

Jetzt dämmerte der zweite Tag ihrer Rückreise nach Balaia. Hirad stand auf dem Ruderdeck und blickte auf den rasierten Schädel des Unbekannten hinab. Jevin wies gerade seinen neuen Rudergänger ein. Leise murmelnd erklärte der Elf dem Burschen die Feinheiten der Steuerung dieses schlanken Schiffs.

Jemand legte ihm eine Hand auf die Schulter. Es war Denser.

»He, großer Bursche. Zermarterst du dir wieder das Gehirn?«

Hirad drehte sich kurz um. »Sieh nur, was ich ihm angetan habe.«

»Er weiß, dass er am richtigen Ort ist«, sagte Denser. »Lass ihm nur etwas Zeit.«

»Ich habe ihn von seiner Familie fortgerissen. Das ist unverzeihlich.«

»Das ist wahr, aber so solltest du es nicht nennen. Gehe bis zur Ursache zurück. Wie ich schon sagte, mich trifft die größere Schuld. Ich bin ein Xeteskianer.«

»Nein, das bist du nicht. Du bist ein Rabenkrieger.«

»Ich habe dem Kolleg jedenfalls lange genug Glauben geschenkt.«

Der Unbekannte drehte sich um und schaute mit versteinertem Gesicht zu ihnen hinauf.

»Ihr helft mir nicht mit euren Einwänden und Bedenken«, sagte er. »Ich habe selbst einen Kopf, und der ist gut in Form. Belasst es dabei.« Damit richtete er den Blick wieder aufs Meer.

»Wo ist Erienne?«, fragte Hirad nach einer unbehaglichen Pause.

»Sie ruht sich aus. Sie arbeitet mit Cleress immer noch an dem Spruch.«

»Wird er funktionieren?«

»Das wollen wir doch hoffen«, sagte Denser. »Wenn nicht, wird es ein sehr kurzer Versuch, die Welt zu retten.«

Hirad kicherte, auch wenn ihm überhaupt nicht nach Lachen zumute war. Densers Bemerkung hatte ihn an Ilkars Ironie erinnert. »Das könnte so oder so passieren.«

»Wieso?«

»Sha-Kaan hat mir vor der Dämmerung seine Gedanken gesendet. Er versucht, mit den Naik zu sprechen.«

»Ah«, machte Denser. Er kratzte sich am sauber gestutzten Bart. »Das wird schwierig.«

»Allerdings. Und wenn ich nichts mehr von ihm höre, bis wir Balaia erreichen, dann können wir davon ausgehen, dass er tot ist.« Hirad mochte kaum glauben, was er da gesagt hatte.

»Glaubst du, er meinte es ernst, als er sagte, die Drachen sollten uns helfen?«

»Denser, er neigt im Gegensatz zu dir nicht zu dummen Späßen.«

»Ich frag ja nur.«

»Sag mal, Denser«, unterbrach der Unbekannte. »Wie lange kann Erienne diesen Spruch eigentlich halten?«

»Keine Ahnung. Es wird anstrengend, wie alle Sprüche der Einen Magie.«

»Wollt ihr mir mittschiffs Gesellschaft leisten? Wir müssen über unsere Taktik nachdenken.«

Hirad lächelte und bedeutete Denser, als Erster zu gehen. Das war der Unbekannte, den er sich wünschte. Widerstrebend vielleicht, aber mit klarem Kopf. Die drei Männer setzten sich unter dem Hauptmast auf die mit Netzen verzurrten Kisten.

»Ihr wisst ja, worauf ich hinauswill«, fuhr der Unbekannte fort. »Es sieht gut aus, wenn wir unter Eriennes Spruch bessere Chancen haben, aber was ist, wenn sie aus irgendeinem Grund keinen Spruch wirken kann?«

»Tja, dann werden wir keinen einzigen Dämon erledigen können«, sagte Hirad.

»Genau genommen stimmt das nicht«, widersprach der Unbekannte. »Es ist eher die Frage, ob wir sie früh genug aufhalten können, damit Denser sie mit Sprüchen vernichten kann, oder?«

»Das könnten wir leider nicht beliebig lange tun«, wandte Hirad ein.

»Das ist richtig. Allerdings sollten wir davon ausgehen, dass wir es auch nicht unbegrenzt lange tun müssen. Es ist ein Behelf, bis wir Schutz finden oder Erienne wieder

Sprüche wirken kann.« Dem Unbekannten war keineswegs entgangen, wie zynisch Hirad gesprochen hatte. »Ich will es mal so sagen, wenn wir so weit sind, dass Denser unsere einzige wirkungsvolle Waffe darstellt, dann sind wir sowieso schon so gut wie tot.«

»Herzlichen Dank auch«, sagte Denser.

»Du weißt doch, wie ich das meine«, grollte der Unbekannte. »Wir müssen auf Zeit spielen und unsere Bewegungsfreiheit erhalten. Ich hatte eine Idee, wie wir das schaffen können.«

»Und ich dachte, du wärst ausschließlich damit beschäftigt, über deine Familie zu jammern«, sagte Hirad.

Darauf hätte der Unbekannte fast gelächelt. »Nur neunundneunzig Prozent der Zeit. Hole die anderen bis auf Erienne. Auch Auum und Rebraal. Sie sollen für uns die Dämonen spielen.«

Hirad stand auf. »Ich hoffe, deine meisterhafte Taktik erspart uns die Berührung durch Dämonen. Eine einzige ist schon zu viel.«

»Darüber habe ich auch schon nachgedacht«, sagte der Unbekannte.

»Dieses eine Prozent hatte wohl eine Menge zu tun, was?«

»Ja, Hirad. Vielleicht solltest du das auch mal versuchen. Rebraal sagt, die Elfen seien unantastbar, weil ihre Religion ihnen eine gemeinsame Grundlage gibt, einen Glauben, den alle teilen. Die Wesmen werden anscheinend von den Geistern beschützt, die sie anbeten und verehren. Meiner Ansicht nach sind sie einander in diesem Punkt ähnlich. Es geht darum, dass man zu einer Gemeinschaft gehört, die größer ist als jeder Einzelne. Etwas, das dich mit allen anderen verbindet und dir die Kraft aller anderen schenkt, die so sind wie du.«

»Wundervoll. Ich werde sofort zum Elfentum konvertieren«, sagte Hirad.

Der Unbekannte schlug ihm fest die Hand auf den Unterarm. »Nein! Verdammt, Hirad, du kannst manchmal wirklich unglaublich begriffsstutzig sein. Eigentlich hättest du längst darauf kommen müssen. Weißt du noch, wie die Dämonen damals Will in Sha-Kaans Klene erwischt haben?«

»Ja. Ich erinnere mich daran, dass er gestorben ist. Und?«

»Sie konnten aber nicht seine Seele stehlen, oder? Will ist gestorben, weil sie ihn ausgekühlt haben, und weil er nicht stark genug war, um sich zu wehren. Was glaubst du, warum sie seine Seele nicht gekriegt haben?«

Hirad zuckte mit den Achseln und sah Denser an, der lächelte. »Was ist denn daran so komisch?«

»Nur die Tatsache, dass ich gleich eine Bemerkung zitieren werde, die du mir so oft an den Kopf geworfen hast, dass es sich anfühlt, als hätte sie sich wie eine Tätowierung auf meiner Stirn eingebrannt.«

»Was denn? Dass er zum Raben gehört hat, und dass dies alles verändert?«

»Du hast mir die Pointe geklaut.«

Noch während er den Mund öffnete, um zu widersprechen, wurde Hirad klar, dass der Unbekannte recht hatte. Er hatte es in dem Augenblick gespürt, als der Rabe sich ein paar Tage vorher im Haus der Al-Drechar zusammengesetzt hatte. Man konnte es nicht genau bestimmen, aber es war einfach da. Auch jetzt spürte er es. Stärke. Glaube. Der Geist des Raben.

»Alles klar«, sagte Hirad.

Der Unbekannte stand auf und sah ihm tief in die Augen. »Ich sag dir was, Coldheart. Mir wurde schon einmal die Seele weggenommen, und nichts und niemand wird sie mir ein zweites Mal entreißen.«

»Dann können wir es schaffen, ja?« Allmählich glaubte Hirad daran.

»Natürlich können wir es schaffen«, sagte Denser mit breitem Grinsen. »Wir sind der Rabe!«

Ihr Lachen hallte weit übers offene Meer.

Fünfzehntes Kapitel

Yasal-Naik kreiste langsam um Sha-Kaan und verfolgte den Flug des Großen Kaan, der sich in der Luft drehte und stets seine Bauchschuppen präsentierte. Es war ein Zeichen der Achtung, des Friedens und der Unterwerfung. Sha-Kaan schluckte seinen Stolz herunter, denn er wusste, dass eine Audienz beim aggressivsten aller Brutväter mehr war, als er je hätte hoffen können. Dies mit einem lächerlichen Anflug von Überheblichkeit zu gefährden, wäre ein mehr als verhängnisvoller Fehler gewesen. Beide wussten, dass Sha-Kaan der Stärkere war, doch dies war nicht der Augenblick, es zu beweisen. Die fünf jungen Naik kreisten in der Nähe und forschten im offenen Himmel nach einem Angriff der Kaan, der nicht kommen würde.

»Du hast einen Drachen aus meiner Brut getötet«, sagte Yasal-Naik. »Das allein ist schon Grund genug, dich vom Himmel zu fegen und dir die Flammen als letztes Geleit mit auf den Weg zu geben.«

»Der Welpe hat mich trotz meiner Signale und meines Verhaltens angegriffen. Ich hatte keine Wahl, als mich zu verteidigen.«

»Dein Eindringen in unseren Himmel verdient eine gleichermaßen schwere Strafe.«

»Dann vollstrecke dein Urteil, Yasal. Ich bedaure nur, dass ich nicht mehr erleben werde, wie dir deine Blindheit bewusst wird.«

Der Brutvater der Naik kreiste weiter. Sha-Kaans Unbehagen entging ihm nicht.

»Du gibst also zu, dass ich dies jederzeit nach Gutdünken tun kann?«

Sha-Kaan stieß ein tiefes Grollen aus. »Nun höre mich an, da du nichts zu verlieren hast. Erfahre, warum ich allein gekommen bin, um mit dir zu sprechen.«

Endlich hörte Yasal zu kreisen auf und schnalzte mit der Zunge. Sha-Kaan fing die Signale und Bewegungen auf und veränderte die Flügelstellung, um horizontal weiterzufliegen.

»Lass uns fliegen, Großer Kaan«, sagte Yasal. »Ich will dich anhören.«

»Ich bin dir dankbar.« Sha-Kaan setzte sich neben Yasal und flog gemächlich mit ihm weiter. »Deine Entscheidung ist ein Zeugnis deiner Reife.«

»Aus deinem Munde ist es ein Kompliment«, sagte Yasal. »Aber verwechsle Reife nicht mit Versöhnung. Die wird es nicht geben.«

»Hör mir einfach zu«, sagte Sha-Kaan. »Ich bin deiner Drohungen müde.«

Die Drachen wechselten im Flug einen langen Blick. In Yasals Augen brannte eine Wut, die Sha-Kaan in jüngeren Jahren auch selbst empfunden hatte.

»Sprich.«

»Yasal. Ich bin nicht gekommen, um mich zu ergeben, und nicht, um dich herauszufordern. Ich bin allein gekommen, um meine Wahrhaftigkeit zu unterstreichen. Du magst die Kaan immer gehasst und vor allem mich verachtet haben. Das ist nur natürlich. Alle Bruten wollen herrschen, und eines Tages werden wir diesen Wettstreit wieder aufnehmen.«

»Eines Tages? Warum nicht gleich heute?«

»Weil diese Kämpfe heute sinnlos sind.«

»Einer aus meiner Eskorte erwähnte dies bereits. Erkläre dich.«

»Die Arakhe haben Balaia erobert«, sagte Sha-Kaan.

»Das ist ein Grund zum Feiern.«

»Du weißt, was es bedeutet.«

»Ja, Sha-Kaan. Es bedeutet, dass deine Fusionswelt bald zerstört sein wird, und dass die Kaan dezimiert werden. Ich muss keinen Tropfen Naik-Blut mehr vergießen, um dich zu besiegen. Ich muss einfach nur abwarten.«

Sha-Kaan beschloss, eine humorvolle Antwort zu geben. »Alles, was du sagst, ist wahr. Aber kannst du ein wenig höher fliegen?«

»Wohin sollte ich noch fliegen? Bald werde ich erreichen, wovon die Naik immer geträumt haben. Ich werde der unumstrittene Herrscher in Beshara sein.«

»Närrischer Junge!«, fauchte Sha-Kaan. »Denk doch nach.«

»Worüber? Du hast mir den Sieg in Aussicht gestellt.«

Sha-Kaan schätzte Yasal-Naiks Tonfall ein, roch die Ausdünstungen seines Körpers, die er im Wind gerade noch auffangen konnte. Natürlich spielte der Naik mit ihm, aber sein Verhalten verriet interessierte Neutralität.

»Wenn die balaianische Dimension fällt, haben die Arakhe alles, was sie haben wollten. Zugänge zu dieser Dimension, zu der der Toten und von da aus überallhin. Zu der Fusionswelt deiner Brut, und zu allen anderen. Du kennst die Prophezeiungen und Warnungen. Sie tauchen ebenso in den Überlieferungen der Naik auf wie in denen der Kaan, der Gost oder der Veret. Wir müssen sie aufhalten.«

»Du hast deine Fusionsdimension schlecht beschützt«, sagte Yasal.

Sha-Kaan spuckte wütend Feuer.

»Der Himmel verfluche dich, Yasal. Ich frage mich, warum ich nicht gleich daheimgeblieben bin und dir beim Sterben zugesehen habe.«

»Du bist gekommen, weil du die Kraft meiner Brut brauchst, alter Kaan. Oder wenigstens die Gewissheit, dass dein Land sicher ist, während du dich um die Probleme kümmerst, die deine Fusionswelt betreffen. Willst du denn bestreiten, dass es deine mangelnde Aufmerksamkeit war, die verursacht hat, was uns deiner Ansicht nach jetzt bevorsteht?«

»Du kennst den Geburtszyklus der Kaan. Deine Angriffe an meinem Himmel geschehen ja nicht zufällig. Du weißt, was zur Zeit unserer Geburten geschieht. Anscheinend wissen es auch die Arakhe. Sie haben, um es mit einer menschlichen Redensart zu erklären, den Magiern gerade genug Leine gelassen, um sich selbst daran zu erhängen, während sie einfach abwarteten, bis wir Balaia nicht mehr überwachen konnten. Die Magier haben das Gewebe der Dimensionen zerrissen, als wir nicht zur Stelle waren. Dafür waren die Arakhe dort.«

»Du hättest deine Untertanen eben besser kontrollieren sollen.«

Sha-Kaan ließ den Kommentar eine Weile unbeantwortet. Er wollte sich jetzt nicht provozieren lassen. Zwischen den beiden Bruten gab es gravierende Unterschiede, die mindestens so schwerwiegend waren wie ihr gegenseitiger Hass. Erst nach einer langen Pause antwortete er.

»Deshalb werdet ihr nie die dominante Brut sein.«

»Wie meinst du das?«

»Ihr begreift nicht die Beziehung zwischen eurer Vitalität und der Unabhängigkeit der Geister in eurer Fusionsdimension.«

»Das verstehe ich nicht.«

»Das dachte ich mir.«

»Drachen beherrschen die Dimensionen. Wir nehmen uns, was wir brauchen«, sagte Yasal.

»Der zweiten Aussage stimme ich zu. Der ersten allerdings nicht, denn wenn du mir jetzt nicht hilfst, wird sie bald nicht mehr wahr sein.«

»Das sagst du.«

»Töte mich und finde es heraus«, erwiderte Sha-Kaan.

Es war eine Herausforderung, doch Yasal konnte es sich nicht erlauben, die Warnungen einfach in den Wind zu schlagen. Der Naik brachte ein Geräusch hervor, das beinahe ein Lachen war.

»Du machst mich neugierig, Großer Kaan. Ich achte dich für das Risiko, das du eingegangen bist, als du allein hierhergekommen bist. Eine Dummheit zwar, aber trotzdem … sage mir genau, was die Naik tun sollen. Vielleicht willst du einen Waffenstillstand vereinbaren?«

»Mit dir und jeder anderen Brut«, sagte Sha-Kaan. »Ich fürchte allerdings, ein Waffenstillstand wird für sich genommen noch nicht ausreichen. Die Invasion Balaias ist viel weiter fortgeschritten, als dir klar ist.«

»Einverstanden. Dann trage dein Anliegen vor.«

Sha-Kaan erzählte es ihm und sah, wie all die Überheblichkeit und Belustigung aus Yasals Ausdünstungen, Augen und Haltung wichen. Er erkannte echte Unsicherheit und zunehmende Erkenntnis. Als er zu Ende gesprochen hatte, wartete Sha-Kaan so lange, wie es nötig war. Yasals Flügel zuckten leicht, die Haut um seine Augen warf Falten.

»Lande mit mir«, sagte er schließlich. »Ich will essen und Wasser trinken, und das solltest auch du tun.«

Hirad landete unsanft auf dem Hintern, und wieder einmal ertönte lautes Lachen auf dem Deck. Er stemmte sich mit den Ellenbogen hoch und sah sich zu Denser um.

»Möchtest du baden gehen, Mann aus Xetesk?«

»Tut mir leid, Hirad«, sagte Denser. Die Entschuldigung klang nicht sehr aufrichtig.

»Du solltest mal versuchen, Auum als Übungsdämon zu nehmen«, sagte der Barbar. »Dann wirst du sehen, wie weit du kommst.«

Auum streckte eine Hand aus, und Hirad zog sich hoch.

»Du hast meinen Angriff kommen sehen«, sagte Auum. Das war aus dem Munde des Anführers der TaiGethen beinahe schon ein Kompliment.

»Ihn zu sehen, ist eine Sache. Zu reagieren ist eine ganz andere«, erwiderte Hirad in der Elfensprache, die er inzwischen fließend beherrschte.

»Du bist schneller als die anderen.«

»Kein großer Trost.«

»Was sagt er?«, wollte Denser wissen.

»Er meint, du solltest es auch mal probieren, damit er dir das Grinsen aus dem Gesicht prügeln kann.«

»Also gut, das reicht«, schaltete sich der Unbekannte ein. »Es spielt keine Rolle, dass Auum schneller ist als jeder Dämon. Er hat einen Fehler in der Taktik gefunden. Wir haben eine Lücke in der Verteidigung, und das bedeutet, dass wir zwischen uns nicht genug Platz für Densers Angriff lassen können.«

»Spielt das denn eine Rolle?«, fragte Hirad. »Immer vorausgesetzt, unseren Seelen kann tatsächlich nichts passieren.«

»Auch wenn die Dämonen dir nicht die Seele nehmen können, sie können dir immer noch die Arme abreißen, während ich keinen Spruch wirken kann«, sagte Denser.

»Guter Einwand. Was machen wir jetzt?«, fragte Hirad.

Der Unbekannte wandte sich an Darrick. »Hat jemand Vorschläge?«

Rebraal schaltete sich ein. »Ich habe eine Idee.«

Zusammen mit Auums Tai und vier ehemaligen Protektoren hatte er die Rolle der Dämonen übernommen. Sie waren unbewaffnet, hatten aber die Deckel von Holzkisten benutzt, um die in den Scheiden steckenden Klingen der Rabenkrieger abzuwehren.

»Und?«

»Es hat nichts mit eurer Taktik zu tun. Eure Ausfälle sind gut, und die Verteidigung ist durchdacht und schwer zu durchdringen. Das Problem ist, dass ihr nicht genug seid, um acht von uns abzuwehren.«

»Das ist aber noch nicht alles«, fügte Darrick hinzu. »Was wir jetzt proben, macht uns zugleich auch angreifbar. Wir wollen nicht töten, sondern sie mit genau bemessenen Schlägen zurückwerfen. Dafür sind Schwerter aber nicht gemacht, und deshalb sind wir beim Nachsetzen verwundbar, wie Auum uns gerade so eindrucksvoll gezeigt hat.«

Der Unbekannte nickte. »Richtig, ich habe mir schon über unsere Waffen Gedanken gemacht. Dieses Problem sollte leicht zu beheben sein. Blackthorne kann uns sicher mit Streitkolben ausrüsten. Rebraals Einwand ist allerdings etwas schwieriger zu entkräften.«

»Nein, ist er nicht«, erwiderte Rebraal. »Ein paar von uns müssen euch begleiten.«

»Das geht nicht«, widersprach Hirad. »Wir haben schon abgesprochen, dass ihr nach Julatsa gehen müsst, während

Ark und seine Leute in Xetesk gebraucht werden. Wir brauchen überall Abgesandte, die die anderen motivieren und wissen, was los ist.«

»Und was nützt es, wenn ihr von den Dämonen überwältigt werdet, ehe ihr euer Ziel erreicht habt?« Rebraal zuckte mit den Achseln.

»Ihr seid nur sechs«, fügte Auum in stockendem Balaianisch mit starkem Akzent hinzu. »Zwei Magier, vier Krieger. Das reicht nicht.«

Die Rabenkrieger wechselten einen Blick. Thrauns Augen waren undurchdringlich wie immer, der Unbekannte wog bedächtig alles ab, was er hörte, Darrick nickte, und auch Hirad wusste, dass die Elfen recht hatten. Es war ja auch nicht so, als hätte der Rabe nicht schon unzählige Male mit anderen zusammen gekämpft. Bei den brennenden Göttern, sie hatten zehn Jahre lang in Söldnertruppen gedient. Aber dies hier fühlte sich anders an. Es war, als müssten sie, noch bevor sie richtig begonnen hatten, zugeben, dass sie der Aufgabe nicht gewachsen waren. Ein unangenehmes Gefühl.

»Wir können es uns nicht erlauben, ausgeschaltet zu werden«, sagte Darrick.

»Danke, General. So weit war ich auch schon«, gab Hirad zurück.

»Ich will damit sagen, dass wir so gut wie nur irgend möglich vorbereitet sein müssen. Dazu gehört auch, dass wir in der richtigen Stärke antreten.«

»Tja, dann holen wir eine Armee«, sagte Hirad. »Wir wollen es ja ordentlich machen.«

»Was ist nur auf einmal in dich gefahren?« Der Unbekannte runzelte unwillig die Stirn.

»Nichts.« Hirad spuckte über die Reling ins Meer.

»Das Problem ist«, fuhr Darrick behutsam fort, »dass wir

uns noch nicht hingesetzt und alles durchdacht haben. Das taktische Spiel des Unbekannten hat gezeigt, dass wir nicht darauf hoffen können, eine größere Anzahl von Dämonen zu schlagen, wenn Erienne ihnen nicht den Schutz nimmt. Wir haben andererseits keine Zeit, eine Armee zusammenzutrommeln. Und wenn wir es täten, dann wären die Seelen der Soldaten schutzlos.«

»Wir könnten die Dämonen auch bitten, nur in Gruppen von acht oder weniger anzugreifen«, warf Denser ein.

Der Unbekannte warf Denser einen scharfen Blick zu und wandte sich wieder an Hirad.

»Nun?«

»Du bist unser Herz«, fügte Thraun hinzu.

»Aber ihr alle glaubt, wir schaffen es nicht allein, was?«, fragte Hirad.

»So sieht es aus«, meinte Darrick. »Aber letzten Endes, wenn du dich anders entscheidest, folgen wir dir.«

»Also gibt es keinerlei Druck«, sagte Denser.

Hirad lächelte verkniffen. »Sehr witzig.« Aber ob er ein ungutes Gefühl hatte oder nicht, er konnte sich der Realität nicht verschließen. »An wen hast du gedacht?«, wollte er von Rebraal wissen.

»Mein Herz sagt, wir sollten euch alle begleiten. Ich würde es als eine Ehre betrachten, an eurer Seite zu kämpfen, um die Seele meines Bruders zu retten. Andererseits ist mein Volk in Julatsa. Ich führe die Al-Arynaar. Welche andere Wahl habe ich, als bei ihnen zu bleiben?«

»Schön. Dann wirst du also das tun, was wir sowieso schon abgesprochen haben.«

»Hirad, was ist denn nur los mit dir?«, fragte der Unbekannte. »Du bist jetzt selbst für deine Verhältnisse äußerst ungeduldig. Hör doch erst mal zu.«

Hirad hielt den Mund. Diesen Eindruck hatte er nicht

erwecken wollen, aber er war aufgebracht. Er nickte entschuldigend, Rebraal antwortete ebenso.

»Das Gleiche gilt in gewissem Maße auch für Ark und seine Männer. Einige von ihnen müssen nach Xetesk gehen, um das zu organisieren, was getan werden muss. Ihr braucht jedoch mehr Klingen. Auums Tai werden euch begleiten, und wenn sie einverstanden sind, auch zwei Protektoren.«

»Damit hast du unsere Zahl fast verdoppelt«, sagte Hirad.

»Das soll aber den Raben keineswegs herabsetzen«, beschwichtigte Rebraal. »Wir müssen allerdings davon ausgehen, dass nicht alle, die aufbrechen, auch zurückkehren werden. Wir müssen dafür sorgen, dass unsere Chancen so gut wie möglich stehen. Ihr Rabenkrieger seid der Dreh- und Angelpunkt. Doch selbst ihr braucht Unterstützung. Die Drachen können euch im Nahkampf nicht direkt helfen. Ohne Verstärkung braucht ihr nur einen Fehler zu machen, und schon haben die Dämonen gewonnen. Wie Darrick bereits gesagt hat, können wir keine Armee mitnehmen, denn die Männer wären völlig ungeschützt. Aber wir schaffen es auch allein.«

»Du sprichst wie Ilkar«, sagte Hirad. »Ich weiß ja, dass du recht hast. Es ist nur schwer, es einzugestehen.«

»Niemand hier will dem Raben seine Ehre nehmen, und ihr seid immer noch der Kern. Solange ihr kämpft, können wir gewinnen. Lass dich nicht von falschem Stolz besiegen.«

Hirad atmete tief durch. Er musste sich nicht zu seinen Freunden umdrehen, um zu wissen, was sie dachten.

»Also gut«, sagte er. »Wir machen das so, wie du sagst. Jetzt muss ich mich ausruhen, mir ist nicht wohl.«

Hirad kehrte so schnell wie möglich in seine Kabine zurück. Seine Gedanken rasten, ihm war schwindlig, und er war wacklig auf den Beinen. Einen Moment lang fragte er sich, ob er seekrank sei, aber das Schiff glitt mühelos durch die Wellen, und außerdem neigte er sowieso nicht zu solchen Unpässlichkeiten. In seiner Kabine spritzte er sich Wasser ins Gesicht und rieb es trocken, dann legte er sich in die Koje und schloss die Augen.

Er fühlte sich wie losgelöst von seinem Körper, auch wenn er nicht das gesamte Empfindungsvermögen verloren hatte. Sein Mund war trocken, auf seiner Stirn stand der Schweiß. Er schluckte schwer, sein Herz raste in der Brust. Er hätte geschrien, war aber nicht sicher, ob jemand ihn hören konnte.

In der Kabine herrschte Zwielicht, nur hinter seinen Augen tanzten grelle Lichter. Hirad fühlte sich, als schwebte er aus dem knarrenden Schiff hinaus, fort von den Befehlen, die auf Deck gerufen wurden, fort vom Kreischen der Möwen in der Luft. Er kämpfte nicht dagegen an, er wusste nicht einmal, wie er sich wehren konnte. Sein letzter klarer Gedanke war der, dass er zum Glück nicht auf dem Deck zusammengebrochen war. Er wollte nicht, dass die anderen sich Sorgen machten.

Auf einmal hörte er ein Dröhnen. Es ging mit dem Licht einher, das inzwischen viel zu grell war, als dass er noch etwas hätte erkennen können, auch wenn Hirad sicher war, dass sich dahinter etwas bewegte. Das Dröhnen schwoll zu einem wilden, gleichmäßigen Lärm an. Tausend Rammböcke und Knüppel, die durchbrechen wollten. Er fragte sich gar nicht erst, wo das stattfand. Begleitet wurde der Tumult von lautem Geschrei, schwach zuerst, aber dann lauter. Es kam näher.

Er hatte es schon einmal gehört. Es war der Lärm von Wesen in Panik, die mit höchster Eile aus dem Gefahrenbereich getrieben wurden. Ungeordnet, voller Schrecken und Angst. Er glaubte sogar, die Schatten hinter den Lichtern zu erkennen, aber das konnte auch ein Trugbild sein.

Hinter seinen Augen baute sich ein Druck auf, der rasch zunahm. Irgendwie pochte sein Kopf im Einklang mit den Schreien, die schmerzhaft in seinen Ohren kreischten, und dem Dröhnen, das allmählich in den Hintergrund trat. Das Pochen schwoll an, unausweichlich wie die hereinbrechende Flut, und wie die steigenden Wellen drohte es ihn einzuhüllen und zu verschlingen.

Auch die Schmerzen wurden stärker, bis er kaum noch etwas anderes empfand. Er glaubte zu schreien, konnte aber im Lärm des Getümmels hinter dem Licht seine eigene Stimme nicht hören. Zusammen mit den Schmerzen kam auch die Wärme einer Erinnerung. Eine geistige Berührung, als hätte er einen alten Freund getroffen.

Ob es Sha-Kaan war? Hirad öffnete den Mund, um ihn zu begrüßen, doch dann raste der Geist mit einem Schrei durch ihn hindurch, und er erwachte abrupt. Blinzelnd sah er sich im Zwielicht in der Kabine um und wusste nicht, ob er lachen oder weinen sollte. All die zarten Gefühle der Begegnung waren noch da, all die Energie, die Lebendigkeit und die Liebe seines ältesten Freundes. Doch dahinter lauerte die Furcht, im Nichts zu verschwinden. Real und beinahe körperlich fühlbar schrie ihn jeder Muskel an, während er im Kopf ein dumpfes Dröhnen wie von einer warnenden Sirene vernahm.

Unvermittelt setzte er sich auf, weil er Angst hatte, die Dunkelheit könne ihn vollends verschlingen. Irgendjemand hatte ihm eine Hand auf die Schulter gelegt.

»He, immer mit der Ruhe«, sagte Erienne. »Lass dir Zeit.«

Es dauerte eine Weile, bis Hirad sie klar sehen konnte. »Wie lange bist du schon hier?«

»Seit du zum ersten Mal Ilkars Namen gerufen hast.«

»Ich wusste es doch!«

Hirad schwenkte die Beine aus der Koje und stand auf. Erienne stützte ihn.

»Wo willst du hin?«

»Auf Deck. Rebraal muss es auch gefühlt haben.«

»Was denn?«

Hirad stürmte an ihr vorbei und riss die Tür auf. »Ilkar. Er ist direkt durch mich durchgelaufen. Er hatte Angst.«

»Das ist nicht …«

Hirad hielt sich nicht damit auf, Eriennes Verwirrung zu beheben. Er trottete durch den kurzen Gang zur Achtertreppe und stieg hinauf zu den frischen Gerüchen und dem hellen Licht an Deck. Die Sonne spielte auf dem Holz, die Segel flatterten gemächlich in der leichten Brise, die Seeluft stieg ihm in die Nase.

Rebraal hatte sich gesetzt und an eine Kiste angelehnt, er war vom Raben und den TaiGethen umgeben. Der Unbekannte gab ihm eine Tasse, und er trank. Sein Gesicht war kreidebleich, sein Blick wanderte unstet hin und her, bis er Hirad entdeckte.

»Du hat es auch gefühlt«, sagte Hirad.

Rebraal nickte. »Mit jeder Faser meines Körpers.«

»Was bedeutet das?«

»Es bedeutet, dass er gehetzt wird. Es bedeutet, dass die Dämonen die Türen einschlagen. Es bedeutet, dass sie glauben, einen Zugang gefunden zu haben.« Rebraal hielt inne und seufzte. »Es bedeutet, dass wir den Wind brauchen. Ich glaube, den Toten läuft die Zeit davon.«

Sechzehntes Kapitel

Dystran sorgte dafür, dass die Überlebenden genug Platz hatten und etwas zu essen und warme Decken bekamen. Er hatte sie in seinen Turm geführt und drei von ihnen in seine Privatgemächer eingeladen. Ihnen war kalt, aber immerhin waren die Stühle dick gepolstert und bequem. Oft genug hatte sich auch Dystran in einen dieser Stühle sinken lassen und sich an das Leben vor dem Einfall der Dämonen erinnert.

Seine Leute untersuchten schon die Texte, die der Trupp aus der Bibliothek mitgebracht hatte, doch im Moment war er viel stärker um die Verfassung der Leute besorgt. Sie hatten in der Bibliothek einen Schwertkämpfer verloren. Das Gebäude brannte noch, aber es war klar, dass die Dämonen versuchten, das Feuer zu löschen. Sklaven hatten eine Eimerkette gebildet, die sich durchs Gelände schlängelte und sich zu sechs Brunnen in und vor dem Kolleg verzweigte.

Auch einer seiner Archivare war just in dem Augenblick gestorben, in dem er glaubte, endlich in Sicherheit zu sein. Es war eine Ironie des Schicksals, dass die Bibliothekstruppe auf dem Rückweg in die Kuppel genau den gleichen

Weg genommen hatte wie der Rabe bei seinem Einbruch. Lange schien das her zu sein.

Suarav hatte dank seiner Willenskraft überlebt, er hatte die Dämonen lange genug aufgehalten, damit die Magier nach draußen gelangen und die Kalträume erreichen konnten. Jetzt musste er dafür büßen. Er kauerte unter einer Decke und starrte seine zitternden Hände an. Seine Finger waren blau angelaufen, und mit seinen zuckenden Muskeln konnte er kaum seinen Becher halten. Dystran legte die Hände darum und half ihm, den Trank an die Lippen zu führen.

Suaravs Hände waren eiskalt. Unnatürlich kalt. Sein Gesicht trug die Narben von einem Dutzend Dämonenkrallen, und seine Lippen waren rissig und bleich. Der Soldat konnte kaum etwas zu sich nehmen, ein großer Teil der Flüssigkeit tropfte am Kinn herab.

»Lasst Euch Zeit«, sagte Dystran. »Ihr könnt Euch jetzt entspannen, Ihr seid in Sicherheit.«

»Sie konnten meine Seele nicht nehmen«, sagte Suarav. »Sie konnten es nicht.«

»Nein, das konnten sie nicht.« Dystran war ehrlich überrascht.

»Und wisst Ihr warum?« Suaravs Gesicht verzog sich zu einem schmerzvollen Lächeln. Die Schnitte im Gesicht spannten sich, frisches Blut quoll heraus. »Weil sie es nicht alle tun können.«

»Was?« Dystran fuhr auf. Er musste sich beherrschen, um nicht abrupt die Hände wegzuziehen.

»Einige Angehörige der unteren Kasten besitzen diese Fähigkeit offensichtlich nicht. Sonst wäre ich nicht hier.«

Suarav nahm noch einen Schluck und hustete. Ein Schauder lief durch seinen Körper, er seufzte und sackte ein wenig zusammen.

»Schon gut, es ist genug«, sagte Dystran. »Sammelt Eure Kräfte, ruht Euch aus. Wir bewachen Euch hier.«

»Es ist so kalt«, sagte Suarav.

»Ja, das ist es«, erwiderte Dystran. Allerdings war es nicht kalt genug, um den Zustand des Hauptmanns zu erklären. »Ich hole Euch noch eine Decke, vielleicht auch ein Paar Handschuhe.« Er schnippte mit den Fingern. »Kümmere dich darum«, befahl er einem Wächter.

Er drückte noch einmal Suaravas Hände an den Becher und wandte sich an Sharyr, der mit Brynel, dem zweiten Archivar, auf einem kleinen Sofa saß. Die Männer standen unter Schock, sie zitterten und starrten ins Leere. Brynel schluckte trocken. Er brauchte rasch Hilfe, und Sharyr ging es nur geringfügig besser. Wenigstens schaffte er es, zu lächeln und aus eigener Kraft zu trinken.

»Ihr habt viel erreicht«, sagte Dystran.

»Falls die Texte, die wir mitgebracht haben, irgendwie nützlich sind.« Er wollte lachen, bekam aber nur ein Gurgeln heraus.

»Selbst wenn nicht, es zeigt immerhin, dass wir noch kämpfen und daran glauben, dass wir diese Biester besiegen können.«

»Ohne ihn wären wir alle gestorben.« Sharyr nickte zu Suarav hinüber, der inzwischen die Augen geschlossen hatte. Sein Atem ging mühsam, aber wenigstens gleichmäßig. »Unglaublich, was er geleistet hat. Er hat uns viele Male gerettet.« Unvermittelt strömten Tränen über Sharyrs Gesicht, und ein heftiges Schluchzen schüttelte seinen Körper. »Entschuldigung, Entschuldigung.« Der Tee spritzte über seine Hände, dann ließ er den zitternden Pott fallen, der vor dem kalten Kamin zersprang. Er zuckte heftig zusammen.

»Sch-scht«, machte Dystran. Er legte dem Mann beruhigend eine Hand auf die Schulter und streichelte seinen

Oberarm. »Lasst es nur heraus. Es ist schon gut, Ihr seid jetzt in Sicherheit.«

Sharyr packte Dystrans Gewand. »Sie haben uns immer wieder angegriffen, und wir hatten zu große Angst, um Sprüche zu wirken. Sie haben mit den Zähnen geklappert und mit diesen Spinnenfingern nach uns gegriffen. Sie waren ganz nahe. Wir sind weggelaufen, und er hat sie abgehalten, obwohl sie ihn gebissen und ihm das Gesicht zerkratzt haben. Sie wollten seine Seele nehmen, aber er war zu stark, und sie konnten nicht an ihm vorbei, um uns zu schnappen.« Er packte noch fester zu. »Ich habe ihnen tief in die Augen gesehen, und dort war nichts. Absolut nichts. Das ist es, was uns bevorsteht, wenn sie uns holen. Das Nichts.«

Dystran fasste Sharyrs Handgelenke und zog langsam dessen Hände fort. »Aber sie werden uns nicht holen, nicht wahr? Denn in diesem Raum befinden sich drei Männer, die einen unglaublichen Mut besitzen und uns eine Chance verschafft haben. Ihr, Suarav und Brynel.«

»Sie waren so nahe«, stöhnte Sharyr.

»Aber näher werden sie nicht kommen. Denkt darüber nach, Sharyr, und vergesst nicht, dass Ihr hier sicher seid. Hier können sie Euch nicht erwischen. Ich verspreche es Euch.«

Endlich lächelte er wieder. »Danke, Mylord.«

»Nein, mein Freund. Xetesk hat vielmehr Euch zu danken. Ruht Euch aus. Ruht Euch aus, ihr alle.«

Dystran erhob sich und breitete die Arme aus, um alle Anwesenden einzuschließen. »Alles, was Ihr wollt, sofern es derzeit in meinen Kräften steht, sollt Ihr haben. Bis auf Weiteres seid Ihr von allen Pflichten entbunden.«

Keiner sah ihn an. Er wusste nicht einmal, ob überhaupt einer ihn verstanden hatte. Mit einem Fingerschnippen rief er Chandyr zu sich und ging auf den ersten Treppenabsatz hinaus.

»Das war aber ein bisschen dick aufgetragen, nicht wahr?«, sagte der Kommandant, als sie die Tür hinter sich geschlossen hatten.

»Was hätte ich denn tun sollen? Sie an die Front zurückschicken?« Dystran ging zur Treppe. »Habt Ihr sie Euch näher angesehen?«

»Ja, es kommt mir so vor, als hätten sie gewisse Schwierigkeiten.«

»Gewisse Schwierigkeiten? Bei der Hölle, Chandyr, ich bin kein Heiler, aber ich würde sagen, sie liegen alle im Sterben, oder was meint Ihr? Suarav ist so gut wie am Ende. Ihr seid allerdings hier, um Befehle entgegenzunehmen, und nicht, um mit mir darüber zu diskutieren, ob ich mit unseren Überlebenden falsch umgehe. Ich weiß nicht, was ich von ihnen halten soll. Holt Eure besten Leute herauf und verschafft mir Antworten. Wenn es nötig ist, sie in die von uns kontrollierte Zone in den Katakomben zu schaffen, um Sprüche zu wirken, dann tut es. Eure Männer lieben Suarav, und ich brauche Sharyr, um unsere neuen Texte durchzusehen.«

»Und Brynel?«

»Wir brauchen jeden Magier, Kommandant.« Er bedeutete Chandyr vorauszugehen. »Ich will keinen Mann hier drinnen verlieren. Das bedeutet, dass Ihr schneller laufen müsst als ich.«

An der Wendeltreppe blieb Dystran stehen und sah seinem Kommandanten hinterher. Auf halben Wege nach unten hörte er ein eiliges »Jawohl!«, und eine Sekunde später näherten sich eilige Schritte, während Chandyr sich weiter entfernte. Dystran wartete, bis der Mann oben angekommen war. Es war ein Magier namens Feiyn.

»Mylord«, meldete er sich schwer atmend. Er war geschwächt vom schlechten Essen und der Isolation und starb wie alle anderen jeden Tag ein bisschen mehr.

»Ich nehme an, Ihr seid nicht nur hier heraufgerannt, um Eure Beine zu trainieren.«

»Nein, Mylord.«

»Nun, ich gehe jetzt nach unten. Falls Ihr noch Luft habt, begleitet mich und erzählt mir, was so eilig war, dass Ihr nicht warten konntet.«

Dystran stieg nicht zu schnell die Treppe hinunter.

»Vuldaroq hat einen der Texte entziffert.«

Dystran hatte Mühe, sich zu beherrschen. »Er konnte unsere Überlieferungen lesen?«

»Es ist ein allgemeines Forschungspapier. Eine Theorie über die Umwandlung von Energien im interdimensionalen Raum.«

»Ah, das klingt wie die Arbeit meines guten alten Freundes Bynaar. Er war der Erste, der vermutet hat, man könne den Manastrom ordnen und ausrichten, ohne ...« Dystran unterbrach sich, als er hinter sich einen scharfen Atemzug hörte. »Ich erinnere mich aber nicht, um solche Texte gebeten zu haben.«

»Er befand sich in einem anderen Text über die Dämonologie«, erklärte Feiyn.

Vuldaroq blieb stehen. »Was sagt dieser Text?«

»Vuldaroq kann das besser erklären. Er hat mich gebeten, Euch zu holen.«

»Gut, dann wollen wir uns anhören, was er zu sagen hat.«

Vuldaroq saß im Kuppelkomplex, nahezu unverändert seit seiner stürmischen Ankunft. Sein Gesicht hatte immer noch keine Farbe, aber in seinen Augen war ein kleiner Funke erwacht. Er bekam sogar ein Lächeln zustande, als er aufschaute und Dystran kommen sah.

»Lord Vuldaroq, wie ich hörte, wart Ihr fleißig.«

»So gut ich konnte«, antwortete Vuldaroq. Genau wie bei den Männern in Dystrans Gemächern ließen Erschöpfung und Furcht auch seine Stimme und seinen Körper zittern.

»Könnt Ihr mich aufklären?«

»Euer Magier Bynaar war ein scharfsinniger Forscher. Arteche spricht in Werken, die uns wichtig sind ... nein, die uns wichtig waren, voller Hochachtung über ihn.«

Vuldaroq schwenkte das Papier hin und her. Es war ein kleiner, schwerer, an den Rändern zerfetzter Stapel von Pergamenten. Dystran schätzte, dass es ein Dutzend Seiten waren, kaum mehr.

»Fahrt fort.«

»Vor einigen Jahrhunderten hat er versucht, die Veränderungen in der Mana-Dichte zu bestimmen. In diesem Papier stellt er eine Verbindung zu den Bewegungen der Dämonen von einem Raum zu einem anderen her. Ich unterstelle jetzt mal, dass unser Wissen über Eure Verbindungen zur Dimension der Dämonen den Tatsachen entspricht.«

Dystran hustete. »Wenn die Einschätzungen unserer Spione zutreffen, dann habt Ihr gute Arbeit geleistet.«

»Normalerweise würde ich mich geschmeichelt fühlen«, sagte Vuldaroq. »Das ist mir jetzt aber zu anstrengend.« Er räusperte sich. »Bynaar war der Erste, der eine Theorie darüber formuliert hat, dass die Dämonen ein Nomadenvolk sind. Sie laugen ihre Heimat aus, ziehen weiter und erobern die nächste Welt.«

»Ich bin ein Experte auf diesem Gebiet«, sagte Dystran unbedacht.

»Dann wisst Ihr sicher, dass Bynaar den Weg der Dämonen im interdimensionalen Raum mithilfe der Dichte und der Schwankungen im Mana nachzeichnen konnte.

Dabei war vor allem das Verschwinden von Manawolken wichtig. Seiner Ansicht nach lag dies daran, dass die Wolken in andere Dimensionen übergegangen sind.«

Dystrans Lächeln war etwas gezwungen. »Man kann nicht alles wissen.«

»Dann erfahrt Ihr es eben jetzt. Es ist keine Lösung, aber es beantwortet die Frage, was die Dämonen tun.«

»Nämlich?«

»Bynaar meint, für die Dämonen sei das Mana ein bewegliches Gut, das auf sie eine Art Anziehungskraft ausübt. Auf diese Weise bewegen sie sich. Sie setzen gewissermaßen an beiden Enden eines Weges Dämonen fest und schicken das Mana auf diesem Weg hin und her. Je mehr Mana sie haben, desto stärker werden sie. Es ist fast ein Gebrauchsartikel für sie, und deshalb sind sie so scharf darauf, nach Balaia einzudringen. Wir haben viel Mana.

Ich habe das mit Eurem jungen Magier Feiyn besprochen, der so freundlich war, mir einen Abschnitt aus dem Text über Dämonologie vorzulesen, in den Bynaars Text eingefügt worden war. Wollt Ihr so freundlich sein, es zu wiederholen, junger Mann?«

Feiyn warf einen fragenden Blick zu Dystran, der nickte und gleichzeitig mit den Achseln zuckte.

»Es heißt dort, die Dämonen seien zu einem nomadischen Dasein gezwungen, weil sie jede Dimension auszehren, die sie bewohnen. Es heißt weiter, dass sie immer die vorherige Dimension zerstören, sobald sie Zugang zu einer neuen haben. Dann ziehen sie weiter. Alle.«

»Und sie schicken das Mana, das sie angesammelt haben, zu ihrer Vorhut voraus«, fügte Vuldaroq hinzu.

»Dann ziehen sie nicht einfach hier durch«, sagte Dystran. »Sie wollen sich hier einnisten.«

Im Grunde wusste er es längst.

»Genau. Ich fürchte, wir sind jetzt ihre Heimat«, bestätigte Vuldaroq.

»Und die Zunahme des Mana?«

»Ihr müsst genaue Messungen vornehmen«, sagte Vuldaroq. »Aber ich würde alles verwetten, was ich noch habe, dass sie, wenn der Zustrom beendet ist, stark genug sind, um die Kalträume aufzubrechen. Das erklärt, warum sie uns einfach lassen, wo wir sind – die stärkeren Kollegien, meine ich. Wir spüren alle die Kälte, die das Mana mit sich bringt. Die Kälte passt nicht zur Jahreszeit, und es wird schlimmer.«

Dystran dachte einen Moment darüber nach, verschiedene Gefühle rangen miteinander. Der erste Impuls war, die Ideen des Dordovaners einfach deshalb zurückzuweisen, weil er aus Dordover kam. Das war allerdings eine Haltung, die so langsam als überholt betrachtet werden musste, wenn sie nicht alle vor die Hunde gehen wollten. Vuldaroq hatte beschrieben, dass sie nicht mehr viel Zeit hatten, auch wenn der genaue Zeitpunkt unbekannt war. Der Weg, so schwierig er auch sein mochte, war klar.

»Zwei Dinge müssen wir tun«, entschied er. »Erstens müssen wir erfahren, wann die Mana-Dichte in unserer Dimension so groß ist, dass die Dämonen unsere Abwehr brechen können. Zweitens brauchen wir eine von allen vier Kollegien getragene Strategie, um zu erreichen, dass sie dieses Ziel nie erreichen. Und zwar schnell.«

Arabelle duckte sich unter einem tödlichen Schlag hinweg und zog dem Dämon das Schwert mit der Rückhand über die Brust. Er heulte und stolperte zurück. Vier ihrer Männer kamen.

»Haltet ihn dieses Mal fest, haltet fest!«

Zwei waren schon tot, weil der Dämon ihre Seelen berührt hatte. Zwei andere standen noch bei ihr, einer davon ein Magier, der sofort einen Spruch wirken konnte, falls die Gefangennahme misslang. Sie hatten das Biest in die Enge getrieben, nachdem sie durch tagelange Überwachung aus den oberen Fenstern des Turms eine gewisse Regelmäßigkeit in seinen Bewegungen festgestellt hatten. Sie wussten, was der Dämon tat. Er suchte nach den Eingängen ihrer Tunnel, vor allem in einer Sackgasse nahe der Nordmauer des Kollegs. In dieser Nacht hatten sie ihm aufgelauert.

Der Plan war einfach, doch sie hatten die Kraft des Wesens unterschätzt. Ihre ersten Schläge hatten es nicht genügend geschwächt, und es hatte viel zu leicht zwei Opfer schnappen können. Diesen Fehler würde Arabelle nicht noch einmal begehen.

»Makkan, Terol, schlagt zu!«

Die Hiebe hagelten auf den Körper und Kopf des Dämons herab. Die anderen beiden Männer packten die Arme und hielten sie am Boden fest. Der Dämon krümmte seine Krallen und Klauen und wollte die Angreifer mit seiner tödlichen Berührung ausschalten, konnte das Handgelenk aber nicht weit genug drehen. Es war ein großer Dämon, der mehr als sechs Fuß maß. Der haarlose Körper war himmelblau, unter der Haut sah man die Adern und Muskeln zucken. Seine schwarzen, dünnen und durch Mana erzeugten Flügel flatterten hilflos auf dem Boden. Er heulte und kreischte und schnappte mit dem zahnlosen Mund. Ihnen blieb nicht viel Zeit.

Arabelle und die beiden anderen Männer näherten sich ihm. Sie hielten seine Beine fest, dann trat sie an seinen Kopf.

»Und wenn du dich noch so sehr wehrst, du kommst mit. Ich kann meinen Magier anweisen, dich zu unterwerfen, oder du hörst freiwillig auf, dich zu wehren.«

Die schwarzen Knopfaugen des Dämons starrten sie böse an, die Zunge fuhr nervös aus dem lippenlosen Mund. Dann entspannte und beruhigte er sich und sah sie unverwandt an.

»Lasst ihn ja nicht los«, warnte sie die anderen, ohne seinem Blick auszuweichen. »Genau darauf wartet er.«

Der Dämon knurrte und fauchte wütend. »Trotzdem gehört ihr alle jetzt uns«, sagte er.

»Mag sein, aber du spielst dabei nicht mehr mit.« Sie wandte sich an ihre Leute. »Also gut, los jetzt. Lasst uns nach drinnen gehen.«

Der Dämon wehrte sich wieder, als sie ihn hoben; er wand sich, zuckte mit allen Gliedern und bog den Rücken durch, doch die Männer, die Arabelle ausgesucht hatte, waren kräftig und entschlossen und ließen sich nicht beirren.

Als sie durch die Straßen zum nördlichen Tunneleingang liefen, hörten sie die Rufe der anderen Dämonen, auf die ihr Gefangener brüllend und kreischend antwortete. In der nächtlichen Stille von Lystern, wo man sonst höchstens einen einsamen hohlen Schrei vernahm, rauschten nun Hunderte von Flügeln. Fast hätte Arabelle den Mut verloren. Endlich hatten sie einen gefangen, doch in der Stadt waren noch Tausende, und jeden Tag wurden es mehr. Sie riss sich zusammen. Sie durfte nicht vergessen, warum sie hier draußen unterwegs war.

Der Tunnel war geräumig. Am Eingang legten Magier Sprengfallen, bevor sie den Entführern folgten. Sie mussten jetzt davon ausgehen, dass die Dämonen diesen Tunnel finden würden, doch er hatte seinen Zweck erfüllt. Wenigstens würden die Sprengfallen noch einige Biester in den Tod reißen.

Im Zentrum der Kalträume gab es einen etwa fünfzig Fuß weiten freien Bereich. Dort konnten sich die Magier ausruhen und ihr Mana auffrischen. Der Dämon keuchte, als er durch die Kalträume geschleppt wurde, und atmete erst wieder auf, als sie das Zentrum der großen Halle erreichten, wo das Mana frei fließen konnte. Arabelle befahl ihren Leuten, den Dämon auf den Boden zu legen. Sofort kamen andere gerannt, die den Entführern halfen und das Wesen festhielten, sodass es sich nicht mehr bewegen konnte.

Endlich bekamen sie eine Atempause. Der Dämon drehte den Kopf hin und her und versuchte, sich zu orientieren. Arabelle blickte auf ihn hinab und lächelte.

»Wir haben dich erwischt«, sagte sie.

Der Dämon fauchte, wieder fuhr die spitze Zunge aus dem Mund. Dann beruhigte er sich abrupt und blickte über ihre Schulter hinweg. Arabelle hörte Schritte hinter sich und drehte sich um. Ihr Lächeln wurde noch breiter.

»Gut gemacht«, sagte Heryst. »Sehr gut gemacht.«

»Wir haben zwei Männer verloren«, wandte sie ein.

»Ich weiß, ich weiß.« Heryst klopfte ihr auf die Schulter. »Wir wussten, dass diese Gefahr bestand.«

Dann richtete er seine Aufmerksamkeit auf die Kreatur und kniete vor ihrem Kopf nieder. Das Wesen wollte zurückweichen, da es seine Aura spürte, konnte sich aber unter dem Gewicht der Männer, die es niederhielten, nicht bewegen.

»Du weißt, wer ich bin.«

»Heryst.« Der Dämon spie den Namen beinahe aus.

»Gut. Dann weißt du auch, dass alles, was ich sage, der Wahrheit entspricht. Wir haben dich gefangen, und du wirst unsere Fragen beantworten.«

»Keine Antworten«, zischte das Wesen.

»Du bemerkst sicher, dass wir im Augenblick noch sehr

großzügig sind«, fuhr Heryst fort, als hätte das Wesen nichts gesagt. »Du befindest dich hier an einem Ort, an dem das Mana fließt. Missverstehe dies nicht als Zeichen der Schwäche. Wo das Mana fließt, können wir Sprüche wirken, und damit können wir dich schwer verletzen. Wir könnten dich auch in einen Kaltraum bringen, wo du langsam stirbst. Glaubst du mir?«

Der Dämon betrachtete ihn schweigend und schloss trotzig den Mund. Dann nickte er ganz leicht.

»Dann glaube mir auch, dass wir dich wieder gehen lassen, wenn du unsere Fragen beantwortest und wir der Ansicht sind, dass du die Wahrheit gesagt hast.«

Der Dämon spie seine Verachtung heraus. Heryst neigte den Kopf.

»Es ist dennoch wahr. Es wäre sinnlos, dich zu töten. Wie viele andere gibt es, die deinen Platz einnehmen könnten? Dennoch, es ist deine Entscheidung. Wie auch immer, du wirst uns antworten.«

»Nichts, was ich dir sage, wird dir helfen, Magier.«

»Dann kann es ja nicht schaden, uns die Wahrheit zu sagen, oder?«

Der Dämon lächelte, die Knorpel in seinem Maul glänzten feucht vor Speichel. »Du wirst nicht wissen, ob ich die Wahrheit sage.«

Heryst beugte sich vor, und sein Tonfall überraschte sogar Arabelle. »Oh doch, das werden wir erkennen. Auch das kannst du glauben.«

Es wurde still in der großen Halle. Am Rand des freien Bereichs sammelten sich die Menschen. Sie wollten einem der Wesen, die so viel Vernichtung und Schmerz über sie gebracht hatten, nicht zu nahe kommen. Inzwischen hatten Schwertkämpfer ihre Posten bezogen, und Magier standen bereit, um jede denkbare Störung von außen sofort zu unterbinden. Heryst umrundete den gefangenen Dämon, Kayvel war an seiner Seite.

»Nun wollen wir beginnen«, sagte er. »Ich lasse dich selbst entscheiden. Du kannst meine erste Frage wahrheitsgemäß beantworten, oder ich bitte meinen Kollegen, dir zu zeigen, welche Schmerzen schon ein winziger Spruch in deinem Körper auslösen kann. Wie entscheidest du dich?«

Der Dämon zögerte einen Moment. »Frage.«

»Wir wissen bereits, warum ihr hier seid. Nun wollen wir wissen, warum ihr die Kollegien in Ruhe gelassen habt.«

»Nicht alle. Dordover ist gefallen.«

Falls Heryst erschüttert war, so ließ er sich nichts anmerken. »Aber wir sind noch da. Ebenso Julatsa und Xetesk. Warum greift ihr nicht weiter an?«

»Das ist nicht nötig. Ihr stellt keine Bedrohung dar.«

»Aber eines Tages wollt ihr uns doch sicher angreifen, oder?«

»Sobald wir so stark sind, dass ihr uns nicht zurückwerfen könnt. Wir haben Zeit, ihr nicht.«

»Ah, wirklich?« Heryst umkreiste abermals den Dämon, der jeden Schritt beobachtete, und machte kein Hehl aus seinem Misstrauen. »Wir konnten von unseren Freunden einige interessante Dinge erfahren, die das bestätigen, was wir selbst herausgefunden haben. Wir glauben, ihr habt euch verrechnet. Wir glauben, eure Heimat stirbt, und ihr wurdet gezwungen, hierher auszuweichen. Wir glauben, ihr werdet uns nie besiegen können, weil ihr nicht genügend Mana herüberschaffen könnt, ehe eure alte Heimat verloren ist. Wir glauben, ihr habt Angst.«

»Alles Lüge. Wir fürchten niemanden. Balaia wird uns gehören.«

»Wirklich, mein Feind?« Heryst baute sich vor dem Dämon auf. »Trifft es denn nicht zu, dass ihr, um eure Eroberung zu vollenden, schon längst unsere Herzen kontrollieren müsstet, dass ihr aber nicht stark genug dazu seid?«

»Ich habe genug Fragen beantwortet.«

»Das glaube ich nicht«, sagte Heryst. »Sage mir, ist es wahr, dass ihr niemals hoffen könnt, Balaias Magier zu besiegen?«

Der Dämon schwieg ebenso wie alle Anwesenden im großen Saal. Arabelle dachte über Herysts Strategie nach. Kurz bevor sie aufgebrochen war, um den Dämon zu fangen, hatte er eine Botschaft aus Xetesk empfangen. Seine in verschiedene Richtungen zielenden Fragen hatten den Dämon offenbar überrumpelt.

»Antworte mir. Ihr müsst die Herzen aufzehren, habt aber nicht genug Kraft dazu?«

»Keine Fragen mehr«, spuckte der Dämon.

»Kayvel, erklärt bitte unserem Gefangenen, dass er keinen Spielraum für solche Entscheidungen hat.«

Kayvels Spruch war schnell vorbereitet und gut ausgewählt. Flammenhand. Der nicht mehr ganz junge Magier atmete tief durch, legte die Stirn in Falten und hielt eine Hand über den Bauch des Dämons. Das Wesen versuchte, sich loszureißen, konnte aber nichts ausrichten. Kayvels Handfläche entsprang eine grüne Flamme, eng begrenzt und heiß. Er ließ sie über die hellblaue Haut wandern. Sofort wallte Rauch empor, die Haut verkohlte, und ein stechender Geruch breitete sich aus. Der Dämon schrie auf. Heryst hob eine Hand, und Kayvel zog sich zurück.

»Wenn du schweigst, werden wir das wiederholen«, versprach Heryst ihm. »Beantworte meine Fragen.«

»Wir werden dich erwischen, Magier«, knurrte der Dämon. »Nichts kann das verhindern.«

»Dann sagst du mir, warum ihr wartet? Ich will den wahren Grund hören.«

»Ich habe ihn dir genannt.«

»Könnt ihr den Manastrom aufhalten?«

Schweigen. »Kayvel, noch einmal, bitte.«

Wieder stieg Rauch auf, wieder stank es, und ein Murmeln erhob sich in der Halle. Weitere Schreie.

»Antworte mir.«

»Nein.«

»Nein, du willst nicht, oder nein, ihr könnt ihn nicht aufhalten?«

»Bitte.« An den Rändern war die Wunde des Dämons bereits verschorft, aber sie war tief, und das Blut strömte über seinen Bauch.

Wieder zog Kayvel sich zurück.

»Nun?«, fragte Heryst.

»Er kann nicht aufgehalten werden. Warum auch? Wir sind hier und werden euch nehmen, wie es uns gefällt.«

»So einfach geht das, ja?«, sagte Heryst. »Wann werdet ihr stark genug sein, um uns anzugreifen? Wann werden eure Herren euch den Angriffsbefehl geben?«

»Wir haben keine Befehle.«

»Lügner.«

Der Dämon riss die Augen auf. Kayvel kam näher.

»Wir greifen an, wenn sie es uns sagen. Keine Vorwarnung, wir gehorchen. Bitte.«

»Lügner«, wiederholte Heryst. Er nickte.

Dieses Mal ließ Kayvel die Hand über Brust und Hals des Dämons wandern. Langsam und präzise. Die Haut knisterte, das Fleisch kochte. Das Wesen wimmerte und bewegte sich kaum noch. Es hatte die Augen auf Heryst gerichtet, sein Hass war fast körperlich spürbar. Der Lordälteste Magier zuckte mit keiner Wimper.

»Sprich. Mein Kollege kann das länger tun, als du es aushalten kannst.«

Arabelle stieg der beißende Gestank des brennenden Dämonenfleischs in die Nase. Sie beobachtete die Folterung und empfand kein Mitgefühl für den Dämon. Überhaupt nichts.

»Es ist die Wahrheit! Bitte!«

»Werdet ihr die Herzen zerstören, wenn ihr sie in Besitz nehmt?«

»Nein!« Der Dämon schauderte. »Zu wertvoll, eine zu starke Quelle.«

Heryst schnippte mit den Fingern. Kayvel zog seine Hand zurück.

»Nun ja, nun ja«, sagte Kayvel und fing Herysts Blick ein.

»Ja«, stimmte Heryst zu. »Und wahrscheinlich wollt ihr auch alle Magier am Leben lassen.«

Ein gequältes Kichern. »Eure Seelen sind die kostbarsten. Wir werden euch genießen.«

»Eine Schande, dass deine Herren die Wahrheit nicht sehen.«

Auf der Haut des Dämons hatte sich ein fettiger Schweißfilm gebildet. Seine Kräfte schwanden rasch. Immer noch blubberten und bluteten die Verbrennungen auf seinem Oberkörper. Wieder sah er Heryst an und runzelte die Stirn, ein fast menschlicher Ausdruck.

»Die Magier sorgen dafür, dass das Herz weiterschlägt«, sagte Heryst. »Keine Magier, kein Herz.«

»Lügner.«

Arabelle war nicht sicher, aber sie glaubte, ein schwaches Lächeln über das Gesicht des Wesens huschen zu sehen.

»Ich kann es natürlich nicht beweisen, aber bisher habe ich dir stets die Wahrheit gesagt. Vielleicht hättet ihr euch Julatsas Problem etwas näher ansehen sollen.«

»Deine Lügen werden dein Leben nicht verlängern.«

»Und deine Lügen werden das deine nicht retten. Also,

zum letzten Mal: Wie lange noch, bis ihr die Kollegien angreift?«

»Das weiß ich nicht.«

Heryst richtete sich auf. »Eine Schande.« Er nickte Kayvel zu. »Dieses Mal hört Ihr erst auf, wenn er nicht mehr atmet.«

»Nein, nein!« Der gequälte Schrei des Dämons hallte durch den Saal, mit den Augen suchte er Verbündete.

»Dann antworte mir«, fauchte Heryst mit erhobener Stimme.

»Bald. Es wird bald geschehen.«

»Das reicht mir nicht.«

»Mehr weiß ich nicht. Bitte.«

Kayvels Hand lag flach auf der Brust des Wesens. Es bäumte sich auf und stieß ein gurgelndes Geräusch aus.

»Sage es mir.«

»Du wolltest mich gehen lassen. Bitte.«

»Nachdem du meine Fragen beantwortet hast. Danach. Sprich, solange du noch kannst.«

Der Dämon zuckte und wollte etwas sagen, bekam aber nur ein Krächzen heraus. Abermals wollte er um sein Leben flehen und noch etwas hervorstoßen, während sein Körper zerschmolz und Kayvels Hand tiefer sank. Rauch stieg aus den Wunden auf, der Gestank wurde immer schlimmer. Der Dämon zuckte, spuckte schwarzen Schleim und blieb schließlich still liegen. Seine Augen trübten sich.

»Festhalten«, wies Heryst die Männer an, die ihn niederhielten. »Nicht nachlassen.«

Kayvel löste seinen Spruch auf. Murmeln erhob sich in der Halle, weil die Zuschauer offensichtlich schockiert waren.

»Brutal, was?«, sagte Heryst an die Menge gewandt. »Grausam sogar. Sprecht ruhig, wenn Ihr sprechen wollt.«

Es gab eine Pause, man hörte Füße scharren.

»Ihr hättet ihn nicht töten müssen«, sagte einer.

»Vielleicht hat er ja die Wahrheit gesagt«, stimmte ein anderer zu.

Lauteres Gemurmel folgte der letzten Äußerung, überall nickten Leute.

Heryst biss sich auf die Unterlippe. Dann ging er gemächlich einmal umher und betrachtete die Zuschauer, die in der Sicherheit der Kalträume standen.

»Glaubt Ihr das wirklich?« Er zielte mit dem Finger auf einen Mann. »Du auch? Hm?«

Dann drehte Heryst sich wieder zu Arabelle herum, und sie sah seinen Gesichtsausdruck und die enttäuschten Augen.

»Es ist gemütlich da drinnen, was?« Einige lachten. »Seltsam, nicht wahr? Da drinnen, wo die Dämonen Euch nicht pflücken können wie reife Früchte, müsst Ihr Euch nicht einmal eingestehen, was draußen passiert. Gibt es hier jemanden, der glaubt, er hätte es schlecht getroffen? Ihr habt meine Erlaubnis, jederzeit zu gehen und Euch zu denen zu gesellen, die außerhalb der Mauern leben. Ihr habt den Blick für die Realität verloren, Ihr seid verweichlicht. Selbstgefällig und schwach.

Vielleicht sollte ich ein paar von Euch, die noch nicht dort waren, nach draußen schicken? Nach draußen, wo es nichts gibt außer Angst und der Gewissheit, dass sie Euch eines Tages holen werden. Dort draußen, wo Ihr nur lebt, um den Eindringlingen zu dienen. Wo Ihr jeden Tag auf das Kolleg schaut und Euer Unglück verflucht, während Ihr Euch fragt, warum wir hier sitzen und nichts tun, um Euch zu helfen. Wo Euer Leben buchstäblich in den Händen von Biestern wie diesem hier liegt.

Und Ihr meint, ich sollte gnädig sein? Verdammt sollt

Ihr sein für Eure Schwäche. Wir können es uns nicht erlauben. Der Tag wird kommen, an dem sie versuchen werden, uns alle zu vernichten, und ich werde alles tun, wirklich alles, damit wir überleben.

Zeigt diesen Bastarden gegenüber keine Gnade. Glaubt mir, auch sie werden keine Gnade kennen.«

Er sah sie noch einmal der Reihe nach an.

»Wir sind die Glücklichen. Doch das Glück bringt auch die Verantwortung für das Überleben unserer ganzen Dimension mit sich. Wir haben hart gearbeitet, um das zu erreichen, was wir heute haben, und jetzt wird deutlich, dass wir zu langsam waren. Bald müssen wir kämpfen, und ich werde jeden von Euch, der sich vor seiner Pflicht drücken will, persönlich an die Dämonen verfüttern. Ihr habt gehört, was er gesagt hat. Sie wollen die Herzen erobern. Also müssen wir sie mit aller Kraft verteidigen und denen, die noch genug Kraft haben, genug Zeit verschaffen, um die Dämonen zu besiegen.

Ich hoffe, dass Ihr Angst habt. Ihr solltet auch Angst haben. Das Schicksal Balaias liegt in unseren Händen. Und jetzt verschließt Eure Herzen. Denn wenn Ihr es nicht tut, haben wir schon so gut wie verloren.«

Siebzehntes Kapitel

Als die *Calaianische Sonne* die Küstengewässer erreichte und langsam durch die Bucht von Gyernath glitt, war nicht viel von dem zu sehen, was über Balaia gekommen war. Die Reise war ruhig verlaufen, doch als sie sich ihrer Heimat näherten, hatten die Rabenkrieger sich oft versammelt, um die Südküste am Horizont zu betrachten und sich zu fragen, was sie dort vorfinden mochten.

Wieder einmal trafen sie sich auf Deck, als die Sonne am klaren Himmel emporstieg und eine kühle Brise das Schiff in die Bucht trieb.

»Wie Ihr wisst, habe ich angenommen, dass Blackthorne noch lebt, doch wirkliche Beweise dafür haben wir nicht«, sagte der Unbekannte.

»Wir werden es bald erfahren«, meinte Hirad.

Sie suchten den noch eine Meile entfernten Strand ab, ob sich dort Dämonen herumtrieben, rechneten aber im Grunde nicht damit. Nach allem, was sie über die Dämonen wussten, hielten diese sich mit Vorliebe in der Nähe von Bevölkerungszentren auf. Genau wie Raubtiere, die ihrer Beute nahe bleiben wollten.

»Jevin hat uns berichtet, Blackthorne sei gesund und munter«, sagte Darrick.

»Ja, aber diese Nachricht ist alt. Eine Jahreszeit oder mehr ist seitdem vergangen.« Der Unbekannte schüttelte den Kopf. »Das macht mir Sorgen. Bei den brennenden Göttern, er hat kein Kolleg und sicher nicht viele Magier. Da wäre es ja fast ein Wunder, wenn er bisher überlebt hat.«

»Genau deshalb sind wir ja hier«, warf Hirad ein.

»Wenn er noch lebt, wird er uns sehr nützlich sein. Ich denke dabei nicht nur an die Waffen, die er uns zur Verfügung stellen kann, sondern an zwei Jahre Erfahrung im alltäglichen Kampf gegen die Dämonen. Es gibt sicher einige Dinge, die er uns sagen kann. Ihre Schwachpunkte«, sagte Rebraal.

»Ich weiß nicht, ob die Dämonen, von der Magie abgesehen, überhaupt Schwachpunkte haben«, wandte Denser ein.

»Jeder hat seinen schwachen Punkt«, erwiderte Auum leise. »Und ich werde den ihren finden.«

»Wollen wir's hoffen«, sagte Denser.

»Ist es nicht schön hier?«, unterbrach Erienne. »Ich habe so oft davon geträumt, wieder hierherzukommen, und es ist genau wie in meinen Erinnerungen.«

»Abgesehen von der Besetzung durch die Dämonen«, sagte Hirad.

»Das meinte ich nicht«, widersprach Erienne. »Siehst und fühlst du es denn nicht?« Sie schüttelte den Kopf, als sie Hirads verständnisloses Gesicht sah. »Du hast keine Seele.«

»Das wird helfen«, sagte Hirad. »Da finden die Dämonen wenigstens kein Ziel.«

»Bei den Göttern, Hirad, du treibst mich zum Wahnsinn.« Erienne hatte Mühe, nicht zu lächeln. »Du bist hier zu Hause. Hierher gehören wir. Nicht auf eine Insel, ganz egal, wie warm sie ist und welche Erinnerungen sie in uns weckt.« Sie sah Denser an. »Wir dürfen Balaia nicht sterben lassen. Es ist viel zu schön, und es gehört uns.«

»Unsere Heimat«, bestätigte Thraun. »Wo das Rudel läuft.«

Hirad blickte wieder zur Küste. Die sanften grünen Hügel hinter dem Kiesstrand. Die dunklen Blackthorne-Berge, die an einer Seite die Bucht begrenzten. Die Rufe der Seevögel. Die Gerüche von Land und Meer, die sich mischten.

»Dafür liebe ich dich, Erienne«, sagte er. »Du kannst es einem wirklich vor Augen führen.«

Erienne küsste ihn sanft auf die Wange und kraulte seinen Nacken. »Hauptsache, du passt auf mich auf, großer Mann.«

»Ich hoffe, es stört euch nicht«, sagte Denser, »aber mir wird gleich übel.«

»Na gut«, sagte der Unbekannte. »Auch wenn dir übel wird, es ist wahr. Wir sind seit fast sieben Tagen an Bord. Wir haben trainiert und uns so gut wie möglich in Form gebracht. Wir sind wirklich nicht mehr das, was wir vor zehn oder zwanzig Jahren mal waren, aber wir sind immer noch besser als alle anderen. Jetzt geht es los. Wir sind hier, um unser Land zurückzuerobern, wissen aber nicht genau, womit wir es zu tun bekommen, wie stark sie sind, und ob wir überhaupt siegen können. Wir wissen aber, wer wir sind. Worauf wir auch stoßen, wir müssen an unseren Sieg glauben. Alles klar? Tut mir leid, Hirad, ich habe dir die Worte aus dem Mund genommen.«

Hirad kicherte. »Du musst noch etwas an der Darbietung feilen, aber im Grunde war es gar nicht so schlecht. Wie nahe wollen wir übrigens heran?«

»So nahe, wie Jevin es wagt. Der Mannschaft können sie nichts anhaben, aber uns können sie erwischen. Wir sollten nicht länger als unbedingt nötig in den Beibooten sitzen«, sagte Darrick. »Wir haben magische Verstärkung, aber es wäre gut, wenn wir erst kurz vor Erreichen der Stadt Magie einsetzen müssen.«

»Bei den brennenden Göttern, es würde helfen, wenn Blackthorne wüsste, dass wir kommen.«

»Wir sagen es ihm«, schaltete sich Thraun ein.

»Wie denn? Wir sind uns doch einig, keinen fliegenden Magier loszuschicken. Das ist zu gefährlich.«

»Sie achten nur auf Menschen, Hirad«, sagte Thraun. »Nicht auf einen einsamen Wolf.«

Ferouc kreiste gemächlich an der befohlenen Position und fühlte sich wie immer ein wenig ausgeschlossen und zugleich tief verletzt ob dieses Ausschlusses. Unter ihm brannten Feuer, und die Menschen bewegten sich und trotzten ihrer Herrschaft. Unter dem Schutz ihrer Magie waren sie im Augenblick noch sicher.

Er begriff nicht, wie sie immer noch Widerstand leisten konnten. Er hatte sich so große Mühe gegeben, ihren Kampfgeist zu brechen. Hatte ihnen die Gebiete zur Lebensmittelproduktion genommen und alle versklavt oder ausgesaugt, die das Widerstandsnest unterstützten, hatte unermüdlich die Barriere geprüft und in den Ruhestunden einen unbändigen Lärm gemacht, hatte vor ihren Augen Sklaven geopfert.

Es tat ihnen weh, aber sie zerbrachen nicht daran. Insgeheim musste Ferouc zugeben, dass er ein wenig frustriert war, doch er tröstete sich mit dem Gedanken, dass er damit nicht allein war. Abgesehen vom gefallenen Kolleg in Dordover gab es in jeder größeren Ansammlung von Menschen

Widerstand, denn ihre Magier konnten unüberwindliche Grenzen schaffen.

Sie waren das Einzige, was seine Scharen fürchteten. Ein Spruch, der ihren Körpern die Kraft nahm. Wenn sie dennoch durchbrachen, keuchten sie hilflos und waren verwundbar. Stets standen ihre Krieger bereit, mit dem kalten, scharfen Metall in der Hand, mit dem sie töten konnten.

Ferouc beobachtete die Menschen und ihre Siedlung schon lange. Er wusste, wie sie sich bewegten, wohin sie gingen, warum sie dieses und jenes taten und bei wem sie Unterstützung suchten.

Ihre Stärke beruhte vor allem auf dem größten Gebäude der Siedlung, über dem immer noch die überheblichen Flaggen wehten. Außerdem kontrollierten sie ringsum einen Bereich, der vielleicht ein Drittel des gesamten Gebietes ausmachte. Der Rest der Siedlung und alle Seelen, die dort leben, gehörten Ferouc.

Er hatte sie benutzt, wie er sie benutzen musste, um seinem Gegner die Moral zu nehmen und die seiner eigenen Anhänger zu stärken und ihre Körper zu sättigen. Er bemühte sich, seine Gegner jeden Tag ein wenig mehr zu schwächen, auch wenn er sie noch nicht besiegen konnte. Am meisten störte ihn, dass all seine Anstrengungen bestenfalls kurzfristig irgendeine Wirkung zeitigten. Der Grund dafür war völlig klar.

Ein einziger Mann war der Dreh- und Angelpunkt. Groß, dunkelhaarig und bärtig. Augen wie Kristalle. Seine Aura glühte heller als die jedes Magiers in der Festung. Blackthorne. Er führte seine Leute mit Mitgefühl, aber auch mit eiserner Disziplin und Kontrolle. Letzteres konnte Ferouc respektieren und verstehen. Ersteres war ihm völlig fremd. Dennoch gab Blackthorne seinen Leuten Hoffnung.

Ferouc schlug langsam mit den Flügeln und glitt über

die Siedlung hinweg. Die Freien drunten achteten nicht auf ihn. Zuerst hatte ihn dies erzürnt, aber jetzt verstand er es. Außerdem wusste er etwas, das Blackthorne nicht bekannt war. So lange sich der Widerstand auch dahinzog, ihre Zeit war begrenzt. Früher oder später würden sie in die Gewalt der Dämonen geraten und vernichtet werden.

Er fragte sich, warum sie nicht einfach abwarten konnten. Die Seelen aufbrauchen, die sie jetzt schon hatten, und ihre neue Welt genießen. Doch man hatte es ihm erklärt, und deshalb war er nicht von diesem Ort abgezogen worden. Die Kollegien stellten natürlich gefährliche Widerstandsnester dar, die vordringlich beseitigt werden mussten. Dies musste allerdings ohne große eigene Verluste geschehen. In den entfernten Siedlungen, in der Hauptstadt, in den Hafenstädten und den Zentren der Provinzen konnten sie mit größerer Entschlossenheit vorgehen. Es bestand jedoch immer das Risiko, dass sie ihre Kräfte nicht rechtzeitig von dort zu den Kollegien verlagern konnten, wenn es nötig war.

Auf keinen Fall konnten sie es sich erlauben, jetzt noch an Orten Schaden zu nehmen, die ihnen von Rechts wegen bereits gehörten. Sie hatten überall die Vorherrschaft gewonnen, doch wenn der Zeitpunkt kam, würde diese Position in Gefahr geraten, falls sie nicht die völlige Kontrolle über das ganze Land mit Ausnahme der drei verbliebenen Kollegien hatten.

Der Dämon stellte einen Flügel schräg und schwebte auf einer kühlen Luftströmung nach oben. Er atmete tief durch und genoss die Ausstrahlung dieser Welt. Dies war jetzt ihre Heimat, so sollte es sein. Er erinnerte sich kaum noch an den Geschmack, als er angekommen war, wusste jedoch noch, dass er zuerst seinen Widerwillen hatte überwinden müssen.

Seine Rezeptoren nahmen eine neue Witterung auf. Mächtig und begehrenswert. Sofort erkannte er es, wie alle es erkannt hätten. Eines der größten Ziele in dieser Dimension. Jeglicher Missmut über seine Verbannung in dieses Provinznest verflog in einer Aufwallung von Vorfreude und Gier.

Er schwebte höher, suchte und rief seine Schar. Er empfand eine unendliche Freude, und seine Nüstern blähten sich, um die kostbare Aura aufzunehmen. Sie waren es. Der Rabe.

»Bist du sicher, dass du das machen willst?«, fragte Hirad, als sie an Land gingen.

Auums Tai und Rebraal sowie Vituul und Eilaan, zwei Elfenmagier vom Schiff, waren bis auf die nächste Anhöhe gerannt, um die Umgebung zu erkunden. Der Rabe hatte sich unterdessen an der provisorischen hölzernen Anlegestelle um Thraun gruppiert.

»So haben wir bessere Chancen«, sagte Thraun. Er knöpfte sein Hemd auf und gab es Hirad.

Der Barbar stopfte es zusammen mit den Stiefeln in seinen Rucksack. Der Unbekannte hatte sich bereits Thrauns Waffen auf den Rücken geschnallt.

»Ich weiß. Aber ich kann dich doch nicht gehen lassen, ohne dich an das zu erinnern, was beim letzten Mal passiert ist.«

Thraun erwiderte gleichmütig seinen Blick, in seinen Augen flackerte der Schmerz der Erinnerung.

»Ich werde nie vergessen, warum Will gestorben ist. Dies hier ist etwas anderes. Hier geht es um Geschwindigkeit, nicht um Verstohlenheit. Das weißt du doch.«

»Bist du sicher?«

Thraun legte Hirad die Hände auf die Schultern. »Mir

wird nichts passieren. Bring nur meine Sachen mit, und sei rechtzeitig da, um mich zurückzurufen.« Er zog die Hose aus und gab sie dem Barbaren. »Und jetzt geht los und seht nicht zurück.«

»Komm schon, Hirad«, sagte der Unbekannte. »Bringen wir's hinter uns.«

Hirad nickte, und der Rabe nahm Aufstellung, wobei die Formation etwas abgeändert werden musste, da der Gestaltwandler fehlte. Die Elfen bildeten die Vorhut und konnten sie warnen, die Protektoren blieben an Bord des Schiffs, weil ihre Seelen für die kommenden Schlachten geschont werden sollten. Erienne und Denser sollten erst Sprüche vorbereiten, wenn sie angegriffen wurden. Der Fußmarsch nach Blackthorne würde zwei Stunden dauern. Eine lange Zeit in einem Land, das von Dämonen besetzt war.

Ein Land, durch das Hirad schon oft gereist war, das er inzwischen aber kaum noch wiedererkannte. Wie früher wuchs das Gras in zahlreichen Gelb- und Grüntönen. Die knospenden jungen Bäume schwankten in der Brise, wilde Blumen hatten das sanfte Hügelland mit prächtigen Farben überzogen. Dennoch erschien das Land seinen Sinnen fremd vor. Im ersten Augenblick konnte er es nicht verstehen, doch nach und nach dämmerte es ihm.

Die gewohnten Lebenszeichen fehlten. Auf dem offenen Meer hatten sie Möwen gehört, hier schwiegen die Vögel. Nur eine Brise raschelte im Unterholz. Die Nagetiere hielten sich versteckt. Kein fernes Blöken oder Muhen war zu hören. Und es war kalt. Die Kälte passte nicht zur Jahreszeit und hatte etwas Bösartiges an sich. Es war, als wären die Jahreszeiten durcheinandergeraten und hätten die Pflanzen veranlasst, wie im Frühling zu blühen, obwohl die Tiere noch nicht aus dem Winterschlaf erwacht waren.

Dann fiel ihm die Antwort ein und stärkte seine Entschlossenheit. Balaias Seele schwand dahin.

Der Rabe schritt rasch aus, geschützt von den Elfen, deren Augen nichts entging. Es war sinnlos, sich zu verbergen, da die Dämonen sowieso nicht mit ihren Augen allein die Gegend überwachten. Ein schnelles Marschtempo konnte ihnen aber durchaus helfen.

Auf dem Hügel vor ihnen gab es nichts außer Stechginster, winterharten Büschen und losem Schiefer. Blackthorne lag am Rand eines Schwemmlandes, das sich nach Süden bis zum Meer erstreckte, jedoch auch bei Überflutungen weitgehend trocken blieb, weil der Felsgrund unter der Erde porös war und das Wasser bis tief in die Erde ableitete. Die Stadt würden sie erst auf der letzten Meile ihrer Wanderung sehen, doch jetzt schon konnten sie Rauchfahnen am sonst klaren Himmel ausmachen. Die winzigen kreisenden schwarzen Punkte mussten Dämonen sein.

Hirad schauderte. Hinter ihm bewegte sich etwas eilig durchs Unterholz. Ohne den Schritt zu verlangsamen, sah Hirad sich um. Thrauns dunkle, geschmeidige Wolfsgestalt näherte sich, er trabte ohne Anstrengung durch den Farn. Wachsam sah er sich um, schnüffelte mit der langen, gestreiften Schnauze und kostete mit der Zunge, die lang zwischen den kräftigen Kiefern heraushing, die Luft.

Der Wolf kam zu Hirad und sah ihm in die Augen.

»Ich werde für dich da sein, Thraun«, sagte er. »Sei nur vorsichtig.«

Zufrieden rannte Thraun ins Unterholz.

Thraun konnte schmecken, wie das Land starb. Er spürte es mit allen Sinnen, und das Gefühl wurde mit jedem Schritt, den er sich vom Raben entfernte, stärker. Der faulige Geruch beleidigte seine Nase, und er sah, wie das Leben er-

drückt wurde. Hier gab es keine Beute. Keine Fährte, keine Spur. Die Beute hatte sich versteckt oder war ganz verschwunden.

Thraun rannte weiter und betrachtete, was noch da war. Den Pflanzen hatte die Invasion der Dämonen nichts anhaben können, sie gediehen und wuchsen. Aus der Stadt Blackthorne roch er Holzrauch und Menschen. Ein schwacher Geruch im Vergleich zu dem kranken Gestank der Dämonen.

Thraun versuchte, die Angst wegzuschieben. Er trottete rasch durchs Land, alle Wolfssinne äußerst wachsam, und der Teil seines Bewusstseins, der die Menschlichkeit nicht verloren hatte, trieb ihn seinem Ziel entgegen. Seine Erinnerungen würden rasch verblassen, aber das Bild des Menschen, den er finden musste, stand klar vor seinem inneren Auge. Stark und groß. Ein Anführer mit dem Geruch des Mutes. Thraun würde ihn nicht mit jemand anders verwechseln.

Mit seinen scharfen Ohren konnte Thraun gerade noch die Rufe hoch droben am Himmel hören. Er kauerte sich neben einen Stechginsterstrauch und spähte hinauf. Dämonen. Sie flogen nach Westen, dem Raben entgegen. Er knurrte. Sie hatten die Beute gewittert.

Am liebsten hätte Thraun den Raben beschützt, sein Rudel. Aber er hatte den Grund nicht vergessen, aus dem er sich der Menschensiedlung näherte, und das Wissen trieb ihn weiter.

Er brach aus der Deckung, rannte und heulte den Himmel an.

Eine Meile vor Blackthorne sahen die Elfen, wie sich die Kontrollflüge der Dämonen veränderten. Sie kamen ihnen entgegen. Anfangs waren es dreißig, die aus der Höhe herabstießen und niedrig über dem Boden flogen. Rebraal stieß einen Warnruf aus.

»Jetzt können wir unsere Theorien auf die Probe stellen«, sagte Hirad. »Erienne, bist du bereit?«

»Das werden wir ja gleich herausfinden, was?« Ihr war die Anspannung anzumerken.

»Wir beschützen dich«, sagte Hirad. »Entspann dich einfach, du wirst es schon schaffen.«

»Du hast gut reden«, erwiderte sie, aber sie musste wider Willen lächeln.

»Vergesst nicht, dass wir weitergehen müssen«, sagte der Unbekannte. »Wir dürfen uns hier nicht aufhalten lassen, so kurz vor dem Ziel.«

Die Elfen kehrten in die vorher abgesprochene Kampfformation zurück. Auum und Duele verstärkten den Raben auf der linken Seite, Evunn und Rebraal rechts. Sie hatten dieses Mal auf den gewohnten unregelmäßigen Fünfstern verzichtet. In einer leicht gebogenen Linie, in deren Brennpunkt sich der Unbekannte befand, stellte sich der Rabe den Feinden. Hinter dieser Linie folgten die vier Magier, die Elfen links und rechts neben den Rabenmagiern.

Erienne konnte ihr rasendes Herz kaum beruhigen. Noch nie hatte sich der Rabe so sehr wie jetzt auf sie allein verlassen. Ohne sie konnten nur die Magier die Gegner töten, und das würde nicht reichen. Niedrig fliegend und schnell kamen die Dämonen heran. Sie hörte schon das Flügelschlagen und die scharfen Rufe.

Mühsam konzentrierte sie sich auf ihre Aufgabe, gab die Kraft des Einen frei und spürte, wie sie durch ihren Körper in ihr Bewusstsein strömte. Es war ein erschreckendes Gefühl. Nach zwei Jahren hatte sie unter Cleress' Anleitung gelernt, den Ursprung dieser Kraft zu beherrschen, die durch ihren Körper brandete, doch immer noch fiel es ihr schwer. Selbst jetzt, wenn sie die Energie für ihren Spruch freigab, konnte sie die Macht des Einen kaum bändigen, von echtem Verstehen ganz zu schweigen.

Sie stimmte sich auf die Energie ein und wusste dabei genau, welche Konsequenzen es hätte, wenn es ihr nicht gelang, diese Kräfte ganz und gar zu kontrollieren. Was geschehen war, konnte nicht rückgängig gemacht werden. Das Eine war in ihr. Sie hatte keine Wahl, sie musste es akzeptieren.

Immer noch betrachtete sie diese Kraft als Feind, der unterdrückt werden musste, damit er sie nicht überwältigte. Cleress hatte sich keine große Mühe gegeben, sie davon abzubringen, sondern nur gesagt, sie würde mit der Zeit schon lernen, mit dem zu arbeiten, was sie hatte, statt ständig um die Kontrolle zu ringen.

Doch die Zeit war knapp geworden, und jetzt war der Damm gebrochen, den Erienne in ihrem Bewusstsein errichtet hatte, um das Eine in ihrem Körper niederzuhalten. Sie durfte nicht versagen.

Das Eine überflutete ihre Sinne, dämpfte ihr Augenlicht und ihr Gehör. Der Unbekannte sagte etwas in der Art, dass sie eingekreist wären, doch sie nahm es kaum noch wahr, als sich die Energieströme Balaias in voller Pracht vor ihr entfalteten. Sie taumelte und wäre beinahe gestrauchelt, ihre Füße und Beine waren taub, aber irgendjemand hielt sie.

Sie sah die rohe, starke Energie der Felsen, die im Boden pulsierte, die beweglichen, spielerischen Strömungen in der Luft, die von Wind und Sonne verdichtet wurden, die kleinen Entladungen im harten Gras, die komplexe Aura des Raben und der Elfen, und überall die Funken des freien Mana. Sie suchte den Himmel ab und fand die Dämonen. Eine Wolke vermischter Elemente zerfiel in einzelne Gestalten. Strenge Strukturen des Lebens, aus hartem Mana gemeißelt, ganz anders als die sanften Modulationen der Menschen und Elfen.

Es war genau, wie Cleress es beschrieben hatte, und die Theorie des Spruchs war wie alle Magie des Einen im Grunde sehr einfach. In den unzähligen Energieströmen, die sie ringsum spürte, gab es zahllose natürliche Verbindungen und Verknüpfungen zwischen den Elementen. Sie sah die Strahlen, mit denen die Dämonen das Mana zu einem natürlichen Schild bündelten, der sie für alles außer Magie unverwundbar machte. Sie musste nur diesen Zustrom unterbrechen und das Mana zerstreuen, bis es wieder den natürlichen, ungeordneten Zustand eingenommen hatte.

Erienne hielt einen Moment inne und spürte, wie das Eine in ihrem Körper erwachte. Sie zog es an sich und hielt es in sich fest, während sie den Spruch aufbaute. Vor ihrem inneren Auge bildete sich die Form, und wie in der dordovanischen Magie zog sie auch jetzt Manafäden in die gewünschte Ordnung hinein und bildete ein hauchfeines Netz aus pulsierender dunkelbrauner magischer Energie. Das war der leichte Teil. Jetzt musste sie die Macht des Einen im genau richtigen Maß hinzugeben, um den Spruch zu aktivieren. Cleress' Worte fielen ihr ein, und sie glaubte fast, die alte Al-Drechar wieder in ihrem Kopf zu hören, obwohl dies wegen der großen Entfernung und der schwindenden Kräfte der alten Elfenfrau kaum möglich war.

Du kannst es nicht berechnen. Es ist kein Spruch mithilfe von Mana, sondern nur eine Konstruktion. Das Mana allein gibt ihm noch keine Kraft, erst das Eine erweckt ihn zum Leben. Du musst zuversichtlich sein, du musst vertrauen und auf deine Gefühle hören. Sei eins mit ihm, lass dich so weit darauf ein, wie du kannst. Immer bis zum Punkt, an dem die Umkehr nicht mehr möglich ist, aber niemals weiter. Dein Bewusstsein wird es dir sagen. Vertraue deinem Bewusstsein. Vertraue immer deinem Bewusstsein.

Während ihr die Worte durch den Kopf gingen, leitete Erienne die Macht des Einen in ihre Konstruktion und hielt sie in ihrem Bewusstsein fest, damit sie wachsen konnte. Die ganze Zeit über flüsterte das Eine ihr ins Ohr, sie solle mehr Energie hineingeben, sie könne nur gewinnen, wenn sie alles auf einen Schlag freigäbe. Das war ihr ganz persönlicher Dämon, dem sie nicht nachgeben durfte.

Sie sah, wie sich die Fasern der Elementarkräfte ringsum krümmten. Das Eine sog sie begierig auf und benutzte Eriennes Körper als Leiter, während sie ihre eiserne Willenskraft einsetzte, um nicht fortgeschwemmt zu werden. Die Konstruktion pulsierte hell unter der Kraft, die durch Erienne strömte. Sie stöhnte leise. Das Gitter, das sie geflochten hatte, glühte und sonderte einen feinen Nebel ab, in dem jeder Tropfen mit jedem anderen verbunden war.

Dann gab sie den Spruch frei, der sofort aus ihr herausströmte und die ganze Umgebung erfasste. Er stieg in den Himmel empor, bedeckte den Boden hinter ihr und vor ihr. Er fegte am Raben vorbei und hüllte die Dämonen ein, die gerade angreifen wollten. Sie sah das Ergebnis und erkannte, dass die Gegner nicht einmal begreifen würden, was ihnen geschah, wenn der Schlag sie traf.

Der Nebel drang in sie ein, drang tief unter ihre Haut, wo er einfach die Verbindung auflöste, die sie zum Mana unterhielten. Erienne konnte beobachten, wie das Mana sofort aus ihnen herausströmte. Winzige Partikel schimmerten auf einmal zwischen den zahllosen Energiebahnen. Es war für jeden außer ihr unsichtbar, doch wenn sie recht behielt, dann war es tödlich.

Irgendwo hörte sie eine Schwertspitze regelmäßig auf den Boden pochen.

Thraun lief um sein Leben. Die Dämonen waren hinter ihm her. Sie stießen tief herab und zerkratzten mit Klauen und Krallen seinen Rücken, bissen nach ihm und peitschten ihn mit scharfen Schwänzen aus. Er lief im Zickzack, rannte durch dichtes Unterholz, stürmte spritzend durch Bäche und sprang über Hecken und Zäune, um das Ackerland von Blackthorne zu erreichen.

Sein Heulen hatte sie aufmerksam gemacht, wie er es gehofft hatte, doch ihr Gestank hüllte ihn ein, und er hatte Angst. Sein Herz schlug zum Zerspringen, seine Flanken zitterten, und er lief Gefahr, den Laufrhythmus zu verlieren.

Er wagte nicht, sich umzuschauen oder nach oben zu blicken, sondern rannte einfach weiter. Männer und Frauen starrten ihn mit leeren, kalten Gesichtern an. Kinder mit dunklen Augen deuteten auf ihn oder rannten weg. Einige Tiere flohen, doch sie mussten ihn nicht fürchten. Er war nicht auf der Jagd. Er war der Gejagte.

Dämonenkiefer schnappten dicht über seinem Kopf. Ein kalter Schauder lief durch seinen Körper, sein Ohr tat schrecklich weh. Das Biest stieg hoch in den Himmel. Vor ihm kam ein anderer mit ausgebreiteten Armen und gierig vorgestreckten Klauen herunter. Thraun wich nicht zurück, sondern schlug im letzten Moment einen Haken, als würde er einem Menschen mit einer Waffe ausweichen. Hinter ihm kreischte der Dämon wutentbrannt.

Er war an den letzten versklavten Menschen vorbei, und die Gebäude, an denen er nun vorbeikam, waren stumm und leer. Die Straßen waren verlassen, der Geruch des Lebens war aus dem Boden verschwunden und nur noch schwach in der Luft zu wittern. Vor sich aber hörte er Rufe, die lauter wurden. Er hörte Waffen klirren und spürte die Erschütterungen, die Menschenfüße auf gestampfter Erde hervorriefen. Noch schneller lief er, und die Dämonen folgten ihm.

Thraun spürte einen Stoß am Hinterlauf und hätte fast das Gleichgewicht verloren. Er schwankte, konnte sich aber wieder fangen, während ihm der Gestank des Dämons in die Nase stieg und seiner Kehle ein verzweifeltes Bellen entlockte. Zu beiden Seiten der Straße, auf der er rannte, näherten sich die Dämonen. So viele waren es, die ihm den Weg versperrten. Wieder heulte er und rannte sehenden Auges auf sie zu, obwohl ihm die Angst im Nacken saß.

Er schoss hierhin und dorthin, kam fast zum Stillstand, sprang und rannte weiter. Immer öfter spürte er die Klauen und Zähne, die ihn niederreißen wollten.

Schließlich verbiss sich eines der Wesen in seinem Rücken. Thraun stolperte und überschlug sich zusammen mit dem Dämon im Straßenstaub. Das kalte Feuer lief durch seinen Körper. Er zuckte, doch sein Schwung trug ihn weiter. Sein Blick verschwamm, noch einmal bellte er, schwächer als zuvor.

Ringsum hörte er Rufe, harter Stahl klirrte laut. Ein Kreischen, und der Druck auf seinem Rücken verschwand. Schaudernd blieb er im Dreck liegen, während die Männer an ihm vorbeirannten und am Rand einer Häuserzeile ihre Posten bezogen. Einer rief lauter als alle anderen, seine Stimme war ganz nahe.

Thraun hob den Kopf und sah sich um. Sein Atem ging stoßweise, die Kälte fraß sich in seinen Körper. Ein Mensch hockte sich vor ihn. Er hatte dunkle Haare, war stark und besaß den Geruch des Anführers, an den er sich erinnern konnte.

Der Mann sah ihn an, runzelte die Stirn und verstand ihn schließlich. Er sagte etwas zu Thraun, doch der Wolf hatte kein Ohr für das, was der Mann zu sagen hatte. Der Mann stand auf und rief, andere Männer rannten los. Dann kniete er nieder und rieb mit warmen Händen über Thrauns bebende Flanken.

Noch einmal sprach er, und wieder verstand Thraun es nicht. Tief in ihm, ganz tief in ihm betete sein menschlicher Kern, er habe hoffentlich genug getan.

Achtzehntes Kapitel

Die Rabenkrieger machten längere Schritte, als die Dämonen sich kreischend näherten. Das Schwert des Unbekannten pochte im Takt zu ihren Schritten auf den Boden und klirrte auf dem Schiefer. Hirad bereitete sich neben ihm auf den Kampf vor, ließ die Arme kreisen, nahm das Schwert in die rechte Hand und wog es. Ein gutes Gefühl, dass er wieder kämpfen konnte. Es war viel zu lange her.

»Der Rabe, auf mein Zeichen!«, rief er. »Denser, du übernimmst Erienne.«

Fünfzig Schritte vor ihnen schwärmten die Dämonen aus. Einige stiegen hoch, andere wollten sie von den Flanken her angreifen. Acht gingen geradewegs auf sie los. Sofort reagierten die Elfen und ließen sich zurückfallen, um die Magier zu schützen.

»Der Rabe, aufpassen. Magier, sucht eure Ziele und wartet.«

Hirads Stimme übertönte mühelos die Rufe der Dämonen und das Rauschen der Flügel. Drei kamen direkt auf ihn zu, drei weitere links daneben hatten den Unbekannten aufs Korn genommen.

Noch fünfundzwanzig Schritt, sie kamen rasch näher.

»Bereitet euch vor, haltet die Stellung. Wir müssen sie ausschalten.«

Elfenpfeile surrten. Hirad sah sie nicht einschlagen, hörte aber die schmerzvollen, überraschten Schreie. Er lächelte. Dunkelblaue und gelbe Blitze erhellten den Himmel. Feuerkugeln und Eiswind fegten durch die Luft, die Dämonen kreischten. Hirad konzentrierte sich auf den Raum vor ihm. Noch zweimal pochte die Klinge des Unbekannten auf den Boden, dann waren die Dämonen da.

Hirad war klar, dass der erste Angriff erbittert sein würde. Er ging halb in die Hocke und beobachtete die drei, die sich ihm näherten. Sie zögerten ein wenig, nachdem sie gesehen hatten, wie andere von Pfeilen durchbohrt worden waren, die eigentlich keine Wirkung hätten haben dürfen. Doch sie waren immer noch voller Selbstvertrauen. Die grün gesprenkelten Geschöpfe mit den dünnen, von Adern durchzogenen Flügeln griffen mit vorgestreckten Krallen und klaffenden Mäulern an und brüllten ihre Wut heraus.

Der linke kam ein wenig zu früh. Hirad duckte sich und schlug zu, seine Klinge grub sich tief in den Leib des Dämons. Eine dunkle Flüssigkeit sprudelte aus der Wunde, der Dämon kläffte und zog sich überstürzt zurück. Der mittlere und der rechte kamen gemeinsam, beinahe wäre Hirad zu langsam gewesen. Einer drehte sich in der Luft, um mit den Füßen voraus Hirads Brust zu treffen. Der zweite krümmte die Klauen, um ihn zu zerfetzen. Hirad ignorierte ihn für den Moment und konzentrierte sich auf den anderen. Er hockte sich hin und rollte sich ab, er spürte, wie der Dämon zwischen seinen Zöpfen hindurchfuhr und gleich wieder aufstieg. Er hatte nur die leere Luft getroffen. Der zweite Dämon schlug mit einer Klaue zu, verfing sich in Hirads Rüstung und zerrte ihn halb herum.

Beide stiegen nach dem Angriff wieder in die Luft, sodass Hirad einen Augenblick Zeit hatte, sich zu orientieren. Er stand jetzt mit dem Gesicht zum Raben gewandt. Die Luft war voller dunkler Dämonen, ihre Schreie lärmten in seinen Ohren. Links brachten Auum und Duele blitzschnell Tod und Verderben über ihre Feinde, sie standen mit dem Rücken vor Erienne und Denser. Auum war mit zwei Gegnern beschäftigt. Dem ersten Dämon versetzte er einen mächtigen Tritt vor die Brust, sodass dieser flach auf dem Rücken landete. Er drehte sich weiter, seine kurze Klinge blitzte in der Sonne und zerschnitt dem zweiten den Hals. Das Biest heulte und stürzte zu Boden, sein Blut strömte auf die trockene Erde.

Rechts neben Hirad schlugen sich Darrick und der Unbekannte recht gut. Der General kämpfte gegen einen einzigen Angreifer, der schon aus mehreren Wunden blutete und rasch schwächer wurde. Der Unbekannte hielt einen Dämon auf Armeslänge an der Gurgel, holte mit der Klinge aus und stieß sie der Kreatur in den Bauch, dann warf er den Leichnam fort.

Hirads zwei Dämonen griffen wieder an, sie kamen von den Seiten und nahmen ihn in die Zange. Er packte das Schwert mit beiden Händen, wartete ab und sah, wie sie in steilem Winkel herabkamen. Als sie zu nahe waren, um noch auszuweichen, drehte er sich auf dem rechten Bein um sich selbst und schlug zu. Er beschrieb zwei volle Umdrehungen, und seine Klinge schnitt dem ersten ins Gesicht und trennte dem zweiten am Ellenbogen einen Arm ab. Beide prallten gegen ihn und warfen ihn um.

Halb benommen sammelte er sich, um noch einmal zuzuschlagen. Einer der Dämonen war über ihm. Er roch den üblen Gestank und spürte, wie das Blut über seine Rüstung lief. Eilig krabbelte er zurück, hob das Schwert und versuchte, das Biest von seinen Beinen zu stoßen. Aus dem Nichts kam eine Klaue, die sein Gesicht traf. So schnell er auch reagierte, die Krallen rissen ihm die Wange auf. Kalter Schmerz schoss durch seinen Kopf, und er kippte rückwärts auf den Boden. Einen Moment lang war er wie betäubt und konnte nicht mehr klar sehen. Angst durchflutete ihn, und er fasste nach seiner Brust, als könnte dies die Dämonen daran hindern, ihm die Seele zu nehmen.

Weitere Sprüche explodierten, Stahl traf mit einem dumpfen Geräusch auf einen Dämonenkörper. Eine Hand packte ihn an der Schulter, der Unbekannte zog ihn hoch. Vor seinen Füßen lagen zwei Dämonen. Einer zuckte noch leicht, der andere war enthauptet. Dunkler Schleim tropfte vom Schwert des Unbekannten. Er zuckte mit den Achseln.

»Ich glaube, wir haben sie abgeschreckt«, sagte er.

Hirad atmete tief durch. Blut rann über sein Gesicht, das er vorsichtig mit dem Handschuh abwischte. Die Dämonen, die noch dazu in der Lage waren, zogen sich zurück. Überall lagen tote Dämonen, es waren mindestens zwanzig.

»Wir sollten sehen, dass wir weiterkommen. Ist jemand verletzt?«, fragte er.

Allgemeines Kopfschütteln. Er nickte zufrieden. Erienne lächelte ihn an, ein wenig müde, aber zufrieden.

»Das würde ich eine erfolgreiche Generalprobe nennen.« Denser drückte sie an sich.

»Es war knapp«, sagte der Unbekannte, als er sie weiter nach Blackthorne führte. »Was war das eigentlich für eine Pirouette?«

»Auum hat es mir beigebracht.«

»Mir wäre es lieber gewesen, wenn du dich einfach geduckt und abgerollt hättest.«

Hirad grinste. »Ich lerne ja noch.«

»Hm.« Der Unbekannte deutete auf Hirads Wange. »Du hast Glück gehabt. Wenn du den Kopf nicht herumgedreht hättest, dann hätte er dir das Auge ausgekratzt. Sonst alles in Ordnung?«

»Etwas kalt um die Wunde herum, aber davon abgesehen, geht es mir gut.« Er kicherte, obwohl er am ganzen Körper zitterte. »Sie können sich nicht einfach unsere Seelen schnappen, was?«

»Glücklicherweise nicht.«

Sie erreichten eine Anhöhe und blickten zu der noch eine Meile entfernten Stadt Blackthorne hinunter. Dort wimmelte es vor Aktivität. Dämonen gingen am Boden und am Himmel verschiedenen Aufgaben nach. Viele eilten zu Blackthornes Burg, über der immer noch trotzig die Fahne des Barons flatterte. Menschen versammelten sich, die offenbar keine Gefangenen der Dämonen waren. Sie waren bewaffnet, und die gebrüllten Befehle waren sogar für den Raben noch zu hören.

»Ein Empfangskomitee?«, meinte Darrick.

»Thraun ist demnach durchgekommen«, sagte Hirad. »Was jetzt?«

Der Unbekannte trottete den Hügel hinunter, die anderen folgten ihm. Links und rechts eilten die Elfen wieder voraus. »Wir wollen sie nicht warten lassen. Ich glaube nicht, dass die Dämonen uns freundlich hereinbitten. Kommst du mit der Verletzung zurecht, bis wir drinnen sind?«

»So schlimm ist es nicht«, sagte Hirad.

»Gut. Erienne, kannst du das noch einmal machen?«

»Kein Problem.«

»Der Rabe, auf geht's.«

Vorsichtiger geworden, flogen die Dämonen jetzt höher

und ließen sie nicht aus den Augen. Direkt vor ihnen stellten sie über der Burg eine Formation zusammen. Es war eine große, über hundert Dämonen starke Truppe, die wie ein Netz über der Stadt ausschwärmte und den Gefährten den Weg versperrte. Der Rabe war entschlossen, doch Hirad wechselte einen besorgten Blick mit dem Unbekannten, als sich ihnen so viele Gegner in den Weg stellten. Was Blackthorne auch vorhatte, es war hoffentlich wirkungsvoll.

Der Rabe rannte los, da ihm ohnehin keine andere Möglichkeit blieb, als auf die eigenen Kräfte und die ihres Freundes im Schutz des Kaltraums zu vertrauen. Hirad sah sich unablässig um. Links und rechts nach den Elfen, nach hinten, um sich zu vergewissern, dass der Rabe nicht getrennt wurde, nach vorne und nach oben, um den nächsten Schachzug der Dämonen beizeiten zu erkennen.

Bald wurde klar, dass die Dämonen verunsichert waren. Nachdem der Rabe mehr als zwanzig ausgeschaltet hatte, war ihr Überlegenheitsgefühl etwas angeschlagen, und zugleich ließ Baron Blackthorne keinen Zweifel daran, dass er jeden Augenblick einen Ausfall unternehmen würde. So gewann der Rabe etwas Zeit und konnte die Hälfte der Distanz relativ ungestört hinter sich bringen. Lange konnte die Atempause jedoch nicht dauern, und tatsächlich, sobald der Rabe und die Elfen das vorgelagerte Ackerland erreicht hatten, griffen die Dämonen an.

»Der Rabe, Vorsicht!«, warnte der Unbekannte. »Wir wollen versuchen, immer in Bewegung zu bleiben. Erienne, du bist dran.«

Das Gejohle und die krächzenden Schreie der Dämonen erfüllten die Luft und hallten weit übers offene Land. Es lief Hirad kalt den Rücken hinunter, unwillkürlich packte er sein Schwert fester. Seine Wange brannte, allmählich wurde sein ganzer Kiefer taub. Je mehr sie sich den Ausläufern der Stadt näherten, desto enger formierte sich der Rabe. Auum und Duele setzten sich hinter die Magier, Rebraal und Evunn übernahmen, mit Bogen gerüstet, die Vorhut.

»Wir sind zu schnell«, sagte Denser. »Erienne kann bei diesem Tempo den Spruch nicht halten.«

Also gingen sie langsamer. Darrick blieb neben Erienne, Hirad und der Unbekannte direkt vor ihr. Über ihnen schwollen die Schreie der Dämonen zu einem ohrenbetäubenden Lärm an. Sie sammelten sich und griffen an.

»Bei den guten Göttern.« Hirad erstarrte beinahe. »Jetzt kriegen wir Ärger.«

»Der Rabe, haltet die Positionen! Sprüche so weit wie möglich fächern!«, rief Darrick.

Sie blieben stehen, denn nur so konnten sie eine stabile Formation bilden, und nur so hatten sie überhaupt eine Chance. Denser flüsterte beruhigend mit Erienne.

»Das können wir uns nicht erlauben, Denser. Wirke deinen Spruch, sie sind da.«

»Wir können es uns auch nicht erlauben, dass Erienne ausfällt.«

»Keiner darf ausfallen. Bitte, Denser, nicht jetzt.«

»Schon gut«, knirschte der Magier.

»Komm schon, Baron«, flüsterte Hirad. »Wir brauchen dich.«

Dieses Mal konnte er nicht einmal schätzen, wie viele Dämonen auf sie losgingen. Mindestens doppelt so viele wie beim ersten Angriff. Genug, um sie zu zerschmettern, wenn sie nicht sehr auf der Hut waren.

Aus Richtung der Burg kamen orangefarbene und blaue Blitze geflogen, darauf folgten Explosionsgeräusche, und Hunderte Männer brüllten. Weitere Sprüche zuckten und zerfetzten die Dämonen, die noch über Blackthorne kreisten. Jetzt griffen auch die Elfen ein. Todeshagel fegte durch den klaren blauen Himmel, darauf folgte Eiswind, der die führenden Dämonen traf. Doch sie griffen weiter an, und Blackthornes Unterstützung kam zu spät.

Plötzlich wurde es still, und Hirad spürte einen Druck auf den Ohren. Hinter ihm fluchte Denser.

»Bedeckt die Augen!«, rief er. »Sofort!«

»Der Rabe, tut es«, befahl Hirad.

Er schloss die Augen und legte einen Arm darüber. Einen Moment später gab es einen Knall, und grelles Licht flammte am Himmel auf. Hirad konnte das Licht auch durch geschlossene Lieder wahrnehmen, als würde es sogar durch seinen Arm hindurchstrahlen. Ringsum waren Schreie in der Luft zu hören.

»Alles klar!«, rief Denser.

Hirad schaute hoch. Am Himmel torkelten geblendete Dämonen. Sie prallten gegeneinander, einige flogen sehr hoch, um dem Chaos zu entkommen, oder versuchten, taumelnd zu landen. Einige schwebten an Ort und Stelle und wischten sich mit den Fäusten die Augen aus. Die meisten aber irrten einfach umher und versuchten, mithilfe ihrer anderen Sinne die Beute doch noch zu erreichen, wurden jedoch von den Schmerzen abgelenkt, die in ihren Schädeln hämmerten.

Hirad und der Unbekannte wechselten einen Blick, der Unbekannte nickte.

»Der Rabe!«, brüllte Hirad. »Der Rabe zu mir!«

Dann rannten sie mit aller Kraft los und gaben jeden Gedanken auf, eine organisierte Kampfformation zu halten. Das Sonnenfeuer war ein selten benutzter Spruch, der sich mit flächendeckenden Schutzsprüchen leicht abwehren ließ. Doch wenn er zuschlug, dann war die Wirkung spektakulär, aber leider auch, wie sie alle wussten, sehr kurzlebig. Die Dämonen würden bald wieder klar sehen können.

Auums Tai und Rebraal übernahmen die Führung und rannten durch Blackthornes fast verlassene Straßen. Hier und dort lehnten Dämonen und Menschen an den Wänden oder saßen, die Hände an den Kopf gepresst, auf dem Boden, vorübergehend vereint in ihrer Pein. Wo sich Dämonen auf der Straße drängten, wurden sie ohne langes Federlesens niedergeschlagen.

Als sie sich dem Bereich der Stadt näherten, den Black thorne noch unter Kontrolle hatte, fiel Hirad etwas ein. Er steckte sein Schwert in die Scheide.

»Unbekannter!« Er packte den großen Mann im Rennen am Arm. »Wir können ein paar retten. Jeder nimmt einen.«

Der Unbekannte nickte. »Die anderen werden unserem Beispiel folgen. Nimm du den Jungen, wir können sie tragen.«

Blackthornes Leute kämpften ihnen bereits eine Gasse frei und vertrieben die desorientierten Dämonen, die sich ihrer Qual zum Trotz zu wehren versuchten. Sprüche donnerten und umhüllten die hilflosen Opfer, Keulen und Knüppel schlugen einige bewusstlos, die zu nahe kamen. Als Hirad an einer Tür vorbeirannte, sah er einen kleinen Jungen, vielleicht zehn Jahre alt, der sich die Fäuste vor die Augen presste und nach seiner Mutter schrie. Der Barbar hielt schlitternd an, schoss in den Durchgang zurück, schnappte sich den Jungen und warf ihn sich über die Schulter, ohne auf die Prellungen zu achten, die er sich damit einhandelte.

»Bei mir bist du sicher«, sagte er.

Das Kind geriet in Panik und trommelte auf Hirads Rücken herum. Sein panisches Geschrei wurde sogar noch lauter. Hirad hatte jedoch keine Zeit, es dem Jungen in Ruhe zu erklären. Ein Blick zum anderen Ende des Durchgangs verriet ihm, dass die Dämonen sich schon wieder sammelten und auf dem Luftweg angreifen wollten.

»Es wird Zeit.« Er rannte los, um sich in Sicherheit zu bringen. »Der Rabe, kommt mit!«

Erienne und Denser hatten mit ihren Händen einen Sitz geformt und trugen eine Mutter und ein Kleinkind zwischen sich. Der Unbekannte, es war typisch für ihn, hatte sich über jede Schulter ein Kind gelegt. Inmitten der noch hilflos kreisenden Dämonen bekamen Auum und die Elfen reichlich zu tun.

So schnell, dass man mit dem Auge nicht folgen konnte, teilten sie Tritte und Hiebe aus und zerrten die Dämonen zur Seite. Die Magier töteten ihre Opfer mit der Flammenhand und eng begrenztem Eiswind. Die Menschen vor ihnen hatten sich bereits in die sicheren Kalträume zurückgezogen, deren Grenzen mit Steinen auf dem Boden markiert waren, und winkten den Raben herein. Darrick war ganz vorne, er trug seine Last auf beiden Armen. Dann folgte der Unbekannte. Hirad wurde etwas langsamer und wartete, bis auch Erienne und Denser in Sicherheit waren.

Während sich die kreischenden Dämonen mit erschreckender Geschwindigkeit näherten, erreichte der Rabe die relative Sicherheit von Blackthornes Besitz. Hirad rannte noch dreißig Schritte weiter, bis ihn eine vertraute Stimme aufhielt.

Mit stechenden Lungen und pumpendem Brustkorb, schweißüberströmt und mit dem unangenehmen Brennen der Kratzer im Gesicht, blieb er endlich stehen und sah sich um. Blackthorne kam breit lächelnd zu ihm. Der Mann konnte offenbar nicht ganz glauben, was er sah. Hirad entließ das hysterische Kind in die Arme anderer Helfer und umarmte den Baron zur Begrüßung.

»Hättet Ihr nicht vorher Bescheid sagen können?«, sagte der Baron, als er sich vom Barbaren löste. »Dann hätte ich ein bisschen aufgeräumt.«

»Wir haben Thraun geschickt«, sagte Hirad. »Offenbar ist er auch hier angekommen.«

Hirad sah sich nach dem Wolf um und war ein wenig besorgt, als er ihn nicht sofort entdeckte.

»Er hat es geschafft, aber er wurde verletzt. Keine Sorge, wir kümmern uns um ihn, doch es war der Biss eines Dämons. Eigentlich müsste er tot sein.«

Hirad kicherte. »Genau wie ich, was?« Er deutete auf seine Wange. »So leicht kann man den Raben nicht umbringen.«

»Das ist mir auch schon aufgefallen.«

»Hat er noch seine Wolfsgestalt?«, fragte Hirad.

Blackthorne nickte. »Aber er ist ruhig. Ich bringe Euch zu ihm.«

»Dabei könnt Ihr mir auch gleich verraten, wie Ihr aus diesem einen Wolf geschlossen habt, dass wir kommen. In dieser Gestalt ist er nicht gerade gesprächig.«

Blackthorne legte Hirad einen Arm um die Schultern und führte ihn zu den anderen Rabenkriegern zurück, die beisammenstanden oder -saßen. Sie waren inzwischen mit Getränken versorgt worden und betrachteten die Dämonen, die sich vor den Kalträumen drängten.

»Später, Hirad. Zuerst einmal müsst Ihr ausruhen. Wir können später bei Essen und Wein reden, und dann müsst Ihr mir auch erzählen, was Ihr, bei den fallenden Göttern, hier zu suchen habt. Aber eines muss ich Euch schon jetzt sagen. Auch wenn Thraun ein Wolf ist, seine Augen sind menschlich. Ich habe ihn sofort erkannt, und wo er ist, da ist der Rabe nicht weit.«

»Mylord!« Ein junger Mann kam zu ihnen gerannt.

»Luke«, sagte Blackthorne. »Das hier sind die Rabenkrieger.«

Luke stand einen Moment verwirrt da, dann nickte er

ihnen allen zu. »Ich bin froh, dass Ihr hier seid. Aber bitte entschuldigt mich.«

Er hielt inne, und Hirad sah die widerstreitenden Emotionen in seinem Gesicht. Er versuchte, nicht in Ehrfurcht zu erstarren und gleichzeitig nicht zu vergessen, warum er den Baron aufgesucht hatte.

»Hör zu, Luke, du kannst uns beim Essen Gesellschaft leisten. Und jetzt sage mir, was los ist, du siehst so aufgeregt aus.«

»Er ist da, Mylord. Er will mit Euch sprechen.«

Baron Blackthorne nickte. »Das war ja zu erwarten, auch wenn es etwas früher kommt, als mir lieb ist.« Er betrachtete den Raben. »Ihr solltet mitkommen.«

»Wen wollt Ihr uns vorstellen?«

»Den Dämonenanführer in dieser Gegend. Wir nennen ihn Fummler.« Er lächelte rätselhaft.

Erienne sprach aus, was sie alle dachten. »Warum nennt Ihr ihn so, und wie ist sein richtiger Name?«

»Kommt mit und seht es Euch selbst an.«

Blackthorne schlenderte über den freien Platz zur Grenze, als befände er sich auf einem gemächlichen, von keinerlei Sorgen belasteten Nachmittagsspaziergang. Der Rabe folgte ihm, die Elfen kamen ebenfalls mit.

»Ich habe in diesem Bereich alle Gebäude abreißen lassen, damit wir rings um die Burg freies Blickfeld haben. Die Dämonen haben alles dahinter besetzt, und sie wissen, wo unsere Kalträume beginnen. Wir verstehen einander. Wir denken darüber nach, einen Palisadenzaun zu bauen, weil eine physische Barriere gut für die Moral wäre, aber heutzutage ist Baumaterial schwer zu bekommen.«

»Damit würde es hier beinahe gemütlich«, sagte Hirad.

Blackthorne warf ihm einen finsteren Blick zu. »So weit würde ich nicht gerade gehen, Hirad.«

Einige Magier und Soldaten hatten sich diesseits der Grenze versammelt. Draußen warteten ein paar Dutzend Dämonen. Die Leute machten Platz, als Blackthorne mit seinem Gefolge kam. Mit eingeklappten Schwingen stand ein mehr als acht Fuß großer Dämon vor ihnen. Er hatte eine pechschwarze Haut, über die sich blaue, pulsierende Adern zogen. Das Gesicht besaß annähernd menschliche Form, die Gesichtszüge fielen jedoch in eine ganz andere Kategorie. Sein Mund war ein kleiner, lippenloser Schlitz, darüber diente ein dunkles, ovales Ding als Nase. Ohren hatte er anscheinend überhaupt keine, und seine Augen waren riesige gelbe Kreise, die den größten Teil der Stirn einnahmen. Die Hände liefen in lange, knochige Finger aus, die unablässig klickten.

»Ein hässliches Biest, was?«, sagte Hirad.

»Wahrscheinlich würde er dein Aussehen ähnlich bewerten«, gab Denser zurück.

»Macht er das wirklich die ganze Zeit?«, wollte Erienne wissen.

»Daher sein Spitzname«, erklärte Blackthorne. Er trat an die Grenze, bis er nur noch zwei Schritte vor seinem Feind stand. »Was willst du, Fummler?«

»Ich heiße Ferouc«, sagte der Dämon und starrte den Raben an. Das Klicken wurde schneller.

»Ach, natürlich, das hatte ich ganz vergessen«, sagte Blackthorne. »Was willst du nun, Fummler?«

»Ihr habt etwas, das wir haben wollen, und das uns gehört«, sagte Ferouc mit winselnder, zischender Stimme und mit Lippen, die nicht an die menschliche Sprache gewöhnt waren.

»Dir gehört in dieser Welt überhaupt nichts. Durch Diebstahl wird man nicht zum rechtmäßigen Besitzer.«

»Die da hinter dir haben sechs mitgenommen, die uns

gehören«, sagte Ferouc. »Sie werden zurückgegeben, oder andere werden leiden.«

»Komm doch und hol sie dir«, sagte Hirad.

»Still«, fauchte der Unbekannte.

»Du bist sehr tapfer da draußen, was?« Hirad wurde allmählich wütend. Er trat einen Schritt vor und machte Anstalten, sein Schwert zu ziehen. »Komm doch, dann sehen wir, wie groß du bist.«

Blackthorne winkte ihn zurück. »Du kannst dir sicherlich denken, dass wir auf so eine Forderung nicht eingehen werden.«

Ferouc sah an Blackthorne vorbei. »Der Rabe«, zischte er. »Jetzt sitzt ihr in der Falle.«

»So siehst du das also?« Blackthorne zog die Augenbrauen hoch und kratzte sich nachdenklich am Ohr. »Wir glauben eher, dass dies ein Ort ist, in den du nicht eindringen kannst. Ein Ort, der jeden Tag stärker wird.«

Feroucs Lachen, falls es das war, ähnelte einem schleimigen Keuchen. »Wir warten. Wir wachsen. Ihr werdet schwächer. Deine Seele wird mir gehören, Blackthorne.«

»Möchtest du sonst noch etwas sagen?«, fragte Blackthorne. »Ich habe viel zu tun.«

»Gib mir die sechs zurück. Gib mir den Raben. Du wirst sechs deiner Gefährten für jeden verlieren, der in deinem Schneckenhaus bleibt.«

Blackthorne schüttelte den Kopf. »Der Rabe wird tun, was er will, denn er untersteht nicht meiner Kontrolle. Das solltest du nicht vergessen. Und was die angeht, die du in der Gewalt hast – die sind für mich bereits tot. Nichts, was du ihnen antust, kann mich umstimmen.«

Damit drehte Blackthorne sich abrupt um, und erst als Ferouc es nicht mehr sehen konnte, ließ er seinen Tränen freien Lauf.

Neunzehntes Kapitel

Tessaya hatte nach seinem Rückzug aus Xetesk vor zwei Jahren sehr viel Zeit zum Nachdenken gehabt. Seinen Kriegern hatte er abwechselnd freigegeben, damit sie sich im Kernland erholen konnten, und auch sich selbst hatte er ein wenig Freizeit gegönnt. Während seiner Abwesenheit waren unter denen, die geblieben waren, die alten Spannungen rasch wieder ausgebrochen. Er war nicht als Sieger zurückgekehrt, was seinem Einfluss und Ansehen geschadet hatte.

Die Konflikte zwischen den Stämmen hatten ihm Krieger geraubt, und nach seiner Rückkehr hatte es mehr als einen Mordanschlag gegen ihn gegeben. Die Tatsache, dass alle derartigen Versuche gescheitert waren, erinnerte ihn daran, wen die Geister erwählt hatten, um die Wesmen zur Herrschaft über ganz Balaia zu führen.

So hatte er während der Unruhen einen kühlen Kopf bewahrt und abgewartet, bis sich das Blut wider abkühlte und die Wut der Streithähne verraucht war. Seine Krieger nahmen es nur widerwillig hin, von den Streithähnen als Feiglinge verhöhnt zu werden. Nach so vielen Jahren umsichtiger Regentschaft war er sich jedoch ihrer unerschütterlichen Treue sicher, und auch dieses Mal zahlte sich seine Gelassenheit aus. Als die Kämpfe zwischen den Stämmen so weit abgeklungen waren, dass es nur noch hin und wieder vereinzelte Scharmützel gab, waren die Paleon abermals die stärksten Stämme im ganzen Kernland.

Wieder einmal waren die Stammesfürsten gezwungen, vor ihm niederzuknien. Alle, die sich der Opposition gegen ihn angeschlossen hatten, waren an jenen Ort verbannt worden, an dem der Geist niemals Ruhe fand.

Da das Kernland inzwischen wieder relativ friedlich war und die Männer, denen er am meisten vertraute, die Stämme beherrschten, die er am meisten fürchtete, konnte er abermals über die Eroberung des Ostens nachdenken. Zum ersten Mal im Leben fragte er sich, ob es überhaupt möglich sei. Magier konnte man ermüden, und Männer konnte man mit der Kraft der Waffen und dem Mut des Kriegers bezwingen. Gegen die Dämonen aber half keine Waffe.

Noch schlimmer, wenn die Dämonen die Magier im Osten besiegten, würden sie schließlich auch ihn und sein Volk bedrohen. Es war ein eigenartiger Widerspruch. Einerseits hatte er das Magierland im Wissen verlassen, dass die Herrschaft der Magie auf Balaia endlich zu Ende ging. Andererseits hatte er vor einem Gegner gestanden, vor dem sich sogar die Geister fürchteten. Bisher gab es keinen Grund zu der Annahme, dass die Dämonen auch das Kernland besetzen wollten, doch unter den Toten war eine Unruhe ausgebrochen, die ihm große Sorgen machte.

Tessaya saß vor seinem Bauernhaus auf der mit Stroh gedeckten Veranda, wo ihn die hoch am Himmel stehende Nachmittagssonne nicht erreichen konnte. Es war ungewöhnlich heiß für Spätfrühling, und sie hatten schon befürchtet, ihre Haupternte könne leiden. Glücklicherweise hatten die Streitigkeiten unter den Stämmen früh genug aufgehört, sodass sie noch die Bewässerung organisieren, die Ernte retten und eine Hungersnot vermeiden konnten.

In seinem kleinen Dorf herrschte ein reges Treiben. Hundert Bauernhöfe waren es, in konzentrischen Ringen angeordnet, und im Zentrum sein eigener. Jungtiere liefen auf Koppeln herum, der Weizen, der Mais und die Kartoffeln gediehen, die Pflanzen wiegten sich in der kühlen Brise. Kinder lachten, Männer und Frauen senkten die Köpfe und machten sich an die Arbeit.

Aus dem kleinen Steintempel, der das spirituelle Zentrum jeder Wesmen-Siedlung bildete, kam Arnoan, der alte Schamane, eilig zu Tessaya herüber. Tessaya rief seine Frau und bat sie, Früchte auszupressen und gewürzten Saft zu servieren. Bei der Geschwindigkeit, mit der er rannte, wäre der alte Mann bald außer Atem.

Arnoan hatte ein knallrotes Gesicht, als er die kurze Strecke im Dauerlauf hinter sich gebracht hatte. Tessaya rückte ihm einen Stuhl zurecht und half ihm die paar Stufen zur Veranda herauf.

»Setz dich, ehe du umfällst«, sagte er.

Arnoan, der trotz der Hitze die schweren hellen Gewänder seines Amtes trug, winkte abwehrend.

»Nicht meinetwegen solltest du dir Sorgen machen, Tessaya.«

Er war der Einzige, der Tessayas Namen ohne Ehrentitel benutzen durfte, und dies auch nur, wenn sie unter sich waren.

»Wurde dir Weisheit zuteil, mein Schamane?« Er gab Arnoan den Becher Saft, den seine Frau eingeschenkt hatte. Der Schamane stürzte ihn dankbar hinunter. Die letzten Büschel seines weißen Haars flatterten um den Kopf, und die fleckige Gesichtshaut wurde deutlich heller, als er sich abkühlte. Er betrachtete Tessaya mit tief in den Höhlen liegenden grauen Augen, die nach Ansicht des Wesmen-Lords schon Jahre über den Tod hinaus waren.

»Wie lange ist es her, dass die Drachen aus dem Fleck am Himmel kamen und du mir sagtest, du brauchtest keine Geister?«

Tessaya kicherte. »Du hast ein langes Gedächtnis, alter Mann.«

»Und ich weiß, wie sich die Welt dreht, Tessaya. Die Schwierigkeiten, vor denen du jetzt stehst, sind viel gefährlicher als alles, was dir bisher begegnet ist.«

Tessaya zog skeptisch die Augenbrauen hoch. »Wirklich? Wie ist das möglich?«

»Sage mir, ob du wirklich an die Kraft der Geister glaubst.«

»Sie haben Einfluss auf das Herz und die Gedanken der Wesmen«, räumte er ein. »Sie sind weise und haben uns früher in schwierigen Zeiten geholfen.«

»Und wenn sie nicht länger da wären, Mylord? Was dann?«

»Dann müssten wir unseren Weg in dieser Welt ohne die Anleitung der Toten suchen«, sagte Tessaya nach kurzem Nachdenken.

»Nein, Tessaya. Dann gäbe es keinen Weg mehr für uns. Die Dämonen würden ihn uns wegnehmen.«

Tessaya lachte, obwohl er besorgt war. »Sie können uns nicht anrühren. Die Menschen im Osten sind schwach, und deren Seelen können sie mühelos nehmen. Unsere nicht.«

Arnoan beugte sich vor und packte Tessaya fest am Arm. »Wir sind nur widerstandsfähig, weil die Geister uns schützen. Das weißt du doch.«

»Sie werden uns immer schützen.« Tessaya starrte Arnoans Hand an. Der Schamane ließ nicht los.

»Falls die Dämonen den Osten besiegen, können sie, ohne Gegenwehr fürchten zu müssen, im Westen oder Süden zuschlagen. Sie wollen von dieser Welt aus den Zugang zur Geisterwelt erlangen.«

»Wie das?«

»Ich weiß es nicht, aber die Geister glauben, sie werden ihn hier finden. Und wenn sie damit Erfolg haben, dann sind wir ihnen völlig ausgeliefert.«

Tessaya schüttelte den Kopf. »Das ist verrückt. Wie können die Dämonen die Toten bedrohen? Die Hitze ist dir zu Kopfe gestiegen.«

»Mag sein, Tessaya.« Arnoan ließ los und sank auf seinen Stuhl zurück. Die Weidenruten knarrten. »Schließlich bin ich auch nur ein alter Mann, der sich schon längst hätte zu ihnen gesellen sollen, nicht wahr?«

»Vielleicht bist du das, aber so würde ich gewiss nicht denken, wenn deine Worte vernünftig klängen.«

»Ich kann nicht mehr tun, als die Warnung weitergeben, die ich empfangen habe. Der Kontakt ist nie sehr gut, Tessaya, das weißt du doch.«

Tessaya hob beide Hände. »Aber gehört es nicht zu den Aufgaben eines Schamanen, das Durcheinander zu entziffern, das er empfängt?«

»Es ist ein Wunder, dass wir überhaupt etwas verstehen.«

»Sage mir, was du sagen musst.«

»Du musst dich vorbereiten, Lord Tessaya. Eine Schlacht steht bevor, und Hilfe wird aus unerwarteter Richtung kommen.«

»Ist das alles?« Tessaya fuhr sich mit den Fingern durchs Haar.

»Die Geister sind unruhig, Tessaya. Sie fürchten die Invasoren, und deshalb solltest auch du sie fürchten. Sie müssen zurückgeworfen werden. Ich weiß nur, dass du in deinem Kampf nicht allein sein wirst.«

In der folgenden Nacht fand Tessaya kaum Schlaf. Sein Kopf wurde von Visionen heimgesucht, die er nicht einmal ansatzweise verstand. Er wusste nicht, ob die Geister zu ihm sprachen, oder ob es sein eigenes Bewusstsein war, das Arnoans Worte immer wieder durchkaute. Als der Morgen kam, musste er zugeben, dass der Schamane ihn erschüttert hatte. Antworten hatte er allerdings keine.

Er ging zum Tempel, um zu beten, ehe er in den Osten nach Xetesk zurückkehrte.

Es war ein Anblick, den kein Drache jemals zu sehen geglaubt hätte. Weder Skoor noch Veret, Gost oder Stara. Am allerwenigsten die Kaan oder die Naik. Ein Anblick, bei dem den Alten der Atem feurig geworden wäre. Doch es geschah, und das direkte Gespräch konnte viel mehr ausrichten, als es jede Diplomatie vermocht hätte.

Sha-Kaan und Yasal-Naik flogen Flügel an Flügel. Verbündet, obschon nicht befreundet. Sie hatten eine einfache Botschaft. Eine Bitte.

Der Große Kaan sah es mit gemischten Gefühlen. Die Einstellung der Feindseligkeiten zwischen den beiden mächtigsten Bruten in Beshara war ein Triumph, doch er war immer noch äußerst unzufrieden. Ihm war klar, dass Yasal ganz ähnlich empfand. Beide hätten es vorgezogen, wenn der andere kapituliert hätte und ausgelöscht worden wäre. So war es bei Bruten, die Krieg führten.

Doch hinter seiner tiefen Unzufriedenheit konnte Sha-Kaan auch das Gefühl nicht abschütteln, dass er eine Aufgabe von überwältigender Bedeutung auf sich genommen hatte. Eine Aufgabe, die, wenn er nur erfolgreich war, das Überleben der Drachen sicherte. Welche Bruten dann über das bloße Überleben hinaus aufblühen würden, vermochte er nicht zu sagen.

»Erfüllt es dich nicht mit Sorge, Sha-Kaan, dass manche Bruten ihre Unterstützung zusagen könnten, aber ihr Wort nicht halten, wenn die Zeit kommt? Diese Bruten hätten in Beshara einen überwältigenden Vorteil.«

Sha-Kaan betrachtete Yasal mit dem linken Auge. Sie flogen über das große Meer nach Süden zu der im Wasser lebenden Brut Veret. Bei diesem Treffen brauchten sie keine Eskorte, und so flogen sie ohne Begleitung durch die hohen Luftströmungen.

»Ich dachte mir schon, dass du auf diesen Gedanken kommen würdest, Yasal«, sagte er. »Eigentlich wäre ich sogar enttäuscht gewesen, wenn du es nicht erwähnt hättest. Genau aus diesem Grund müssen wir die Anführer der Bruten überzeugen.«

»Könnten sie dies nicht auch für eine komplizierte List halten, mit der wir die Vorherrschaft gewinnen wollen?«

»Yasal, wenn du immer noch über solche Dinge nachdenkst, dann sprich es offen aus und verstecke dich nicht hinter dem Maul eines anderen.«

Yasal stieß ein tiefes Grollen aus. »Nicht alle Mitglieder meiner Brut glauben dir. Keiner von ihnen traut dir so weit, wie ich es für den Augenblick zu tun beschlossen habe. Wie willst du … wie wollen wir ihnen antworten?«

Sha-Kaan seufzte. »Es ist einfach. Ich werde durch mein Beispiel führen, und das wirst auch du tun. Alle außer denen, die unbedingt im Brutland bleiben müssen, werden mich begleiten. Es wird keine Verteidigung geben, weil es sinnlos ist. Meine Brut wird als erste in die Schlacht ziehen. Wenn andere sich entschließen, mir nicht zu folgen, sondern lieber meine Heimat zu zerstören, dann werden sie eine kurze Genugtuung und einen raschen Tod erleben. Das ist meine Überzeugung, und ich setze das Leben aller für sie ein, über die ich herrsche. Es ist kein Spiel. Wenn wir nicht zusammenarbeiten, werden wir alle untergehen.«

Yasal-Naik schwieg, doch Sha-Kaan bemerkte die Veränderung der Witterung und sah den ehrerbietigen Schwung der Flügel.

»Ich brauche dich an meiner Seite, Yasal-Naik.«

»Ich werde da sein, Großer Kaan.«

Unter ihnen ertönten die tiefen Rufe der Veret, und sie sanken langsam zum Meer hinunter.

Als der Rabe zum Abendessen gerufen wurde, hatte Blackthorne seine Fassung wiedergewonnen. Sie saßen an einem Ende der großen Tafel in der Haupthalle der Burg. Die Wandbehänge erzählten immer noch von ruhmreichen Taten der Vergangenheit, die Bogengänge führten immer noch zu Balkonen mit schönen Ausblicken, und die Feuer tosten in den Kaminen, um die Kälte des Abends zu vertreiben. In jeder anderen Hinsicht aber sah dies ganz und gar nicht nach einem Wiedersehen alter Freunde aus.

Sie hatten nur noch wenige Kerzen, die gerade reichten, um die Teller zu beleuchten. Das Küchenpersonal trug die spärlich gefüllten Teller selbst herüber, und die Stille in der Burg verriet ihnen, wie wenig Leute Blackthorne noch hatte.

Hirad entdeckte grünes Gemüse, ein wenig Hühnchen und Kartoffeln auf seinem Teller. Nicht gerade ein Festmahl, wie man es bei Blackthorne gewohnt war, aber eindeutig besser als die Brühe, die man hier vermutlich sonst aß. Jedenfalls war genug da, um alle zu sättigen, und während sie aßen, redeten sie.

Blackthornes Augen schimmerten dunkel im Kerzenschein, und er lächelte grimmig.

»Dieses Festmahl habe ich zu Ehren der Rückkehr des Raben ausgerichtet«, sagte er. »Und zu Ehren der Elfen, die wir zu unseren Freunden zählen dürfen. Allerdings habe ich nicht die geringste Ahnung, was Ihr hier zu suchen habt.«

»Neuigkeiten, Rat und Waffen«, erklärte Darrick.

»Ja, sicher. Aber im Ernst«, erwiderte Blackthorne, »wie Ihr Euch sicher denken könnt, machen zahlreiche Gerüchte die Runde. Manche behaupten, Ihr seid Sklaven der Dämonen, ihr führt den Widerstand an, lebt bei den Drachen oder versteckt Euch auf Calaius. All das ist offensichtlich falsch.«

Hirad trank einen großen Schluck seines Weins, eines köstlichen Roten aus Blackthornes Weinbergen.

»Bis vor Kurzem, Baron, war die letzte Variante die zutreffende«, erwiderte er. »Allerdings würde ich gern dem Mann widersprechen, der behauptet hat, wir hätten uns versteckt.«

»Ich glaube, er könnte einen der berühmten gut gemeinten Ratschläge des Unbekannten vertragen«, warf Denser ein.

Ein Kichern entstand am Tisch, selbst Blackthorne gestattete sich ein Lächeln.

»Oh, ich habe keinen Zweifel daran, dass Ihr Euch ganz sicher nicht versteckt habt.« Dann wurde er wieder ernst. »Was mich allerdings beunruhigt, ist die Tatsache, dass Ihr wieder da seid. Missversteht mich nicht, Eure Ankunft hier hat allen Menschen neue Hoffnung geschenkt, aber, nun ja, es war eine verzweifelte Lage, von der Ihr nicht betroffen wart. Wie kommt Ihr nun ins Spiel? Ist nun alles noch viel schlimmer geworden?«

Der Unbekannte erzählte ihm alles, was sie wussten. Jedes Mal, wenn Hirad es hörte, wuchsen seine Zweifel, ob

Balaia überhaupt überleben konnte. Blackthorne hörte zu, ohne ein einziges Mal zu unterbrechen. Als ihm das Ausmaß der Krise bewusst wurde, sackte er in sich zusammen, kratzte seinen grau durchwirkten Bart und nagte an der Unterlippe.

Nach dem Bericht des Unbekannten hatte sich ein Schweigen über den Tisch gesenkt, das nur vom unnatürlich lauten Klirren des Bestecks auf den Tellern unterbrochen wurde. Als Blackthorne endlich wieder das Wort ergriff, klang seine Stimme sehr müde und brachte deutlich zum Ausdruck, wie sehr sein Mut gesunken war, seit die Dämonen das Land besetzt hatten.

»Ich habe immer geglaubt, uns könnte mehr gelingen, als einfach nur zu überleben. Zwei Jahreszeiten lang haben wir sogar Boden wettgemacht. Quälend langsam, aber wir haben es geschafft. Und wir haben einige von denen zurückgeholt, die uns die Dämonen genommen hatten. Einige können sogar wieder in ihren eigenen Betten schlafen.« Er hielt inne und dachte nach. »Aber wir haben jedes Mal dafür gebüßt. Aus Rache für jeden, den wir zu uns geholt haben, töteten sie unsere Freunde. Das werden sie auch heute Abend tun. Jedes Mal sterben wir ein wenig mehr, aber das dürfen wir sie nicht merken lassen. Es ist seltsam, aber wir hatten sogar das Gefühl, wir könnten den Kampf gewinnen. Wir wollten wohl die Wahrheit nicht sehen. Wie hätten wir sie uns auch eingestehen können? Nicht einmal als wir die Grenzen unserer Kapazitäten für Kalträume erreichten. Nicht einmal als offensichtlich wurde, dass wir niemandem mehr helfen konnten, der noch draußen war, ohne so viele zu verlieren, wie wir gerettet hatten. Dennoch warteten wir ab. Wir haben gearbeitet, geplant und nachgedacht. Und gehofft. Wir haben immer gehofft, dass auch andere Widerstand leisten. Es musste einfach so sein, denn sonst hätten sie uns überrannt. Wir haben tapfere Seelen losgeschickt, die nie zurückgekehrt sind. Wir haben unsere Magier bei einer gemeinsamen Kommunion in Gefahr gebracht. Wir mussten weiter hoffen. Was sollten wir sonst auch tun? Für uns, für unsere Freunde draußen, für die Sklaven, die eine leichte Beute der Dämonen sind. Wisst Ihr eigentlich, wie schwer es ist, den Leuten, die man jeden Tag trifft, Mut einzuflößen, wenn man selbst keinen mehr hat?«

Blackthorne hielt inne und trank einen großen Schluck Wein. Seine Gäste rührten sich nicht, wagten kaum zu blinzeln. Luke, der neben ihm saß, starrte ihn voller Bewunderung an. Blackthorne legte ihm die Hand auf die Schulter. Luke ließ den Kopf hängen und starrte den Tisch an.

»Wir haben die Verzweiflung gesehen, wir konnten das Elend von unserem Gefängnis aus beobachten. Wir konnten nur noch auf das Ende warten, in welcher Form es auch käme. Wir hungern, wir sind oft krank. Die Schwächsten wurden schon vor langer Zeit begraben. Frauen sind unfruchtbar, die Männer impotent. Die Eier unserer Hühner sind faul, das Vieh ist erkrankt. Die Milch, die es noch gibt, ist kaum der Rede wert. Wir schwinden langsam dahin, auch wenn wir vorgeben, dem wäre nicht so. Die Ungeheuer da draußen müssen nichts weiter tun als abwarten, bis wir sterben, aber tot nützen wir ihnen natürlich nichts, was? Und jetzt auf einmal taucht Ihr wie aus dem Nichts hier auf, und auf einen Schlag sind wir wie neugeboren. Wir können schon die Energie unseres Sieges spüren! Die Wahrheit ist aber leider, dass wir vier Magier und sieben Soldaten verloren haben, als wir Euch hereingeholt haben, und ich weiß nicht, ob Ihr als Retter kommt, oder nur, um uns vor dem Tod die letzten Gebete zu lesen.«

Seine Augen schimmerten feucht.

»Ich möchte so gern glauben, dass Ihr uns retten könnt. Könnt Ihr es wirklich?« Die letzten Worte waren nur noch ein heiseres Flüstern.

Hirad sah sich am Tisch um. Auum, der es vermutlich nur bruchstückhaft verstanden hatte, aber die Stimmung erfasste. Thraun, der alles ohne äußerliche Regung aufgenommen hatte, im Geiste aber sicherlich den Wettlauf in Wolfsgestalt noch einmal durchging und von neuem den Albtraum vor Augen hatte. Denser, an dessen Schulter Erienne den Kopf gelegt hatte. In ihren Augen spiegelte sich Blackthornes Schmerz, als wäre es ihr eigener. Darrick, dessen Miene grimmige Entschlossenheit verriet, und natürlich jenen unerschütterlichen Kampfgeist, der ihn zu einem so herausragenden Anführer gemacht hatte. Der Geist, den auch Blackthorne immer an den Tag legte, wenn er unter seinen Leuten war. Und schließlich auch der Unbekannte, der den Baron vielleicht besser als jeder andere verstand. Er nickte Hirad zu.

»Erzähle es ihnen«, sagte er, und ein kleines Lächeln spielte um seine Lippen. »Du weißt schon. Mit deinen eigenen Worten.«

Hirad wusste genau, was er sagen wollte. Er war nicht sicher, wie es herauskommen würde, aber er war überzeugt, seinen Standpunkt deutlich machen zu können.

»Der einzige Grund dafür, dass wir hier sind, ist der, dass Männer wie Ihr niemals aufgeben und niemals aufhören, für das zu kämpfen, woran sie glauben. Ihr erinnert uns an uns selbst, und das bedeutet, dass wir siegen können – aber nur, weil Ihr hinter uns steht und ebenfalls kämpft. Baron, von den Rabenkriegern abgesehen, seid Ihr der tapferste Mann, den ich kenne, und jetzt brauchen wir Eure Hilfe. Jeder Dämon, den Ihr tötet, erleichtert uns unsere Aufgabe. Jeder Dämon, den Ihr hier binden könnt, ist einer weniger, der im Norden zuschlagen kann. So helft Ihr den Kollegien zu überleben. Denn überleben müssen sie. Alles, was Ihr bisher getan habt, war richtig. Ihr habt hier Menschen, die Euch lieben und bereit sind, für Euch zu sterben. Ihr wisst so gut wie ich, wie wertvoll das ist. Es gibt noch andere, die so sind wie Ihr. Auch in Korina und anderen Herzogtümern gibt es sicherlich Widerstand. Baron Gresse ist gewiss noch am Leben – er dürfte diese Invasion als persönliche Beleidigung auffassen. Aber alle müssen genau wie der Rabe daran glauben, dass diese Ungeheuer vernichtet werden können. Wenn Ihr diese Hoffnung auch nur einen Moment lang verliert, dann sind wir alle verloren. Schaut Euch hier am Tisch um, Baron. Seht Ihr auch nur einen, der daran zweifelt, dass wir letzten Endes siegen werden? Dies ist unser Land, und niemand wird es uns wegnehmen.«

Blackthorne sah sich um, betrachtete nacheinander alle Gesichter, und Hirad konnte beobachten, wie sich Blackthornes eigenes Gesicht dabei veränderte. Hirad war kein Aufschneider, so viel war klar.

»Wenn Ihr es sagt, klingt es so einfach«, erwiderte der Baron.

»Einfache Sachen liegen ihm eben«, warf Denser ein.

Sie platzten vor Lachen laut heraus. Hirad zeigte mit dem Finger auf den Xeteskianer.

»Das war fast so gut wie Ilkar.«

»Ist mir eine Ehre.«

»War auch so gemeint.«

Der Unbekannte bat mit erhobener Hand um Ruhe.

»Also gut«, sagte er. »Kommen wir zur Sache. Baron, wir wären nicht hier, wenn wir nicht glauben würden, dass wir das Ruder herumwerfen können. Ich habe meine Familie zurückgelassen, die ich unbedingt wiedersehen will.«

»Natürlich«, stimmte Blackthorne zu. »Was kann ich für Euch tun?«

»Darrick will später einen Blick in Eure Waffenschmiede werfen. Im Augenblick sind es aber vor allem zwei Dinge. Zuerst einmal dies: Ihr kämpft jetzt seit zwei Jahren gegen die Dämonen und hattet reichlich Gelegenheit, sie zu beobachten. Alles, was Ihr uns mitteilen könnt, ganz egal wie nebensächlich, könnte helfen. Vielleicht wissen auch andere etwas Nützliches. Sagt es auch Euren Kriegern, Magiern und allen anderen. Jedem, der uns irgendwelche Informationen liefern kann.«

»Kein Problem. Luke, könntest du dich bitte darum kümmern?«

Luke nickte. »Jetzt sofort?«

»Die Zeit ist knapp«, sagte der Unbekannte.

Blackthorne sah Luke lächelnd nach. Trotz der schwierigen Lage schritt der junge Mann aufrecht, selbstbewusst und voller Kraft aus.

»Ich weiß nicht, was ich ohne ihn tun würde. Er hilft mir, alles am Laufen zu halten.«

»Er ist der Grund dafür, dass Ihr nicht aufgeben dürft«, sagte Hirad.

»Ich weiß. Ihr sagtet, es seien zwei Dinge?«

»Ja. Die Dämonen haben leider recht damit, dass wir in der Falle sitzen. Wir brauchen einen Ausgang.« Der Unbekannte war wenigstens so anständig, ein verlegenes Gesicht zu machen.

»Dabei kann ich Euch helfen. Wie Ihr wisst, haben wir weitläufige Kellerräume, die wir inzwischen noch ein wenig erweitert haben.« Er gestattete sich ein Lächeln. »Wir haben ein Tunnelsystem angelegt, das zu Ausgängen außerhalb unserer Kalträume führt. Ich vermute, das haben auch alle anderen getan, die noch ausharren. Wir benutzen die Wege abwechselnd und versperren sie hin und wieder auch. Wie es der Zufall will, wurde gerade ein neuer Gang fertiggestellt. Ihr könntet die ersten Benutzer sein. Wann wollt Ihr aufbrechen?«

»Gute Frage«, sagte der Unbekannte. »Die kurze Antwort lautet: möglichst bald. Es hängt wohl vor allem davon ab, wie wir uns morgen fühlen, besonders Thraun.«

»Ich kann laufen«, warf Thraun ein.

»Wir brauchen mehr als das, alter Freund«, sagte Hirad.

»Am besten wäre es, wir könnten morgen Abend aufbrechen. Früh am darauf folgenden Morgen wird es eine günstige Flut geben, die wir nutzen sollten«, sagte der Unbekannte.

»Damit haben wir Zeit, Euch noch ein paar Hinweise zu geben«, schaltete sich Darrick ein. »Wir haben uns eine Taktik überlegt, die ich für Euch anpassen könnte.«

»Damit haben unsere Krieger etwas, das sie ihren Enkelkindern erzählen können, was? Eine Unterrichtsstunde in Taktik von General Darrick, dem Rabenkrieger«, sagte Blackthorne.

»Und je besser sie zuhören, desto besser werden sie es weitergeben können«, fügte Darrick hinzu. »Ich brauche Abteilungen von zwanzig bis dreißig Leuten, sonst wird es zu unhandlich.«

»Ich sorge dafür, dass es für Euch organisiert wird. Oder besser, Luke wird sich darum kümmern.«

»Noch etwas«, sagte der Unbekannte.

»Ach, wirklich? Damit wären es schon drei Punkte, nicht wahr?« Blackthorne lächelte ein wenig entspannter.

»Rechnen konnte er noch nie gut«, erklärte Hirad.

»Bei den ertrinkenden Göttern, spar dir das«, sagte Erienne, die den Kopf von Densers Schulter gehoben hatte. Sie sah sehr müde aus. Ihre Augen lagen tief in den

Höhlen, aber der boshafte Funke war noch da. »Der Barbar rechnet sowieso nur mit Zehen und Fingern.«

»Solltest du nicht ein wenig meditieren?«, sagte Hirad. »Ich bin sicher, dass du eine Menge mit Cleress zu besprechen hast.«

»Ich fürchte, sie kann mich nicht hören, Hirad«, sagte Erienne. »Ich spüre sie nicht in meinem Bewusstsein.«

Hirad runzelt die Stirn. »Aber ich dachte …«

»Ich war zwei Jahre auf Herendeneth, Hirad. Ich habe nicht die ganze Zeit den Garten geharkt, sondern tatsächlich ein paar Dinge gelernt.« Eriennes Stimme klang jetzt ausgesprochen gereizt. »Ich kann es jetzt ohne sie zurückhalten. Es ist schwer, aber ich kann es.«

»Was gibt es sonst noch?«, fragte er.

»Ansonsten müssen wir einfach abwarten und sehen, was herauskommt, nicht wahr? Ihr werdet es schon merken, wenn ich einen Fehler mache, so viel ist sicher.«

Hirad schüttelte den Kopf. »Das verstehe ich nicht.«

»Nein, Hirad, das verstehst du nicht.« Erienne stand auf und ging zur Tür, aller Augen ruhten auf ihr. »Du weißt nicht, wie es ist, sich jeden Abend beim Einschlafen zu fragen, in welcher Verfassung dein Geist wohl ist, wenn du aufwachst. Du hast dich nie fürchten müssen, eine Magie einzusetzen, die du kaum verstehst, und die dich im Handumdrehen zerstören könnte. Du musstest dich nie fragen, ob die Kräfte, die du freisetzt, den Menschen helfen, die du liebst, oder ob du sie auf der Stelle umbringst. Ich aber, Hirad. Ich aber.«

Hirad hörte, wie ihre Schritte auf der Treppe verhallten, die zu ihren zwei kleinen Zimmern führte. Mehr hatte Blackthorne nicht erübrigen können.

»Es tut mir Leid, Denser, ich wollte nicht …«

»Schon gut«, sagte der Xeteskianer. »Es fällt ihr eben

sehr schwer. Wenn sie daran gewöhnt ist, dass Cleress nicht da ist, wird sie sicher weniger launisch sein.«

»Bist du sicher?«

Denser sah ihn von der Seite an und seufzte. »Um ehrlich zu sein, Hirad, ich habe keine Ahnung. So viel wie gerade hat sie seit zehn Tagen nicht mehr geredet. Vielleicht hast du mir sogar einen Gefallen getan.«

»Wir sind doch alle für sie da«, sagte Hirad, der mittlerweile Schuldgefühle bekam.

»Das weiß sie auch. Aber manchmal glaube ich, sie ist in ihrem Kopf so allein, dass nicht einmal wir ihr helfen können. Das ist schwer.«

»Hier.« Blackthorne schob die Karaffe über den Tisch. »Schenkt Euch nach. Ich kann nicht behaupten zu verstehen, was Ihr gerade besprochen habt, deshalb werde ich das Thema so elegant wechseln, wie es mir nur möglich ist.«

Er wartete, bis ihre Gläser wieder gefüllt waren, und hob dann seines.

»Es wäre mir lieber, wenn Erienne noch hier wäre, aber es gibt immer ein Morgen. Auf den Raben. Auf die Menschen in Balaia und die unermüdliche Unterstützung des Elfenvolks. Mögen wir alle lange leben und auf diese Zeiten zurückblicken können, wenn wir alt und gebrechlich sind.«

Sie tranken. Hirads Schuldgefühle wegen Erienne und angesichts dessen, was einzugestehen er sie gezwungen hatte, legten sich nicht, auch wenn die Stimmung deutlich besser wurde.

»Nun«, sagte Blackthorne schließlich. »Was war der dritte Punkt?«

»Das ist eine schwierige Angelegenheit«, begann der Unbekannte. »Es geht um etwas, über das Ihr gründlich nachdenken sollt. Vielleicht kommt es nie so weit, aber wenn, dann werdet Ihr eine Botschaft erhalten, so viel kann ich Euch versprechen.«

»Fahrt fort.«

»Ihr sollt etwas tun. Ihr müsst Vorbereitungen treffen, Blackthorne zu verlassen und mit allen, die Ihr retten könnt, nach Xetesk im Norden zu reisen.«

Blackthornes Glas hielt auf halbem Wege zu den Lippen inne. »Bei den ertrinkenden Göttern, Unbekannter, warum denn das?«

»Wenn wir es nicht schaffen, könnte dies die einzige Chance für Euch alle sein, den Dämonen den letzten, tödlichen Schlag zu versetzen. Ihr werdet jetzt gleich sagen, dass Ihr aus den anderen Widerstandsnestern nichts gehört habt. Aber gewiss sind doch nicht alle Eure Späher spurlos verschwunden, oder?«

Blackthorne lächelte. »Es gibt immer Methoden, Informationen zu gewinnen. Ich sage Euch, was ich weiß.«

Zwanzigstes Kapitel

Der Unbekannte Krieger sah den drei Protektoren zu, die sich im Laufschritt an der Westseite der Bucht von Gyernath bewegten. Der Elfenmagier Vituul war bei ihnen. Vor ihnen lag eine Reise, die man als das geringfügig kleinere von zwei Übeln bezeichnen konnte. Sie mussten den Kontakt mit den Wesmen meiden und einen der Gebirgspässe nördlich von Understone benutzen, um wenige Wegstunden vor den Mauern von Xetesk wieder herauszukommen.

Ule, Ryn und Qex hatten sich von ihren Brüdern Ark und Kas und natürlich auch von Sol verabschiedet, zu dem sie alle aufschauten, seit sie frei waren. Der Unbekannte wusste, was sie empfanden, und hielt es wie sie für unwahrscheinlich, dass sie sich noch einmal alle wiedersehen würden. Bis der Rabe Xetesk erreichte, würden sie einige Gefährten verlieren.

»Wir dürfen uns keinen Fehler erlauben«, sagte der Unbekannte, als das Beiboot durch die Bucht zurück zur *Calaianische Sonne* fuhr. »Wenn Blackthornes Informationen auch nur halbwegs zutreffen, dann steht es um Balaia erheblich schlechter, als wir sowieso schon befürchtet haben.«

»Sie werden uns nicht enttäuschen«, sagte Ark.

»Verdammt, aber wir sind so schwach.« Der Unbekannte kratzte sich am rasierten Schädel. »Ich wünschte, es gäbe noch einen anderen Weg.«

»Du kannst es auch aus einem anderen Blickwinkel sehen«, warf Darrick ein, der die letzten Befehle gegeben und sich vergewissert hatte, dass sie ganz genau wussten, was sie Dystran übermitteln sollten, falls der Herr vom Berge überhaupt noch lebte. »Wir sind zu weit gegangen, um jetzt noch umzukehren. Wir können es uns nicht erlauben, noch einmal zu Dingen zurückzukehren, die bereits entschieden sind. Jede nachträgliche Änderung könnte sich als Katastrophe erweisen. Selbst wenn sie es nicht bis Xetesk schaffen, müssen wir darauf vertrauen, dass es uns gelingt, auch wenn dadurch wertvolle Vorbereitungszeit verloren geht.«

»Ich weiß es ja, du hast recht«, sagte der Unbekannte. »Aber es gibt keine Planungen für den Notfall und keine Rückendeckung.«

»Ungefähr so wie damals, als es um Dawnthief ging? Oder als der Himmelsriss geschlossen wurde?« Darricks dichte braune Locken flatterten im Seewind.

Der Unbekannte zog die Augenbrauen hoch. »So komisch es klingt, aber damals schien es anders zu sein. Trotz aller Risiken habe ich niemals ernsthaft daran gezweifelt, dass wir siegen würden.«

»Und jetzt zweifelst du?«

»Ja«, räumte er ein. »Aus irgendeinem Grund scheint für Balaia mehr auf dem Spiel zu stehen. Ich weiß, das ist dumm, aber so kommt es mir vor. Schließlich drohten auch früher stets Zerstörung oder Unterjochung, wenn wir gescheitert wären.«

»Aber nicht für alle anderen Dimensionen«, widersprach Darrick. »Nicht für die Toten, nicht einmal für die

Drachen. Außerdem ist es jetzt für dich eine persönliche Angelegenheit, Unbekannter. Du hast eine Familie außerhalb des Raben, und das ändert alles.«

Der Unbekannte schüttelte den Kopf. »Das ist bei Weitem nicht alles. Ich mache mir auch Sorgen um die Elfen und Protektoren, selbst wenn ich natürlich zuerst an meine Familie denke. Letzten Endes liegt es bei uns, für alle den Sieg zu erringen. Ich weiß, dass wir Hilfe bekommen werden, aber wir stehen mal wieder im Brennpunkt. Ich weiß nicht, ob du unser Scharmützel mit den Dämonen genau beobachtet hast, aber wir sind eingerostet. Es ist leider eine Tatsache, General, dass wir zu alt für so etwas werden. Ein Kampf und eine kurze Strecke rennen, und schon haben alle außer Hirad Zerrungen und Schmerzen. Und er hätte sich beinahe selbst umgebracht, als er etwas versucht hat, das er lieber gelassen hätte.«

Darrick nickte. »Ist mir auch aufgefallen. Tja, wir können an Bord des Schiffs ein wenig trainieren und mit den Streitkolben üben, die Blackthorne uns gegeben hat.«

»Das wird nicht reichen.«

»Jedes bisschen hilft uns weiter. Glaube mir, sobald wir zu tun bekommen, sind wir schnell wieder in Form.«

»Immer vorausgesetzt, wir bleiben lange genug am Leben«, sagte der Unbekannte.

Darrick öffnete den Mund, um etwas zu erwidern, dann hielt er inne und runzelte die Stirn. »Versteh mich nicht falsch, aber solche Bemerkungen sehen dir überhaupt nicht ähnlich.«

»Nein, wohl nicht. Andererseits stand ich auch noch nie vor der Aufgabe, einen Feind anzugreifen, gegen den ich selbst mit einem Heer im Rücken noch unterliegen könnte. Bei den ertrinkenden Göttern, Darrick, wir sind noch nicht einmal ein Dutzend. Wie stehen unsere Chancen?«

»Wenn wir allein sind, haben wir keine. Deshalb bitten wir die Drachen um Hilfe und rufen den Rest von Balaia zum Kampf. Deshalb trainiert Erienne so hart. Unbekannter, du kannst es dir nicht erlauben, so zu denken.«

»Was meinst du denn, warum ich es nur ausspreche, wenn niemand außer dir, den Protektoren und unseren Ruderern es hören kann? Und die Letzteren verstehen sowieso kein Wort.«

»Machst du dir Sorgen, was Hirad denken könnte, wenn er weiß, wie du dich äußerst?«

»Natürlich«, fauchte der Unbekannte. »Hör mal, es wird wirklich schwierig. Es wird schlimmer als alles, was wir bisher erlebt haben. Ich war träge beim Kampf gegen die Dämonen. Wirklich langsam.« Der Unbekannte schüttelte wieder den Kopf. »Ich habe in den letzten zwei Jahren nichts getan, außer halbherzig mit Ark zu üben. Was erwartest du? Mir kommt es darauf an, dass du uns beobachtest, uns alle. Du hast immer noch den Blick des Berufssoldaten, den wirst du nie verlieren. Du musst es mir sagen, wenn du unser Verhalten in irgendeinem Punkt ungeschickt findest. Hirad wird es eher von mir als von dir annehmen, und einen Streit können wir uns nicht erlauben. Achte besonders auf Erienne. Sie erträgt den Druck nicht sehr gut, und wir haben gerade erst begonnen.« Er seufzte und sah in Darricks Augen das Verstehen dämmern. »Wenn sie versagt …«

»Sie hat den Raben hinter sich«, sagte Darrick.

»Eines Tages wird auch das nicht mehr genug sein.«

»He, dann wollen wir dafür sorgen, dass es nicht dieses Mal passiert, was?«

Der Unbekannte entspannte sich ein wenig. »Ja, dafür wollen wir sorgen.«

Baron Blackthorne schlenderte zur Grenze des Kaltraums und rief nach Ferouc. Er war an Verzögerungen gewöhnt, und der heutige Tag bildete keine Ausnahme. Ruhig und gefasst blieb er stehen, bis der Meisterdämon auftauchte.

Die Morgendämmerung war kühl gewesen, und die Morgensonne konnte das Land nicht erwärmen. Blackthorne war beinahe froh, dass er auf dem Gelände keine Weinreben hatte. Bei dieser Witterung wären sie schnell eingegangen. Er bedauerte den Verlust seiner Weingüter, und der Schuldige schwebte nun vor ihm und hielt sich mit flatternden, hauchdünnen Schwingen in der Luft. Seine Haut war von einem gelassenen Dunkelblau und blieb unbewegt. Das sollte sich bald ändern.

Blackthorne hatte alle seine Kommandanten mitgenommen, damit sie ihm halfen, Feroucs Reaktionen einzuschätzen. Es war ein Glücksspiel, aber wie Hirad mehr als einmal betont hatte, war dies eine Zeit, in der man etwas riskieren musste.

»Ist es nicht ein schöner Morgen?« Blackthorne zog seinen Mantel als Schutz gegen den kalten Wind enger um sich.

»Jeder Tag macht uns stärker«, erwiderte Ferouc. »Du hast nicht mehr viel Zeit, durch dein armseliges Königreich zu stolzieren.«

»Ah, wirklich? Du hast bisher keine echte Enttäuschung erlebt, abgesehen davon, dass es dir nicht gelingt, meine Stadt einzunehmen, nicht wahr? Wie fühlt es sich an, einen katastrophalen Rückschlag hinnehmen zu müssen?«

Ferouc schien verblüfft. »Mir ist nicht bewusst, dass es einen gab.«

Blackthorne drehte sich demonstrativ zu den Männern um, die hinter ihm versammelt waren, lächelte sie an und betrachtete die Rüstungen.

»Nein, so etwas auch.« Er war überrascht und erfreut, und sein Kichern war nicht einmal gespielt. »Das ist ja noch besser, als ich gehofft hatte.«

Ferouc machte aus seiner Empörung kein Hehl. Sie zeigte sich vor allem darin, dass sich einige Adern verlagerten und seine Pigmente einen anderen Farbton annahmen. »Leider ist mir überhaupt nicht klar, wieso ihr in eurer Lage überhaupt etwas zu lachen habt.«

»Wir in unserer Lage? Nein, mein Gefängniswärter, du missverstehst uns wie schon so oft. Wir lachen dich aus.« Blackthorne räusperte sich. »Ich hatte angenommen, du könntest ihre Abwesenheit genauso spüren wie ihr Kommen. Wirklich amüsant finde ich aber die Tatsache, dass du anscheinend keine Ahnung hast, dass sie verschwunden sind. Du hast sie nicht einmal verfolgen lassen, was, Fummler?«

Ferouc knurrte, und jetzt entwickelte sich ein dramatischer Farbwechsel. Unter seiner Haut zuckten Adern, und die Muskeln auf seiner Brust wogten heftig. Er knackte hektisch mit den Fingern.

»Du lügst.«

»Aber nein, ich lüge nicht. Der Rabe ist fort. Direkt unter deiner Nase verschwunden, Fummler. Deshalb kannst du sie nicht mehr spüren. Du spürst sie doch nicht mehr, oder?« Blackthorne hielt inne. »Aber wenn du mir nicht glaubst, dann suche sie doch selbst. Ich garantiere dir freies Geleit in meiner Stadt. Es wird ungemütlich für dich, aber ich rechne damit, dass du es überleben wirst. Jedenfalls wirst du lange genug leben, um deinen Herren zu berichten, dass du etwas verloren hast, das ihr so dringend bekommen wolltet.«

Ferouc öffnete den Mund und stieß ein schrilles Kreischen aus. Er startete abrupt, und Blackthorne verfolgte mit Blicken seinen Weg kreuz und quer durch die Stadt. Hin und wieder hielt er inne, schoss zum Rand der Kalträume, schnüffelte und raste wieder davon. Es waren verzweifelte, verstörte Bewegungen. Als Ferouc wieder landete, war er so wütend, dass er fast nicht mehr sprechen konnte. Seine Haut pulsierte in einem brodelnden Hellblau.

»Wo hast du sie versteckt?«, quetschte er heraus.

»Mein lieber Fummler«, erwiderte Blackthorne ruhig und gelassen, »ich versichere dir, dass sie fort sind. Meine Güte, es ist ja fast, als hättest du Angst vor ihnen, wenn sie sich nicht unter deiner Kontrolle befinden.«

Da war es. Genau das, worauf Blackthorne gehofft hatte. Ein Flackern in Feroucs Augen, und ein Zittern, das durch seinen Körper lief. Furcht. Das erste Mal, dass ein Mensch so etwas bei einem Dämonen sah, aber unverkennbar.

»Ihr werdet schrecklich dafür büßen.«

»Wirklich? Willst du noch mehr von denen töten, die schon tot sind? Sieh doch ein, dass du nichts tun kannst, was du nicht schon getan hast. Wir haben allerdings den Raben hinausgelassen, und der kann euch eine ganze Menge antun. Das Blatt wendet sich, Fummler, und du hast versagt.«

Mit einem weiteren Kreischen stieg Ferouc wieder hoch in die Luft und rief sein Gefolge zu sich.

»Seht Ihr?« Blackthorne deutete auf die rasch kleiner werdende Gestalt. »Deshalb müssen wir weiterkämpfen. Fummler weiß so gut wie wir, was der Rabe bewirken kann. Wir waren getrennt und schwach. Der Rabe kann uns vereinen, und das fürchten sie mehr als alles andere. Ich denke, Ihr solltet jetzt die Männer vorbereiten, die Eurem Befehl unterstehen. Es dürfte hier bald etwas hitzig zugehen.«

Fünfzehn Tage lang segelte die *Calaianische Sonne* an der südlichen, an der östlichen und schließlich an der nördlichen Küste Balaias entlang. Der Ausblick von der Backbordreling war endlos und betörend. Wilde Landschaften, steile Klippen und prächtige weiße Sandflächen wechselten einander an der Küste ab und verhießen noch mehr Schönheit im Landesinneren.

Nicht, dass der Rabe zwischen dem Morgengrauen und der Abenddämmerung viel davon zu sehen bekam. Darrick führte ein strenges Regiment und erlegte ihnen Übungen auf, die in etwa dem entsprachen, was früher die Rekruten der lysternischen Kavallerie hatten über sich ergehen lassen müssen.

Er ließ sie stundenlang mit ihren Streitkolben trainieren, er setzte Staffelläufe mit schweren Fässern an, er ließ sie mit bloßen Händen in die Takelage klettern. Sie mussten Runden um das Schiff schwimmen, wenn der Wind schwach war, und benutzten die Ruder der Beiboote als Übungspfähle. Es war kaum zu erwarten, dass sie erheblich schneller oder ausdauernder wurden, aber wenigstens bekamen sie eine Gelegenheit, sich selbst zu erproben, ein Gefühl für den Körper zu entwickeln und ihre Form ein wenig zu verbessern.

Im Gegensatz zu früheren Jahren machte Darrick bei jeder Übung mit und erlegte sich sogar zusätzliche Runden auf, wenn er das Gefühl hatte, nicht gut genug zu sein. Während er sie so hart antrieb, wie er nur konnte, beobachtete er sie fasziniert. Natürlich murrten sie, das war unvermeidlich, aber sie gingen jede Aufgabe mit gewaltiger Energie, echtem Kampfgeist und großer Entschlossenheit an. Sie beflügelten sich gegenseitig. Wenn die kommenden Schlachten mit großer Willenskraft allein zu gewinnen waren, dann war der Rabe unbesiegbar.

Andererseits gab es auch gewisse Dinge, die ihm Sorgen machten. Abgesehen von ihm selbst war vor allem Hirad gut in Form. Sein Leben mit Auum und Rebraal hatte das einfach verlangt. Es war aber nicht zu verkennen, dass er bald vierzig Jahre alt wurde und bei Weitem nicht mehr so schnell war wie früher.

Das Problem des Unbekannten Kriegers waren weniger seine zweiundvierzig Lebensjahre, sondern viel eher die Beeinträchtigung seines linken Hüftgelenks nach seiner schrecklichen Verletzung vor mehr als drei Jahren im Hafen von Arlen. Im kalten Wasser wurde das Gelenk schnell steif, und beim Staffellauf hatte er praktisch von Anfang an gehumpelt. Dies und die zwei Jahre beschaulichen Lebens auf Herendeneth hatten ihre Spuren hinterlassen. Es war der Unterschied zwischen leidlicher Form und Hochform, und dieser Unterschied konnte sich als tödlich erweisen.

Thraun sah aus wie immer und verhielt sich wie immer. Er war still und manchmal in sich zurückgezogen, und er hatte kein Gramm zu viel am Körper. Das Leben auf Calaius hatte ihm sichtlich gut getan.

Denser und Erienne machten ihm die größten Sorgen. Ihre Zufriedenheit, endlich wieder dort zu sein, wo sie hingehörten, nämlich im Kreis der Rabenkrieger, litt erheblich unter der Tatsache, dass sie sich ihrer Situation schmerzlich bewusst waren. Es war nicht so, dass sie sich sträubten. Sie würden rasch so gut in Form und so wendig sein wie eh und je, wenn sie sich etwas Zeit nahmen. In ihren Augen sah er jedoch, dass sie einfach nicht *bereit* waren. Nicht bereit für die vor ihnen liegende Aufgabe, nicht bereit, ihr Leben Tag für Tag aufs Spiel zu setzen, und nicht bereit, sich der Verantwortung zu stellen, die ihnen aufgebürdet worden war.

Erienne hatte große Mühe, in dem, was sie tun sollte,

einen Sinn zu erkennen. Solche Gedanken lenkten sie ab und nahmen ihr den Biss.

Auf die Elfen konnte Darrick sich blind verlassen, und die Protektoren zeigten sich selbstbewusst wie immer und verrieten auch ohne Masken nicht, was hinter ihren Gesichtern vorging. Nein, das Problem lag allein im Herzen des ganzen Unternehmens, beim Raben.

Er sprach jeden Abend mit dem Unbekannten Krieger, und der große Mann hörte zu. Der Unbekannte sprach seinerseits offen über seine Hüfte, sorgte sich aber wie jeder Rabenkrieger mehr um seine Freunde als um sich selbst.

»Jeder muss seine eigene Lage und seine Grenzen genau kennen«, sagte Darrick eines Abends. »Das schließt dich ebenso ein wie mich.«

»Ich komme schon klar.«

»Genau das ist das Problem, Unbekannter. Wenn du nicht akzeptieren kannst, dass du nicht mehr einundzwanzig bist, dann gehst du ein zu großes Risiko ein.«

»Glaubst du, das wüsste ich nicht?«, erwiderte der Unbekannte.

»Deinem Verhalten bei den Übungen nach zu schließen wohl nicht«, sagte Darrick. »Versteh mich nicht falsch, wir sind eine außerordentliche Truppe. Die Geschicklichkeit im Umgang mit den Waffen ist noch da, der Glaube ist ungebrochen, und die Willenskraft ist beeindruckend. Seit Julatsa sind allerdings zwei Jahre vergangen, und unsere Ausdauer ist nicht mehr die gleiche wie früher. Deshalb hatten wir nach dem kurzen Kampf neulich auch solche Mühe. Wir sind an diese Anstrengungen nicht mehr gewöhnt, wie sich schnell zeigte. Das Problem ist, dass du immer noch so handelst, als würdest du jeden Tag kämpfen. Du teilst dir deine Kräfte nicht ein, weil es noch nie nötig war.

Du hast mich gebeten, euch zu beobachten, Unbekannter. Jetzt hör mir zu, was ich dir sage. Du bist derjenige, der es den anderen Rabenkriegern erklären muss. Das wird besonders einem, du weißt schon wem, nicht gut schmecken.«

»Danke, dass du mich erinnerst.«

»Wir haben keine Zeit für Taktgefühl«, sagte Darrick.

»Davon hat auch Hirad noch nie etwas gehalten.«

»Dann sollte er doch eigentlich auf dich hören.

»Weißt du, Darrick, das nützt leider überhaupt nichts.«

In den stillen Wassern der Triverne-Bucht ging die *Calaianische Sonne* an einem kühlen, aber sonnigen Morgen vor Anker. Aller Augen beobachteten das Ostufer, ob sich dort Dämonen zeigten. Es blieb jedoch ruhig, und auch die scharfen Augen der Elfen konnten nur die Pflanzenwelt des Spätfrühlings in einer friedlichen Landschaft ausmachen.

Vom Strand aus sah Hirad zu, wie das Schiff Segel setzte und wieder aufs offene Meer hinausfuhr. Jevin sollte wichtige Nachrichten an die TaiGethen und Al-Arynaar übermitteln. Falls der Rabe scheiterte und Balaias Kollegien den Dämonen in die Hände fielen, mussten sich die Elfen auf eine Invasion vorbereiten.

Hirad wandte sich an die Gefährten, die auf dem Sandstrand versammelt waren.

»Das war es dann«, sagte er. »Ich glaube aber immer noch, wir sollten dich lieber nach Julatsa begleiten.«

Rebraal schüttelte den Kopf. »Es ist doch längst entschieden. Die *cursyrd* wollen euch schnappen. Ihr bringt uns hier alle in Gefahr.« Er lächelte. »Außerdem sind wir ohne euch schneller. Wir sehen uns am See.«

»Kommt nicht zu spät.« Hirad umarmte Ilkars Bruder und gab nacheinander den TaiGethen und schließlich auch Eilaan die Hand. »Vergesst nicht, warum wir dies tun.«

Die Elfen liefen los, in Richtung Julatsa, und waren bald

nicht mehr zu sehen. Ohne sie fühlte Hirad sich ungeschützt.

»Der Rabe, kommt mit«, sagte er. »Wir können es bis morgen Abend zum See schaffen, wenn wir die Nacht durchsegeln.«

Der Rabe kehrte zum Beiboot zurück, das für die Reise auf dem Fluss Tri mit einem einzelnen Mast ausgerüstet worden war. Ihr Gepäck hatten sie schon unter den Sitzbänken verstaut, und bald darauf brachen sie auf. Genau wie außerhalb von Blackthorne herrschte auch hier eine bedrückende Atmosphäre. Nur der Wind, der Schilf und Gras rascheln ließ, übertönte das leise Schwappen des Wassers an den Seitenwänden des Bootes. Balaia lag im Sterben.

Obwohl nicht damit zu rechnen war, dass sie hier auf dem Land, wo es außer einzelnen Gehöften und Weilern kaum Menschen gab, auf Dämonen stießen, verhielten sie sich auf der ganzen Reise sehr still und ruhten so oft wie möglich aus. Thraun nahm hin und wieder seine Wolfsgestalt an und erkundete das vor ihnen liegende Gebiet, um ihnen etwas mehr Gewissheit zu verschaffen.

Der Unbekannte nahm sich während dieses eigenartig friedvollen Zwischenspiels die Zeit, den Raben genau zu beobachten. Trotz seiner eigenen Sorgen und der Bedenken, die Darrick vor Kurzem vorgetragen hatte, war er glücklich, dass der alte Zusammenhalt wiederhergestellt war. Die zwei Jahre der Trennung hatten sie fraglos träge gemacht, doch die Zeit an Bord des Schiffs hatte ihr Zusammengehörigkeitsgefühl wieder geweckt. Allerdings mussten sie sich wappnen und durften im Kampf nicht zu siegesgewiss sein. Wenn er Hirad ansah, dann war dies ein Gespräch, auf das er sich nicht freute. Er wollte es sich aufsparen, bis sie den Triverne-See erreicht hatten. Jetzt war nicht der richtige Augenblick.

»Fühlen wir uns alle gut?«, fragte er.

Darrick, der gerade an der Ruderpinne saß, hob einen Daumen. Erienne und Denser, die beisammen hockten und sich flüsternd unterhielten, nickten. Thrauns Augen funkelten, nachdem er kurz zuvor durchs Unterholz gerannt war, und Hirad grunzte bejahend.

»Kaum zu glauben, dass uns jetzt die schwierigste Zeit unseres Lebens bevorsteht, was?«, sagte der Barbar. »Es ist so angenehm hier.«

»Verlier bloß nicht den Blick für unsere Aufgabe«, warnte der Unbekannte.

»Schwerlich.«

»Denser, Erienne, ich habe eine Frage.« Der Unbekannte wartete, bis sie ihn ansahen. »Die Informationen, die Blackthorne aus Lystern darüber bekommen hat, dass die Herzen nicht angetastet werden – was haltet ihr davon? Schließlich verlassen wir uns darauf.«

Erienne schüttelte den Kopf. »Da kenne ich mich nicht so gut aus.« Sie lächelte leicht. »Dämonen sind eigentlich eher Densers Gebiet. Er hat ja schließlich mal einen gehabt.«

Denser stupste ihr einen Finger in die Seite. »Technisch gesehen, stimmt das. Ob sie unwahrscheinlich klingen oder nicht, ich vertraue den Informationen von Heryst und aus Lystern. Meine Frau würde es vielleicht bestreiten, aber wir haben oft darüber gesprochen, und es klingt sogar recht einleuchtend. Seht es mal so. Die Informationen besagen, dass die Dämonen hierbleiben und dieser Dimension die Lebenskraft aussaugen wollen, solange sie können. Sie beabsichtigen keinen kurzen Beutezug, nach dem sie sofort weiterziehen. Das bedeutet, dass sie die Menschen und vor allem die Magier am Leben lassen müssen – nicht nur wegen ihrer Seelen, sondern auch, weil die Magier den Schlüssel für das Mana besitzen. Dämonen sind Geschöpfe des Mana. Warum sollten sie das zerstören, was sie zum Leben brauchen? Sie wollen es eher erhalten, jedenfalls, wenn sie bleiben wollen. Wir wissen, dass sie Mana nach Balaia übertragen, deshalb wird es hier so kalt. In den kommenden Jahren werden die Herzen dafür sorgen, dass sich das Mana nicht verflüchtigt, und es wird den Dämonen die Grundlage ihrer Herrschaft sichern.«

»Allerdings wissen wir etwas, das sie nicht wissen, nicht wahr?«, sagte Darrick.

»Damit meinst du wohl die Erfahrungen in Julatsa«, erwiderte Darrick.

»Genau. Das wirft eine interessante Frage auf. Sollten wir nicht in Erwägung ziehen, alle Herzen zu begraben, wenn die Kollegien aufgegeben werden müssen?«

»Nein, nein, auf keinen Fall«, wandte Erienne rasch ein. »Zum einen dürfen wir nicht annehmen, dass die Magier, die noch übrig sind, auch wissen, wie man ein Herz korrekt versenkt. Noch wichtiger ist, dass uns das Begraben der Herzen Kraft kostet, die wir besser für den langen Kampf aufheben sollten. Die Herzen sind vielleicht den Dämonen nützlich, aber kaum entscheidend für ihren Erfolg. Möglicherweise müssen aber die Überlebenden später darüber nachdenken, falls die Dämonen uns doch noch besiegen. Wir wissen, dass die Herzen ohne Magier, die den Mana-Strom in Gang halten, sterben. Aber werden die Dämonen es uns glauben?«

»In die Verlegenheit, das herauszufinden, werden wir sowieso nicht kommen«, warf Hirad ein. »Entweder besiegen wir sie, oder wir sind bald alle tot.«

Der Rabe erreichte die atemberaubende Landschaft des Triverne-Sees am späten Abend. Das schwindende Licht lag auf dem Wasser, und darin spiegelte sich die außergewöhnliche Landschaft. Der Triverne-See lag geschützt am Fuß der Blackthorne-Berge. Das mit Magie getränkte Wasser des Sees bot der Vegetation, die es an drei Seiten umgab, ideale Bedingungen. Nur das Ostufer war offen. Im Zwielicht konnten die Gefährten allerdings nicht mehr viel von den Pflanzen sehen, die unter den Bäumen wuchsen. Höher in den Vorbergen, wo sich in den kühleren Regionen nur noch widerstandsfähige Gewächse halten konnten, herrschten Moos und Heidekraut vor. Bei seinem letzten Besuch hatte Hirad die Rufe Tausender Vögel gehört. Dieses Mal war es still, und als das Beiboot knirschend am Ufer aufsetzte, war klar, dass die Schönheit besudelt war.

Thraun trottete durchs offene Gelände, als sie ausstiegen. Hirad holte die Kleidung des Gestaltwandlers und ließ den Stapel am Ufer liegen. Der Wolf trabte herbei, schnüffelte kurz daran und knurrte zufrieden. Die anderen Rabenkrieger entfernten sich ein Stück, um ihn nicht zu stören.

»Es hat hier Kämpfe gegeben«, sagte Darrick.

Der Unbekannte nickte. »So ist es.«

Der Boden war aufgewühlt, zerfurcht und verschandelt. Das Gras war platt getrampelt und tot, die Erde rissig und versengt. Überall lagen lose Brocken herum. Ein Stück rechts waren Steine wild aufgetürmt, die Überbleibsel eines Erdhammers. Überall dunkle Flecken von Blut, dazu die geschwärzten Stellen, wo Sprüche eingeschlagen waren.

»Seltsam, was?«, meinte Hirad.

Darrick stimmte ihm zu. »Man hätte doch erwarten müssen, dass wenigstens ein paar Überreste hier herumliegen, doch hier wurde alles sorgfältig gesäubert.«

»Die Dämonen sind gründlich, was?«

»Bist du sicher, dass sie es waren?«, erwiderte der Unbekannte.

»Eine Schlacht mit Sprüchen am Geburtsort der Magie«, wandte Darrick ein. »Und das vor gar nicht so langer Zeit. Ich würde sagen, Hirad hat recht.«

»Was meinst du, wie lange es her ist?«

Darrick zuckte mit den Achseln. »Schwer zu sagen. Es sieht frisch aus. Höchstens vierzig Tage. Aber ich kann nur raten.«

»Wo sind die Fährtenleser der Elfen, wenn man sie braucht?«, sagte Hirad. »He, Thraun, was meinst du?«

Der Gestaltwandler zog sich gerade das Hemd an und kam vom Beiboot herüber. Dann kniete er nieder und berührte den Boden, zerbröselte die Erde in der Hand und zerrieb das Gras zwischen den Fingern. Er atmete über den Blutflecken und den Verbrennungen tief ein, und schließlich hockte er sich auf die Hacken und sah sich um.

»Die Luft riecht immer noch schlecht«, sagte er. »Das Blut stammt von Menschen. Weniger als zwanzig Tage ist es her, dass ein Mensch hier gelaufen ist.« Er wandte sich an sie. »Aber wer?«

»Das ist nun wirklich eine sehr gute Frage«, sagte Denser, der neben die Krieger getreten war. »Immerhin ist Blackthorne sicher, dass alle freien Magier sich in den Kollegien aufhalten.«

»Es sieht aus, als hätte er sich geirrt«, sagte Hirad.

»Was meinst du, General? Wie viele Kämpfer waren hier beteiligt?«, fragte der Unbekannte.

»Wenn ich mir die Ausmaße der Spuren ansehe, würde ich schätzen, dass es mehr als fünfzig Schwerter waren, dazu einige Magier«, gab er zurück. »Die Götter mögen wissen, wie viele Dämonen es waren.«

»Hm.« Der Unbekannte seufzte. »Das gefällt mir nicht. Ich glaube, wir sollten heute Abend kein Feuer anzünden, sondern mit dem Boot auf die andere Seite fahren und im

Schutz der Bäume schlafen. Morgen bei Tageslicht versuchen wir dann, uns zusammenzureimen, was geschehen ist. Einwände? Gut, dann lasst uns gehen, und vergesst nicht, dass hier Dämonen waren. Sie kennen den Ort und die Mana-Ströme. Wir sind hier nicht sicher.«

Hirad freute sich auf die Aussicht, unter den Bäumen zu schlafen. Er hoffte, es werde ihn an den Regenwald erinnern, wo er jetzt viel lieber gewesen wäre.

Einundzwanzigstes Kapitel

»Im Südosten«, rief Blackthorne. »Ein neuer Angriff. Luke, setze die Reserve ein!«

Blackthorne rannte schon zur nördlichen Kampffront. Grüne und weiße Flaggen auf der Burg gaben Lukes gerufene Befehle weiter. Unterdessen eilte der Baron die Haupttreppe hinunter und durch die Haupthalle nach draußen, dann sprang er die breite Treppe vor der Burg hinab und lief über den Hof. Überall schrien Menschen. Männer, Frauen und Kinder. Sie rannten, kreischten und schlugen Alarm oder brüllten Befehle.

Die Struktur des Kaltraums hielt noch, doch die Dämonen kreisten unablässig darum herum. Sie waren alle Seelenräuber und hatten ledrige oder spinnwebartige Flügel, Finger mit langen Krallen und kahle Köpfe, auf denen die Haut vor Erregung zuckte. Sie wiesen alle Farbtöne auf, die man sich nur denken konnte, vom dunkelsten Blau bis zum lebhaftesten Rot oder Gelb. Ihr Kreischen hallte zwischen den Gebäuden, und ihre Drohungen ließen ihm das Herz stocken.

Gerade noch innerhalb des Kaltraums standen die Späher auf allen guten Aussichtspunkten und beobachteten den Himmel. Die Dämonen konnten von überall kommen. Normalerweise griffen sie in Gruppen an, gelegentlich hatten aber auch einzelne Dämonen verwundbare Menschen geschnappt. Es war ein gefährlicher Moment, doch Blackthornes Leute hielten stand.

Blackthorne rief eine Wache zu sich und drängte sich rücksichtslos durch die schmalen Straßen vor der Burg. Er hörte schon den Schlachtlärm am nördlichen Rand der Kalträume, wo er sechs Tage zuvor mit dem Raben gestanden hatte. Er hatte angenommen, dass Ferouc auf die Flucht des Raben nicht gerade freundlich reagieren würde, und er sollte recht behalten.

Als Blackthorne die geräumte Zone erreichte, schätzte er zunächst die Lage ein. Keine dreißig Schritte vor ihm hatten dreißig seiner Männer ein enges Karree gebildet und wehrten sich mit Schilden und Streitkolben gegen den konzentrierten Angriff einer größeren Zahl von Dämonen. Über und vor dem Kaltraum kreisten weitere Feinde, auf dem Boden kamen Abteilungen von Schwertkämpfern gerannt, um die Dämonen von hinten anzugreifen. Sie schlugen hart zu und zogen sich wieder zurück, ehe sie überwältigt werden konnten.

Es war genau die Taktik, die Darrick ihnen gezeigt hatte. Blackthorne grinste böse. Die Dämonen wurden von der größten Ansammlung von Lebensenergie angezogen und boten deshalb Konterangriffen eine offene Flanke. So zufrieden Blackthorne auch mit seiner Verteidigung war, diese Angriffe zeigten, dass Feroucs Verhalten sich geändert hatte. Mehr als das, sie verrieten, wie schnell die Stärke der Eindringlinge zunahm. Innerhalb der Kalträume waren sie zwar noch verletzlich, doch sie waren keine wehrlosen Opfer mehr, die man mühelos ausschalten konnte.

Ihre Kräfte reichten lange genug, um gefährliche Vorstöße zu unternehmen, und die Zeitspanne, die sie in der von Mana befreiten Zone kämpfen konnten, wurde länger.

Die Magierin, die Blackthorne begleitet hatte, beobachtete den Kampf voller Sorge. Das Gesicht der jungen Frau war ausgezehrt von der Unterernährung, und die Kummerfalten hatten sich tief in ihr bleiches Gesicht gegraben.

»Was ist, Kayla?«

»Sie sind irgendwie anders«, sagte sie. »Ich erkenne eine Mana-Signatur, die sie umhüllt. Es ist, als kämen sie im Schutz von Mana-Blasen herein, die sich nicht auflösen, wie sie es eigentlich tun sollten.«

»Das erklärt eine Menge.« Ferouc hatte es in früheren Wortwechseln schon angedeutet. Die Dichte des Mana nahm zu, und eigentlich wäre Kaylas Bestätigung nicht mehr notwendig gewesen. Es wurde jetzt sehr kalt.

Im Südosten setzte plötzlich ein Getöse ein, als die Reserve den Angriff der Dämonen in diesem Bereich zurückschlug. Blackthorne wischte sich mit dem Handschuh den Mund ab und packte unwillkürlich Schild und Schwert fester.

»Kayla, zurück in die Deckung. Drei von euch begleiten sie. Die anderen folgen mir. Es wird Zeit, uns ins Vergnügen zu stürzen.«

Blackthorne rannte hinüber, die kalte Luft strömte in seine Lungen und vertrieb die Spinnweben aus Geist und Körper. Die Dämonen verdoppelten ihre Anstrengungen, und immer mehr stürzten sich aus dem Himmel herab, um sich in den Angriff auf dem Platz einzuschalten. Hinter den ausholenden Gliedmaßen und den peitschenden blauen, schwarzen und grünen Flügeln der Seelendiebe konnte er die Gesichter seiner Männer erkennen. Sie fürchteten um ihr Leben, kämpften aber voller Entschlossenheit, und hielten sich an das, was Darrick sie gelehrt hatte. Schwere Schläge, um den Gegner zu schwächen. Die Feinde zurücktreiben, aber die eigenen Reihen nicht auflösen. Schilde hoch und nach vorn. Nicht erschrecken, nicht zurückzucken.

Ein großer, drahtiger Dämon taumelte unter dem Hieb eines Streitkolbens, der seine Brust getroffen hatte. Seine suchende Hand verfehlte das Ziel um Haaresbreite. Blackthorne zog ihm das Schwert über den Rücken und trennte den linken Flügel vom Körper ab. Dunkles Blut spritzte heraus, das Wesen kreischte und wollte fliehen. Blackthorne setzte einen Schritt nach. Die Haut des Dämons verschrumpelte, die Adern pulsierten, sein ganzer Körper färbte sich hellblau. Durch den Verlust eines Flügels aus dem Gleichgewicht gebracht, konnte er nicht mehr viel ausrichten. Das war die Gelegenheit für Blackthorne, ihm das Schwert tief in den Bauch zu stoßen, es nach oben zu ziehen und wieder zurückzureißen. Der Dämon stürzte.

»Zurück!«, rief er seinen Wachen zu. »Seht nach oben!«

Vier Dämonen kamen von oben herab, die Klauen nach vorn gereckt, die Flügel zurückgezogen, die Schwänze hinter sich ausgestreckt. Wie er es gelernt hatte, hielt Blackthorne seinen Schild über den Kopf und spähte darum herum, bis die Biester zuschlugen. Er und seine Männer blieben eng beieinander.

»Ruhig«, sagte er. »Wartet noch.« Die Dämonen kamen. »Bücken!«

Sie gingen in die Hocke, spürten, wie die Krallen der Dämonen auf die Schilde trafen, und hörten das Kratzen der Klauen. Einer seiner Wächter brach zusammen, er hatte tiefe Abdrücke der Krallen im Gesicht. Sie hatten ihm die Seele genommen. Blackthorne brüllte wütend und sprang wieder auf, die anderen vier Männer folgten seinem Beispiel. Die Dämonen rasten davon, der Mörder flog jedoch nicht weit genug. Blackthorne knallte ihm den Schild ins Gesicht und zog ihm das Schwert durch die Brust, wobei er den Oberkörper des Dämons praktisch in zwei Teile zerschnitt. Wie sein Opfer hatte auch der Dämon keine Zeit mehr, einen Schrei auszustoßen.

Die Wächter trieben unterdessen die anderen Dämonen zurück und gaben Blackthorne genug Zeit, zu den im Karree aufgestellten Leuten zu laufen, die bisher standhielten. Von drei Seiten kamen Schwertträger gerannt, denen er sich anschloss. Sie machten die Dämonen nieder, schlugen ihnen die Klingen in den Rücken und mähten sie um, als schnitten sie Korn mit der Sense.

»Weiter, sie werden schwächer!«, rief er. »Ich will eure Stimmen hören!«

Ein lautes Brüllen beantwortete seinen Ruf, und dann schlug er wieder mit dem Schwert zu, wich einen Schritt zurück, sammelte seine Wächter um sich und schaute nach oben. Vor der unsichtbaren Grenze hatten die Aktivitäten deutlich nachgelassen. Auch Ferouc war dort und flitzte aufgeregt hin und her. Seine Pigmente waren vor ungezügelter Wut beinahe weiß.

»Dieses Mal haben wir's dir gezeigt, Bastard!« Blackthorne lachte zum Dämon hinauf.

Es war die Wahrheit. Wieder rückten die Abteilungen der Schwertkämpfer vor. Weitere Dämonen fielen, noch mehr fremdes Blut spritzte auf den Boden. Mit einem ohrenbetäubenden Kreischen rief Ferouc die Angreifer zurück. Blackthorne sah an drei Stellen geflügelte Kreaturen in den Himmel steigen, und in der ganzen Stadt brachen Jubelrufe aus.

Er nickte und schnaufte schwer. Eine rasche Zählung ergab, dass er acht Männer verloren hatte, doch die Dämonen hatten einen viel höheren Preis bezahlt. Dennoch war es eine Verlustrate, die nur auf eine einzige Art enden konnte. Er wandte sich an einen Wächter.

»Such Luke. Sie werden wiederkommen, und beim nächsten Mal wird es nicht mehr so leicht sein.«

Blackthorne kehrte in die Burg zurück. Er hatte Feroucs Plan durchschaut. Es war so offensichtlich wie die Tatsache, dass auf die Nacht der Tag folgt. Den Gegner weit genug schwächen, und dann die Magier angreifen, die die Kalträume erzeugten. Er war nicht sicher, ob die Dämonen wussten, wo die Magier sich aufhielten. Dennoch beschloss Blackthorne, die Bewachung zu verstärken. Entweder das, oder sie mussten sich weiter unter die Erde zurückziehen. Das war durchaus möglich, doch dabei wurde der freie Raum über der Stadt kleiner.

Er und Luke mussten über viele Dinge reden.

Dystran und Vuldaroq standen Seite an Seite und beobachteten die Dämonen, die langsam über den Kaltraum schwebten. Es waren Hunderte, wenn nicht Tausende, die wie ein Teppich über dem Himmel lagen. So viele, dass das Tageslicht verdeckt wurde und im Gebäude Laternen entzündet werden mussten. Es war eine neue Art des Angriffs, und es war eine neue Sorte von Dämonen. Im Gegensatz zu den klassischen Schreckgespenstern aus Mythen, Legenden und der jetzigen, entsetzlichen Realität waren diese hier als »Gleiter« bezeichnet worden, kaum dass sie zwei Tage zuvor erstmals am Himmel aufgetaucht waren. Seitdem hatte sich ihre Zahl vervielfacht, und er hatte Berichte gehört, dass Schwärme von Gleitern auch nach Julatsa im Norden und Lystern im Nordosten geflogen waren.

Es handelte sich um eigenartige Dämonen, und das war in einem Volk von außergewöhnlichen Kreaturen wirklich bemerkenswert. Sie waren flach und ähnelten in Farbe und Maserung einem weich geklopften Steak. Ihre Bäuche waren mit einem feinen Flaum bedeckt, und dort befanden sich auch die Augen und der Mund. Die Haare zitterten und schwankten leicht, wenn die Wesen sich bewegten, sodass Wellen über ihre Körper zu laufen schienen. Sie besaßen nur winzige Arme an beiden Seiten des Kopfes und überhaupt keine Beine.

Schon früh war zur großen Erleichterung der Xeteskianer klar geworden, dass sie keine Seelendiebe waren. Die Gleiter waren in großer Zahl gekommen und schienen eine echte Bedrohung darzustellen, hatten sich aber damit begnügt, unter Anleitung ihrer mit Tentakeln bewehrten Meister, die in der Nähe schwebten und alles beobachteten, über die Kalträume zu fliegen.

»Ihr wisst, was sie tun, nicht wahr?«, fragte Vuldaroq.

Dystran warf dem Mann an seiner Seite einen Blick zu. In den wenigen Tagen ihrer erzwungenen Nähe hatte er einen gewissen Respekt gegegnüber seinem ehemaligen Feind entwickelt. Der dordovanische Erzmagier hatte unermüdlich mit Suarav und Sharyr gearbeitet und ihnen nach dem gefährlichen Einsatz in der Bibliothek geholfen. Er hatte sie zwar nicht völlig von ihrem Schock befreien können, doch er hatte sie immerhin so weit wieder zu sich gebracht, dass man mit ihnen reden konnte. Keiner der beiden hatte seine üblichen Pflichten bisher wieder aufgenommen, und Brynel, der andere Überlebende, befand sich noch in der improvisierten Krankenstation. Die Kälte wollte nicht aus seinem Körper weichen.

»Klärt mich auf«, sagte er.

»Beobachtet die Bahnen, wenn sie über den Schild fliegen. Zuerst sieht es willkürlich aus, aber sie folgen einer bestimmten Ordnung. Ich habe an manchen Stellen eine größere Dichte beobachtet, dann haben sie sich verteilt und woanders noch stärkere Konzentrationen gebildet. Es kommt mir vor, als wollten sie etwas überprüfen, das sie entdeckt haben. Es ist eigentlich sehr logisch.«

»Ich nehme an, Ihr habt sowieso nicht viel zu tun gehabt, außer sie anzustarren.«

Vuldaroq zuckte mit den Achseln. »Es ist nicht gut, wenn man zu viel Zeit hat. Dann spielen einem die eigenen Gedanken einen Streich und untergraben die Standfestigkeit. Besser, man beschäftigt sich.«

»Was erkunden sie denn dort?«

»Ich glaube, sie beobachten die Mana-Bahnen, die unsere Kalträume speisen.«

Dystran zog den Mantel enger um sich. Eine kalte Bö wehte durch die offenen Türen des Turmkomplexes, in dessen Schatten sie standen.

»Das ist ein beunruhigender Gedanke.«

»Die Frage ist natürlich, warum sie das tun«, sagte Vuldaroq.

»So gern ich es auch glauben würde, ich kann mir nicht vorstellen, dass es aus reiner Neugierde geschieht«, erwiderte Dystran.

»Nein, aber es gibt mehrere Möglichkeiten.« Vuldaroq hatte noch nie viel Humor besessen, und die letzten beiden Jahre hatten ihm auch den letzten Rest ausgetrieben.

»Sie dürften die Bahnen eigentlich nicht erkennen«, sagte Dystran, nachdem er eine Weile darüber nachgedacht hatte. »Sie lösen sich doch sofort auf, sobald sie den Rand der Konstruktion erreichen.«

»Nun, ich glaube, sie können es. Ihr müsst eigentlich nur die Stellen betrachten, an denen sie länger verweilen und sich zusammenrotten. Es geschieht immer über den Mana-Bahnen.« Er schüttelte den Kopf. »Sie werden stärker.«

»Das ist wahr«, stimmte Dystran zu. »Die Mana-Dichte nimmt dort draußen rasch zu. Glaubt Ihr denn, sie wollen herein?«

»Ja, und es wird nicht mehr lange dauern. Der wahrscheinlichste Grund für diese Spurensuche ist der, die Magier zu entdecken, die den Spruch wirken. Sie könnten aber auch etwas ganz anderes tun, etwa die Übergänge zwischen den verschiedenen Bereichen erkunden. Wo die Überlappung geringer ist, sind wir verwundbar.«

»Aber das glaubt Ihr nicht.«

»Nein. Ich an ihrer Stelle würde den Spuren so weit wie möglich nach unten folgen und unsere einzige echte Verteidigung ausschalten. Es ist völlig offensichtlich.«

Dystran blies die Wangen auf. »Und sie glauben, sie seien jetzt stark genug dazu.«

»Jetzt beginnt eine neue Phase, junger Lord. Wir sollten gut vorbereitet sein.«

Sie versammelten sich im Laufe von drei Tagen auf der Ebene von Teras: die roten Naik, die türkisfarbenen Veret, die Kaan mit den goldenen Schuppen, die dunkelgrünen Gost, die bronzefarbenen Skoor und die hellbraunen Stara. Zu diesen Abgeordneten der größten Bruten stießen noch die Vertreter weiterer siebzehn Stämme. Alle Farben des Brutspektrums waren in der größten Versammlung vereint, die es je in der Welt der Drachen gegeben hatte.

Es war eine Szene, die sich nie wiederholen würde. Sha-Kaan und Yasal-Naik saßen auf einer kleinen Anhöhe vor dieser Ansammlung von Schuppen und eingefalteten Schwingen. Beide hatten aufrechte, respektvolle Positionen eingenommen, die Hälse zu einem S geformt und die

Bauchschuppen entblößt. Beide trugen die Narben der Arbeit, die sie zuvor geleistet hatten. Die Skoor hatten sie angegriffen. Yasal hatte eine lange Brandwunde auf dem Kopf, die sich noch über das erste Drittel seines Halses zog. Sha-Kaans Bauch war schwarz verkohlt und tat weh. Sechs Skoor waren gestorben, ehe der Anführer bereit gewesen war, mit den Botschaftern zu sprechen. Sechs, die sie eigentlich nicht hätten verlieren dürfen.

Direkt vor Sha und Yasal hatten sich die Brutväter versammelt. Es war eine unbehagliche Gemeinschaft. Alte Feindseligkeiten brodelten unter der Oberfläche, die Körperhaltung war aggressiv. Manche wollten sich nicht in der Witterung anderer niederlassen. Doch wenigstens hatten die Anführer eingewilligt, die Botschaft an ihre Bruten zu übermitteln, die sich hinter ihnen versammelt hatten. Durch Gedankenimpulse würden sie weitergeben, was auf der überfüllten Ebene mit dem Ohr nicht zu hören war.

Sha-Kaan blickte nach Teras hinaus und empfand einen enormen Stolz auf das, was er vollbracht hatte, doch er hatte auch große Angst. Jetzt kam der Augenblick der größten Gefahr. Nun mussten sie allen versammelten Drachen beweisen, dass ihr Vorschlag der einzige Weg war, sie alle zu retten. Der einzige Weg, damit sie auch in Zukunft einander hassen, angreifen und auslöschen konnten. Der einzige Weg, die Welt der Drachen zu erhalten.

Ungefähr zweitausend Drachen hatten sich vor ihm versammelt, so weit das Auge reichte. Bisher hatten sich kleinere Streitigkeiten und Unstimmigkeiten leicht beilegen lassen. Diplomaten der Kaan, Naik und Veret bewegten sich durch die Versammlung.

Jetzt kam die entscheidende Phase. Wenn sie sich nicht zusammentun und einigermaßen friedlich auf der Ebene diskutieren konnten, dann waren sie auch nicht in der Lage, einen nachhaltigen Angriff gegen die Arakhe zu führen und dem Raben die Zeit und Unterstützung zu verschaffen, die er brauchte.

Sha-Kaan ließ den Blick über die außerordentliche Versammlung wandern. Weit entfernt zu seiner rechten Seite rangelten Drachen miteinander. Flügel wurden entfaltet, Bäuche prallten gegeneinander. Er sandte seiner Brut einen Impuls, die Störenfriede zu beruhigen. Überall waren der rasselnde Atem und das Rascheln der Schwingen zu hören. Von Norden her näherte sich eine weitere Gruppe der Gost. Er wartete, bis sie gelandet waren und die Ehrfurcht spürten, die inzwischen auch die meisten Anwesenden erfasst hatte.

Nicht jeder wusste, warum er hier war, aber alle Drachen spürten, wie wichtig es war. Es konnte nicht anders sein.

»Es ist Zeit«, sagte Yasal-Naik. »Wir können sie nicht mehr lange ruhig halten, ohne ihnen etwas zu geben.«

»Ich werde für uns beide sprechen, wenn du erlaubst.«

Yasal richtete ein Auge auf ihn, das alles über die Achtung verriet, die Sha-Kaan genoss, und über das Bestreben der Naik, dessen Position einzunehmen.

»Sie werden dir zuhören«, sagte er.

Sha-Kaan erhob sich auf die Hinterbeine, entfaltete die Flügel und schlug dreimal. Sein Schwanz bat zuckend um Aufmerksamkeit, und er stieß ein gedehntes Bellen und eine lange Flammenzunge in die Luft aus. Auf der Ebene beruhigten sich die Versammelten und verstummten. Die Brutväter vor ihm bereiteten sich darauf vor, seine Worte weiterzugeben. Sha-Kaan schlug eine Verehrung entgegen, die ihm die Kehle zuschnürte, sodass er kaum sprechen konnte. Wir mögen dich hassen, sagte die Verehrung, aber wir sind hier, weil du uns gerufen hast, Großer Kaan.

»Ihr kennt mich«, donnerte seine Stimme über die Ebene. »Ich bin Sha-Kaan. Ich stehe hier mit eingefalteten Schwingen neben meinem Erzfeind Yasal-Naik. Immer haben wir uns gegenseitig gehasst, doch immer haben wir uns auch geachtet. Heute stehen wir geeint vor euch. Verbündet, wie ihr euch alle verbünden müsst.«

Ein Raunen ging durch die Versammlung, das sich bis zum Rand ausbreitete, als die Gedanken jeden Drachen erreichten und die Reaktionen zurückströmten.

»Heute sehen wir uns der größten Bedrohung gegenüber, die unsere Heimatdimension jemals erlebt hat. Um dieser Bedrohung zu begegnen, müssen wir eine Brut mit einem Geist sein. Es gibt viele unter euch, die ihre Rolle nicht kennen und nicht wissen, warum sie hier sind. Ich werde euch den Grund erklären. Die Arakhe sind in die Fusionsdimension der Kaan eingedrungen.«

Jetzt erhob sich Lärm auf der Ebene. Bellend und rufend stellten andere die Ruhe wieder her. Flammen wurden in die Luft gespuckt und verstärkten noch den Lärm. Sha-Kaan holte tief Luft, als er den Tumult sah, blieb aber stolz stehen und wartete, bis wieder Ruhe einkehrte. Es dauerte eine Weile, bis die letzten Rufe verstummten.

»Wahrlich ein Grund zum Feiern.« Er spürte die Schadenfreude. »Normalerweise. Allerdings werden die Arakhe nicht dort bleiben. Wir alle kennen ihr Wesen. Wenn sie Balaia völlig erobert haben, gewinnen sie über die Elfen und Wesmen den Zugang zum Reich der Toten. Über die noch lebenden Drachenmänner gelangen sie auch nach Beshara.«

Sha-Kaan hielt inne und ließ die gebannte Aufmerksamkeit der Zuhörer auf sich wirken. Er wechselte einen Blick mit Yasal, und der Naik, der jünger war als er, gab ihm zu verstehen, er solle fortfahren.

»Unsere Aufgabe ist einfach. Einige Männer wollen in die Dimension der Arakhe reisen und die Invasion aufhalten. Sie dürfen nicht scheitern. Einer dieser Männer ist mein Drachenmann. Wenn er dort ankommt, haben wir unseren Leitstrahl. Wir werden angreifen und die Balaianer unterstützen. Wir müssen ihr Leben erhalten, weil sie einen Ort aufsuchen können, den wir nicht zu erreichen vermögen.«

Sha-Kaan sprach weiter, obwohl sich missbilligendes Brüllen erhob.

»Ihr seid hier, weil eure Brutväter dies für eine echte Gefahr halten. Einige mögen nicht daran glauben. Ihnen sage ich: Fliegt in mein Brutland. Zerstört es. Ich werde keinen Flügel heben, um euch aufzuhalten. Aber ich werde euch dann auch nicht zu den Arakhe führen. Und wenn sie hierherkommen, was sicher geschehen wird, werde ich für eure Bitten und Schmeicheleien taub sein.

Die Bedrohung ist da. Drachen werden sterben beim Versuch, sie zurückzuschlagen. Kämpft gemeinsam, um uns zu retten, oder kämpft gegeneinander, und wir werden alle rasch untergehen. Die Entscheidung liegt nun bei euch.«

Zweiundzwanzigstes Kapitel

Auum spähte aus der Deckung des dichten Heidekrauts und im Schutze der Nacht nach Julatsa hinüber. Anscheinend war Balaia doch noch nicht völlig von den Dämonen überrannt worden. Draußen auf dem Land hatten sie nicht viel von ihnen gesehen, und auch wenn die Luft durch den Zustrom des Mana kalt war, die Dämonen konzentrierten sich eindeutig auf die größeren Ansiedlungen. Selbst zwei Jahre nach Beginn ihrer Invasion hatte sich dies nicht verändert.

Natürlich war es möglich, dass sie die umliegenden Dörfer und Orte durchkämmt und die Leute in die größeren Städte getrieben hatten. Das war jedoch nicht Auums Sorge. Für ihn kam es nur darauf an, mit seinen vier Begleitern ungesehen ins Kolleg zu gelangen. Er schob den Gedanken beiseite, dass er nun schon zum zweiten Mal hier war und ins Kolleg eindringen wollte. Nach seiner Rückkehr nach Calaius hatte er geschworen, nie wieder seine Heimat zu verlassen. Wieder waren es die Menschen gewesen, die ihn veranlasst hatten, in den Norden zu reisen. Genug.

»Was denkt ihr?«, fragte er.

»Baron Blackthorne ist sicher, dass alle Kollegien Tunnel

gegraben haben, über die sie Vorräte hineinschaffen«, sagte Rebraal. »Wir wissen auch, dass die Gänge nicht mit magischen Mitteln getarnt werden.«

Auum nickte. »Dann können wir auf die alte Weise suchen. Eine unerwartete Freude. Eilaan, bereite keinen Spruch vor, sondern folge uns einfach. Rebraal, du bleibst bei ihm. Tai, es geht los.«

Julatsa war eine stille Stadt. Abgesehen vom Licht und dem Leben im Kolleg selbst war der Ort kaum beleuchtet. Im Süden brannten einige Lampen hinter Fenstern, die zu langen, niedrigen Lagerhäusern gehören mochten, und vor ihnen hingen Laternen an Pfählen, um einigen Menschen, die in den Ort zurückkehrten, den Weg zu beleuchten. Über ihnen schwebten Dämonen und beobachteten alles. Keiner der Sklaven gab einen Laut von sich.

Die Menschen kehrten aus dem Ackerland, das sich in einem Ring um die Stadt erstreckte, nach Hause zurück.

»Achtet auf Spuren. Vor allem von Elfen, nicht von Menschen«, flüsterte Auum. »Fünf Schritte weit ausschwärmen und suchen.«

Der Anführer der TaiGethen führte seine Leute rasch bis zum Rand der Äcker. Das Korn stand hoch und gesund, anscheinend nicht beeinträchtigt durch die niedrige Lufttemperatur. Die dicken Halme schwankten im Wind. Wurzelgemüse wuchs in ordentlichen Reihen, auch dessen Blätter waren stark und breit.

Auum hielt inne und lauschte dem aufkommenden und abebbenden Wind. Er vernahm die leiser werdenden Rufe der Dämonen, hin und wieder einen Schrei aus einem jungen, ängstlichen Mund. Die Menschen schwanden langsam dahin. Genau wie ganz Balaia.

Er winkte seine Tai weiter zu einer niedrigen Scheune, die zwischen zwei Getreidefeldern stand, um dahinter vorbeizuschleichen und sich dem Kolleg von Norden her zu nähern. Rechts konnte er gerade noch sehen, wie Duele durch die Halme strich, hinter ihm gingen Rebraal und Eilaan so leise wie möglich. Links war Evunn stehen geblieben. Auum gab das Zeichen zum Anhalten und trat im tiefen Schatten der Scheune zu ihm.

Evunn deutete auf drei winzige Löcher in einer Holzwand. Sie befanden sich unter einem Balken, der von Pfeilschüssen durchbohrt und gebrochen war. Nur ein Elf aus dem Regenwald konnte die Markierung überhaupt als das erkennen, was sie war.

»Ist es das?«, flüsterte Evunn.

»Das ist es«, erwiderte Auum. »Und Yniss hat dich hierhergeführt, damit du es findest.« Er legte Evunn eine Hand auf die Schulter. »Jetzt kennen wir die Richtung.«

Eine rasche Handbewegung, und die Elfen setzten sich wieder in Bewegung, etwas schneller als zuvor. Als sie die Straßen von Julatsa betraten, wurde es schlagartig still, denn der Wind wurde von der hohen Mauer eines Hofs abgehalten. Auum blieb kurz stehen, legte eine Hand ans Ohr und einen Finger auf die Lippen, um die anderen zu ermahnen, keinen Lärm zu machen. Hier war schon das kleinste Geräusch mehrere Straßen weit zu hören.

Zwanzig Schritte weiter fand Evunn abermals eine Markierung, dieses Mal nicht mehr als ein paar Kratzer an der hölzernen Wand eines dunklen, verlassenen Hauses. Als sie weiter in die Stadt vordrangen, kamen ihnen die Lichter des Kollegs unnatürlich grell vor. Sie beleuchteten auch die umliegenden Gebäude.

Auum deutete in eine Gasse, in der sie nicht vom gespenstischen Licht erfasst würden. Sie gingen weiter, bogen nach rechts ab und näherten sich der Nordmauer des Kollegs. Hier waren die Elfen sehr aktiv gewesen. Die winzigen Markierungen waren auf Gebäuden und Kohlenbecken, an Fenstern und in der Rinde von Bäumen zu sehen.

Sie folgten einer Kurve, die, wie Auum vermutete, direkt vor dem Kolleg am Eingang eines Tunnels enden würde. Er widerstand der Versuchung, einfach loszurennen, so schwer es auch war. Nicht nur der allgegenwärtige Geruch der menschlichen Zivilisation beleidigte seine Nase, sondern auch der heimtückische, alles durchdringende Gestank der *cursyrd*, der sogar die Atemluft verpestete.

Er führte sie durch ein Gewirr dicht stehender Häuser, bis er vor sich auf der linken Seite ein leises Kratzen hörte. Auum hob die Hand. Seine Leute blieben hinter ihm stehen, es war jetzt völlig still. Ohne sich umzudrehen, hätte nicht einmal er bemerkt, dass mehrere Elfen hinter ihm standen. Er hob die linke Hand, zeigte den Gefährten die Handfläche und streckte den Zeigefinger aus. Einen Moment später spürte er Dueles Atem im Nacken.

Das Kratzen hallte leise zwischen den eng stehenden Häusern. Stellenweise waren die Gassen, durch die sie sich bewegt hatten, so schmal, dass ihre Schultern auf beiden Seiten die feuchten, mit Moos bewachsenen Steine und Balken streiften. In der Haltung des geborenen Jägers schlich er vorsichtig zu der links abzweigenden Gasse. Er schob sich langsam vorwärts, das Kurzschwert in einer Hand, bei jedem Schritt den Boden abtastend.

In dieser Stadt der Schatten und des Schweigens war es vielleicht nur eine Ratte, doch sein Instinkt hatte ihn gewarnt. Das Geräusch klang zu zielstrebig. Vorsichtig schob er den Kopf um die Ecke. Gebückt und zur rechten Wand gedreht, kratzte ein *cursyrd* mit einem Stück Feuerstein immer wieder über einen Abschnitt der Steinmauer, der etwa einen halben Schritt breit war. Er war völlig in seine Aufgabe vertieft und bemerkte nicht, was um ihn her vorging.

Auum runzelte die Stirn. Ihm fiel sofort ein, was dies zu bedeuten hatte, und es musste unterbunden werden. Auum langte hinter sich und berührte Duele, ohne die Augen von dem schlanken, flügellosen Wesen zu wenden, das aufrecht stehend ungefähr so groß gewesen wäre wie er selbst. Es hatte einen kleinen Kopf auf schmächtigen Schultern und war mit dünnem Haar bedeckt. Kaum erkennbare Muskeln und die durchgängige dunkle Färbung waren eher untypisch für die *cursyrd*. Wahrscheinlich ein Wesen aus den unteren Rängen der Hierarchie.

Jetzt konnte auch Duele den *cursyrd* sehen. Auum deutete auf sich selbst, dann auf das Ziel. Er tippte auf sein Bein, deutete noch einmal auf das Ziel, dann auf Duele. Der Tai nickte, er hatte verstanden.

Im nächsten Augenblick sprang Auum los, landete auf dem *cursyrd*, drückte ihn mit seinem Gesicht flach auf den Boden und legte ihm eine Hand auf den Mund. Einen Herzschlag später hatte Duele die Beine gepackt. Das Wesen versuchte zu beißen, zu rufen und zu kratzen. Mit seinem schmächtigen Körper, der ständig die Farbe wechselte, entwickelte es erstaunliche Kräfte.

Auum hielt die Bestie fest, bis die Gegenwehr etwas nachließ. Dann brachte er die Lippen dicht vor einen der flachen Schlitze, die dem Wesen als Ohren dienten, und sprach in reiner Elfensprache.

»Du kennst mich. Du kennst meine Herkunft. Du kannst mich nicht nehmen«, flüsterte er. Der *cursyrd* unterwarf sich sofort. »Sich zu wehren, heißt Schmerzen empfinden.« Nur der Oberkörper bewegte sich noch. »Gut. Stelle mich nicht auf die Probe.« Auum drehte den Kopf ein wenig herum. »Duele, lass ihn los und pass auf.«

Er zog das Wesen hoch, die Hand an den Mund gelegt, das Kurzschwert am Auge. Beide wussten, dass die Waffe das Wesen nicht töten konnte, aber die Schmerzen würden entsetzlich sein.

»Geh.«

Auum trieb den gefangenen *cursyrd* weiter und folgte den Symbolen, die ihnen den Weg wiesen. Immer wieder bogen sie ab, tief hinein in die Elendsviertel von Julatsa, wo auch die Zeit den Gestank nicht hatte auslöschen können. Duele hatte die Führung übernommen, und als er anhielt, um eine kompliziertere Markierung zu entziffern, wusste Auum, dass sie ihrem Ziel nahe waren.

Die TaiGethen schritten weiter, bogen nach rechts ab und standen in einer feuchten Sackgasse. Sie war kahl bis auf etwas Unkraut und Gras und die Abfälle der Menschen, die schon lange nicht mehr hier lebten. Der Zugang war mit einem komplizierten Muster im rissigen Schlamm markiert, der zur Hälfte mit Gras bewachsen war. Er kniete nieder, zog ihn auf und sprach leise in das Loch hinein, das er freigelegt hatte.

Es war für die Größe von Menschen gedacht, aber von Elfen angelegt. Die Dämonen konnten es niemals finden, wenn sie nicht direkt hingeführt wurden. Auum nickte Duele zu weiterzugehen, und die fünf Elfen und ihr gefangener Dämon betraten das Kolleg von Julatsa.

Die Krieger und Magier, die im Tunnel wachten, trauten ihren Augen nicht. Die Anführer der TaiGethen und der Al-Arynaar tauchten unangemeldet auf und brachten auch noch einen gefangenen Dämon mit. Auum hatte keine Zeit für lange Erklärungen.

»Wir brauchen einen großen offenen Raum, der verteidigt werden kann. Sofort.«

Einer der Krieger führte sie durch den Tunnel in das Kolleg hinein. Sie wehrten die Fragen der Elfen und Menschen zunächst ab. Der Dämon, eingeschüchtert und ängstlich, aber hellwach, wurde im Moment nur an den Armen festgehalten.

Der Tunnel endete in einem Keller unter der Bibliothek. Ihr Begleiter führte sie zwischen den wenigen Bücherregalen hindurch in den einzigen Vortragssaal. Schon verbreitete sich die Kunde, und Elfen und Menschen strömten herbei. Auum warf einen Blick zum Himmel und zu den dort kreisenden *cursyrd*, dann stieß er seinen Gefangenen ins Gebäude und bugsierte ihn mitten auf die Bühne.

»Rebraal, bewache die Tür«, sagte er. »Evunn, halte dich bereit und pass auf.« Er gab den *cursyrd* frei, der verwirrt zurückwich. Dunkelrote und blaue Zonen jagten einander auf seiner Haut. Auum lächelte humorlos. Er wandte sich an Duele.

»Kämpfe gegen ihn.«

Ule wich noch ein wenig tiefer in die Höhle zurück. Er blickte auf den erschöpften, schaudernden Vituul hinab, dann zu seinen Brüdern: blutend und frierend, aber ungebeugt. Die beiden standen links neben ihm, den Streitkolben und die Axt in der Hand, und warteten.

»Sie kommen zurück.«

Ein winziges Nicken war die Antwort, sie packten die Griffe der Waffen fester und veränderten ihre Fußstellung.

»Wenn es so weit ist, wisst ihr, was ihr tun müsst.«

Die drei ehemaligen Protektoren schritten nach vorn zum Eingang der Höhle, der schmalsten Stelle des Durchgangs, und blickten auf die letzten Vorberge des Blackthorne-Gebirges hinaus. Rechts lagen Understone, der Pass und ein beachtliches Lager der Wesmen. Links befanden sich die vorgeschobenen Posten der Wesmen und die Stadt Xetesk. Ihr Ziel. Noch einen Tagesmarsch entfernt und zugleich unerreichbar weit.

Ule war nicht sicher, wie die Dämonen sie entdeckt hatten, als sie von den Gipfeln in die düsteren Täler hinabgestiegen waren. Vielleicht ein einsamer Späher, vielleicht war die Aura des Elfenmagiers zu auffällig. Es spielte jetzt keine Rolle mehr.

Mehr als fünfzig Dämonen flogen dort draußen umher. Die meisten waren Seelenräuber, und alle gehörten zur Kriegerkaste. Sie waren groß und muskulös, hatten kräftige Schwingen, unbehaarte Körper und zuckende Venen. Drei Angriffe hatte die Gruppe beim Abstieg zurückgeschlagen. Sprüche hatten Dutzende Feinde getötet, doch die Dämonen griffen pausenlos an, und Vituul hatte keine Kraft mehr. Die Schrecken des Kampfes waren ihm anzusehen, und die Wunden ließen sein Blut erkalten und nahmen ihm die Willenskraft, bis er seine Seele nicht mehr schützen konnte.

Ule erkannte durchaus die Ironie der Situation, in der er und seine Brüder sich befanden. Sie hatten so lange unter dem Bann gestanden und waren erst vor kurzer Zeit daraus entlassen worden. Wären sie nicht befreit worden, dann wären sie jetzt noch in den Hallen von Xetesk. Er atmete tief ein und spürte die Luft im Gesicht. Einen kleinen Moment lang erfüllte ihn eine starke Erleichterung, Freude sogar. Er lächelte.

Die Dämonen strömten zum Eingang der Höhle, hielten aber knapp außerhalb der Reichweite ihrer Waffen an.

»Ule«, sagte einer, ein pulsierendes dunkelgrünes Wesen mit riesigen Augen in einem sonst konturlosen Gesicht. »Gib uns deine Seele. Sie gehört uns.«

Ule starrte den Dämon an. Er war ruhig, mit sich im Reinen. Genau wie seine Brüder.

»Es gibt keine Hoffnung«, fuhr der Dämon fort. »Du kannst uns nicht besiegen.«

»Ihr werdet nie wieder unsere Seelen kosten«, sagte Ule.

»Solange wir leben, werden wir euch bekämpfen. Im Tod werden wir euch entfliehen.«

»Ihr könnt uns nichts tun.«

»Falsch. Wir können euch töten. Spüre die Schmerzen.«

Die Geschwindigkeit, mit der sich die Protektoren bewegten, war erstaunlich. Ules Streitkolben kam von der rechten Seite und traf das Kinn des Dämons. Der wuchtige Schlag hallte laut durch den engen Raum und warf das kreischende Wesen mit hilflos flatternden Flügeln gegen jene, die sich hinter ihm drängten.

Ryn und Qex griffen gleichzeitig an. Ryn schlug einem die flache Seite seiner Axt an den Kopf, dass er zur Seite geschleudert wurde und andere in der Nähe erschrocken davonstoben. Qex rammte seinem Gegner den Streitkolben in den Bauch und schlug von links nach rechts mit der Axt zu. Die Klinge drang tief in die Stirn des Dämons ein. Kreischend fiel er um.

Die Wunde blutete nicht, sondern verheilte fast sofort, und wo sie am tiefsten gewesen war, blieb eine leuchtend blaue Narbe zurück. Ule sah sich einem heftigen Angriff von Klauen, Zähnen und Schwänzen ausgesetzt. Fieberhaft versuchte er, die Dämonen in Schach zu halten. Der Streitkolben war eine mächtige Waffe, die immer wieder Köpfe, Brustkörbe und Bäuche traf, und dann folgte die Axt – mit der flachen Seite, um Angriffe abzuwehren, und mit der Schneide, um Schmerzen zuzufügen.

Unweigerlich aber wuchs der Druck angesichts der Übermacht. Krallen zerkratzten sein Gesicht, Schwänze wollten ihn zum Straucheln bringen, und die Zähne kamen immer näher. Er spürte, wie die Verzweiflung in seinen Brüdern erwachte, und er spürte die Kälte, wenn die Dämonen ihn berührten. Bei jedem Schlag wurde er ein wenig schwächer, doch er ließ sich nichts anmerken.

Er trieb dem nächsten Feind die Stacheln seines Streitkolbens in den Hals und zog neue Kraft aus dessen ersticktem Heulen. Dann folgte ein ausholender Hieb auf die Hüfte. Einen Menschen hätte dieser Schlag in zwei Stücke geschnitten, hier aber drang er nicht sehr tief ein, auch wenn das Wesen zurückwich.

Links litten seine Brüder. Qex war mehr als einmal auf die Knie gesunken, und Ryns Gesicht war von Schnitten entstellt, er blutete, und seine Haut war blau vor Kälte. Lange konnten sie nicht mehr durchhalten.

»Einmal noch, meine Brüder!«, rief er, und seine Stimme dröhnte laut in der Höhle. Er begann einen ungestümen Angriff und nahm alle Kräfte zusammen, die er noch hatte. Er schlug nach den herandrängenden Dämonen, traf Gesichter und Arme mit dem Streitkolben, trennte mit der Axt von einer Hand eine Klaue ab, die sofort wieder nachwuchs. Immerhin freute er sich über die Schmerzensschreie und die Wut seiner Feinde, die ihre Beute noch nicht bezwungen hatten. Es würde ihnen auch nicht gelingen.

»Duckt euch.«

Er brauchte einen Moment, um zu erkennen, dass Vituul gesprochen hatte, so fremd klang seine Stimme. Doch es war klar, was er vorhatte.

»Brüder, duckt euch!«

Wie immer taten sie es gemeinsam.

Der Eiswind fegte über ihre Köpfe hinweg und traf die wehrlosen Dämonen. Jetzt ertönten gequälte Todesschreie. Fleisch zerkochte, Flügel gefroren und zersprangen, Venen traten erstarrt hervor, als das ungeheuer kalte Mana die Haut durchschlug und das Leben im Nu erstickte. Die ganze vordere Reihe der Dämonen starb, bevor Ule auch nur blinzeln konnte, und die anderen flohen in die Luft, vor Wut und Furcht heulend.

Ule wandte sich an Vituul. Der Elf brach wieder zusammen, sein Atem ging mühsam, und seine Augen lagen tief in den Höhlen.

»Du warst erschöpft«, sagte er.

»Jetzt bin ich es«, sagte Vituul keuchend. Mühsam lächelte er. »Das war jetzt wirklich der letzte Versuch.«

»Ich hätte nicht gedacht, dass du noch so viel Kraft hast.«

»Ich auch nicht.« Der Elf sah dem Protektor in die Augen. »Eine weitere Runde überstehen wir nicht.«

Ule nickte. »Ich weiß.« Er drehte sich zu seinen Brüdern um, die sich erschöpft auf ihre Waffen stützten und kaum noch stehen konnten. Draußen im Licht versammelten sich die Dämonen abermals und näherten sich vorsichtig.

»Ule«, sagte Vituul, »mach es nur schnell.«

»Das kann ich gut«, erwiderte er.

Vituul kicherte. »Das freut mich zu hören.«

»Meine Brüder«, sagte Ule. »Bereitet euch vor. Sie sollen unsere Seelen nicht bekommen.«

Die Männer zogen Dolche aus den Gürteln und ließen die anderen Waffen fallen.

»Vituul«, sagte Ule. »Wir werden vereint sterben. Deine Reise muss früher beginnen.« Er kniete sich neben den Elf und wischte dem Magier eine Träne aus dem Auge. »Dein Mut wird unter den Protektoren nie vergessen werden. Selbst im Tod werden wir dich nicht vergessen.«

Schnell und sicher führte er das Messer.

Dann stand er auf und umarmte seine Brüder. Sie führten die Dolchklingen zum Hals. »Wir sind befreit, meine Brüder. Wir sind eins.«

»Wir sind eins.«

Die Menge, die den Kampf beobachtete, schwoll stetig an. Auum konnte sie spüren, und manchmal hörte er sogar leise Worte, doch er ließ die Szene, die er vor sich sah, keinen Moment aus den Augen.

Zuerst war der *cursyrd* unwillig gewesen. Er hatte die Schwächung durch den Kaltraum gespürt, sich aber schließlich damit abgefunden. Schwieriger waren für ihn Dueles Vorstöße und die blitzschnellen Schläge, die er einstecken musste.

Der Elf versuchte, den *cursyrd* aus der Reserve zu locken, bis dieser wütend angriff, doch eine aufreizend lange Zeit kreischte das Wesen nur und wich zurück, krümmte sich oder stand nur da und hielt die Hände vors Gesicht. Als Duele ihm jedoch die ausgestreckten Finger in die Kehle stieß, riss ihm der Geduldsfaden, und er schlug zurück.

Duele hielt stand, während die Kreatur ihn mit ihren Krallenhänden, dem peitschenartigen Schwanz und den langen Reißzähnen erwischen wollte. Die fließenden Bewegungen des TaiGethen boten dem *cursyrd* keinen Angriffspunkt, und seine Vorstöße wurden mühelos abgewehrt. Duele blockte ab, duckte sich, sprang und griff seinerseits mit jener Geschwindigkeit an, die ihm sogar in der Elite der Elfen Ruhm verschafft hatte. Immer wieder schlug der *cursyrd* links und rechts mit den Klauen zu und wollte beißen, nur um unvermittelt nach einem Fußfeger oder einem Stoß mit der flachen Hand vor die Brust auf dem Rücken zu landen.

Als Dueles wuchtige Schläge und der Kaltraum ihren Tribut forderten, wurde der *cursyrd* zugleich schwächer und wütender. Er wusste, dass er nicht mehr lebend aus dem Kolleg herauskommen würde, und kämpfte umso verzweifelter, um wenigstens noch seinen Gegner zu verletzen.

Dreimal versuchte er, zu fliehen und die Zuschauer anzugreifen, doch Duele war zu schnell, und das frustrierte

Kreischen des Dämons nahm an Lautstärke zu. Bevor er zu schwach wurde, um sich überhaupt noch zu verteidigen, hatte Auum gesehen, was er sehen wollte. Der *cursyrd* hob nicht einmal mehr die Arme, um seinerseits zuzuschlagen, sondern wehrte nur noch die Hiebe ab, die auf den Kopf gezielt waren, duckte sich sogar und wich aus, oder setzte den Schwanz ein.

Auum näherte sich dem Dämon, bis er in dessen Reichweite war.

»Duele, ruhe dich jetzt aus.«

Auum trat noch weiter vor und lenkte die Aufmerksamkeit des *cursyrd* auf sich. Sofort drehte sich das Wesen verwundert zu ihm um. Die Haut wechselte zwischen einem lebhaften Grün und einem dunklen, drohenden Blau. Er atmete schwer.

Die TaiGethen umkreisten das Wesen und sahen, dass die Augenbewegungen und die Stellung der Füße auch nach dem Kampf gegen Duele unverändert waren. Wenigstens zeigte er Disziplin. Doch er war langsam geworden, er war müde und angeschlagen. Nun griff Auum an.

Er duckte sich unter dem zuschlagenden rechten Arm durch, packte das Handgelenk mit der linken Hand und hielt den Arm hoch und weit weg vom Körper. Dann setzte er die Bewegung fort, hob den Ellenbogen und rammte ihn dem *cursyrd* in die ungeschützte Achsel. Das Wesen zuckte einmal und brach zusammen.

Auum trat zurück und nickte. »Jeder hat irgendwo einen schwachen Punkt«, sagte er. »Jeder. Tai, wir beten.«

Dreiundzwanzigstes Kapitel

Pheone hielt sich zurück, während die TaiGethen beteten. Alle Elfen hatten die Köpfe gesenkt, lauschten den Worten, die Auum sprach, und gaben murmelnde Antworten. Vor Auum lag der reglose Dämon. Pheone konnte nicht erkennen, ob er tot oder nur betäubt war, doch wie alle Zuschauer hatte sie fasziniert den Tanz Dueles mit dem Dämon beobachtet und war über Auums unvermittelten Gewaltausbruch erschrocken.

Nach und nach dämmerte ihr die Bedeutung dessen, was sie beobachtet hatte. Nicht der Kampf mit dem Dämon war wichtig, und nicht einmal die Tatsache, dass Auum ihn mit einem einzigen Schlag betäubt oder gar getötet hatte, ohne seine Haut zu zerstören. Die Frage war, warum er mit seinen Tai und Rebraal überhaupt hier aufgetaucht war. Warum gerade jetzt? Warum überhaupt? Man musste kein Hellseher sein, um zu wissen, dass er schlechte Neuigkeiten mitbrachte.

Die Tai-Krieger beendeten das Gebet und standen auf. Auum warf noch einen flüchtigen Blick auf den Dämon und sagte etwas in der Elfensprache. Zwei Al-Arynaar hoben ihn auf und trugen ihn aus dem Vortragssaal. Auum sah ihnen hinterher, dann kam er zu Pheone herüber. Die Hohe Magierin Julatsas war ausgesprochen nervös. Auum strahlte absolute Autorität und zugleich eine kontrollierte Drohung aus. Eine Mischung, die sie beinahe schwindeln ließ.

Er und Rebraal unterhielten sich kurz, worauf Rebraal sich endlich an sie wandte.

»Wir bitten um Verzeihung für unser abruptes Eindringen und dieses kleine Schauspiel«, sagte er mit einer Geste zur Bühne. »Auum musste schnell vorgehen, solange der *cursyrd* noch stark war.«

»Hat er ihn getötet?«, fragte Pheone, obwohl ihr noch ein Dutzend anderer Fragen durch den Kopf schoss.

»Nicht ganz. Die Krieger werden es vollenden. Der Körper muss durchbohrt werden.«

»Was hat er denn bewiesen?«

»Dass sie einen wunden Punkt haben, was wir zu unserem Vorteil nutzen können.«

Pheone lächelte leicht. »Komm mit, wir wollen uns einen besseren Ort zum Reden suchen. Ich glaube, es gibt Suppe.«

Sie führte die Besucher aus dem Vortragssaal durch den dunklen Hof zum Refektorium und versuchte unterwegs, ihre Gedanken zu ordnen. Am Rande ihres Gesichtsfeldes schossen die Dämonen hin und her und beobachteten alles. Als sie den beiden Elfen gegenübersaß und alle mit Suppe und Kräutertee versorgt waren, hatte sie die Fassung wiedergewonnen.

»Ich bewundere eure Zuversicht, Rebraal, aber glaubst du nicht, dass der Dämon schon geschwächt war, und dass Auum nur einen Glückstreffer gelandet hat?«

Auum sah sie durch die Dampfwolke seines Tees mit undurchdringlichem Gesicht an.

»Die TaiGethen beobachten jede Bewegung, die ein Gegner macht. Sie prägen sich ihre Stärken ein und lernen aus ihren Schwächen. Wir schlagen nur zu, wenn wir vorbereitet sind. Nur ihr Menschen habt einen Gott des Glücks; und der hat sich gegen euch gewendet.«

Pheone hätte sich beinahe entschuldigt, doch sie beherrschte sich. Sie aß einen Löffel Suppe, ehe sie wieder das Wort ergriff.

»Zwei Jahre sind vergangen, die mir vorkommen, als wären es zehn gewesen«, sagte sie. »Was tut ihr hier? Ich freue mich, euch zu sehen, aber ich glaube nicht, dass fünf Helfer alles ändern können. Nicht einmal, wenn ihr zwei darunter seid.«

»Dennoch sind wir hier, um den Kampf zu organisieren, der die letzte Chance der Menschen sein dürfte«, erwiderte Rebraal. »Die letzte Chance für uns alle.«

Pheone hätte beinahe gelacht, doch die Furcht, die sie in Rebraals Augen sah, ließ sie innehalten. Sie hatte noch nie einen Elf so voller Angst gesehen.

»Steht es wirklich so schlimm?«

»Was sagen dir die Berichte?«

»Wir haben ein Patt erreicht«, sagte sie. »Die Dämonen setzen uns kaum noch unter Druck. Sie können mit ihrer derzeitigen Stärke nicht durchbrechen. Wir glauben, das Gleichgewicht wird sich zu unseren Gunsten verändern.«

Rebraal riss die Augen auf. »Habt ihr denn keinen Kontakt mit den anderen Kollegien?«

»Sehr wenig«, gab sie zu. »Warum? Wenn die Dämonen erkennen, dass sie nicht weiterkommen, werden sie sich zurückziehen. Oder wir werden sie zurückschlagen.«

»Pheone, die Dämonen sind jetzt hier zu Hause«, sagte er. »Demnach habt ihr in den letzten zwei Tagen nichts aus Xetesk gehört?«

»Nichts«, antwortete sie.

Rebraal und Auum wechselten einen Blick. »Das erklärt deine Verwirrung und den Mangel an Vorbereitungen«, sagte Rebraal. »Vituul und die Protektoren sind gefallen.«

»Was hat das alles zu bedeuten?«

»Dir ist doch sicher die Zunahme der Mana-Dichte aufgefallen, oder?«

»Natürlich.« Sie zuckte mit den Achseln. »Es dient der Bequemlichkeit der Dämonen.«

Rebraal schüttelte den Kopf. »Du irrst dich. Die *cursyrd* überschwemmen Balaia mit Mana aus ihrer Dimension, weil sie ihre alte Heimat aufgeben. Bald wird die Dichte groß genug sein, um eure Sprüche zu überwinden, und dann werden die Dämonen ganz Balaia beherrschen. Sie werden dann auch im Westen und Süden zuschlagen, und weder wir noch die Wesmen sind in der Lage, ihnen lange genug Widerstand zu leisten.«

»Es sei denn, wir halten sie auf, ja?«

»Pheone, bevor ich dir sage, was wir tun müssen, will ich dir noch eines erklären. Wir glauben, dass Xetesk der Schwerpunkt ihrer Angriffe ist. Lystern gerät zunehmend unter Druck, und Dordover ist bereits gefallen.«

»Was?« Pheones Herz raste auf einmal, und ihr wurde flau im Magen. »Dordover?«

»Wir sind nicht sicher, aber Baron Blackthorne, der noch Widerstand leistet, sagte, seine Spione hätten kein Licht im Turm gesehen. Das Herz schlägt jedoch noch, und es speist die Dämonen mit Mana. Was mit Dordover geschehen ist, wird überall geschehen, wenn wir uns nicht zusammentun. Die Kollegien sind die letzten freien Territorien, die noch etwas ausrichten können. Wenn sie nacheinander ausgeschaltet werden, sind wir alle verloren. Elfen, Menschen, Wesmen, Drachen und die Toten.«

»Was?« Pheone lächelte nervös und verunsichert.

»Verspotte nicht, was du nicht verstehst«, fauchte Rebraal.

»Es tut mir leid«, lenkte Pheone rasch ein. »Es klingt alles so weit hergeholt.«

»Hast du nicht mit den Al-Arynaar gesprochen?«, fragte Auum. »Die Menschen sind so blind. Ihr merkt es nicht einmal, wenn ihr sterbt.«

»Die *cursyrd* sind kurz davor, diese Dimension völlig zu beherrschen«, fuhr Rebraal fort, »und auf diesem Weg bekommen sie Zugang zu jeder anderen Dimension. Wir müssen uns zusammenschließen, um sie zu vernichten, und es muss sofort geschehen. Der Kampf wird jedoch nicht hier, sondern in Xetesk ausgefochten. Deshalb sind wir hier, und deshalb müsst ihr Vorbereitungen treffen, um Julatsa zu verlassen.«

Pheone war so überrascht, dass sie im Geiste noch einmal Rebraals Worte durchging, um sich zu vergewissern, dass sie ihn richtig verstanden hatte.

»*Was* sollen wir tun?«

Ständig hatte er Angst gehabt. Neben der Angst gab es noch einen weiteren Impuls, den er spürte und der stärker wurde. Etwas näherte sich, und es hatte böse Absichten. Er entfernte sich von ihm wie alle anderen, denn es verwirrte seine Sinne und drohte ihn zu überwältigen.

Auch eine tiefe Klarheit spürte er. Klarheit in Gedanken und Erinnerungen. Das erfreute ihn, es tröstete ihn und zeigte ihm, wo sein Platz war. Danach sehnte er sich, und es wurde ihm oft gewährt.

Ihm war bewusst, dass er anderen begegnete, er spürte ihre Gegenwart und Unterstützung. Wer sie auch waren, sie hatten einen starken Charakter und kannten ihre

Ziele. Wie er selbst blieben sie in Verbindung mit jenen, die sie verlassen hatten, auch wenn er, wie sie, nicht völlig sicher war, ob die Mitteilungen überhaupt verstanden wurden.

Alle seine Sinne hatten sich verändert, umfassten mehr als nur Sicht, Berührung und Geruch. Er kannte keine Worte, um sie zu beschreiben, doch er begriff und nutzte sie, als wäre er mit ihnen geboren worden. Er konnte etwas beschreiben, ohne es zu sehen, er konnte lauschen, ohne zu hören, und sprechen, falls man es sprechen nennen konnte.

Er glaubte sich mit seinen neuen Sinnen mitzuteilen, ohne Worte zu benutzen, obwohl er es bei sich immer noch als Sprache bezeichnete. So rief er Bilder wach, ohne Geräusche zwar, die alles enthielten, was nötig war.

Als er hier angekommen war und die Wärme und den Trost, die Schönheit und Ruhe gespürt hatte, war es anders gewesen als jetzt, da die Grenzen bedroht wurden und die Angst umging. Wie lange es her war, konnte er nicht sagen. Er hatte kein Zeitgefühl, auch wenn die Veränderungen zeigten, dass etwas wie Zeit verstrichen war.

Die Verbindung bot ihm die klarsten Eindrücke des Lebens, das hinter ihm lag, aber es war nicht der einzige Zugang. Ihm war bewusst geworden, dass er jene, für die er eine unendliche Liebe empfand, auch ohne die Verbindung spüren konnte, die in seiner alten Heimat verankert war. Er konnte sie jedoch nicht immer fühlen, und er wusste nicht, ob sie auch ihn spürten.

Er empfand zunehmende Sorge. Das Gefühl, ihre Existenz sei bedroht, wurde stärker, und wie alle anderen hatte auch er sich von dem erstarkenden Impuls entfernt, um dessen Wirkung zu dämpfen. Auf dieser Reise hatte er jedoch die Verbindung und die Fähigkeit verloren, die zu fühlen, die er liebte. Die Entfernung minderte offenbar die Empfindungsfähigkeit. Anderen ging es wie ihm, auch sie waren besorgt. Die Drohung zwang sie, sich von der Verbindung zu entfernen, und das schwächte sie. Es nahm ihnen die Freude und den Trost.

Er sehnte sich nach der Berührung und wusste, was er tun musste, um sie wieder zu fühlen. Andere würden ihm folgen, wenn sie seine Überlegungen verstanden. Er musste sich dem Impuls nähern und sich der aufkeimenden Angst stellen. Er wollte wissen, ob jene, die er liebte, es ebenfalls fühlten, und ob sie die Bedrohung beseitigen und ihn dem Frieden und der Ruhe überlassen konnten, die zu empfinden sein Recht war.

Er suchte die Richtung, in die er reisen musste, und sah sich eigenartigen Erinnerungen ausgesetzt. Das Ziel kam ihm bekannt vor. Sicher würde er bald verstehen, wo sein Platz wirklich war. Er rief die Worte in sein Bewusstsein, und die Bilder durchströmten ihn. Hätte er Lippen gehabt, dann hätte er die Worte ausgesprochen. Er empfand eine überwältigende Freude.

Er griff nach ihnen, suchte sie und schob die Angst beiseite.

Sie. Der Rabe. Und sie umgab ein Bewusstsein, eine Seele, die für ihn heller leuchtete als alle anderen.

Hirads Gedanken rasten, er konnte nicht schlafen. Dieses Gefühl war im Laufe des Abends mehrmals hochgekommen, und er hatte sich während der Gespräche einige Male auf die Lippen gebissen, um keinen Streit auszulösen. Ihm war klar, dass die anderen es nicht fühlen und verstehen konnten. Deshalb hatte er sich abseits schlafen gelegt und angeboten, die letzte Wache vor der Dämmerung zu übernehmen.

Er versuchte, sich darüber Klarheit zu verschaffen. Es war anders als die Berührung Sha-Kaans. Die fühlte sich warm an, ein sanftes Tasten, mit dem der Drache um Erlaubnis bat, in sein Bewusstsein einzudringen. Was er jetzt erlebte, ähnelte eher einem Angriff. Als hämmerte jemand an eine Tür und verlangte Zutritt. Es war gedämpft, doch der Druck nahm zu, bis sich dumpf pochende Kopfschmerzen einstellten. Denser hatte angeboten, mit einem Spruch die Schmerzen zu lindern, aber das wollte er nicht, weil er zu wissen glaubte, was die Ursache war. Denn als er sich hingelegt hatte und den Druck in seinem Kopf erforschte, konnte er Gefühle aus dem Durcheinander herausfiltern. Er spürte Liebe, Kraft und die Sehnsucht nach einem Kontakt, der verloren gegangen war. Auch eine Furcht fing er auf, die ihn an die Nacht in Taanepol erinnerte.

Im Gegensatz zu jenem traumartigen Erlebnis, als er mit halb erinnerten Bildern und Geräuschfetzen erwacht war, sah er sich nun einer massiven emotionalen Kraft ausgesetzt. Sie war näher als im Traum. Hirad schloss die Augen und versuchte, die Kraft zu erforschen, wusste aber nicht, wie er es angehen sollte. Er wusste nur, dass er seiner Sache umso sicherer wurde, je mehr er sich entspannte.

»Ilkar?«, sagte er leise. »Du bist es, nicht wahr? Bei den brennenden Göttern, ich weiß nicht, wie das geschieht, aber es ist so. Ich kann dich fühlen, Ilks, aber ich kann dich nicht verstehen. Ich weiß nicht, wie ich antworten soll, ich bin kein Magier, mein Geist ist nicht geschult. Aber wenn du eine Botschaft senden willst, dann mach weiter.« Er kicherte. »Vielleicht könntest du nur etwas leiser reden, das Hämmern im Kopf ist etwas unangenehm.«

Er hielt inne. Seine Worte hatten keine Wirkung. Er holte tief Luft und versuchte, sich auf den Brennpunkt der Schmerzen im Hinterkopf zu konzentrieren.

»Ilkar, bitte. Wenn du mich hören kannst, dann lass etwas nach. Ich kann dich nicht verstehen, ich empfinde nichts als Schmerzen und Lärm im Kopf. Ilkar?«

Abrupt verschwanden die Gefühle. Hirad richtete sich kerzengerade auf und schloss die Augen, als sich in seinem Kopf alles drehte, bis ihm schwindlig wurde. Tränen standen in seinen Augen.

Aber da gab es noch etwas anderes. Es war genau wie damals in Taanepol, als Rebraal es ihm erklärt hatte.

Es war ein verzweifelter Hilferuf.

»Ich muss das dem Rat vortragen«, wandte Pheone ein.

»Dazu haben wir keine Zeit«, gab Rebraal aufgebracht zurück. Er klatschte die flache Hand auf den Tisch. »Du hast hundertachtzig Magier und fast zweihundert Krieger der Al-Arynaar hier. Du führst im Augenblick die stärkste Streitmacht in ganz Balaia an, verstehst du das nicht? Ohne dich wird Xetesk fallen. Das dürfen wir nicht zulassen.«

»Warum, zum Teufel, kommen sie nicht einfach her, wenn wir so großartig sind?«, rief Pheone, der die Nerven durchgingen. Sie war sowieso schon müde und hungrig, und jetzt setzten die Elfen sie unter solchen Druck. Verdammt, warum war sie auch die Einzige aus dem ganzen Rat, die gerade wach war?

»Weil sie es nicht schaffen würden, und weil wir die Informationen brauchen, die sie haben. Wir müssen uns sofort vorbereiten und binnen eines Tages abreisen. Jeder Augenblick ist entscheidend.«

»Warte mal.« Sie holte Luft und machte eine Geste in Rebraals Richtung. »Welche Informationen?«

Er lächelte. »Ich konnte dir noch nicht alles erklären. Du kannst ziemlich temperamentvoll sein. Ich glaube, das mochte mein Bruder an dir.«

»Unter anderem.« Pheone entspannte sich ein wenig. »Fahre fort.«

»Wir können sie nicht besiegen, wenn wir nur hier gegen sie kämpfen. Unsere Aufgabe in Balaia, oder genauer in Xetesk, ist es, ihnen die Ressourcen zu nehmen und sie zu zwingen, mehr Dämonen hierherzuschaffen, als sie eigentlich wollten. Wir müssen sie in Schach halten und Zeit schinden, damit wir sie in ihrer eigenen Dimension angreifen können. Wir müssen auf einen Schlag ihren Mana-Strom abschneiden und die Invasion aufhalten.«

»Glaubst du denn, Xetesk hat das Wissen, um Leute dorthin zu bringen?«

»Wir wissen, dass sie es können«, sagte Rebraal. »Sha-Kaan ist sicher, dass die Entwicklung ihrer Dimensionssprüche zusammen mit der Verbindung, die sie seit jeher zu den Dämonen unterhalten haben, um ihr Mana aufzufrischen, dazu geführt hat, dass sie einen Zugang zur Dimension der Dämonen zu öffnen vermögen, den auch wir benutzen können.«

»Und wer sind die Glücklichen, die dann durchgehen dürfen?«

Rebraal deutete nach links. »Auum, seine Tai, einige Protektoren, ein paar Magier zur Unterstützung und der Rabe.«

Pheone schüttelte den Kopf. Jetzt hatte sie alles gehört und war überhaupt nicht mehr überrascht, dass der Rabe im Spiel war. »Obwohl sie schon so lange fort sind, habe ich irgendwie damit gerechnet, dass sie jetzt wieder auftauchen.«

»Ein Grund ist vielleicht der, dass auch Ilkar in Gefahr schwebt.«

»Ilkar?«

»Ich sagte ja schon, dass die Toten verletzlich sind. Die

Dämonen wollen ihre Seelen holen, und dagegen sind sie machtlos.«

»Bei den ertrinkenden Göttern, das ist zu viel, um es auf einmal zu verdauen«, sagte sie. Sie rieb sich mit einer Hand über die Stirn. »Hört mal, in ein paar Stunden beginnt die Morgendämmerung, und ich bin erschöpft. Lasst es uns noch einmal mit dem Rat besprechen, und dann reden wir mit den Al-Arynaar, und wenn alle zustimmen, dass es richtig ist, dann werden wir gehen.«

Rebraal schüttelte den Kopf.

»Was ist?«, fragte Pheone. »Hör mal, ich sage doch nicht, dass ich nicht jedes Wort von dem glaube, was du mir erzählt hast, und ich will alles tun, was in meinen Kräften steht, um Ilkars Seele zu retten, wenn er in Gefahr ist. Ich will auch, dass Balaia befreit wird. Ich will mich nur nicht zu einer Lösung drängen lassen, wenn es vielleicht noch andere Möglichkeiten gibt, die wir in Erwägung ziehen können.«

»Die Entscheidung ist gefallen«, widersprach Rebraal.

»Nein, ist sie nicht.«

»Hör auf ihn«, sagte Auum mit einer Stimme, die kaum mehr war als ein Flüstern. Dennoch lief es ihr kalt den Rücken hinunter. Er beugte sich vor. »Du siehst nicht, was sich direkt vor deiner Nase abspielt. Rebraal befehligt die Al-Arynaar. Er wird im Morgengrauen die Befehle geben. Sie werden ihn begleiten. Wenn du willst, kannst du hier bleiben.«

Rebraal hob die Hand, um Auum davon abzuhalten, noch etwas zu sagen, und um Pheones Entgegnungen zu unterbinden.

»Ich will nicht noch einmal betonen, dass Auum recht hat. Aber wir brauchen deine Hilfe. Unter allen Kollegien ist deines am engsten mit den Elfen verbunden. Wir würden dies nicht vorschlagen, wenn wir noch irgendeinen anderen Weg erkennen könnten, um uns alle langfristig zu retten. Du sollst dich freiwillig entschließen. Aber wenn du es nicht tust, dann werde ich meine Krieger und Magier mitnehmen, und das Kolleg wird fallen.«

»Ich würde dann alle Menschen da draußen außerhalb der Kalträume ihrem Schicksal überlassen. Ich würde sie im Stich lassen.« Sie sprach jetzt leise, sie gab sich geschlagen. Die Elfen ließen ihr keine Wahl.

»Schlaf darüber.«

»Schlafen? Wie könnte ich schlafen?«

»Und dann reden wir mit deinem Rat und erklären den Mitgliedern, was getan werden muss. Wir werden übermorgen im ersten Tageslicht aufbrechen.« Rebraal legte seine Hände auf die ihren. »Ich glaube, dass du auf diese Weise mehr Leben rettest, als wenn du noch ein weiteres Jahrzehnt durchhalten würdest. Auch der Rabe glaubt das.«

»Oh, Rebraal, ich wünschte, auch ich könnte es glauben.«

Lesen Sie weiter in:
JAMES BARCLAY: Heldensturz

Michael Cobley

Fantastische Abenteuer für alle Fans von Stan Nicholls und Michael A. Stackpole!

Als die kriegerischen Horden das Reich im Sturm erobern, bricht ein dunkles Zeitalter herein, regieren Gewalt und Chaos. Nur eine kleine Schar von Rebellen um den jungen Tauric Tor-Galantai plant einen verzweifelten Aufstand …

»Grandios! Michael Cobley ist ein herausragendes Talent.« ***The Independent***

978-3-453-53056-0

Schattenkönige
978-3-453-53056-0

Schattengötter
978-3-453-53064-5

Schattenkrieger
978-3-453-52140-7

HEYNE